中国社会科学院文学研究所学术专辑

海外中国古典文学研究

中国社会科学院文学研究所 编

社会科学文献出版社
SOCIAL SCIENCES ACADEMIC PRESS (CHINA)

缘　起

　　自 2011 年，中国社会科学院实施中国哲学社会科学创新工程之始，文学研究所在逐步将各研究领域纳入创新工程机制的过程中，也在逐步完善科研队伍的创新结构并激发学术创新点，五年来的研究工作自是一番风生水起。

　　文学研究所在实施创新工程的方案中，根据各学科特点，对学科片进行了整合，组建了三大创新团队，分别是"中国文学：经典传承与多元选择"的古代文学与近代文学研究团队，"中国文学的现代转型与中国经验研究"的现代文学、台港澳文学与民间文学研究团队，以及"当代文学理论与批评"的文学理论与当代文学研究团队。三大团队的有机组合，打破了传统研究室的界限，也突破了完全个人化的传统研究模式。以创新项目为核心组建团队，创新首席的作用更加突出，团队共同调研，以及多次的小组讨论和工作坊以不同形式的交流研讨，都使得专题化的研究能够非常有力且有深度地推进下去。

　　在这样的科研背景下，各个创新团队陆续推出自己的研究成果，如古代文学学科片以经典传承与多元性进程为视角，融入了民族、地域与文化的差异性研究，探讨了中国文学史的发展规律；转型期文学史研究、民间视角与经验研究、文学经验与价值研究、域外与本土深度互动四个主题构成了中国现代文学与民间文学、比较文学的研究区域，并融入了社会史和思想史的研究理路，重新检视了 20 世纪中国文学的发展脉络；当代文学创作与文学理论的研究从来都是热点，因为与我们当下的社会文化息息相关而充满了时代的张力，研究者对这些时代主题的探讨并没有浮在表层而是进行了深度开掘和理论思辩，体现了当代文学理论研究者的素养与学识。

文学理论研究在创新视野的观照下，把研究触角延伸到海外汉学领域以及与东亚国家的多边交流活动中。文学研究所于成立六十周年之际，与日本大东文化大学共同举办了"东西方文化交流时代的中日文学、语言、教育、历史与思想"国际学术研讨会，该次会议从学术角度对近代以来的东西方文化交汇时代的中日两国文学、语言、教育、历史和思想等方面的问题与关系展开深入探讨，并将这些成果汇集成册，不啻为双方留下一份很好的共同纪念。伴随国际学术交流的日益频繁，中国古典文学研究逐渐受到海外汉学家的广泛关注，文学研究所古代学科的同人有意识地对这些国外汉学研究成果进行译介和讨论，并于 2013 年 12 月举行了第一次"海外汉学名著评论"论坛，与会学者在翻译和评论过程中都有很丰富的收获，现在也将这次论坛的论文以及各位学者历年积累的海外论著评论、学术史研究、学术动态介绍和学者访谈等成果汇为一辑，作为海外中国古典文学研究的一次集中展示，这不仅有抛砖引玉之意，而且希望将这样的交流能够拓展并深入下去。

五年来，文学研究所的创新成果是有目共睹的，很多阶段性成果都以论文的形式发表在学术刊物上。为了能够集中展现文学研究所在创新工程中的成就，我们将近几年来各团队的优秀成果汇集成册，辑成目前的"中国社会科学院文学研究所学术专辑"丛书，以之作为五年来研究工作的一份总结和纪念。

• 目 录

· 专书评论 ·

·综合评述·

·访　谈·

·短　论·

专 书 评 论

《雅》《颂》的时代、性质及其他

——评家井真《诗经原意研究》

马银琴

在当代日本汉学界，家井真教授是一位颇具代表性和影响力的学者。在《诗经》《楚辞》等研究领域，他都因其独特的建树而引起学界广泛的关注。在《楚辞天问篇作者考》一文中，他依据《淮南子》与《天问》之间所问问题与内容上的相似性，提出《天问》的作者并非屈原，而是淮南王刘安。这一观点遭到了国内学者的批评。徐志啸先生在《日本学者的楚辞持疑论》一文中说："家井真的上述见解及看法，其实存在明显的漏洞及难以自圆其说之处：其一，单凭《淮南子》与《天问》之间在所问问题与内容上的相似，就能判断两者同出一人之手？《天问》产生于战国时代，《淮南子》产生于西汉时代，后代作品与前代作品在内容上发生一些类似甚至某些重合，这是不奇怪的现象，以此推断两者同出一位作者之手，是否太大胆了些？"[①] 与此形成鲜明对照的，是日本学者对其《诗经》研究的推崇。石川三佐男先生在第六届诗经国际学术研讨会上发表的文章《从日中比较角度谈日本学者的中国古代文学研究方法论》，设专节讨论"日本学者家井对于《诗经》的最新研究方法"，认为"家井先生继承了赤塚忠的学说并加以批判性、实证性发展"，其中着重介绍了《关于诗

---

① 《苏州科技学院学报》2004 年第 4 期。

经·王事靡盬的解释——经学研究的建议》《诗经中〈颂〉的发生》《诗经中〈雅〉〈颂〉的发生与成立》《诗经中关于君子的解释——以祖灵祭祀诗为中心》等文，并认为后两篇文章"堪称功彪诗经学史册、前无古人的硕果"。该文同时还说："2002 年 1 月家井的博士学位论文在二松学舍大学审查，获得了很高的评价。该论文被认为是对以上成果的综合系统的总结，并将于今年出版。"这篇博士学位论文，就是本文准备讨论的《诗经原意研究》①。

《诗经原意研究》一书由三个部分组成：第一章"关于《雅》、《颂》"，着重讨论《雅》《颂》的产生和形成问题。在确认"《雅》、《颂》诸诗是在明确的文学意识下，对钟的铭文加以提炼，使其文学化的结果"（P41）这一原则的基础上，对《清庙之什》《臣工之什》《甫田之什》重新进行编排与解释。第二章"关于兴词"的讨论，建立在如下观念的基础之上："《诗经》中的'兴词'最初是由咒谣发展成的咒语，它的形成与古代礼仪中的习俗密不可分。"（P135）立足于此，作者着重讨论了"鱼""花、果、草、木"及"渡河"三组兴词的象征意义。第三章"《诗经》诸篇诸问题"，则对广泛出现于《诗经》中的"君子""王事靡盬""钟"等问题做了综合性的讨论。

正如本书译者陆越所言："此著出版至今已有六年，今天读来仍不乏新颖之感。特别是其研究视角、研究方法、研究资料都有独到之处。"对于本书在研究视角、方法等方面的成就，燕燕《家井真〈《诗经》原意研究〉的方法论以及对国内身体哲学研究的启示》② 一文将之归纳为以下四个方面："文字训诂：直显知识的身体性的门径"、"文献考索：复现诗歌的宗教原意的路数"、"文化世界：源于宗教祭礼的身习之仪的投射"、"宗教还原：我们对身体有了怎样的认识"。这四个方面的归纳虽然只是立足于身体哲学研究的视角，但"文字训诂""文献考索""文化世界""宗教还原"四个关键词，毋庸置疑具有普遍性的意义。该书中发人深省的观点的提出，无一不是经过"文字训诂""文献考索"等过程而来。例如，作者

---

① 家井真：《诗经原意研究》，陆越译，江苏人民出版社，2011。
② 燕燕：《家井真〈《诗经》原意研究〉的方法论以及对国内身体哲学研究的启示》，《世界哲学》2012 年第 6 期。

对《清庙之什》的"什"的考订即具有代表性的意义。作者在首先引述陆德明《经典释文》与朱熹《诗集传》的解释之后说：

> 　　两者都认为这种表述仅仅是图其方便，并无实际意思。但是，《说文》"章"字则曰："章，乐竟为一章。从音从十。十，数之终也。"（段注，说从十之意。）以为"章"是由"音"和"十"构成的会意字，并明确表明字素"十，数之终也"。这完全是因为许慎把乐章十篇作为一章来考虑的结果。再者，《说文》"竟"字曰："竟，乐曲尽为竟。"即乐曲终了之意。可以想见，这正是许慎把乐曲、乐章十篇作为一个单位"什"考虑的原因所在。

据此，作者得出了如下结论："《诗经》中所用'什'并不像陆德明或朱熹所认为的那样，仅仅是出于方便的考虑，把十篇归为一卷，而是对乐曲、乐章十篇作一总括的意思。因为乐曲、乐章十篇正好可以把某个整体歌咏完毕。……因此《颂》中的'什'就是在宗庙前庭表演的十幕一场的宗教舞蹈诗。"尽管十幕一场的"宗教舞蹈诗"的结论还有待于进一步的讨论，但上述考索，从文本编纂的角度揭示了《诗经》最初被编集时与乐曲、乐章之间密切的关联。

该著题名为"《诗经》原意研究"，作者所要追寻的"原意"，"并非经过圣人教诲的经学范畴内的意义"，而是指更为早期的与宗教活动相关联的起源意义，该书第二章对于"兴词"的讨论，即十分突出地展现了作者在追寻诗歌原始宗教命意方面的努力与成就。

立足于其师赤塚忠先生"兴词就源于咒词"的观点，该书认为："《诗经》中的兴词最初是由咒谣发展而成的咒语，它的形成与古代礼仪中的习俗密不可分。神圣的礼仪用咒谣，随着礼仪本身所具有的神圣性逐渐消失，其间蕴含的意义也就随之淡化。人们最终忘却了咒谣的真正含义，只是将形式化了的咒语记忆在心，永久地传唱了下来，并笼统地解释为'托事于物'、'兴物而作'，'先言他物，以引起所咏之词也'。"（P135）以此为基础，立足于对诗义、礼仪、民俗的综合理解，通过文字训诂、文化溯源的方法，具体地分析了"鱼""花、果、草、木"及"渡河"等兴词中所潜含的原始的咒术内涵。提出"鱼所具有的顽强生命力以及旺盛的生殖能力，致使古代中国人坚信它具有符咒力，他们祈祷这种力量通过类感符咒术带来大地的高产——谷物丰饶"（P150），修正了闻一多所提出的鱼"多为性的象征，故男女每以鱼喻其对方"的观点；通过中日文化的比较，提出"《诗经》中兴词所咏花、果、草、木都是神灵降临的化身。咒物花、果、草、木，要么是祖灵，要么是水神、社稷神、春神、或者夏神，要么就是男女灵魂的凭依"（P175）。通过对水神崇拜的梳理，提出"渡河源于水具有咒力的意识观念。水汇聚成河给大地带来滋润，带来谷物的丰饶。……河川具有的多产咒力，通过类感巫术还可联结男女的多产。所以，歌咏渡河的兴词要么是水神祭祀歌，要么是预祭仪式歌，要么是歌咏恋爱、婚姻的。到了汉武帝时期，结合渡河仪礼、星辰信仰、汉代纺织女工的悲怨等诸多元素的牛郎织女相会的传说雏形基本形成"。语言与文字是一个民族历史记忆的结晶，"兴词"作为一种特殊的"套语"，其中必然沉淀着丰富的文化内涵情感。且不说每一种兴词所蕴含的独特内容，即使是同一种物象，当它被用不同的名称称呼时，便具有了不同的感情指向。王靖献在研究《诗经》套语结构时，曾就"仓庚"与"黄鸟"的不同做过讨论："在《诗经》传统中，'仓庚'与'黄鸟'都是'莺鸟'的不同名称。……对'莺鸟'名称的不同叫法，都会影响诗歌的基本意义。'仓庚'看来是强化诸如婚礼仪式一类的愉悦幸福时刻的'名词主题'……而'黄鸟'则用于引起悲叹之情的诗歌。"[1] 家井真在分析沉淀于《诗经》兴词之中的宗教符咒性特征时，也发现了这种符咒性特征对诗歌内容的制约与影响："兴词歌咏的咒物所具有的不同符咒性，在一定程度上制约了我们对诗歌意义、内容的理解……这也正是笔者分析《诗经》诸篇时，缘何要明确其兴词所咏咒物、咒性行为的宗教意义的原因所在。同样，若是不了解花、果、草、木在古代日本所象征的宗教意义，就难以对日古代歌谣进行正确的诠释。"（P175~176）尽管书中对于每一个具体兴词宗教符咒性内涵的分析未必精当无疑，但是，把兴词作为形式化了的咒语进行研究

---

[1]　王靖献：《钟与鼓：〈诗经〉的套语及其创作方式》，谢谦译，四川人民出版社，1990，第140页。

的观念和方法带给我们的启示却是深刻的。

除了关注潜沉于"兴词"之中的宗教符咒性特征，作者尤其重视《雅》《颂》诸篇作为宗教歌舞诗的性质与来源。可以说，对《诗经》《风》《雅》《颂》之名称内涵、诗歌来源及歌咏方式、场合的讨论，构成了《诗经原意研究》一书的中心内容。其核心的观点可摘录如下：

> 颂是从表示舞姿之意的"容"字假借来的。《颂》诸篇是一种与宗教相关的诗歌，规定在行天子礼的周国以及被允许行天子礼的鲁、宋的宗庙里举行。由供职于宗庙的巫师们演奏、歌咏、舞蹈时使用，是一种宗教性舞蹈诗。（P14）

> 《雅》的名称则源于"夏"的假借字，是在周、诸侯的宗庙或神社由巫觋歌舞的宗教假面歌舞剧诗。同《颂》一样，其目的也不外乎祭赞神灵、祖灵，以祈求保佑。由此而见，两者产生的基础是相同的。（P42）

> "风"为"凡"之假借字，原意为降神，招神。《国风》诸篇歌咏农民等每逢季节变更之际，在家庙、村落的圣地、神社等地举行地方祭祀。目的在于祝贺婚姻，迎祭季节神、河川神等各方神灵，祈祷谷物丰收等。（P130）

> 《诗经》中《雅》《颂》诸篇的产生，是以铸刻于宗庙彝器上的铭文为诗歌母体，在继承和保持其宗教性的同时，有意识地强化并提炼其文学性的文学化过程。（P41）

> 《雅》《颂》诸篇以铭文诗为母体，作为用于宗庙、神社的宗教歌几乎同时产生于公元前四世纪初期到中期。（P42）

上述观点，构建起全书讨论的理论框架。比如，在《雅》《颂》诸诗来源于宗庙彝器铭文，是在继承其母体宗教性的同时进行文学化的认识基础上，作者依据铭文的结构顺序对《清庙之什》《臣工之什》重新做了编排与阐释；在《雅》是假面歌舞剧诗的前提下，作者认为《诗经》中绝大多数的"君子""异人"及"客"等，都是戴着祖灵假面，在宗庙或神社的祭祀仪式上舞蹈的祖灵之尸；在《风》是各地古俗降神歌的认识基础上，认为《诗经》中三篇《羔裘》中的"羔裘"是宗庙里的尸所用的毛皮大衣，作为"祖灵附着的咒物"，成为"宗庙里参与祖灵祭祀的子孙们着用的礼服"。不可否认，这些观点是富有想象力和开创性的，但是，它们是否具有坚实的论据支撑呢？《诗经》诸篇是否就是青铜铭文文学化的结果呢？铭文和诗篇之间的关系究竟如何？"雅"是否来源于被指为假面的"夏"？《雅》《颂》诗篇是否仅为祭祀、神灵、祖灵而产生？祭祀之外，是否还有其他的用途？如何理解出现在《诗》中的"客""羔裘"及与之相关联的文化属性与差异呢？

首先来看铭文与《诗经》的关系。在《诗经原意研究》一书中，作者对此做了专门的讨论。他的分析分为三个步骤展开：首先，他通过分析大丰与微㝬鼎铭文的用韵、结构及语言形式，认为"供奉于宗庙的彝器所刻铭文是具有一定的结构和形式，以四字为主的诗歌，而且，在祭祀祖灵时，都要演唱这些诗歌"（P25）。也就是说，铭刻于钟鼎彝器上的铭文，是在祭祀祖灵的仪式上演唱的文本。其次，作者通过比较出现在《雅》《颂》诗篇与铭文中的成语的相似性，认为"《雅》《颂》诸篇中与铭文类似、相近的成语，多数是经过整理并发展了的铭文成语，其表现方法和内容已经不断趋于丰富。由此说明，铭文（是）先行于《雅》《颂》诸篇的韵文，这种推测是有据可依的。"（P26）最后，以上述论断为基础，作者进一步讨论了钟鼎彝器的制作年代，并依据石鼓诗和王孙遗者钟的铭文"都已具有相当的诗作完美度，与《诗经》中《雅》《颂》诸篇相比也毫不逊色"，提出了自己的看法："《雅》《颂》的四言诗型，是在王孙遗者钟年代，即公元前394年前后略加修改而成为《雅》《颂》诸篇模式的。换言之，《雅》《颂》诸篇的形成，是以铭文诗为基础并逐渐成熟后才得以可能的。"（P39）

尽管作者宣称"《诗经》诸篇的诗是与王孙遗者钟的成器基本同时代或稍后的公元前4世纪中叶完成的，这个推论绝非无凭之说"（P39），但是，作者的上述论证过程却存在着极大的论证空白。首先，其所提出的铭文要在祭祀祖灵时演唱的观点，并无任何证据的支持，而是想当然的结果："既然'钟'本身就是一种咒物，那么从某种程度上说，钟上面所刻铭文亦为神圣之物。所以，人们可以想象得到，在乐器'钟'的伴奏下，巫师们一边看着钟上的铭文，一边歌咏的情形。不然的话，铭文是四字句为主的诗歌说就难以成立。"（P28）在以宗周钟铭文为例分析钟铭的内容与格式时[①]，他又说："正如铭文第三章所歌咏的那样，此钟是默向祖灵祈祷时所用之物，想必上面所刻的铭文就是歌咏之用。"（P29）那么，钟鼎彝器的铭文是否能够用于仪式歌咏呢？

《左传·襄公十九年》记载了这样一件事情：鲁国借助晋国之力战胜了齐国，季武子打算用从齐国军队缴获的武器制作林钟，臧武仲评论说："夫铭，天子令德，诸侯言时计功，大夫称伐。今称伐，则下等也；计功，则借人也；言时，则妨民多矣。何以为铭？且夫大伐小，取其所得以作彝器，铭其功烈，以示子孙，昭明德而惩无礼也。""铭其功烈，以示子孙"这句话点明了钟鼎彝器之所以勒刻铭文的根本原因，这也就是《礼记·祭统》所云："夫鼎有铭，铭者自名也。自名以称扬其先祖之美，而明著之后世者也。"结合青铜铭文的研究可知，绝大多数的钟鼎彝器及其铭文，都是建立功勋者或接受赏赐者的记事铭功之作。如《静簋》："佳六月初吉，王在莽京，丁卯，王令静司射学宫，小子及服、及小臣、及夷仆学射。八月初吉庚寅，王以吴莱、吕刚会數蓝自、邦周射于大池。静学无罪，王易静鞞刻。静敢拜（頡）首，对扬天子不显休，用乍文母外姞尊簋，子子孙孙其万年用。"[②] 它们或兼有"以其成功告于神明者"的意思，但最主要的目的，还是要"铭其功烈，以示子孙"，因此，铭文大多以"子孙永宝"或"其子子孙永用"结束。

当然，作为礼器的青铜彝器，也有专为祭祀而制作的，但是这一类铭文的发展经历了一个漫长的过程。在西周早期，祭祀铭文大多比较简短，如"北子宋乍文父乙宝尊彝"[③] 等，比较复杂的，如西周穆王时的伯戋簋铭："伯戋肇其乍西宫宝，佳用绥神怀，效前文人，秉德恭纯，佳匄万年子子孙孙永宝。"一直到西周后期，才出现了长篇的祝辞。与作者所列举

---

① 作者依据杨树达的研究，系宗周钟于周昭王时。上海博物馆商周青铜器铭文选编写组《商青铜器铭文选》则以为"默"即周厉王胡，故定此钟制作年代在厉王朝。

② 铭文隶定文字，依据上海博物馆商周青铜器铭文选编写组：《商周青铜器铭文选》第三册，文物出版社，1988，第111页。下同。

③ 《商周青铜器铭文选》第三册，第100页。

的宗周钟铭文相比，梁其钟具有更为单纯的祭祝意味：

> 梁其曰：不显皇且考穆穆翼翼，克哲氒德，农臣先王，得纯亡
> 敃，梁其肇帅型皇且考秉明德，虔夙夕，辟天子，天子肩使梁其身邦
> 君大正，用天子宠蔑梁其历，梁其敢对天子不显休扬，用乍朕皇且考
> 龢钟，鎗鎗鎗鎗，微微鏅鏅，用昭格喜，侃前文人，用祈匄康娱纯祐，
> 绰绾通禄，皇且考其严才上，敷敷斍斍降余大鲁福亡斁，用窥用梁其
> 身，乐于永令，梁其万年无疆，堪臣皇王，眉寿永宝。①

马承源先生将梁其钟的时代确定在西周后期的夷王或厉王时。从铭文
的格式来看，其篇幅大为增加，且出现了不少四字格式的修饰语，与《诗
经》句式颇为相似。但是，仔细研究铭文，我们不难发现，与《诗经》作
品之于典礼仪式的"普遍适用性"相比，铭文纪事具有极强的指向性与针
对性。即使这篇纯粹的祭祖铭文，也是因梁其被任命为"大正"，即仆官
之长而作。作器者的确定性、制作时间的具体性及制作原因、目的的唯一
性，都极大地限制了铭文的使用场所。因此，作者所云"在乐器'钟'的
伴奏下，巫师们一边看着钟上的铭文，一边歌咏"祖灵的场景，是令人
难以理解，也不可能出现的。当然，周人除了通过勒铭彝器的方式称扬
功德，希望通过"子子孙孙永宝其用"达到不朽之外，也需要通过仪式
歌舞向祖先、神灵祈祷以获得福佑。只不过，他们所歌咏的诗歌，不是
铭刻在彝器上的铭文，而是由乐师职掌、专门用于仪式歌奏，并且主要
通过口耳相传的方式保存和传承的《诗》。

《诗经原意研究》一书依据日本学者的研究成果，认为他们"并未把
中国诗歌的产生作为问题进行研究，没有将先于《诗经》或者与之同时代
的金文资料作为对象加以充分利用。"（P5）而实际上，《诗经》文句与青
铜铭文语词上的相关性，从宋代开始，就引起了学者们的关注。清代以
来，金文资料与传世文献互证的做法成为学者们的通识。王国维《与友人
论〈诗〉〈书〉中的成语》、徐中舒《金文嘏辞释例》、屈万里《诗三百篇

---

① 《商周青铜器铭文选》第三册，第273页。

成语零释》等①，都是《诗经》与金文成语研究中，非常有代表性的成果。与家井真先生认为"《雅》《颂》诸篇以铭文诗为母体"的看法不同，更多的中国学者认为金文中与《诗经》相似的语词来源于《诗经》。而近年来致力于《诗经》与金文语词关系研究的陈致先生则提出："许多被学者们认定的金文中引《诗经》的文句，其实并非引《诗》，而是与《诗经》一样都在用当时的成语。"②诚然，仅仅依据两件事物的相似性，很难做出孰先孰后的判断。但是，可以确信的是，具有相似语言特征的作品，其产生的时代应该相去不远，并且在相互影响与渗透中同步发展。因此，与上述结论相比，该书的另外一段叙述更具合理性："铭文年代从公元前1037年至公元前394年左右，包括孔子诞生的公元前551年。从西周前期到战国初期，与所谓的《诗经》时代正好相吻合。"（P38）正是基于这样的认识，在《两周诗史》一书中，笔者把制作年代相对明确的铭文中出现的成语作为给《诗经》作品系年的标准之一。

在《诗经原意研究》一书中，第二个非常新颖的观点，是对"雅"和"夏"之义及起源的认定。作者接受加藤常贤在《汉字の起原》一书中提出的"夏是假面舞蹈的意思"，进而认为"《诗经》中《雅》诸篇因'夏'的假借字而得名，起源于周、诸侯的宗庙或神社上由巫师歌舞的宗教假面歌舞剧诗"。作者在引述加藤常贤的观点时，也引述了一段他的论证："《诗经》中的《大雅》、《小雅》的'雅'字也可写作'疋'，正因为'雅'的本字其实是'夏'（舞蹈的意思），所以'夏'与'疋'同音。"这一段话并未说明"夏"为何是"假面舞蹈"，而是讨论了"雅"与"夏"的通假关系。之后，便依据简·路易·贝德恩对希腊在祭祀酒神狄俄尼索斯时巫师佩戴假面的一段评论，提出"掌管祭祀的巫师佩戴着面具，那象征神格化的假面便与巫师同一化了，即成了神，成为神的化身。因此，'夏'字不单只具有假面舞蹈之意，更含有神格化巫师的假面舞蹈

---

① 王国维：《与友人论〈诗〉、〈书〉中的成语》，《观堂集林》卷二，《王国维遗书》，中华书局，2004；徐中舒：《金文嘏辞释例》，《中研院历史语言研究所集刊》第六本第一分，1936；屈万里：《诗三百篇成语零释》，《书佣论学集》（《屈万里先生全集》），台湾联经出版事业公司，1984。

② 陈致：《"不吴不敖"与"不侃不忒"：〈诗经〉与金文中成语零释》，载南京大学古典文献研究所编《古典文献研究》第十三辑，凤凰出版社，2010。

之意", 由此, 作者得出了自己的结论:《诗经》中《雅》诸篇是"起源于周、诸侯的宗庙或神社上由巫师歌舞的宗教假面歌舞剧诗"(P18)。从作者的整个论证过程来看, 同"铭文是歌咏之用"的提出相似, "夏"为"假面舞蹈"及《雅》为"宗教假面名舞剧诗"的看法, 都是没有任何论据支持的观点。① 那么, "夏"究竟与假面舞蹈有没有关联呢?

"夏"确实曾被训为"假"。如《尚书大传》卷一下云:"南方者何也? 任方也。任方者, 物之方。任, 何以谓之夏? 夏者, 假也, 吁荼万物养之外者也。"但这段话所说的"假", 并非指"假面", 而是"大", 指物体生长壮大的状态。其文大意是:南方是什么地方呢? 是万物不加约束自由生长的地方。不加约束的地方, 就是万物的处所。不加约束, 为什么被称为夏呢? 所谓夏, 就是大, 盛阳散发出温暖的气息滋养万物使之形貌壮大。这是以阳阴五行的观念阐释中国古人用"夏"来指称四时中最为温暖的季节的哲学内涵, 其立意基础就是夏日万物的生长壮大。相同的陈述也见于班固的《汉书·律历志》与刘熙的《释名》。前者云:"夏, 假也。言物假大乃宣平也。"后者云:"夏, 假也。宽假万物使生长也。"那么"假", 如何又具有"大"义呢? 扬雄《方言》卷一云:"秦晋之间凡物壮大谓之嘏, 或曰夏。"又云:"自关而西, 秦晋之间凡物之壮大者而爱伟之, 谓之夏; 周郑之间谓之假。"由此而言, 古人所言"夏, 假也", 乃是通过音训之法, 取"假(嘏)"之"大"义来解释"夏"之所以为"夏", 与"假面"并无任何关联。《诗经原意研究》一书在"夏"是"假面舞蹈"这一观念基础上的《雅》是"宗教假面歌舞剧诗"的结论, 也就难以成立。

迄今为止, 学者们尚未发现可与"夏"字对应的甲骨文, 而在金文中, "夏"字写作"𡕾"。《说文解字》云:"夏, 中国之人也。从夊, 从页, 从臼。臼, 两手, 夊, 两足也。"段玉裁注云:"以别北方狄、东北貉、南方蛮闽、西方羌、西南焦侥、东方夷也。夏引伸之义为大也。"② 段

---

① 在该书 104 页总结关于《雅》的结论时, 作者依据顾朴光《中国面具史》提出了"假面早在旧石器时代就已经存在, 殷代、周代也极盛行, 都与巫术有着密切的关系"的看法。但是查阅顾著, 其中并未涉及任何有关"夏"为假面的论述, 也未涉及假面在宗庙祭祀中的使用等问题。

② 段玉裁:《说文解字注》, 上海古籍出版社, 1981, 第 233 页。

玉裁认为《说文》所言"中国之人"为"夏"字的本义，"大"为其引申之义。朱骏声《说文通训定声》的看法则与此不同："此字本谊当训大也，万物宽假之时也。从页、曰、夂，象人当暑燕居，手足表露之形，于六书为指事。"一个手脚舒展于外的人的形象，无疑形象地表达了生命不受约束、生长壮大的状态，这应是"夏"被用以指代四时中生命力最为旺盛的季节的根本原因。许慎所言"中国之人"，虽然未能揭明"夏"字的造字本义，但是，一旦确认以人为代表的生命形式在夏日生长壮大的认知经验是"夏"字的造字基础之后，我们就能理解"中国之人"以"夏"自名的深刻的历史原因了。

以"夏"自名的部族居于统治地位并且建立了源远流长的华夏文化传统，于是，"诸夏""夏声"等蕴含着中原正统意义的名称也相继产生。以夏人后裔自居的周族取得政权之后，郊祀天地的乐歌因与"镛钟"的关联而被称为"颂"；以雅鼓为主要乐器，通用于王室、诸侯贵族阶层的祭祀、朝会、燕享之乐也被称为"雅"。由于雅乐作为朝廷上下通用之乐的正统性，以及"雅""夏"声音上的相通，作为周室正乐的"雅"也逐步取得了原本蕴含于"夏"字当中的中原正统的意义，"雅正，正也"的观念由此产生，"雅"进而成为"中原正声"音乐的专名。①

由于对《雅》《颂》诗篇产生时代、作品性质及歌咏形式的误判，《诗经原意研究》中对相关语词，如"客""异人""君子""羔裘"等的考证，也存在着诸多的问题。这些问题的出现，除了与作者的研究思路有关之外，也与作者对三代礼乐文化的发展演变及其等级内涵缺少必要的了解有密不可分的联系。本文拟以"客"为例加以分析。

《诗经原意研究》一书详细讨论的诗歌中涉及"客"的主要有《周颂·有瞽》《周颂·有客》《周颂·振鹭》，以及《小雅·宾之初筵》等。立足于对《雅》《颂》是周、诸侯在宗庙或神社祭礼祖灵的宗教诗这一性质的确认，该书把诗篇中出现的"客"与"宾"无一例外地解释为"祖灵"：

---

① 参见马银琴《两周诗史·序论》第三节"'四始'、'四诗'与诗文本的结构"中关于"雅""颂"的论述。

《有瞽》："篇中'庭'指的是宗庙的前庭，'客'指的是前句中的先祖之灵。"（P47）

《有客》："与《小雅·鸿雁之什·庭燎》、《振鹭》等中的'客'同样，指祖灵。"（P74）"'有客有客，亦白其马。……以絷其马'的'客'为祖灵，'白其马'为扮作祖灵的尸神所骑的白马。"（P80）

《振鹭》："振鹭于飞，于彼西雝：毛传'兴也'，以为兴词。兴词中的物神为鸟，它的符咒力在于能够使神灵、祖灵显现，篇中'我客'即祖灵的显现。"（P96）

《宾之初筵》："宾：即宾客，指第二章中的'烈祖'。祖灵依附的尸。"（P254）

作者未做任何考证，径直把"客"认定为祖灵，并把这种认识当成了理解全诗的基础。在该著第二章考证"君子"问题时，作者引述金田纯一郎《白马与宾客》一文的观点，再次涉及了《有瞽》："《周颂·臣工之什·有瞽》'我客戾止'，'描述的也是尊为祖神的客从天而降时的情形，使人不由地联想到《庭燎》中的君子降临的场景。'这些都说明《诗经》中'君子'、'客'确实都具有祖先神的特性。"（P221）由此可知，把"客"作为祖灵的观点，在日本学者当中并非家井真一人。但是，在中国，尤其是古代，却不可能发生把祖先神灵称之为"客"的事情。

何为"客"？《说文》云："客，寄也。"段玉裁注云："字从各。各，异词也。故自此讬彼此曰客。引伸之曰宾客。宾，所敬也，客，寄也。"由此可知，"客"针对寄居者而言，是对与"主人""家人"不同的"外人"的称谓。但是，祭祀是子孙向祖先表达孝敬之心的一种方式，"事死如事生"是一个最基本的要求："践其位，行其礼，奏其乐，敬其所尊，爱其所亲。事死如事生，事亡如事存，孝之至也。"① 这就是说，对待死去的先人，要和他们活着时一样。除此之外，孔子还说过："祭如在。"就是说，祭祀时，要像祖先神灵真实在场一样，要求祭祀者以真正虔敬的心对待。为了实现祖先神灵亲临现场享用祭品的效果，周人也曾用活人来假扮

_____

① 《礼记·中庸》。

祖神，这就是所谓的"尸"。根据礼书记载，周人对"尸"有严格的要求："礼曰：君子抱孙不抱子，此言孙可以为王父尸，子不可以为父尸。"① 郑玄注云："以孙与祖昭穆同。"由此可知，即便是扮作祖先的"尸"，周人也规定必须是与祖先同昭穆的孙子。在这样的文化背景下，周人怎么可能用称呼外人的"客"来指称自己的祖先神灵呢？况且，"周人尚赤"，他们怎么可能扮作白鹭、骑着白马来祭祀自己的祖先呢？

实际上，对于周人而言，"客"有一个十分特殊的含义，那就是所谓的"二王之后"。《尚书·微子之命》云："王若曰：'猷！殷王元子，惟稽古崇德象贤，统承先王，修其礼物，作宾于王家，与国咸休，永世无穷。"这里明确说到了"宾于王家"，宋代林子奇《尚书全解》卷二十七释之云："盖微子、箕子之于周不惟其身有不为臣之义，而周家之于二子亦以宾礼待之也。"而在春秋时代，宋人作为"先代之后，于周为客"的观念也是深入人心的。《左传·僖公二十四年》宋定公入郑，郑伯问礼于皇武子，"皇武子对曰：'宋，先代之后也，于周为客。天子有事膰焉，有丧拜焉。丰厚可也。'郑伯从之，享宋公有加，礼也"。又《昭公二十五年》："宋乐大心曰：'我不输粟。我于周为客，若之何使客？'"由此而言，当《诗序》以"二王之后来助祭也"、"微子来见祖庙也"来阐释《振鹭》《有客》等诗的仪式用途时，出现在上述诗中的"客"，只能以"于周为客"之"客"来理解。只有把《振鹭》《有客》诸诗中的"客"理解为殷人后裔，在了解殷人尚白的文化特性之后，我们才能理解诗歌反复出现"白马""白鹭"等白色意义的深刻涵义。

《诗经原意研究》一书对于《宾之初筵》一诗的理解也完全不同于传统地"饮酒悔过"。作者在确定"宾"为祖尸的前提下，提出"此篇当为歌咏祖灵祭祀的主祭后举行的解斋宴之作"的说法。熟悉《诗经》的人都知道，《宾之初筵》描述了一幅宴饮的场面：前两章描述了宴射活动开始时饮酒、行礼之秩序井然及宾主和乐的场景；三、四章则用对比的手法描写了"温温其恭"的宾客醉酒之后失容、失礼、失德的情态；最后一章连用一系列的否认性词语，表达必须警戒饮酒失仪。诗歌使用对比手法直陈

---

① 《礼记·曲礼上》。

醉酒之后的失仪之态，"曰既醉止，威仪幡幡。舍其坐迁，屡舞仙仙。其未醉止，威仪抑抑。曰既醉止，威仪怭怭。是曰既醉，不知其秩"，"宾既醉止，载号载呶，乱我笾豆，屡舞僛僛。是曰既醉，不知其邮。侧弁之俄，屡舞傞傞"，这样一些直陈式的描述，给人留下的印象是深刻的，蕴含于其中的讽刺、警戒之意，也是十分明显的。对于这一点，古今学者均无异议。就周代社会而言，虽然觥筹交错的燕饮文化十分发达，但商纣王以纵酒亡国的教训与记忆是深刻的。"恭行天之罚"① 而夺得天下的周人从开国之初，就再三申布禁酒之令"罔敢湎于酒"，"勿辩乃司民湎于酒"②，"无若殷王受之迷乱酗于酒德哉"③。对于聚众饮酒之人，处罚也是相当严酷的："汝勿佚，尽执拘以归于周，予其杀④。"与此禁酒令相适应，周人的礼器组合也发生了从早期"重酒的组合"向中期以后"重食的组合"的转变，"殷人尚酒，周人禁酒，这酒器的长消即划出西周前后期的最大分野"⑤。随着社会生活的发展，到了西周中后期，禁酒令不再具有威慑之力，"既醉以酒"的事情，也出现在仪式歌咏之中，但在"既醉以酒"的同时，"既饱以德"也被反复强调。正如《宾之初筵》所云，"既醉而出，并受其福。醉而不出，是谓伐德。饮酒孔嘉，维其令仪"，即使饮酒致醉，也必须保持应有的威仪。虽然在现实生活中，醉酒的事情可能时有发生，但是从礼制的规定而言，醉酒伐德之事却是不被容许的。因此，"尸神醉酒是符合礼仪"的说法，完全不符合周代的礼制规定。这样一首描写醉酒失德的讽刺、警戒之作，也不可能成为祭祀祖灵的仪式上歌咏的作品。如果说《振鹭》《有客》等诗中"客"之含义的误判源于作者对商周文化变迁的不理解，那么，对于《宾之初筵》的荒谬解读，则源于对《雅》诗性质的误判及对错误观点的坚持："收录于《诗经》中《小雅》《大雅》的诸篇，基本都起源于宗庙或神社里巫祝载歌载舞的宗教假面歌舞剧诗，通过对神灵和祖灵的颂赞、祭祀从而祈祷获得它们的佑护。所以，在解释

---

① 《尚书·牧誓》。
② 《尚书·酒诰》。
③ 《尚书·无逸》。
④ 《尚书·酒诰》
⑤ 郭宝钧：《商周铜器群综合研究》，文物出版社，1981，第62页。

《雅》中诸诗作时，不得超越这一内涵范畴。"（P221）在这一原则的制约下，作者尽管认识到以朱熹《诗集传》"卫武公饮酒悔过而作此诗"的见解"确也不无道理"，但是，由于把"宾"理解为"祖尸"，"从诗中主人公为'宾'、'烈祖'来推断，内容与在宗庙祭祖有着一定的关联性"，由此，一首充满讽刺、警戒意味的"饮酒悔过"之作，就被解释成了"歌咏祖灵祭祀的主祭后举行的解斋宴之作"了。

正如作者在"结论"中所言，想要正确阅读和理解中国古典，对当时社会、历史、文化等实际状况的了解是必不可少的要素，"最初编辑、著述先秦文献的人们，对当时的社会、历史、文化等都有着普遍共识，不可能脱离这一范围很远，也不可能背离当时人们所共有的常识"，（P347）遗憾的是，在具体的讨论过程中，作者却经常忽略周代历史文化的独特内涵，忽略传世文献对相关问题的阐释，径直把未经充分论证的观点作为讨论的基础与前提，这就使得整个研究如同矗立在沙地上的一座高楼，尽管结构宏大、富丽堂皇，给人留下的印象却是站立不稳的。徐志啸先生在评价家井真先生关于屈原的相关研究时曾质疑"是否太大胆了些"。实际上，学术的想象力就在于有勇气去大胆假设，但在大胆假设之余，必须做小心地求证。只有通过小心求证能够落到实处的假设，才是具有学术意义的创见。否则，得不到论据支持的创见，终归难免有臆断之嫌。

评康达维等撰 《上古与中古前期中国文学研究参考指南（上卷）》

陈　君

2010 年，荷兰莱顿的 Brill 出版社出版了美国汉学家康达维（David R. Knechtges）教授与夫人张泰平（Taiping Zhang）博士编著的《上古与中古前期中国文学研究参考指南（上卷）》（*Ancient and Early Medieval Chinese Literature：A Reference Guide Part One*，以下简称《指南》），这是西方汉学界在中国古代文学研究领域的又一重要成果。《指南》按音序排列，上卷791 页，收录开头字母为 A 至 R 的词条，包括先秦至隋代的重要作家、作品、文学样式、文学流派和重要文学术语等。书的标题中出现的"上古与中古前期"，也即是我们通常所说的先秦汉魏晋南北朝文学或先唐文学。《指南》一书不仅包含了严谨而权威的学术信息，而且附有最新的研究成果和书目文献，为读者进一步深入研究提供了线索。全书文字典雅、评论允当、资料丰富、脉络贯通，体现了编者和作者深厚的研究功力，在同类著作中可称上选。

康达维教授任教于美国华盛顿大学亚洲语言文学系，是美国艺术与科学院院士，曾任华盛顿大学亚洲语言文学系主任、美国东方学会主席，对汉魏六朝文学有深入的研究。他数十年辛勤从事《昭明文选》的英译工作，已出版的三卷译著包括了《文选》的全部辞赋作品，其译文之准确，注释之精博，文笔之流畅，广为东西方学界所称道。值得一提的是，康达维教授不仅醉心于中国文学经典的翻译，还致力于将中国当代的人文学术著作介绍给西方世界，由他主持翻译的《中华文明史》（四卷本）① 已由英国剑桥大学出版社出版，这对推动中国文化走向世界，帮助西方读者了解中华文明有重要贡献。《指南》的另一位编者张泰平博士是耶鲁大学出版社《中国文化与文明》系列丛书的执行编辑，长期从事中国文学与文化的研究、教学和传播工作。除了两位主编以外，《指南》词条的其他撰写者，也都是对先唐文学研究有素、学有专攻的学者，这就保证了《指南》的学术质量。下面笔者试从体例、内容、特色、价值等方面对本书作一个简单的评介。

《指南》全书由导言、词条、著者简介、参考书目四部分内容组成，词条按音序排列，每一词条（以作家为例）大致包含以下几个方面：（1）作家情况，包括作家的姓名、生卒年（或活跃期）与字，接下来是籍贯、家庭背景、社会交往、生平创作情况；（2）作品情况，包括文集、注本、研究论著、索引；（3）翻译情况，包括西文和日文译本。这样一种编纂体例，借鉴了英国剑桥大学鲁惟一（Michael Loewe）教授主编《早期中国典籍导读》（*Early Chinese Texts: a Bibliographical Guide*）② 一书的做法，使得《指南》不仅是一部有用的文学辞典，还带有对西方汉学史予以总结的意义。

《指南》收录的词条有作家、著作与作品、文体、文学集团、文学流派等，内容非常丰富。作家方面，屈原、贾谊、曹植、陆机自不必说，枚乘、刘彻、王褒、班固、崔骃、马融、蔡邕、曹操、曹丕、王粲、阮籍、潘岳、刘琨、江淹、任昉、何逊等均有详细的介绍，甚至连景差、公孙诡、伏滔、斛律金等一般读者不太熟悉的作家也都有论列，可见其网罗之全。其中，不少作家的小传和附录，凝聚着编者对已有研究成果的综合把握以及自己的研究心得，如"刘琨"条，仅作家传记的篇幅就长达 10 页，

---

① 《中华文明史》（四卷本）是北京大学国学研究院组织北大中文、历史、哲学、考古等学科的三十六位学者历时六年集体编著完成的跨学科著作，2006 年由北京大学出版社出版，2012 年英国剑桥大学出版社出版了该书的英译本。

② Michael Loewe ed., *Early Chinese Texts: A Bibliographical Guide*, Berkeley: University of California, 1993. 值得一提的是，康达维教授也参与了《早期中国典籍导读》的撰写工作。两书的不同之处在于，《导读》主要以书（先秦两汉典籍）为中心，而《指南》主要以人（先唐作家）为中心，兼及其他。

提供了刘琨生平和思想变迁的详细资料（第 540～550 页）。当然，这也反映出撰者个人的偏爱；"干宝"条，充分注意到干宝在经学、史学方面所取得的成就，这对全面理解干宝是很有必要的（第 265～266 页）；"江淹"条，除了 6 页（第 432～437 页）的作家生平传记以外，还有大量的中文、日文和西文研究文献（第 437～445 页），给读者提供了进一步深入研究的线索。

著作与作品方面，《指南》也是细大不捐，不仅收录了《论语》《穆天子传》《韩非子》《列女传》《汉书》《古诗十九首》《后汉书》《南齐书》《木兰辞》《敕勒歌》《历代赋汇》《汉魏六朝百三名家集》这样一些常见文献，还对《汉武洞冥记》《汉武故事》《汉武帝内传》等不太为人熟知的小说文献予以讨论。《指南》在提供文本详细信息的同时，也指出了研究中存在的疑难问题，如"《法言》"条，介绍了《法言》十卷本和十三卷本两个版本系统的情况（第 215 页）；"班婕妤"条则根据其创作主题和前辈学者的研究，指出了班氏《捣素赋》《怨歌行》等作品的年代问题（第 17～18 页）。又如"蔡邕"条关于《短人赋》的评论，认为这篇作品很有可能是为宫廷而作，其中展示的机智和幽默，明显属于宫廷赋的传统。编者指出，尽管蔡邕严厉批评鸿都门学的辞赋之作，而他自己却有可能创作这样"粗俗"的作品，以适应灵帝宫廷的艺术趣味（第 64 页）。这样的意见，对我们全面理解蔡邕是富有启发性的。又如"陈琳"条讲到《大荒赋》时，介绍了作品的传承源流和存佚情况（第 109 页），这些都有助于加深读者对文本的理解，并扩大研究视野。

文体方面，《指南》既收录了楚辞、赋、骈文、骈赋、七体、七言诗、公宴诗、宫体诗等常见的重要文体，也讨论了相对次要的柏梁体、六言诗、回文诗等，有助于读者全面把握先唐文体迭兴、各擅一时之盛的历史面貌。其中，许多词条可以视为相关文体的发展简史，有些还带有学术史总结的性质。如"赋"条可以视为一篇汉赋发展的简史，词条后所附的辞赋选集和总集，以及近代以来的中外研究成果，全面而精到（第 317～333页）。"连珠"条对"连珠"文体演进的详细梳理，凝聚着作者多年的研究心血（第 508～512 页）。又如"柏梁体"从诗歌著录、版本、历代研究情况等多个方面，对汉武帝柏梁台诗的学术史作了详细的梳理（第 48～49

页），这些都给读者以有益的启迪。

《指南》一书搜罗广泛、巨细靡遗，对于同一学术问题，广集中文、日文、西文的各种研究文献。同时，深入介绍了相关问题的研究现状和研究线索，突出体现了康达维教授视野开阔、既博且深的治学特点。通览全书，《指南》具有以下几点鲜明的特色。

首先，它是一部西方汉学视野下的先唐文学百科辞典。既富有中国传统学术厚重扎实的特点，也具有西方古典学严谨明快的特色，在许多方面融汇了中国古典与西方汉学两个学术传统之优长。作者谙熟中国古籍，具有深厚的版本学、目录学知识，《指南》随处可以感受到编者对《汉书艺文志》《隋书经籍志》《文选》等文献的熟稔。作为西方学术环境中孕育的汉学著作，《指南》非常注重学术规范，如标注作家生卒年或活跃时代，古代地名有明确的今地注释，重视目录文献工作，等等，这些都是值得称道的。

关于上古和中古时期的文学文献学和文献目录，已出版的中文著作有曹道衡、刘跃进两位先生合著的《先秦两汉文学史料学》（中华书局，2005），穆克宏先生的《魏晋南北朝文学史料述略》（中华书局，2010），刘跃进先生的《中古文学文献学》（江苏古籍出版社，1997）①，以及洪顺隆先生主编的《中外六朝文学研究文献目录》（增订版）（台北：汉学研究中心，1992）。但英语世界尚缺少这一时期中国文学文献的入门读物，《指南》的出版有助于改变这种不足的现状，而且就学术信息而言，《指南》也可以作为以上诸种著作的有益补充。

其次，《指南》很好地借鉴和吸收了以往中国和西方学者的研究成果，并提供了深入研究的线索。如作家生卒年和生平事迹方面，参考了曹道衡和沈玉成两位先生合撰的《中国文学家大辞典（先秦汉魏晋南北朝卷）》（中华书局，1996）和《中古文学史料丛考》（中华书局，2003）。《指南》中的地名，主要参考了山东教育出版社的"二十五史专书辞典丛书"。关于官名的翻译，参考了美国学者贺凯（Charles O. Hucker）的《中国古代

---

① 《魏晋南北朝文学史料述略》着重于文学方面，《中古文学文献学》则涉及史书、子书等，取材更为广泛。

官名辞典》（A Dictionary of Official Titles in Imperial China）①，但书中对一些官名也有不同的翻译，如将"博士"译为"professor"，将"东观"译为"Eastern Institute"。又如将"兰台"译为"magnolia terrace"，用的是"magnolia（木兰）"而不是"orchid（兰花）"，也从一个细节反映了作者对动植物名称翻译的考究，以及行文的字斟句酌。又如，晋宋之间是中国古代思想与信仰世界发生巨大变化的时期，傅亮的《观世音应验记》是关于这一问题的重要文献之一，《指南》列举了中日两国学者研究《观世音应验记》的众多成果，为这一问题的深入探讨提供了不少线索（第 241～242 页）。

最后，《指南》具有很强的实用性。对于非古典文学研究工作者而言，《指南》是一部了解和认识中国文学和中国文化的入门书，读者可以凭借这部百科全书中的词条快速入门。对于研究生和古典文学研究工作者而言，《指南》则是一部很好的参考书。正如作者在导言中所说，此书是编者四十多年从事中国古典文学研究和教学心得的结晶，其中的大多数内容曾以讲义和书目的形式在课堂上给学生讲授。这使得《指南》不仅是一部先唐文学和文献学的辞典和工具书，也非常适合文学史的自学和教学——学生可以自学其中的内容，获得中国先唐文学的基本知识；老师在讲授中国文学时，也可以让学生课前阅读相关的词条，以增加背景知识，提高教学效果。

《指南》对中国学者尤其具有参考价值。如前所述，《指南》对西方汉学的研究成果和现状作了排比和梳理，带有总结学术史的意义，读者从中可以了解西方汉学之历史、研究方法和研究成绩。如"楚辞"条有关《远游》《九辩》等作品的研究，列举的有美国 Paul W. Kroll、日本竹治贞夫、福永光司、浅野通有、藤野岩友等学者的成果（第 149～151 页）。关于"楚辞"的语言背景问题，引用了罗杰瑞（Jerry Norman）、梅祖麟（Mei Tsu‑lin）与蒲立本（E. G. Pulleyblank）论楚语与南亚语系（Austro‑A-siatic language）关系的相关论文（第 124 页），提供了不少有价值的学术信息和研究线索。"董仲舒"条关于《春秋繁露》的研究，列举了英文、

---

① 此书北京大学出版社有英文影印版，2008 年 4 月第一版。

法文、德文与日文的研究成果（第 196 页）。"《孔雀东南飞》"条列入了铃木修次的《焦仲卿妻考》与 Hans H. Frankel 的 "The Formulaic Language of the Chinese Ballad 'Southeast Fly the Peacocks'" 两篇论文（第 469 页）。"曹植"条，著录了很多日本和欧美学者研究的成果（第 96 ~ 100 页），值得重视。"郦道元"条，列举了法国学者沙畹（édouard Chavannes，1865 ~ 1918），日本学者森鹿三等人的译介情况，以及日本"东洋文库中国古代地理史研究班"所撰的《水经注疏译注》（第 480 页）。"他山之石，可以攻玉"，《指南》宽广的学术视野、丰富的研究线索，有助于中国学者了解国外同行的研究特色和研究方法，汲取优长、启发灵感，进而促进中国学术自身的成长。

由于《指南》的工作量极其庞大，加上编辑工作中的问题，其中难免有一些疏漏，误字如第 218 页，"浙川"中的"浙"当作"淅"。同音误字如第 69 页，"《陈太秋碑》"中的"秋"当作"丘"；第 294 页，"《衡扬郡记》"中的"扬"当作"阳"。少字如第 249 页，"《玉函山房佚书》"中，"房"下少一"辑"字；第 562、582 页，"钱穆《刘向父子年谱》"中"向"下少一"歆"字；第 771 页，"阮籍《为郑冲劝晋王笺》"中"为郑冲"以下四字缺。倒字如第 259 页，"仲武"（傅毅字）当作"武仲"。生卒年错误如第 187 页，"谢朓（441－556）"；第 219 页，"刘义康（490－451）"；第 307 页，"傅咸（249－194）"，显系笔误。

总之，《指南》以词条的形式评介历代文学家、作品、文类和文学现象，林林总总，蔚为大观，且综合中国古典学术与西方汉学传统之优长，实为一部特色鲜明的先唐文学百科全书，对西方学者和中国学者都有重要的学术参考价值。在撰写书评时，笔者又了解到，康达维教授正潜心从事《指南》下卷的修订和完善工作，预计不久即可与读者见面，对此，我们热切期盼着。

附记：本文完成后，曾寄呈连永君、苏瑞隆两位先生请教，多所是正，谨此致谢！

附录：

康达维教授主要学术著作目录

1.《汉赋研究两种（英文）》（1968）

   Two Studies on the Han Fu. Parerga 1. Seattle：Far Eastern and Russian Institute，University of Washington，1968.

2.《扬雄及其赋之研究（英文）》（1976）

   The Han Rhapsody：A Study of the Fu of Yang Hsiung（53 *B. C.* – *A. D.* 18）. Cambridge，London，New York，and Melbourne：Cambridge University Press，1976.

3.《汉书扬雄传（英文）》（1982）

   The Han shu Biography of Yang Xiong（53 *B. C.* – *A. D.* 18）. Tempe，Arizona：Center for Asian Studies，Arizona State University，1982.

4.《文选英译》第一卷（1982）

   Wen – xuan or Selections of Refined Literature. Volume One. Rhapsodies on Metropolises and Capitals. Princeton：Princeton University Press，1982.

5.《文选英译》第二卷（1987）

   Wen xuan or Selections of Refined Literature. Volume two. Rhapsodies on Sacrifices，Hunts，Travel，Palaces and Halls，Rivers and Seas. Princeton：Princeton University Press，1987.

6.《文选英译》第三卷（1996）

   Wen xuan，Volume Three，Rhapsodies on Natural Phenomena，Birds and Animals，Aspirations and Feelings，Sorrowful Laments，Literature，Music and Passions. Princeton：Princeton University Press，1996.

7.《早期中国的宫廷文化与文学（英文）》（2002）

   Court Culture and Literature in Early China. Variorum Collected Studies Series. Aldershot，Hampshire：Ashgate Publishing，2002.

8.《宫廷文化中的修辞与权力话语：中国、欧洲与日本（英文）》（主编之一，2005）

   Rhetoric and the Discourses of Power in Court Culture：China，Europe，and

Japan. Co – editor, with Eugene Vance. Seattle：University of Washington Press，2005.

9.《上古与中古前期中国文学研究参考指南上卷（英文）》（主编之一，2010）

Ancient and Early Medieval Chinese Literature：A Reference Guide Part One. Co – editor, with Taiping Chang. Leiden and Boston：Brill, 2010.

10.《中华文明史（英译本）》（英译本主编，2012）

The History of Chinese Civilization. Four Volumes, English TEXT EDITED by David R. Knechtges. Cambridge：Cambridge University Press，2012.

手抄本时代的文本生成与诗歌创作

——评《中国早期古典诗歌的生成》

许继起

　　《中国早期古典诗歌的生成》（胡秋蕾、王宇根、田晓菲译，田晓菲校，生活·读书·新知三联书店，2012）是宇文所安先生的近著。该书主要探讨唐前诗歌的生成机制，研究对象主要是两汉魏晋南北朝时期的五言诗歌和乐府歌诗。本书共分六章，"序言"部分详细论述了作者对汉魏晋南北朝诗歌创作概况的理论认识，介绍研究"中国早期古典诗歌"方法论。六章分别是："汉诗"与六朝，早期诗歌的"语法"，游仙、死亡与宴会，作者与叙述者、拟作等六个专题，分别探讨汉魏诗歌的作者归属、语辞结构、创作特征等问题。附录部分收录了七篇文章：作体裁名称的"乐府"，音乐传统，选集和五言诗，"晋乐所奏"，话题的例子："人生苦短"，"古诗"中的《诗经》——一个个案，模拟、重述、改写。这七篇短文，分别研究各章专题中的某些细节问题。

　　本书"序言"部分，鲜明地阐述了在本书研究中，作者对待汉魏六朝诗歌基本材料的态度及对古典诗歌起源叙事的认识。即忽略众多文学作品的作者、年代及历史叙事，将这些作品视为"同一种诗歌"，而这些诗歌作品创作的基本语言素材，源自一个共享诗歌的材料。同时，作者认为现有的关于古典诗歌起源的叙事是在五世纪晚期和六世纪时期，即齐梁时代建立起来的。认为在制作关于古典诗歌起源的标准叙事过程中，现有的诗歌文本则经过了重新被筛选和大量的改动过程。这样做并非否认古典诗歌可能存在的真实的作者及可能进行的准确系年，而是讨论这些可以系年的作品，怎样被错误地用来对大多数无法确知的时代及作者的文本进行历史的排序。

"序言"中，指出本书研究立足的两个历史中心：一是早期古典诗歌创作的时代，即两汉及曹魏西晋时期（不晚于公元前一世纪，直到公元三世纪后期）；二是南朝都城建康的文学世界（公元五世纪到六世纪中期，即东晋、刘宋、齐、梁时代）。认为古典诗歌的作者早于齐梁文人两个半到三个世纪，但是这些诗歌及诗歌的作者，经过了齐梁文人的编辑和甄选，并根据这一时期的诗歌创作标准，对这些作品进行了改作、评判和排序。因此也可以说，现存的诗歌作品同样在某种程度上，也是齐梁文人的创造。齐梁文人是后代接受早期古典诗歌的主要中介人。

作者强调指出，衔接这两个历史中心的重要媒介是手抄本。早期诗歌主要通过手抄本进行传播，齐梁文人也主要依据大量的手抄本进行选择。由于抄者水平、目的等原因，造成诗歌手抄文本存在诸多不确定性因素。一个作品中异文众出、作者迭现、长短不同、结构混乱等现象，在手抄本中司空见惯。当这些作品，通过这种方式进入第二个中心的时候，同一个文本，通常会出现众多不同的面目。齐梁文人对这些作品进行选择的时候，只能选其一，以确定文本成编。并且认为有证据表明，他们同样可以根据自己的品位标准对文本进行订正和修改。这种种因素，造成早期诗歌文本存在很大的不确定性，因此，很难将两个中心完全剥离出来。作者认为后一个中心对文本的改变、加工和补充，对早期古典诗歌叙事的建立起了更大的作用。"因此，中国经典诗歌的起源不仅仅是一个关于'汉魏'的故事，它们讲述的是五世纪后期到六世纪早期的齐梁如何为这个关于'汉魏'的故事建构证据。"①

本书重新审视那些记录汉魏晋南北朝诗歌的历史材料，思考那些通过手抄本得以传播和写定的诗歌文献，即由《文选》《玉台新咏》《乐府诗集》及大量的唐宋类书等文献，所呈现的相关诗歌文本的作者归属、不同

---

① 《中国早期古典诗歌的生成》序言，第7页。

异文、韵脚变化、诗句排列、体裁分类等问题。由于手抄本的不确定性，作者对记录早期诗歌的文献材料提出应有的质疑，努力地解决当面对同一首诗歌作品，由于记录者的不同，记录文献的不同，而呈现的不同面貌，即或尽管有大半数以上的文辞雷同，但根本就是两首完全不同的作品等问题。

作者表现了对手抄本文献的极度重视，也反映了作者对文本传播过程中产生的变异的细致观察，以及由此带来的关于古典诗歌的原创及二度改作的思考。我们看到的大部分作品，即为这种改作和变异的文本，而历代的研究者也正是在这种基础上建构古典诗歌生成的文学叙事。这种研究的关键在于如何解释原创作品与变异作品的区别，考察变异的原因、变异的背景、变异的程度、变异的特征、变异的规律、变异的类型，以及变异的后果和由此带来的对文学创作产生的影响。书中的诸多解释，大多建立在考察变异文本的基础上，这充分地反映了作者对手抄文本及其传播的理解。

不过，如果对抄本传播下文本变异的无限夸大，以及对原创作品无休止地怀疑，无疑会影响我们对造成变异文本因果的判断和分析。中国文学的创作者、研究者与记录者，表现出了对原创作品及历史真实文本的迷恋。如在汉代郊庙歌辞的制作中，对改动的某一句话，某一个字，都有说明。在乐府作品的乐名上，也是如此。在记录文本叙事的过程中，对文字变异的记录清晰可辨。如秦至汉的房中乐，秦名为"嘉至"，汉为"安世乐"。曹魏至两晋诸多标识为"晋乐所奏"的作品及对旧作歌辞的记录，反映了记录者对原创作品及改作的明确区分。刘宋南齐的许多郊庙歌辞，仅改"宋"为"齐"字，即可完成对祭拜天地时的颂扬和对祖宗事迹的歌颂。在曹魏、东吴、晋代鼓吹歌辞的创作中，均有对歌辞言、句、章数的详细记录。《宋书·乐志》中，对不可辨识的声辞杂写一类作品的记录，也反映了史家记录者对历史文本的高度重视。

本书一方面强调了《宋书·乐志》忠实地载录了乐人对歌辞文本的记录，另一方面表现了对非乐人记录的歌辞文本的质疑。显然，作者面对歌者的手抄本与其他抄录者的抄本时，采取了不同态度，认为前者更忠实地记录了作品的文本原貌，而其他抄录者则更改了作品。我们不太同意这种看法。首先，进入史官视野的歌诗文本，在很大程度上是史家真实的记录，尤其如郊庙、燕飨、鼓吹、朝会之乐等具有重要礼仪意义的歌辞，绝非由一般的手抄者或者歌者进行抄写传播。如《史记·乐书》《汉书·礼乐志》中的汉代歌诗，即是由史官记录的歌词文本。而目前我们看到的《宋书·乐志》中歌辞，是通过史官之手记录的歌辞，其史源是否为歌者的记录需要谨慎待之。因此，与乐人对歌词文本的记录相比，史官对歌词的记录更加可信。相反，由于歌者的演唱风格及表演的随意性等原因，乐人可能会临时改动歌辞，因此，不同的乐人（表演者）对同一首歌辞的记录也会出现差异。由此可见，并非是乐人记录的歌辞就更加忠实于作品的文本原貌。

汉魏六朝不乏有意记录自己创作的诗人，专业抄者也不乏其数。作家创作的作品，在写定成集过程中，不否认作者本人会对作品进行不断地修改，其后期写定的文集，会与前期流传的作品有所差异。但是抄录者，只是一个抄录的工匠，他能否改动已成形的作品，存在较大的疑问。诗歌文本的编辑者，是否像书中所说的那样，如《文选》《玉台新咏》的编选者会按照时代或自己的审美标准去改编作品，也就成了一个较大的疑问。通过《乐府诗集》，我们可以看到，南朝宋张永《元嘉正声技录》、王僧虔《大明三年宴乐技录》、陈释智匠的《古今乐录》等对早期乐府歌辞及题解的记录，也看到"晋乐所奏"与"魏乐所奏"以及古辞歌辞明显区别。在礼仪制度上，《古今乐录》明确记录了梁代旧舞人数、服饰等信息，以示与陈代舞制的区别。这均反映了记录者对原创歌辞及历史文本的忠实记录。

在《玉台新咏》《文选》对歌辞的记录中，许多作品与专门记录歌辞的文本表现出不同的面貌。书中强调指出这种由于保存途径不同而造成的文本差异，反映了记录者对文本态度的区别，前者更愿意按照自己、主持撰集者或者时代的审美标准去改编原作。但是如果考察《文选》中赋、铭、诔、赞、颂、表等文类的文本时，我们会发现这些文类基本忠实于我们见到的史官系统下的文本记录，并不像歌辞文本那样有巨大的差异。这说明，记录者本身仍有"述而不作"的史家意识，并非动辄以己意改之。如本书中所认为的那样，非专门记录歌辞的文集的编撰者动辄改动歌辞文本的解释，是否符合全部的作品，是否符合历史事实，还需要进一步论证。

汉魏晋时的诗歌文献主要依赖手抄本文献而得以流传，齐梁及唐宋时期，也主要依赖这些手抄本文献来记录和传播早期的诗歌作品。从六朝及唐宋的文学专书及文学类书中可以看到，早期诗歌的作者、题名、体裁归属、用韵体制、诗句结构出现了众多的变异。不论这种变化是作品本身被二度创作，还是记录者本身对原创作品进行了修改，早期的诗歌作品，正是以如此不同的面貌进行传播。由于早期作品存在众多的不确定性，因此，作者将其研究的基础定义在对文献资料的来源及性质的探索上，而不是研究诗歌的体裁、作者及诗歌本体的一般性理解。

由于研究资料本身的问题，作者将研究对象即汉魏诗歌定义为"古典诗歌"（classical poetry），这个定义意味着一种来源不能确定的、共享的诗歌创作实践。"从'诗歌材料'（poetic material）入手，把任何一个特殊的文本都视为材料库存的之一小部分的具体实现，而不是独立的创作。"[1] 五言诗是此类诗歌的代表。古典诗歌所共有是主题、话题、描写的顺序、描写的公式和一系列语言习惯。此类诗歌建立在低级修辞的基础上，从这一意义上讲，这类诗歌是通俗的。这也是本书探讨的一个重点：即探寻低级修辞的诗歌如何被保存，并成为古典。

在序言中，作者毫不吝啬地提到此书的研究方法与前人时贤研究之间的联系。如傅汉思将诗歌视为一种共享的行为，而不是个体诗人创作的集合。铃木修次《汉魏诗歌的研究》注重诗歌资料的传统，如指出诗歌在不同资料中有不同的记录，而诗歌的段落、诗句的位次也会被移动等。而作者也称自己的研究与桀溺的独出新意多有契合。认为逯钦立《先秦汉魏晋南北朝诗》对早期诗歌的搜集校勘及考证，奠定了早期诗歌的研究基础和基本格局。口头程序理论重视作家文学及民间文学的联系，并带来研究手抄本文化文本产生和流通的多个不同的研究方向。约瑟夫阿伦将《古诗十九首》纳入了乐府的范畴。诸如此类，作者大致讲述了从这些研究成果得到的启发及与自己研究的不同之处。

---

[1] 《中国早期古典诗歌的生成》，第 16 页。

可以看出，在谈到早期诗歌研究成果的时候，大陆学者的研究除了提到逯钦立对搜集诗歌文献的贡献之外，其他研究一概没有涉及，这未免有些遗憾。

针对早期诗歌的特点，作者建立了一些相对具有严密关系的概念。如认为古典诗歌具有"按主题创作"（composition by theme）的特征，确立了主题（theme）的概念。话题（topic，源于希腊语 topos），则取其拉丁译文后的拓展意即陈词滥调（commonplace）。主题本质上是由一系列出于习惯而被联系在一起的话题组成，也通常包含许多程序语（template），即通常在诗的固定位置使用特定的词语表达大体相同的语义内容的句式。

变体是指诗人、诗句、诗的传播者、写手，往往会改变诗歌固有程序的表达，造成诗句的变化，由此带来诗歌的种种变异。随着创作场合及诗歌地位的提高，诗人使用的词汇等级也不断提高，低级修辞等级逐渐向高级修辞等级过渡，这也会造成变体的产生。变体可以是整个文本，也可以是文本中字词的变体。不能将文本当作是诗人创作时本来的状态，早期的诗歌是一个存在于复制状态中并通过复制而为人们所接受的诗歌系统。知道和传播诗歌的人、表演诗歌的乐师，以及后代的抄写者和文学选集的编选者都会对它们进行改动。而复制的时候，所有这些人都会按照自己的需要改动文本。在乐府诗作品中会看到很多片段创作，即"拼和型乐府"，拼和的片段之间具有相近的主题，但更多的时候片段之间没有太多联系。对变体诗歌的界定，是不再认为诗歌是在创作的时候，就已经形成稳定的文本，而是不断被复制和再生产的事物。此外，诗歌不是创作，而是不断地运作，即早期的诗歌的材料常常不断地被重新组和。音节变体（metrical variation）也是一种常见的形式。诗人、歌者、抄写者、编选者及其可能存在的传播者，都可以改变其中字句、韵脚，造成诗歌音节的变化，形成不同版本，这也是一种重要的变体类型。

这些概念，不仅是为了论述的方便，也是本书研究理论的重要组成部分，与本书的研究方法构成了较为严密的逻辑关系。换言之，这些概念也可以看作是作者对此期诗歌深入研究后得出的具有规律性的理论性认识。虽然这些理论的正确性与合理性，还有待于进一步地去探讨和论证，不过这些概念，却十分鲜明地将作者对早期诗歌文本的认识作了简洁的概括。

将早期诗歌视为一批共享的材料，这种做法从根本上弱化了诗歌自身固有的叙事与抒情功能。诗歌已不是诗歌本来的样子，诗歌不再是强烈表达诗人个人情感的语言工具，而是复制、改写、拼和早期诗歌共享材料的机械化生产的成品，诗歌文本的基础语言、诗语结构、声韵规则依附于已有成品的规定而存在。作者从根本上忽略了诗歌创作的个体性，而强调其重复的诗语结构、意象组合及雷同的片段。

第一章"'汉诗'与六朝"，讨论了现在所看到的文学叙事中标识为"汉诗"的古诗，在陆机、江淹、谢灵运、沈约、刘勰、锺嵘关于五言诗的历史叙事中，如何获得了作者的归属，并由此获得更有利的历史排序，以及它们进一步被《文选》《玉台新咏》的编选者进行了选择，同时也进行了改写，由此完成汉诗经典化的过程。本章论述中忽略了排列更多关于五言诗作品被收入《文选》《玉台新咏》时被改作的证据，使研究更符合我们所熟知的版本校勘，或考据的论述，以增加足够的说服力，让读者更愿意去相信文章所得出的结论。

作者在能见到的诗论及诗文总集编选过程中，建立起了早期汉诗被经典化的逻辑链条，《玉台新咏》最终成为汉诗经典化的完成者。不过，当我们进一步考察那段文学发展的历史时，我们会发现在《文选》《玉台新咏》之前，已经存在了诸多可能关于汉代五言古诗、五诗乐府诗的诗歌选集。如晋荀勖《古今五言诗美文》五卷，谢灵运《诗集》五十卷，张敷、袁淑《补谢灵运诗集》一百卷，颜峻《诗集》一百卷，宋明帝编《诗集》四十卷，江邃《杂诗》七十九卷、沈约编《集钞》十卷等，显然我们不能忽略这些诗集曾经存在的历史，以及他们在汉代五言古诗经典化过程中所起到的重要作用。五言诗写作最辉煌的时代，无疑是汉末曹魏至东晋时期，山水诗、玄言诗中，虽有大量的五言诗，但显然与汉末曹魏时期的五言诗在风格上已经有所不同。自刘宋永明至梁代，对声律的追求以及宫体诗的兴起与繁荣，使这一时期五言诗的风格出现了根本性的改变，即更加追求诗歌的声律与修辞。如果说《玉台新咏》是汉诗经典化的完成者，那么，既然是推崇五言诗，为什么还要对它进行修改？为什么还要按照当时的审美或作者的偏好进行改写和编选？显然这种改写与经典化的动机是矛盾的。换言之，我们更倾向于认为五言诗的经典化过程，至少应该在五言诗声律化之前即已完成，跟《玉台新咏》编选五言诗没有直接的关联。

从另一个角度来看，五言诗，尤其是五言乐府诗的经典化与清商乐发展有着密切的关系。从乐府文学发展史及音乐发展史来看，相和歌辞、曹魏清商三调歌诗及相应的清商音乐，在刘宋之时受到极度的推崇。刘宋时期，吴声西曲在清商乐的名义下得以改造，成为当时新变之声的代表。从十六国之乱，到西晋灭亡，至晋室东迁、五胡乱华，再到刘宋统一南北，西晋宫廷的清商乐工经历了一个辗转流亡的过程，但这一时期，无论哪个封王的政治集团，西晋宫廷的清商乐工均成为他们必须争夺的对象，也成为其制礼作乐的重要条件。可见，清商旧乐对各国礼仪建设的重要性，超过所有其他的条件。与之相配合的歌辞，也随之成为一种具有象征意义的文化符号。清商歌辞经过历代改制，新辞迭出，但是那些曾经与之相配的被标识为古辞的五言歌辞，多传自汉末曹魏，它们在历代制礼作乐时追求复古的情绪中，显得熠熠生辉，并率先成为后世诗人追慕的对象。

由此，我们不得不提到一个与古诗经典化密切相关的现象，即拟作的出现。毫无疑问，拟作最先发生在乐府歌辞的创作中。从《乐府诗集》中，我们会看到同一乐府曲名下众多被模拟的歌辞，发生越早的歌辞，与古辞的相似度就越高。尤其古辞辞乐关系的分离，也激发了那些具有复古情节的文人，可以充分不考虑入乐的种种条件，专心进行辞体的模拟。对乐府歌辞的模拟，无疑会影响到对非入乐诗歌作品的模拟。拟古诗作大量涌现，反映了对古诗的某种偏爱。这种拟古的热情，对汉诗的经典化无疑具有重要的意义。在声韵要求不是那么严格的时代，拟作古诗从亦步亦趋，逐句追摹，到不拘句式，不拘长短，不拘题意；从追拟原作，到自由发挥，这都丝毫不影响古诗在模仿者心中的文学地位。从某种意义讲，这反而推动了古诗经典化的进程。如果从清商旧乐的经典化及拟作的发展历史来看，成书于梁代的《玉台新咏》，显然不是古诗经典化的最终完成者。在模拟创作的诗歌世界里，手抄本、异文、变体、韵脚不是结缔拟作的最必要的因素。乐名、曲名、调名、题意、体式、韵律等任何一个与古诗有关系的因素，都有可能成为被模拟的理由，但这似乎毫不影响古诗经典化的进程。

古诗被称为"五言之冠冕"，或被分为上品、下品、中品，或被分为乐府和古诗任何一种体裁，这种带有强烈个人色彩的评价，代表了个人，也可能反映了某个时代对某一作品或某一类作品的认识，但这均不能说明这个作品被普遍地奉为经典。当这一作品成为被模仿的对象，成为那些具有人文精神的知识分子追求文化、文学精神的标识时，它便具有了经典的意义。从这一角度看，五言古诗及五言乐府成为经典的时代，应该是在六朝诗歌追求声律之前。

第二章"早期诗歌的'语法'"。早期的诗歌中，同一首诗歌中存在大量的异文，而在不同文本的诗歌中，也有大量重复的句子，甚至是段落。作者认为，如果忽略原创、作者、时代等因素，"可以把早期诗歌看作'同一种诗歌'，一个统一体，而不是一系列或被经典化或被忽略的文本。这个诗歌系统中，有其重复出现的主题，相对稳定的段落和句式，以及它特有描写步骤"。①

基于这种认识，作者用比喻的方式认为，一首作品应该像是一种具有稳定语法结构的语言。构成诗歌语法的重要因素有：套语（commonplace lines）、变体、话题和主题、片段等。作者基本否定了《费凤别碑诗》中的"道路阻且长"、《古诗十九首》第一首中的"道路阻且长"等此种类似的表述，是对《诗经·蒹葭》"道阻且长"的用典。虽然不能断定此类表述是否可以当作早期诗歌材料库用作创作的套语而存在，但是认为这种表述是"同一个"诗句不同的实现方式之一。由此生发的各种变体，如蔡琰《悲愤诗》中的"回路险且阻"、曹植《送应氏二首》中的"山川阻且远"、张华《情诗》"山川阻且深"、陆机《拟涉江采芙蓉》"山川阻且难"等，不能在全部意义上看作是对《古诗十九首》的模仿，而认为"这一时期的诗歌，是一个流动的共享诗歌材料库的部分，而这个共享的诗歌材料库，由可以被用不同方式实现的联系散松的话题和程序句组成。这个话题和联系的网络超过了任何特定实现方式"②。

围绕诗歌的某个主题往往有很多大致相似的话题组成。在"夜不能寐"的主题下，就有着衣、徘徊、明月、清风、鸟鸣，有时也有弹琴、弦歌等。如《古诗十九首》"明月何皎皎"："明月何皎皎，明月照我床。忧

① 《中国早期古典诗歌的生成》，第78页。
② 同上，第83页。

愁不能寐，揽衣起徘徊。客行虽云乐，不如早旋归。出户当彷徨，愁思当告谁。引领还入房，泪下沾衣裳。"阮籍《咏怀》："夜中不能寐，起坐弹鸣琴。薄帷鉴明月，清风吹我襟。孤鸿号外野，翔鸟鸣北林。徘徊将何见。忧思独伤心。"均具备"夜不能寐"题下围绕的各种要素。曹丕《杂诗》则增加了行旅的话题，曹植《赠王粲》，曹睿《乐府诗》、《长歌行》中的孤鸿、孤雁、孤鸟、夫妻离别成为新的话题，而"夜不能寐"的尾联，往往以泪水或忧伤结束，在诗歌的语法中"夜不能寐""拥有一个基本上位置的功能"。在《宋书·乐志》《玉台新咏》《艺文类聚》中，《艳歌何尝行》具有不同的片段组成，由此推测，乐府诗中有些作品是由不同的片段组成，这些片段也是构成诗歌语法的组成部分。作者由此判定："每个版本都是诗歌材料的实现方式，这些实现方式根据文本出现的文献性质的不同而变化。如果我们要设定一个历史的先后顺序，那么《乐志》的版本显然代表了最早的文本实现方式。但是那个版本可能不会早于公元四世纪或五世纪的宫廷表演传统；它无法帮助我们达到某个更早的'原作'。"[1]"这样，我们看到创作实践中有三个不同的层面：话题、主题和主题的组合，有些主题是拼合独立的片段。"

作者选择的这些主题相似的诗歌作品，按现有文献的历史排序，跨度较大。如果在一个较长的历史时段内，确实能找到主题及话题极为相似的表述。但这不仅是乐府诗，古诗中也是如此，我们相信在山水诗、玄言诗、田园诗、游仙诗中，也会找到类似的主题或话题相同的作品。也就是说，无论中古早期的诗歌，还是晚期的诗歌，都存在这种情况。韵书的出现是为了帮助诗人更好地创作符合韵律的作品，如果主题确定，韵脚确定，在同类体裁中很容易找到表达程序相似的作品。类书的出现，使诗歌的创作者很容易找到用一些固定的典故表达相似主题的作品。如果早期诗歌和晚期的诗歌，都符合主题与话题及固定程序大致相同的组合原则，只能说明，诗歌创作存在这种同类体裁共享的语言资料库，但是似乎不能说这是早期诗歌独有的特征，而且对于作者书中始终要面对的问题：现有诗歌文本的历史叙事，即现存诗歌文本的历史排序是否合理，并没有太大的论证意义。如果换一角度，

---

[1] 《中国早期古典诗歌的生成》，第 111 页。

不妨以现有诗歌文本的历史叙事，相对严格地限定时间跨度，比如，可以以《焦氏易林》及那些大致可以确定为汉代诗歌作品中的郊祀、鼓吹、杂歌、谣辞为限，分析现有诗歌叙事中关于三曹的作品与古辞、汉魏古诗、古诗十九首之间，可能存在主题与话题，以及片段拼合的关系。在一个相对共时性的历史时段内，去论证彼此之间的关系，可能会更有力地论证作者关于诗歌材料共享、古诗主题、话题及片段拼合的理论。

另外，在讨论"夜不能寐"主题及相关话题时，先预设了一个大体标准的组合模式，即以《古诗十九首》"明月何皎皎"、阮籍《咏怀》的叙写结构，设定"夜不能寐"主题下的标准序列话题，是着衣、徘徊、明月、清风、鸟鸣，有时也有弹琴、弦歌等。之所以称为标准模式，是因为"这些大多是三世纪失眠人意料之中的平常事，另一些失眠时同样平常的反映却没有被包括在内"。① 一定是明月，而不会是半月或月牙，诗人从来不在雨夜失眠，季节一定是秋季，诗人独守空房。失眠诗中的叙述者是孤单的，常常与另一个人的缺席联系在一起，很明确地表达思念的主题。孤鸿、孤雁都是南飞，也是主题标准叙事之一。在曹睿《乐府诗》中"春鸟向南飞"，突破了南飞的叙事，这便成为"夜不能寐"的变体。同样在其《长歌行》中，在"夜不能寐"的主题下，孤鸟成了丧偶的燕子，诗中没有标准叙事中的明月，而有北辰星、景星；没清风，却有众禽和足够的涕泣；没有"起徘徊"，却有"下前庭"；没有揽衣，而有抚剑。这首诗也被作者定义为"夜不能寐"的变体，同时将这一话题用修辞等级较高的语言，构成诗歌的重心。接下来，作者所列举的作品均向着支持"夜不能寐"标准的主题及相关话题序列的组合发展。而我们想追问的是，在现存诗文本所有"夜不能寐"主题下，存在多少类似《长歌行》一样的不同变体呢。对这种所谓变体考察的意义，在于更进一步揭示主题、话题及程序在这一时期主导诗歌创作的意义。

同样在第三章"游仙"、第四章"死亡与宴会"中，作者分别探讨游仙诗、公燕诗中的主题及相关话题的组合的标准模式，以及出现的不同变体。游仙诗中，其主题是得仙。相应的两个次主题（sub-themes）：一个

---

① 《中国早期古典诗歌的生成》，第85页。

是获得仙丹、道术或者真秘；一个核心是周游天庭。获得丹药的标准叙事，是登山，遇仙，获得丹药，吞食，成仙，或者带回献于帝王饮食成仙，以验证求丹的结果。另一种变体，则是修炼得道成仙，遇仙，观览仙景，酒宴，仙乐，或得食丹药，最终是得道成仙。

在游仙诗中，弥漫着人生苦短的感叹。解决方式一是求仙得道，一是勤勉努力，再者就是及时行乐。

第三点是将作品的叙事导向了饮宴的主题，作者试图在饮宴、公燕诗中寻找到一种标准叙事，但均无果而终。因此说："我们一直试图将'主题'和'话题'放在两个不同的层面上，但是事实并没有那么简单：在大多数诗中只用一两句诗表现的简单话题可以在另一首诗中扩展为很长的段落。但是这里确实存在一个重要的区别：一个标准的诗歌主题应用的是常常出现在诗歌材料中的话题序列，但是话题拓展却往往是通过文和赋更为常见的铺陈手法。"① 因此在《古诗十九首》第十三首中仅满足于着华服、饮美酒，而曹丕《大墙上蒿行》则用大量的描写大肆地夸张其华服、宝剑及仙乐宴会的奢华。作者解释其原因时说："也许因为它本身就是诗歌场合的发生地，宴会是最不稳定的主题之一。秋夜无眠主题或求仙主题是相对来说可以预料的，宴会却摇摆于欢乐绝望之间。情绪可以瞬间改变。"这种解释看似合理，如果从另一角度看，却显得比较牵强。

在"夜不能寐"主题下，作者所列举的诗歌作品，除《古诗十九首》《咏怀》之外，无一例外是乐府作品。游仙主题的作品，也是除《古诗十九首》之外均为乐府作品。如果从作者有意忽略的诗歌体裁的角度去思考，乐府题材的作品往往与表演相联系，固定的表演程序往往会产生这种符合作者所谓主题、话题结构的标准叙事模式。《古诗十九首》与乐府作品似乎具有某种天然的联系，有大体一致的叙述模式，是完全可以理解的。宴会的主题互有差别，跟作者所选诗歌的体裁有关。从"大墙上蒿行"题名看，这首作品应与乐府古题"蒿里行"这首原本丧乐的乐曲有关。魏晋的风俗习惯，是丧乐经过改制后可以用于饮宴，《蒿里行》《薤露行》便是其中的代表。挽歌诗体的盛行，也反映了当时的这一时俗。这个

---

① 《中国早期古典诗歌的生成》，第 227 页。

时代风俗，大致可以解释作者所谓"宴会却摇摆于欢乐与绝望之间"的现象。另外，歌辞描写繁富，跟宴会是诗歌场合的发生地似乎没有必然的联系。这应该与此首乐府作品的表演体制有关系。所谓"大墙上蒿行"，"大"反映了这首乐歌与一般体制的《蒿里行》有所区别。还有题名"篇""行""引"等作品，反映了乐府作品表演程序、创作体制、音乐类型的差异，这显然是造成作者所谓"主题""话题"有时会无法建立标准叙事模式的原因之一。换言之，主题、话题模式的标准模式或变体模式的叙事，并非适合所有的作品。我们认为在表演文学的世界里，表演体制的意义比主题和话题模式的组合方式更为重要，更能决定一首歌辞的主旨、体制、声韵、规模及叙事演进的方向。如在魏晋大曲艳、曲、趋、乱的表演体制，基本决定了歌辞的创作体制，如歌辞的长短等因素。如此种种，不一而足。

在"作者与叙述者（代）"一章中，作者对《苏李诗》《团扇诗》《悲愤诗》《白头吟》秦嘉、徐淑《赠答诗》班固《咏史》、《野田黄雀行》的作者归属、叙述者或代言者的情况进行了分析。其目的并不在于否定或肯定作者的归属，而是将作者的归属当作"文本的一种属性"，由此进一步揭示，在抄本时代那些无名氏作品如何获得作者归属，以及由此带来的文学叙事的意义。比如《团扇诗》《咏史》《野田黄雀行》因某种因素获得了作者，后人对它的文学解读就有了更具体的意义。

魏晋以来，拟作是这段文学史上重要的文学现象。"拟作"一章主要分析陆机、鲍照、蔡邕等人对古诗十九首的模拟之作，从修辞、韵律、体制、长短等方面，分析拟作与原作的差异，尤其认为拟作提高了修辞的等级、用韵更严格、行文的逻辑更为严密。遗憾的是，我们只看到作者对模拟《古诗十九首》的作品进行分析，而另一类更重要的作品，即乐府作品的拟作却只字未提。如果作者能多用些篇幅，对拟作进行类型化研究，或许更能全面地总结拟作在这段文学史中的意义。

在附录中，"作为体裁名称的乐府""音乐传统""选集与五言诗""晋乐所奏""话题的例子：人生苦短""'古诗'中的《诗经》：一个个案""模拟、重复和改写"，基本是对前面几章中相关内容的个案研究与说明。

　　综上而言，此书联系汉魏晋迄宋代文学典籍中所呈现的文学叙事，把手抄本时代的早期诗歌创作建立在共享诗歌材料库的基础上，在其设置的主题、话题、变体、序列、片段创作、音节变体、口头程序等理论概念体系中，探讨汉魏六朝诗歌的生成机制。重视研究诗歌文本的资料来源、文本差异、作者归属、拟作等因素与文本生成的关系。不过，书中过分注重手抄本时代文本的差异，并夸大这种文本差异所表现的文学意义。其设置的理论概念，在解释"夜不能寐""游仙"等主题的诗歌时，可能比较适用，但是在乐府诗、饮宴诗、玄言诗、山水诗中能否适用，有待进一步论证。另外，作者研究早期诗歌文本差异的同时，更应该关注诗歌体裁的差异对诗歌创作机制产生的影响。因为，比如在乐府文学中，其表演机制是更大程度上决定歌辞创作体制的关键因素。

评马瑞志的英文译注本《世说新语》

范子烨

　　在中国古代文学的浩浩洪流中，《世说新语》是一部出类拔萃的杰作。千余年来，影响深远，后世之儒雅学子，倜傥骚人，莫不仰其俊秀，揖其清芬。书中之佳事佳话，风流缅邈，至今传之不衰。对于《世说》，历代之硕儒通人，皆有极高之评价。而回顾我国之《世说》研究，自刘宋末年以至今日，一千四百余年，未尝稍断。名家联翩，纷纷尽瘁于此书，累累硕果，汗牛充栋。《世说》在现代西方汉学界，亦受到有识之士的高度重视，同时，也令很多人以其难读望而却步。1948 年，法国著名汉学家埃蒂安·白乐日（Etienne Balazs）在《亚细亚研究》第二期上发表了一篇题名为《在虚无的反叛和神秘的逃避之间》的文章，他预言：由于《世说》里的某些描述具有相当强的私人性质和隐秘特征，它将在很长一段时间内不会被译成西方语言。1974 年，比利时高级汉学研究所研究员布鲁诺·贝莱佩尔（Bruno Belpaire）发表了他的法语全译本《世说新语》，白氏的预言被打破了。贝莱佩尔筚路蓝缕，厥功甚伟，但是，由于译者对《世说》在总体把握上的偏颇和语言上的误读及治学态度上的草率，故而谬误充斥全书。实际上，这种翻译倘若成功的话，将大大便利西方学者对中国中古文化史的全面把握和深入研究，诸如文学的、历史的、哲学的、宗教的、美学的、伦理的、心理的和科学的等方面，从这部书中都可以发现大量的第一手材料。换言之，《世说》作为一部我国中古文化的具体而微的百科全书，其文化背景之复杂决定了贝莱佩尔这位拓荒者必然遭遇重重障碍而谬误百出。将《世说》译成法文固然不易，译成英语更为艰难。以翻译莎翁戏剧闻名于世的梁实秋先生素有完成《世说》英译之志，他说："我个人才学谫陋，在《世说》中时常遇到文字的困难，似懂非懂，把握不住。其中人名异称，名与字犹可辨识，有些别号官衔则每滋混淆。谈玄论道之语固常不易解，文字游戏之作更难移译，我选了二三十段之后即知难而退，以为《世说》全部英译殆不可能。"① 然而，这种不可能在 1976 年却成为活生生的现实：美国著名汉学家马瑞志教授在经过二十年刻苦磨砺后，终于完成了他的英文全译全注本《世说新语》（*A New Account of Tales of the World*，以下简称"马译"），并由明尼苏达大学出版部（University of Minnesota Press，Minneapolis，1976）出版面世。本文所要讨论的就是这部体大思精的学术著作，而我们关注的重点则是其学术特质和卓越贡献。

（1）传世的《世说》版本，以唐写本《世说新书》残卷为最古，其次是日本金泽文库所藏宋本《世说新语》。杨勇先生的《世说新语校笺》②即以此本为底本。杨《笺》"旁鸠众本，探赜甄微，网罗古今"，"辨穷河豕，察及泉鱼"，③ 马瑞志先生誉之为"纪念碑式的""杰作"。④ 在《世说》研究史上，杨《笺》首开先例，将《世说》原文和刘孝标《世说注》分列，并给正文的每一条加上序号，从而为现代读者提供了极大的方便。马译在体例上汲取了杨《笺》的这一优点，同时，还在正文之末标示其别见于何书。如《贤媛》二九：

> 郗嘉宾丧，妇兄弟欲迎姊妹还，终不肯归，曰："生纵不得与郗郎同室，死宁不同穴？"

此文后括号内，马译作："TPYL 517；SWLC，hou 11."意为见《太

---

① 梁实秋：《读英译本〈世说新语〉》，《世界文学》1990，第 2 期。
② 杨勇：《世说新语校笺》，大众书局（香港），1969。以下简称"杨《笺》"。
③ 见杨《笺》，饶宗颐：《序》。
④ 见本论文集《贝莱佩尔法译本〈世说新语〉审查报告》一文。其详细情况参见柳存仁《杨勇：〈世说新语校笺〉》，《香港中文大学中国文化研究所学报》，第 3 卷，第 1 期。

平御览》卷五一七和《事文类聚》卷一一。当然，马氏能够准确标示出这些情况，主要还是依据杨《笺》，因为杨师在书中的《校笺》部分，每每征引别见于它书的《世说》异文，这无疑为马氏提供了有利的查考线索。马氏这样处理，确实是很有益于读者的。尽管如此，马氏对杨《笺》，并不盲从，而是认真复查原始材料，或者参考其他著作，如日本学者古田敬一的《〈世说新语〉校勘表》①等。如《德行》四五：

> 吴郡陈遗，家至孝，母好食铛底焦饭。遗作主簿，恒装一囊，每煮食，辄贮录焦饭，归以遗母，后值孙恩贼出吴郡，袁府君即日便征，遗以聚敛得数斗焦饭，未展归家，遂带以从军。战于沪渎，败，军人溃散，逃走山泽，皆多饿死，遗独以焦饭得活。时人以为纯孝之报也。

"时人"句括号内，马译作："Cf. Nan—shih73.7b, under biog. of P'an Tsung."意为见于《南史》卷73第7页b面《潘综传》附《陈遗传》。杨《笺》谓出《南史·吴逵传》②，今检《南史》卷七三《孝义·上》，陈遗事在《潘综传》后，杨师显系一时疏误。

马译的结构框架和体例安排是十分严密的。全书由前言、正文（495页）和附录三大部分组成。其中前言又分为《自序》（*Preface*，3页）、《导论》（*Introduction*，18页）和《附志》（*Translator's Note*，2页），而以《导论》最为重要。附录有《传略》（*Biographical Notices*，113页）、《释名》（*Glossary of Terms and Official Titles*，52页）、《缩写》（*Abbreviations*，13页）、《书目》（*Bibliography*，13页）和《引得》（*Index*，32页）五种。全书共计741页。《自序》和《附志》主要介绍了译者翻译《世说》的缘起、过程以及所遵守的原则。

《导论》是一篇阐发《世说》思想意蕴和历史背景的鸿文，我们应予特别的注意。在此文中，译者对《世说》进行了深入、细致、全面的阐

---

① 古田敬一：《〈世说新语〉校勘表》，载广岛大学《中文研究丛刊》第5种，1957。
② 《世说新语校笺》，第38页。

释，多发前人所未发；其严谨、认真的治学精神和雄浑、阔大的学术境界以及绚极归淡的撰述风格，更给人以科学的教益和智慧的启迪。《导论》包括两个部分：《〈世说新语〉的世界》① 和《版本源流》。前一部分是主体。马氏开篇即写道：

> 如果说由故事、对话和简短的人物刻画所构成的《世说》描绘了一个客观存在的世界，那么我们就有理由探视这个世界的真面。它反映的是这个特殊时空（中国公元 2—4 世纪）中的世界的全豹，还是狭小的一斑？最终，它是对那个世界的真实传写，还是在特殊观点支配下的高度主观的抗辩轨迹？诸如此类的问题确实不易回答，因为在众多事实中不能有第二种选择。但在研究伊始，试图面对它们，仍然有益无害。

随后，作者便详尽回答了这些问题。首先，他认为《世说》的世界是一个真实的世界。"《世说》全书出现的人物约计有 626 人，显然，他们都可以在历史以及其它方面得到证实。此外，就书中部分事件和议论而言，适度的文学性修饰和戏剧性夸张，也不能成为怀疑其真实性的理由。"但"描述历史似乎还不是作者意图之所在"，"其中的娱乐因素，无论是优美的故事传闻，还是特殊的妙言俊语，或者对怪癖奇嗜的记录，在《世说》作者的意图中，绝非是次要的"，也就是说，"娱乐因素"较多的《世说》"在一定程度上比一般历史更为小说化"。其次，作者认为《世说》的世界"是一个异常狭窄的世界"。其中的人物，如"皇帝、太子、大臣、官僚，将军，文质彬彬的隐士和温文尔雅的僧侣，尽管他们生活在极其优雅而敏感的象牙塔之中，其中多数人还是经常涉足充斥着血流漂杵的战争和尔虞我诈的尘世。这是一个黑云漠漠的世界，与才智和睿识的光辉构成了鲜明的对照"。作者列举了一系列历史事件以证实自己的观点。继之，他又指出：

---

① 此文笔者已经译为汉语，刊于《学术交流》杂志，1996 年第 1 期。

无论贯穿于这一历史阶段的宗派关系的哪一种复杂因素，如政治、社会、经济，乃至宗教等等，它们似乎都被三世纪压缩成了两个相悖的基本主题……：崇尚自然与尊奉名教。在前后相续的每个历史阶段，关于这两方面的争端都小有不同，但自然派倾向于道家哲学，其道德不拘一格，在政治方面没有约束；而崇尚儒家传统名教的尊奉和支持者设防于繁多纷乱的教条，在道德上墨守成规，对公众生活承担固定的义务。

由此出发，他将《世说》人物分成两组："前一组人物乃自然的信徒和追随者，而后一组人物则崇奉礼教。"而前者是"居于后者之上的创造者"。马氏认为"三世纪中叶在文学创作方面自然主义的伟大代表是嵇康（223—262）和阮籍（210—263）"，在嵇康被害以后，向秀（221—300）"公然步入礼法之士的行列"，"设法与当权者维持一种微妙的平衡性的妥协"，其心灵深处的自然主义倾向并未改变。在东晋以后，"这种思想或精神上的自然主义与表面上的尊奉和妥协，演变为新自然主义的右翼，而伫立于礼法之士和某些激进派之间"，"尊奉礼法和任心自然这两种生活方式，一直持续到四世纪偏居一隅的建康王朝"，随后佛学又为之注入了新鲜血液，向更加深远的方向发展。显而易见，马氏是从魏晋思想史的角度来审视《世说》世界的。他采取单刀直入的方式，在总体上把握作品，竭力向深处开掘，简洁而明了，故创获极多。笔者初读此文，颇有《世说·赏誉》一五三所谓"清露晨流，新桐初引"的境界感。那种面面俱到、叠床架屋，或者虚无缥缈、望远书空式的阐释性文字，与此是不可同日而语的。同时，我们不难看出，马氏对《世说》世界的揭示，与已故国学大师陈寅恪之杰作《陶渊明之思想与清谈之关系》①有密切关系。案陈氏云：

> 《世说新语》记录魏晋清谈之书也。其书上及汉代者，不过追溯原起，以期完备之意。惟其下迄东晋之末刘宋之初迄于谢灵运，固由其书作者只能述至其所生时代之大名士而后止，然在吾国中古思想

---

① 陈寅恪：《金明馆丛稿初编》，上海古籍出版社，1980，第180～205页。下引此文不注。

史，则殊有重大意义。盖自汉末之清谈适至此时代而消灭，是临川康王不自觉中却于此建立一划分时代之界石及编完一部清谈全集也。

因此，关于清谈思想的发展，便成为观察《世说》的一个极佳的视角。马氏对此把握得很准。事实上，陈氏也是从自然与名教的关系来研究陶渊明的，最后归结为"渊明之思想为承袭魏晋清谈演变之结果及依据其家世信仰道教之自然说而创改之新自然说"，"渊明之为人实外儒而内道，舍释迦而宗天师者也"，"就其旧义革新，'孤明先发'而论，实为吾国中古时代之大思想家"。从以上的引述我们可以看出，马氏对《世说》世界的阐释，的确受到了陈氏的影响。此外，马氏对《世说》中的佛门释子和道教信徒也有所论述，这里就不再赘引了。

书后五种附录的编写也很有特色。《传略》包括《世说》这部轶事文集所提到的 626 人的小传，不包括刘《注》中出现的人名。每篇小传的开始部分为传主的姓名、字，如有其他的人名形式，如异名、异字、异号，则同时列出，接着在括号中标出尊称或小名。复次为生卒年月，或传主大致的活动时间。人名或书名，以英文拼法和中文字母同时标出；在现存史书中有传记材料者，则标明其卷次和页面。对于刘《注》关于传主的传记资料，则用缩写字母标示原来的书名，最后逐一列出此人在《世说》中所处的门类、条次，同时，以斜体数字显示某条下之刘《注》有此人的传记资料。例如：

张华（230～300）字茂先。（本传见《晋书》卷36，第15页 a 面～第24页 b 面）少而孤，以牧羊为生，但是得到了县里某些贵族成员的帮助和教育。在公元265年晋朝掌权之后，他是非常平凡的，负责朝廷的礼仪，然而宗庙之光被折断之后，他又被免职了。他编纂了早期的百科全书《博物志》，故以博学闻名。其书仍有片段幸存于今日。他在公元300年"八王之乱"中被赵王司马伦杀害。（其事又见王隐《晋书》及《世说》）第1门第12条，第2门第23条，第4门第68条，第8门第19条，第24门第5条和第25门第7、9条。）

《释名》主要汇集了马氏对《世说》和刘《注》的语词、术语（Terms）和官衔（Official）的解释。例如，《世说·规箴》九"举却阿堵物"，《栖逸》一六"实有济胜之具"，我们在《释名》中可以迅速找到关于"阿堵"和"济胜"的解释：

> 阿堵，此也。六朝口语次词，相当于现代的"这"。
> 济胜，横越胜景，即登山。

再如，《世说·文学》六四："提婆初至，为东亭第讲阿毗昙。"《贤媛》六："交礼拜迄。"《释名》对"阿毗昙"、"交礼"的解释是：

> 阿毗昙，梵文 abhidharma，"教义论"，评注本佛学著作的普通术语。
> 交礼，婚礼中交互鞠躬或者交换的礼节。

另如，《世说·言语》四二称挚瞻曾为户曹参军，对此官职，《释名》的解释如下：

> 户曹参军，负责记录地方人口的军事长官。

这些解释都有助于我们理解原文。《缩写》凡337条，其中有87条是刘《注》所引用的或涉及的书名的缩写（加※者除外）。每条包括书名的英文拼写，中文原名，作者姓名及其生活之年代（确知生卒年者则注明之）。这实际上是刘《注》引书目录。例如：

> AFSC An Fa—shih chuan 安法师传，anon.（concerns Shih Tao—an，释道安，312—385）

这种书目前人已经编过了，如清末叶德辉的《世说新语引用书目》，这对研究《世说》的人当然是很有用的。《书目》分为 A、B、C、D 四个方面。A.《〈世说〉文本》（*Texts of the SSHY*）是《世说》的各种版本，包括校笺本；B.《〈世说〉译本》（*Translations*）是《世说》的外文译本，包括四种日文本和一种法文本；C. 特殊研究（*Special Studies*）是中外学者研究《世说》的专著和论文；D. 基础研究（*Background Studies*）是中外学者探讨六朝社会、历史、文化和习俗等方面而与《世说》有关的论文。这个书目非常完备，足以为研究六朝乃至中古文化提供检索之便。《引得》各条包括刘《注》所提到的人名、地名、书名（见于《世说》正文者，经常提及的如"洛阳""建康""会稽"等地名和省、朝代之名之已见于《缩写》，部分除外）和文章名等，其中关于儒、道、释以及《易》《老》《庄》和音乐、书法、清谈等条目对我们特别有用。这个引得的编纂，马氏借鉴了威廉·亨的《世说新语引得》① 和高桥清的《世说新语索引》②。

编写这样一些附录，需要下苦功，需要超人的耐力和一丝不苟的精神以及科学、缜密的思维。这些修养，马氏兼而有之，因此，取得了巨大的成功。当然，在张永言先生主编的《世说新语辞典》③ 和张万起先生主编的《世说新语词典》④ 问世以后，这些附录中的条目显得不够完备，也不够准确。但我们不应忘记，马先生的五种附录乃是最早的《世说》词典！

（2）在这部汉学巨著中，最有价值的部分是马氏对《世说》原文和刘《注》的翻译。钱锺书先生说："文学翻译的最高理想可以说是'化'。作品从一国文字转变成另一国文字，既不能因语文习惯的差异露出生硬牵强的痕迹，又能完全保存原作的风味，那就算得入于'化境'。十七世纪一个英国人赞美这种造诣高的翻译，比为原作的'投胎转世'（the transmigration of souls），躯体换了一个，而精魂依然故我。换句话说，译本对原作应该忠实的读起来不像译本，因为作品在原文里决不会读起来像翻译的东西。"而"一国文字和另一国文字之间必然有距离，译者的理解和文风跟原作品的内容和形式之间也不会没有距离，而且译者的体会和自己的表

① 哈佛—燕京学院汉学索引第 12 辑，1933。
② 广岛大学文学部中国文学研究室：《中文研究丛刊》：第 6 种，1959。
③ 张永言：《世说新语辞典》，四川人民出版社，1992。
④ 张万起：《世说新语词典》，商务印书馆，1993。

达能力之间还时常有距离"。① 因此，文学翻译要达到化境，殊为不易。然而，马译以其对《世说》的臻于化境的文学翻译征服了读者。马氏在《译者附识》中说："《世说新语》中并没有什么神秘到叫外国人难以理解的东西。这部书记载的遗闻轶事、会话言谈乃至人物性格大部分都是只要稍加替换就可能在任何社会上发生的。因此，我在复述它们的时候，尽可能做到接近原来的形式，尽管这种做法将导致对英文惯用法的某种'破格'，但我觉得这样逐字逐句地保留原文的意象和观念较之从英文中寻找虽然接近作者'用意'，却改变了原貌的相应词句要好得多。"换言之，译者以忠实于原文为首要出发点。因此，传译准确便构成了马译最突出的特色。试举《世说》36 门的名称为例：

1. "德行"—Virtuous；

2. "言语"—Speech and Conversation；

3. "政事"—Affairs of State；

4. "文学"—Letters and Scholarship；

5. "方正"—The Square and Proper；

6. "雅量"—Cultivated Tolerance；

7. "识鉴"—Insight and Judgment；

8. "赏誉"—Appreciation and Praise；

9. "品藻"—Classification and Praise；

10. "规箴"—Admonitions and Warnings；

11. "捷悟"—Quick Perception；

12. "夙惠"—Precocious Intelligence；

13. "豪爽"—Virile Vigor；

14. "容止"—Appearance and Behavior；

15. "自新"—Self—renewal；

16. "企羡"—Admiration and Emulation；

17. "伤逝"—Grieving for the Departed；

18. "栖逸"—Living in retirement；

① 钱锺书：《七缀集·林纾的翻译》，上海古籍出版社，1985，第 67～68 页。

19. "贤媛" —Worthy Beauties；

20. "术解" —Technical Understanding；

21. "巧艺" —Skill and Art；

22. "宠礼" —Favors and Gifts；

23. "任诞" —Free and Unrestrained；

24. "简傲" —Rudeness and Contempt；

25. "排调" —Taunting and Teasing；

26. "轻诋" —Contempt and Insult；

27. "假谲" —Guile and Chicanery；

28. "黜免" —Dismissal from Office；

29. "俭啬" —Stinginess and Meanness；

30. "汰侈" —Extravagance and Ostentation；

31. "忿狷" —Anger and Irascibility；

32. "谗险" —Slander and Treachery；

33. "尤悔" —Blameworthiness and Remorse；

34. "纰漏" —Blind Infatuations；

35. "惑溺" —Crudities and Slips of the Tongue；

36. "仇隙" —Hostility and Alienation。

这些对译都是十分准确的。根据马氏的译文，我们可以很容易就判断出《世说》各门名称的语言构成方式，并列式如 1、2、5，7—11，14、16、17，21—36，它们都是由具有并列关系的两个单音词构成的；偏正式如 3、4、6、11、12、15、19 和 20，前一个字对后一个字有修饰和限定关系；动宾式如 17，前一个字是动词，后一个字是它的宾语。其中如"文学"，一般很容易望文生义而译为"literature"，马氏没有这样处理，而是译为"Letters and Scholorship"，意为"文章与学术"。杨勇谓本门所记，"系文章博学，而兼及清谈之事"，① 是为马氏所本。其实在《世说》编纂的时代，纯正的文学观念已经独立了。《宋书》卷九三《雷次宗传》：

---

① 杨《笺》，第 147 页。

元嘉十五年，征次至京师，开馆于鸡笼山，聚徒教授，置生百余人。会稽朱膺之、颍川庾蔚之并以儒学，监总诸生。时国子学未立，上留心艺术，使丹阳尹何尚之立玄学，太子率更令何承天立史学，司徒参军谢元立文学，凡四学并建。

但是，传统的极为宽泛的文学观念依然存在于士人的头脑中，《世说》第四门《文学》便反映了这样一个文化事实，马氏对此了然于心，因而能够准确地加以传译。又如第二十九门"俭啬"之"俭"，一般很容易译为节俭（austerity）。此"俭"乃中古语词，实际也是吝啬之意，如《洛阳伽蓝记》卷三《高阳王寺》："而性多俭吝，食常无肉。"及《世说·俭啬》一："和乔性至俭，家有好李，王武子求之，与不过数十。"和同门二："王戎俭吝，其从子婚，与一单衣，后更责之。"皆其义例。马氏将它译为"stinginess"（吝啬之意），这是非常正确的。《德行》三五："刘尹在郡，临终绵惙。"后一句马氏译为："as he approched his end and was breathing his last."" to breathe one's last"是成语，以过去进行时用之，意为将死、将要断气。案《晋书》卷三五《刘惔传》："疾笃，百姓欲为之祈祷⋯⋯""疾笃"正是"绵惙"的注脚。"绵"的本字是"縣"，"绵惙"指病危、病重。《魏书》卷二一《广陵王羽传》："高祖幸羽第⋯⋯曰：'叔翻沉疴绵惙，遂有辰岁，我每为深忧，恐其不振。今得痊愈⋯⋯故命驾耳。'"马译恰得其实。马译的准确性还表现在它特别善于传达原文的精神气韵。《言语》一一："钟毓、钟会少有令誉，年十三，魏文帝闻之，语其父钟繇曰：'可令二子来。'于是敕见。毓面有汗，帝曰：'卿面何以汗？'毓对曰：'战战惶惶，汗出如浆。'复问会：'卿何以不汗？'对曰：'战战栗栗，汗不敢出。'"
马译：

Chung Yu and his younger brother Chung Hui both enjoyed excellent reputations in their youth. When they were around thirteen years old, Emperor Wen of Wei heard of them and said to their father, Chung Yu, "You may bring your twosons to see some—time"

Accordingly an imperial audience was arranged for them. Yu's face was covered with sweat, and the Emperor asked, "why is your face sweating?"

　　Yu replied,

　　"Tremble, tremble, flutter, flutter;

My sweat pours out like to much water."

　　Turning to Hui, the Emperor asked, "And why are you not sweating?"

　　Hui replied,

　　"Tremble, tremble, flutter, fall;

My sweat can't even come at all."

　　康达维称："马氏在以英语捕捉原文的韵味上取得了令人羡慕的成功。它的译文既忠实于原文本身，又十分可读并引人入胜。我常常惊讶于他能这么好地选择最准确的英语词汇来表达包含不少六朝方言俗语的汉语原文；在移译用于人物品题的许多双字汉语上也显示出特殊的创造性。我用原文对读，发现译文是极为精确的。我还很少见到能把如此丰富的语言翻成英语象马氏翻得那么好的译者。"① 由上例看，此言并非溢美。

　　翻译的过程也就是解读的过程。马译对《世说》的解读，不仅是文字上的，同时，也是文化上的。它所独具的胜解，常常能够为我们阅读原文提供有力的帮助。这是一般的文学翻译望尘莫及的。《世说·文学》三〇："有北来道人好才理，与林公相遇于瓦官寺，讲《小品》……此道人语，屡设疑难，林公辩答清析，辞气俱爽。此道人每辄摧屈。孙（绰）问深公：'上人当是逆风家，向来何以都不言？'……林公曰：'白旃檀非不馥，焉能逆风？'""逆风家"，原指顶风前进的人，此句"言法深学义不在道林之下，当不至从风而靡，故谓之逆风家"。② 孙绰（314—371）见支遁（314—366）占上风，便吹捧法深（286—374），意欲挑起两位高僧之舌战。而林公所言，是以白旃檀喻深公：香气虽多，逆风便闻不到——才能有限。本条刘《注》引《成实论》曰："波利质多天树，其香则逆风而

　　① 康达维：The Journal of Asian Studies（1978 年第 37 卷第 2 期），转引自张永言先生《马译〈世说新语〉商兑续貂》（一），见《古汉语研究》1994 年第 4 期。
　　② 余嘉锡：《世说新语笺疏》，上海古籍出版社，1983，第 219 页。

闻。"此句马译："It's not that white candana isn't fragrant, but how can it sent its fragrance upwind. "这一表达也是十分准确的。《文学》七八："孙兴公作《庚公诔》，袁羊曰：'见此张缓。'于时以为名赏。"马译：

> When Sun Ch'o composed his "Obituary for Yu Liang", Yuan Ch'iao said of it, "To read this is to tighten one's slackness. " At the time it was considered a famous appreciation.

"To read"一句系"见此张缓"之对译，意为"读这篇诔文使人的松弛紧张起来"。马先生认为"张缓"一词暗指《方正》四八刘《注》所引《孙绰集·庚公诔》中的两句："虽曰不敏，敬佩苇弦。"（见马译本条注释）"敬佩苇弦"，马译："Respectfully I gird bowstring and thong. "意即"恭敬地佩带着弓弦和皮带"。案杨《笺》引《韩非子·观行》："西门豹之性急，故佩苇以自缓；董安于之心缓，故佩弦以自急。"马译本此。在这里，马氏对"张缓"一词的考释也是颇有新意的，足资我们参考和借鉴。《方正》四七：

> 王述转尚书令，事行便拜。文度曰："故应让杜许……"

文中之"杜许"，诸家多视为人名。案《晋书》卷七五《王述传》并未言及其所让之对象。其实，"杜许"并非人名。"故应"句，马译："Surely you ought to have declined and dissembled a few times?"亦佳。"decline"，谓拒绝、谢绝；"dissemble"，谓掩饰、作伪。可见马先生是将"杜许"当作两个词来处理的。"许"为表程度之副词，马译："a few times. "十分准确。《品藻》六二：

> 郗嘉宾道谢公："造膝虽不深彻，而缠绵纶至。"又曰："右军诣嘉宾"……

"又曰"云云，徐震堮先生释云："此文颇费解。'又曰'者，盖记事者另发一端，言时人有此论，不与上文相承。'诣'下嘉宾二字疑衍。"①
"造膝"句，马译："In a intimate knee—to—knee discussion, even though he's
not profoundly penetrating." "又曰"句，马译："Someone remarked, 'But
Wang Shi—chih goes directly to the point!'" "嘉宾"二字未译出，译者显然
是把它当作衍文来处理的，这与徐《笺》不谋而合，而总体之诠释则胜之。
《排调》五七：

> 苻朗初过江，王咨议大好事，问中国人物及风土所生，终无极
> 已，朗大患之。次复问奴婢贵贱，朗云："谨厚有识中者，乃至十万；
> 无意为奴婢问者，止数千尔。"

案"无意"句，徐震堮先生释云："此句疑有讹夺，'问'字疑涉上
而衍。无意与有识相对，谓无所知解。"② 此说，非。苻朗（？—389）的
意思是说恭谨厚道、富有见识的奴婢价值十万，而那些缺乏头脑为奴婢之
事不断发问的家伙却仅值数千—其于上乘的奴婢亦相差远矣。这是对喋喋
不休的王肃的绝妙讽刺，因有风趣而入《排调》。马先生将苻氏的答语
译为：

The diligent and attentive ones with some intelligence cost up to a hun-
dred thousand cash, but the brainless ones who keep asking slavish and
servile questions only bring a few thousand and more.

其译文之美，真是令人叹服！
马氏英文《世说》的注释也很有价值。姑举三例以说明之。《政事》
一二：

> 王丞相拜扬州，宾客数百人并加沾接，人人有悦色。唯有临海一

---

① 徐震堮：《世说新语校笺》，中华书局，1984，第 292 页。
② 徐震堮：《世说新语校笺》，中华书局，1984，第 439 页。

客姓任，及数胡人为未洽……因过胡人前，弹指云："兰阇！兰阇！"
群胡同笑，四坐并欢。

案"兰阇"，马氏释云："This is evidently a Chinese approximation for
some Central Asian or Prakrit version of the Buddist Sanskrit greeting, Ranjani
meaning something like'Good cheer'.。"他认为"兰阇"显然是"Ranjani"
一词的汉语近译，它来自中亚的某些地区或古印度北部，系佛教徒之梵文
问候语，意犹"高兴、高兴"。这与陈寅恪、刘盼遂和周一良诸先生的观
点是一致的。《世说·任诞》一记载了著名的"竹林七贤"的故事，对此，
马氏解释说："显而易见，东晋怀旧的流亡者重新构建了一个想象中的联
合体，使之成为自由与超越精神的象征，这就是竹林七贤。"换言之，"竹
林七贤"并非客观存在的名士群体，而是后人意念虚构的产物。它体现了
永嘉流人对魏末晋初名流雅士的追忆与怀念，并由此重构了一个溢彩飞香
的历史旧梦和文化美境。当然，这一观点的提出，也是建立在陈寅恪先生
《陶渊明之思想与清谈之关系》一文的观点基础之上的。案陈氏云：

> 大概言之，所谓"竹林七贤"者，先有"七贤"，即取《论语》
> "作者七人"之事类，实与东汉末"三君"、"八厨"、"八及"等名目
> 同为标榜之意。迨西晋之末僧徒比附内典、外书之"格义"风气盛
> 行，东晋初年乃取天竺"竹林"之名加于"七贤"之上，至东晋中叶
> 以后江左名士孙盛、袁宏、戴逵辈遂著之于书，而河北民间亦以其说
> 附会。

但马氏之观点更加深入了一步，对我们无疑具有重要的启示意义。
《言语》五九："初，荧惑入太微，寻废海西；简文登阼，复入太微，帝恶
之。"马氏为此文所作的注释是全书最为撩人的一笔：

> 作为天空的围栏的太微垣与地球上的天子是相对应的，因此，某种
> 行星的入侵被视为不祥之兆。见《晋书》卷11，页16，a面；Ho
> Peng—yoke：《天文志》，页76。太微垣包括室女座、狮子座和合发 Be-

rency 构成的一组星云，现在大约位于东经 190° 的中央。考虑到岁差的因素，它在公元四世纪应该位于 165° 和 170° 之间，但是根据现在的资料显示，它更接近 160°。见居斯塔夫·施莱格尔：《中国天体图》。阿格征引，1875 年. 这一天文现象发生的具体日期见于本书刘《注》所引《晋阳秋》译文后的圆括号内，并参见《晋书》卷 13，页 20，a、b 两面。（Ho Pen—yoke 译：《天文志》，页 214）布赖恩特·塔克曼在他的《在五天和十天的间隔内行星、月亮和太阳的位置》一书中精确地测算并指出了这些火星的准确位置和出现的准确日期，见该书卷 2：公元 2 年至公元 1649 年，费城，1964 年。我很感谢内森·赛维为此提供了更多的信息。在塔克曼文献的基础上产生的测绘图表，表明《世说·言语》五九所描述的火星运动过程发生于公元 371 年 11 月 15 日和公元 372 年 5 月 29 日之间，见《美国东方学会会刊》，卷 91，1971 年第 2 期，页 251。

在这里，马瑞志先生援引一系列现代天文学研究成果，充分证明了在公元 371 年 11 月 15 日至公元 372 年 5 月 29 日确实发生过这样的行星运动。这一条注释堪称前无古人。西方研究人文科学的学者大都受到过良好的科学训练，他们由此而产生了严密、细致的科学四维和犀利、洞达的科学眼光，马瑞志先生堪称其中的杰出代表。

上文所述，意在说明马译的确不失为一部高水平的学术著作，它是我们研究《世说新语》乃至整个中古文化的必读书。而在西方汉学发展史上，它无疑也具有一种典范的学术意义。回顾我国的《世说》研究，在这一领域，可谓群星会聚，名家如云。明人如王世贞、王世懋、凌濛初，清人如郝懿行、王先谦、李慈铭，近代如叶德辉、严复、李详，现代如刘盼遂、程炎震、鲁迅、陈寅恪，当代如杨勇、王叔岷、张永言、徐震堮和余嘉锡等，其著作风格不同，各擅千秋。尽管我们不能说马瑞志教授的英文译注本《世说新语》在学术水平上超越了以上诸位名家的著作，但它确实提供了许多汉族学者所没有提供的东西，确实是一部堪与诸家之书埒美的学术名著。

【附录】

马瑞志教授评传

　　马瑞志，英文名字为 Richard B. Mather，1913 年生于中国河北保定，父母系民国初年来华的传教士。他自幼擅长汉语，就学于北京附近的通县，对中国史籍嗜爱尤深。十三岁时返回美国。1935 年，在普林斯顿大学以最优异的学习成绩获得艺术及考古学学士学位；1939 年，在普林斯顿神学院获得神学学士学位；1949 年，在伯克利加州大学获得东方语言学专业博士学位，博士论文之题目为《论〈维摩经〉的非二元性学说》。在加州大学学习期间，他受业于著名白俄学者 Peter Alexis Boodberg（1903～1972）和杰出的语言学家赵元任（1892—1982）教授。1953 年，在加州大学做博士后，完成对《晋书》卷 122《吕光传》的英文译注，此书于 1957 年收入 Boodberg 主编的《中国译丛》第七卷，由加州大学出版社出版。马瑞志博士在荣退之前为美国明尼苏达大学教授，历任《早期中世纪中国通讯信札》编委、美国大学教授联合会委员、中国中心中西部执行委员会委员、印第安那大学顾问委员会委员、《中国文学》杂志顾问委员会委员、美国宗教学术委员会委员、中国文明研究委员会中国中世纪小组委员会主席、美国学术联合会基金委员会主席、美国国家人文科学资助委员会翻译项目与学术研究基金部中国方面顾问、汉语教师联合会执行委员、亚洲研究协会项目委员会委员和美国东方学会项目主席等职。他精通英、法、汉、日及梵文等多种语言文字。先生发表的专著除英文译注《吕光传》和《世说新语》外，尚有《诗人沈约：缄默的侯爵》（普林斯顿：普林斯顿大学出版社，凡 240 页）。在杂志上发表的学术论文主要有《佛教与中国本土意识形态之冲突》《公元五世纪之诗人谢灵运的风景描写之佛理》《天台山的神秘攀缘：孙绰的〈天台山赋〉》《佛理散文之一例：王巾的〈头陀寺碑文〉》《中国三、四世纪的文章与学术》《〈世说新语〉"清谈"之事例》《谈话的美妙艺术：〈世说新语·言语篇〉》《论〈世说新语〉及其在中国文学中的地位》《寇谦之和公元 425—451 年北魏宫廷之道教理论》《沈约的隐逸诗：从绝对的栖遁到居于市郊》《六朝在野人士的个性表达》

《王融之〈游仙诗〉》《佛的生活与佛教徒的生活：王融之〈法乐辞〉》《撰于公元 458 年的谢朓的〈酬德赋〉》《公元一世纪到七世纪中、印两国彼此间的认识过程》等；在会议上发表的学术论文主要有《六朝时期关于尊奉礼教和自然无为的论争》《沈约（441—513）诗歌的诗学技巧》《〈世说新语〉：历史向传奇的转化》《〈世说新语〉的人物塑造》《论诗人沈约的精神追求》《论沈约的〈八咏〉》《论沈约的〈郊居赋〉》《永明时期（483—493）的几位创新诗人》《〈头陀寺碑文〉和〈文选〉中的其他碑文》《论诗人沈约之道德困境》《孝子贤孙和不肖子孙：〈世说新语〉的若干著名儿童》《中国中古时代的佛教与本土传统的相互作用》《论谢朓的〈奉和隋王殿下诗十六首〉的和谐性》等。马先生平生专门研究我国中世纪文化，故对《世说》情有独钟。在这方面，除以上列出的六篇专题论文外，其最重要的作品就是英文译注本《世说新语》。此书一出，即引起学术界高度重视，并产生广泛影响。1978 年，台湾敦煌书局和南天书局盗印了此书。同时，各种中西文报刊纷纷发表评论，据笔者所知，目前已有十二家。此外，在各类著作和文章中，马译也经常被提及，而均给予高度评价。如夏志清在《中国古典文学之命运》一文中指出："……我早在《文学的传统》这本书提起马瑞志教授精译详注的《世说新语》……实是一部空前的美国汉学巨著……任何人研读《世说新语》，随手参阅马氏译本，方便多了。"[1] 周一良先生说："马氏功力甚勤，其译《世说》也，广集佳本，校勘异文，除推敲临川正文外，孝标注亦兼收并蓄不稍弃。犹不足，则采日人及西方学者之论述，参诸唐宋大类书。于史事之递传，训诂之得失，慎思明辨，必求心安而后已……西人治汉学，精微若君者，不多见，而君虚怀若谷，不耻下问，其雅量尤不易企及。当今美籍学者，咸推君为吾国中古史祭酒。实至名归，非溢美也。"[2] "以二十年精力，英译《世说新语》正文及刘孝标注，嘉惠西国士林，功莫大焉。"[3] 华盛顿大学的康达维教授

---

[1] 夏志清：《中国古典文学之命运》，The Chinese Intellectual 春季号，1985，第 28 页。

[2] 周一良：《马译·世说新语·商兑》，《清华学报》（台湾）新 20 卷第 2 期，"国立"清华大学出版社，1991，第 199 页。

[3] 周一良：《马译〈世说新语〉商兑之余》，《国学研究》第 1 卷，北京大学出版社，1993，第 535 页。

说："这部语文学界的杰作是过去二十五年汉学研究最重要的贡献之一；它不仅是一件宝物，而且是一件真正的宝藏。"① 实际上，康氏主译《昭明文选》，即是受马译影响的结果。

马氏对《世说》的研究，与其佛学研究有密切关系。换言之，他是从佛学的角度来观察文学的。上文列举的一些成果也反映了他的这一治学特点。马氏在 1996 年 7 月 11 日致笔者信中追溯自己研究《世说》的缘起时说：

> 我对汉学研究兴趣的产生在很大程度上要归因于这样一个事实：即我的父母是传教士，我在保定度过了我一生中的头三十年。我对魏晋南北朝那一历史阶段产生特别的兴趣，就更为偶然。三十年代，我作为一名艺术考古学专业的大学生就读于普林斯顿大学，被唐代诗人和画家王维给迷住了，特别是他以"摩诘"为字这一事实而最终引导我选择去撰写关于汉语译本《维摩经》的博士论文，那是 1949 年，我在伯克利加州大学。其实，当佛教思想最初被中国文化吸收的时候，有很多东西值得研究。当时在伯克利有两位教授，他们对中国上古、中古的历史颇感兴趣。此外，在京都的两个度假年（1956—1957，1963—1964），我结识了日本京都大学人文科学研究所的一批学者，他们正聚在一起按部就班地搞日文译本《世说新语》。他们也邀请我参加他们的工作，搞一个英语译本《世说新语》以与其日文译本相匹配。

马氏的这项工作从 1957 年开始，到 1976 年方告结束，整整持续了二十年的时间。我国学者以数十年的时间或以毕生的精力研治一书者，并不少见，但对西方人来说，则罕有其人。马先生竭二十年之心力，完成了这部空前的汉学巨著，其孜孜以求、锲而不舍的精神，确实很值得我们学习。近年来，笔者与马先生鸿雁往来，对这位汉学巨子的精神世界有了更

① 康达维：*The Journal of Asian Studies*（1978 年第 37 卷第 2 期），转引自张永言先生《马译〈世说新语〉商兑续貂》（一），见《古汉语研究》，1994 年第 4 期。

加深入的体察。在 1995 年 7 月 5 日致笔者信中，马瑞志先生写道：

> 当你在来信中恭维我是"西方汉学界之泰斗时"，我大吃一惊，马上联想到一些巨大的蝌蚪。但在翻检词典之后，我发现这是"泰山和北斗"的缩写，我的心情由原来的惊讶转为惊恐。我认识到这一书信形式不过是一种通常的礼节，但是请放心：我确实是从一个位于美国中西部地区的大学退休的教授。然而，从大洋彼岸的一位心有同嗜的青年学子那儿听到这样的话，我心里是这样温暖。

马先生的坦率与谦和令人钦佩不已。其体大思精的英文译注本《世说新语》更是这种为人风格与高度严谨的科学态度的结晶与见证。而他用二十年时间完成的另一部巨著《永明时期三大诗人（沈约、谢朓、王融）诗文翻译和研究》（长达 900 页），也已经在 2003 年出版面世（由 BRILL 出版公司出版）。

一部有影响力的西方汉学经典

——评亚瑟·韦利《白居易的生活与时代》

陈才智

钱锺书先生一九四八年出版的《谈艺录》曾云：

> 英人 Arthur Waley 以译汉诗得名。余见其 Chinese poems 一书，有
> 文弁首，论吾国风雅正变，上下千载，妄欲别裁，多暗中摸索语，可
> 入《群盲评古图》者也。所最推崇者，为白香山，尤分明漏泄……当
> 是乐其浅近易解，凡近易译，足以自便耳。[①]

所言甚是。惟尚难以囊括其大量英译白诗的全部原因及其选诗标准。
Arthur Waley《汉诗增译》前言曾例举不宜英译的白诗。另外，其耳顺之
年出版的《白居易的生活与时代》，是西方第一部以诗人诗歌作品为史料
的人物传记，选择白居易为传主，并非仅仅是出于其"浅近易解"，更多
是出于性格经历和文学观念的认同。本文拟从这一角度来评骘其《白居易
的生活与时代》的得与失。

Arthur Waley（1889—1966），汉译亚瑟·韦利，或阿瑟·魏理。英国汉
学大家，汉语及日语翻译家。1913 年毕业于剑桥，受聘于大英博物馆，整理
中日绘画。三年后的 1916 年，完成《中国诗歌》（*Chinese Poems*），但没有

---

① 钱锺书：《谈艺录》（补订本），中华书局，1984，第 195 页。

出版商肯接受。同窗好友 Roger Fry 资助，自费印了一百
册。① 1918 年 7 月，《汉诗一百七十首》（*A Hundred and
Seventy Chinese Poems*）正式出版，使他首度成名。② 较有
影响之中文译作还有《译自中文》（1919）③、《白居易
〈游悟真寺诗〉及其它》（1923）④、《汉诗增译》
（1941）⑤、《中国诗歌》（1946）⑥、《西游记》（1942）⑦、

---

① *Chinese Poems*, Stewartstown: Lowe Bros, 1916. 共翻译 52 首汉诗，其中白居易诗歌 3 首。

② 《汉诗一百七十首》（*A Hundred and Seventy Chinese Poems*），伦敦：康斯坦布出版公司（Constable and Co.），1918 年；纽约：阿尔夫雷德·诺普夫（Alfred A. Knopf），1919 年。其中白居易诗歌 62 首。在出版后的 4 年内原版重印了 4 次，美国"通行本"重印了三次，单是第一版就 5000 册。书评：约翰·弗莱彻（John Gould Fletcher）《中国的芳香：评亚瑟·韦利的〈汉诗一百七十首〉》（Perfume of Cathay: Chinese Poems by Arthur Waley），*Poetry*，Vol. 13，No. 5（Feb.，1919），pp. 273 – 281. 此书在欧美流传甚广，当年即出修订版，至 1946 年已出第十二版。德国剧作家、诗人布莱希特（Bertolt Brecht，1898 – 1956）的《中国诗歌》（1939）中，有七首根据亚瑟·韦利译本而转译。另有十余首先后由乐坛名家被之管弦，供歌手演唱。西方学者多不谙中文，故乐读其书，推崇之意，不难想象。英国后起汉学家，虽诟病其译文不甚忠于原文，而仍视为研究汉学的津途。韦利译文之美，林语堂评价说："在翻译中文作者当中，成功的是英人韦烈。其原因很平常，就是他的英文非常好。所以我译《道德经》（按，指《中印智慧》*The Wisdom of India and China*），有的句子认为韦烈翻得极好，真是英文佳句，我就声明采用了。他译乐府诗、乐府古诗十九首及诗经等都不用韵，反而自由，而能信达雅兼到。韦烈偶然也会译错，如《西游记》赤足大仙，真真把'赤足'译为'红脚'，这都不必。他们讲典故，常有笺注可靠，到了'赤足'这种字面，字典找不出，就没法了。"赵毅衡《轮回非幽途：韦利之死》评云："这部译诗集与庞德的《神州集》（*Cathay*）一样，已经成为 20 世纪英（语）诗歌史的一部分。"（见其《伦敦浪了起来》第 89 页，人民文学出版社，2002）

③ 《译自中文》（*Translations from the Chinese*），纽约：阿尔夫雷德·诺普夫（Alfred A. Knopf），1919。*The Augustan Books of English Poetry*，London: Ernst Benn Ltd.，1927. 收录白居易诗歌 108 首，书中附有白居易生平年表，并对白居易生平中的一些重大事件以及《与元九书》做了介绍。

④ 《（白居易）〈游悟真寺诗〉及其它》（*The Temple and Other Poems*），纽约：阿尔夫雷德·诺普夫（Alfred A. Knopf），1923。

⑤ 《汉诗增译》，又译《译自中文续编》（*More Translations from the Chinese*），纽约：阿尔夫雷德·诺普夫（Alfred A. Knopf），1941；纽约：古典书局（Vintage Books），1971。共翻译 68 首汉诗，其中白居易诗歌 53 首。

⑥ 《中国诗歌》（*Chinese Poems*），伦敦：乔治·爱伦和爱文（George Allen & Unwin）出版社，1946；1962；纽约：丛树出版社（Grove Press），1960。

⑦ 《西游记》（*Monkey*），纽约：乔治·爱伦和爱文（George Allen & Unwin）出版社，1942；纽约：约翰·戴公司（John Day Co.），1943。

《易经》（1933～1934）①、《道德经》（1934）②、《论语》（1937）③。日文译作则有《日本诗歌》（1919）、紫式部《源氏物语》六卷本（1925～1932）、清少纳言《枕草子》（1927）等，及多部论述东方哲学之作。④

亚瑟·韦利最早是以诗人的身份荣膺文坛的。早在罗格比公学（Rogby）就读期间，韦利就萌发了对诗歌的兴趣，1963年2月18日，英国BBC广播电台著名主持人罗杰·佛勒对韦利进行过一次专访，访谈中韦利谈及自己中学时曾写过一些短诗，而且就诗歌形式是否应为十音步的问题与同学也是后来知名的翻译家司各特·蒙克利夫（Scott Moncrieff，1889–1930）发生过争论。⑤ 在剑桥大学上学期间，韦利加入鲁伯特·布鲁克（Robert Brooke，1887–1915）旨在清理维多利亚遗风组织成立的烧炭人俱乐部。该俱乐部是20世纪初英国剑桥大学师生成立的一个文学组织，著名的文学家威尔斯（H. G. Wells，1866–1946）、伦理学家摩尔（G. E. Moore，1873–1958）、历史学家狄金森（Goldsworthy Lowes Dickinson，1862–1932）都是该俱乐部

---

① 《易经》（*The Book of Changes*），斯德哥尔摩：《远东古物博物馆通报》（*Bulletin of the Museum of Far Eastern Antiquities*）5（1933–1934），第121～142页。

② 《道与德：〈道德经〉及其在中国思想中的地位研究》（*The Way and Its Power*：*A Study of the Tao Te Ching and Its Place in Chinese Thought*），伦敦、纽约：麦克米兰出版公司（The MacMillan Co.），伦敦：乔治·爱伦和爱文（George Allen & Unwin）出版社，1934；波士顿：Houghton Mifflin Co，1935；1936；1939；纽约：丛树出版社（Grove Press），长青树丛书（Evergreen Book），1958。到1977年已重印6次。湖南出版社"汉英对照中国古典名著丛书"，傅惠生编校，1994年5月；外语教学与研究出版社"经典文库"；湖南人民出版社"大中华文库"，1999。书评：（1）佛尔克（Alfred Forke）：《亚瑟·韦利的〈道德经〉》（"Waley's Tao Te King"），《德国东方学会季刊》（*Zeitschrift der Deutschen Morgenländischen Gesellschaft*）95（1941），第36–45页；（2）何可思（Eduard Erkes）《评亚瑟·韦利翻译的〈道德经〉》（"Comments on Waley's Translation of the Tao Te Ching"），AA，5（1953）。

③ 《论语》（*The Analects of Confucius*），伦敦：乔治·爱伦和爱文（George Allen & Unwin）出版社，1937；1938，第268页；纽约：蓝登书屋（Random House），古典书局（Vintage Books），"现代图书馆丛书"版（Modern Library Editions），1938；1960；1964；1966；古典书局（Vintage Books），1989。外语教学与研究出版社"经典文库"；湖南人民出版社"大中华文库"，1999。

④ 程章灿：《阿瑟·魏理年谱简编》（《国际汉学》第十一辑，大象出版社，2004）详细列出其学术生涯和汉学研究成果。

⑤ Roy Fuller（罗伊·福勒）．"Arthur Waley in Conversation, BBC Interview with Roy Fuller", Ivan Morris：*Madly Singing in the Mountains*，*An Appreciation and Anthology of Arthur Waley*，London：George Allen & Unwin Ltd，1970，p. 140.

成员。他们经常聚会郊游，讨论诗歌的不朽问题。韦利
曾为该俱乐部的刊物 Basileon 做过一首诗《嬗变》
（Change），发表于 1909 年 6 月。1913 年 2 月，韦利还
在《剑桥评论》上发表诗歌《郊外的德国人》（Ger-
man Outskirts），署名为阿瑟·戴维·许洛斯（Arthur
David Schloss），是韦利未改姓之前的姓名。韦利虽然
是以翻译者的身份名扬文坛的，但许多英国评论家都

将他当作英国的诗人，将其译介的诗歌作品视为英国文学遗产的一部分。
例如当代英国诗人沃尔夫（Humbert Wolfe）在《中国诗歌》（Chinese Po-
ems）前言中称，应该把韦利的英译汉诗"看成是一个二十世纪的英国人
创作的作品，并以此为基点来评判它们。"

　　对诗歌的钟情，是拉近韦利与白居易距离最切而近的线索。在韦利翻

译的中国诗各个版本中，几乎所有的译作都
有白居易的身影。他所翻译的白居易诗作的
数量近乎其他诗人总和的十倍。为诗而狂，
嗜诗如命，乃是韦利和白居易共同的旨趣爱
好。白居易《闲吟》云："自从苦学空门
法，销尽平生种种心。唯有诗魔降未得，每

逢风月一闲吟。"《山中独吟》云："人各有一癖，我癖在章句。万缘皆已
消，此病独未去。每逢美风景，或对好亲故。高声咏一篇，恍若与神遇。
自为江上客，半在山中住。有时新诗成，独上东岩路。身倚白石崖，手攀
青桂树。狂吟惊林壑，猿鸟皆窥觑。恐为世所嗤，故就无人处。"① 韦利的
学生伊文·莫里斯（Ivan Morris）曾借用后一首诗为题，易"独吟"为
"狂吟"，编有《山中狂吟——阿瑟·韦利译文及评论选》，他阐述说：

　　　　本书题目出自白居易最优秀的今古讽谏诗。一位朋友曾警示我

---

① 吴开《优古堂诗话》云："乐天：'自从苦学空门法，销尽平生种种心。惟有诗魔降未
　　得，每逢风月一闲吟。'又云：'人各有一癖，我癖在章句。万缘皆已销，此病独未去。'
　　此意凡两用也。"（《历代诗话续编》第 235 页）。又见《能改斋漫录》上册卷八（上海古
　　籍出版社，1979，第 226～227 页）。

说：借此为题，会给某些读者一种错觉，那就是阿瑟·韦利是个神经病患者。我大胆冒险，以此为题，因为这句诗恰到好处地表达出：自我被别人忽略的一面，那就是快乐。在韦利看来，文学不像后来许多专家认为的那样，是用一连串的行话或学术术语去攻克的坚强壁垒，这些壁垒因问题和挑战让人毛发耸立，文学应该是让人欣喜若狂的永恒的源泉。①

莫里斯的评述抓住了韦利乃一诗狂，白居易所谓诗魔的主要特点。尽管他将闲适的《山中独吟》归入讽谏诗是错误的，但这并不影响他对韦利嗜诗如命的这一特点的准确理解和把握。因为性格的原因，韦利虽喜交友，但说话甚少。其边缘的犹太族身份以及两次世界大战中法西斯对犹太的戕害，在他记忆中留下深深的烙印，英国逐渐蔓延的反犹情绪也使他的处境极为被动，这些因素加剧了韦利对公共生活的厌倦，尤其是对政治生活。他一生不涉政坛，不谋求政治地位，1929 年，甚至连自己在大英博物馆的工作也辞掉了。自 1930 年后，除二战期间从事过一段审察员工作外，再也没有担任过其他的官方职位。静谧恬淡是韦利的生活方式，只要能安心做自己想做的事，就是至乐。于这一点，远在东方的白居易成为他的知音。

《白居易的生活与时代》（ *The Life and Times of Po Chü - i*，772 ~ 846 A. D.）是亚瑟·韦利研究白居易的结晶之作，这部书 1949 年同时在伦敦和纽约出版。② 此时距他集中大量翻译白诗，已经过去二十余年。早在 1917 年，韦利在《伦敦大学东方学院学报》上发表《白居易诗三十八首》时，一开始就说："关于诗人的生平和创作，我希望另外著文来探讨。这

---

① Ivan Morris: *Madly Singing in the Mountains, An Appreciation and Anthology of Arthur Waley*, London: George Allen & Unwin Ltd, 1970.

② 伦敦：乔治·爱伦和爱文出版社（George Allen & Unwin），纽约：麦克米兰出版公司（The MacMillan Co.），1949；1951；1957，共 238 页。书评：浦立本（Edwin G. Pulley-blank），《皇家亚洲文会会刊》（*Journal of the Royal Asiatic Society*）（1950），共 195 页。杨联陞（L. S. Y.，1914 -1990）"The Life and Times of Po Chü - i by Arthur Waley,"《哈佛亚洲研究》（*Harvard Journal of Asiatic Studies*），Vol. 15, No. 1/2（Jun.，1952），pp. 259 - 264。日本著名汉学家花房英树之日译本，《白乐天》，东京：鉴书房，1959；1987，共 486 页。西班牙语译本，1969 年在巴塞罗那出版。

里仅提供一些必要的时间和事件，权作这些译诗的导言。"随后，用简短的篇幅介绍了白居易的出生、入仕、被贬、仕途主要任职及辞世，并提到他和元稹之间有目共睹的深厚友谊。1918 年出版的《汉诗一百七十首》中，卷首附导言、翻译方法、诗人简介，全书共分两编：第一编自《诗经》、《楚辞》至明代陈子龙，选诗占半数稍强；第二编皆选白居易诗。在译文之前，韦利用了 8 页篇幅的导论来介绍白居易，内容相当详实，并且开始用白居易的诗歌作为叙述史实的史料。其中有相当篇幅是谈元稹其人和元白之间的唱和与情谊，以及与刘禹锡、李建和崔玄亮等友人和僧人的交往。这篇导论已经初具《白居易的生活与时代》一书的主要特点。此后的《汉诗增译》，则只在译文前列了一个简单的大事年表。

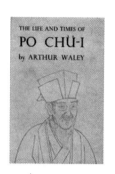

韦利 1916 年开始英译中国诗歌的同时，也开始了白居易诗歌的英译，从 1916 年到 1928 年，不计诗目重复，韦利英译白诗有 194 首。考虑重复入选（多次入选的算一次）的诗目，加上有些诗是用白诗两首合成一首都以两首算，1949 年前韦利英译白诗共计 126 首。在多年翻译实践基础之上，亚瑟·韦利选择了白居易作为传主，除了熟稔与喜好，白诗所独具的记录性，也是重要因素之一。白居易的写作，多着眼于生活的记录。每过若干年，他就将作品整理一番，编订成集，这成为其回顾和总结平生经历的契机。一部白氏文集，就仿佛是一部详细的回忆录，记录着他的一生。正因为白诗具有其他诗人诗作鲜有的详尽、纪实和切合其人生轨迹的特点，因此，极适合作为传记材料来加以使用。

以韦利在此前积累的声望，《白居易的生活与时代》立刻获得良好的反响，吸引了更多的读者对中国传统诗歌产生兴趣。倪豪士认为："这是一部写得精彩绝伦的书，读起来非常引人入胜……明白晓畅的文体和白诗的文学翻译吸引了普通读者。而学者们，在为韦利翻译的魅力所折服之外，还被白居易的生平和无止境的趣味横生的旁枝末节吸引……这部书之所以重要，是因为它利用诗人自己的诗歌作品作为历史框架。这为此后数十年欧美诸多中国文学家的传记书写提供了范本。"① 完成这部传记之后，韦利于 1951 年和 1952 年又出版了《李白的诗歌与生平》② 和《真实的唐三藏及其他》③ 两部传记，1956 年又出版了清代诗人袁枚的传记《袁枚：十八世纪的中国诗人》④。1952 年洪业（William Hung, 1898－1980）先生的《杜甫：中国最伟大的诗人》⑤，也用了同样的形式来撰写。《白居易的生活与时代》作为开创之作，对后来者的沾溉是可想而知的。

《白居易的生活与时代》引用了大量的白居易诗文策判等作品，其中诗歌的数量最多，共有一百多首，其中相当一部分是韦利在中诗英译集里翻译过的，其余部分的诗歌新译则是为史实叙述服务。关于利用诗歌作为史料方面令人遗憾的一点，倪豪士曾指出，"虽然有着以上非常显著的优点之外，这部书也有一个明显的缺陷。诗歌是作为历史价值来使用的，很少看到对这些诗歌的分析"。⑥ 不过考虑到这部书的本意是要以诗证史，而非因史析诗，因此，我们也不必苛求其本身内容与艺术分析上的欠缺。

全书共十四章，依年代顺序来叙述，都没有标题。简要介绍如下。第一章叙述出生，直至公元 800 年，涉及白居易的出身；其出生前后的政治形势；旱灾；父丧；生活境况；乡试；进士科考题和白居易的应试情况。译作有《与陈给事书》及 18 首早期诗歌。第二章（800～805 年），叙述

① Po Chü－I Studies in English Since 1916－1992（1916～1992 年英语世界中的白居易研究）. William H. Nienhauser（倪豪士）. *Asian Culture Quarterly*（《亚洲文化季刊》）22：3（Autumn 1994），pp. 37－50. 川合康三日译文，收入《白居易研究讲座》第五卷（东京：勉诚社，1994 年 9 月）。文后附《白居易相关图书目录（英文）》（Selected Bibliography of Po chü－I（772～846）Studies in English），收入《白居易研究讲座》第五卷之末。

② 韦利：《李白的诗歌与生平》（*The Poetry and Career of Li Po*，701－762 AD），纽约：麦克米兰出版公司（The MacMillan Co.）；伦敦：乔治·爱伦和爱文（George Allen & Unwin）出版社，1951。

③ 韦利：《真实的唐三藏及其他》（*The Real Tripitaka and other Pieces*），纽约：麦克米兰出版公司（The MacMillan Co.）；伦敦：乔治·爱伦和爱文（George Allen & Unwin）出版社，1952。

④ 韦利：《袁枚：十八世纪的中国诗人》（*Yuan Mei: A Eighteenth century Chinese poet*），斯坦福大学出版社，1956 年；伦敦：乔治·爱伦和爱文（George Allen & Unwin）出版社，1957. 松本幸男日译本，汇文堂书店，1992。

⑤ William Hung. *Du Fu, China's Greatest Poet*（2v）. Cambridge: Harvard University Press, 1952.

⑥ William H. Nienhauser. "Po Chü－i Studies in English Since 1916－1992," p. 40.

白居易对佛教产生兴趣；选试规定；判文这种文体的特殊性；长安城的坊里制度；白居易的绘画观；与元稹情谊的萌发和加深。译作有《记画》及7首诗歌。第三章（805～808年），叙述这几年的政治局势；策试题目和元白的答题；元稹任职；《长恨歌》；任盩厔县（今周至县）尉；任翰林学士；娶妻杨氏及两人关系。译作有6首诗歌。第四章（808～810年），为安禄山辩护，认为他是叛乱分子。就白居易任左拾遗期间所呈奏状反映的问题——"边塞问题""宦官问题""宫廷道教""土地与税赋""淘金""牢狱问题"——分别进行探讨。译作有5首诗歌。第五章（810～811年），叙述这几年的政治局势；阳城（道州奴问题）；友人孔戡；元稹致信韩愈；元稹的婚姻和被贬；任京兆府曹参军；渭下丁忧。译作有7首诗歌。第六章（811～813年），介绍丁忧期间所写的诗和心情；《志异》及中国的鬼故事；白行简境况；当时的信件邮递方式；白居易的眼疾；朝中局势；拜为太子左赞善大夫；接受这个职位的原因；译作有19首诗歌。第七章（813～815年），讲述与元稹在京城重逢；元稹授通州司马；与元宗简、吴丹、李建等人的交游唱和；南宗禅及与僧人的往来；武元衡被杀及白居易越职上书；被贬江州及情绪的低落。译作有12首诗歌。第八章，专门翻译和介绍815年十二月撰写的《与元九书》。第九章（816～818年），叙述在江州的生活；《琵琶行》；庐山草堂；炼丹的尝试；裴度任相及政治局势；任忠州刺史。译作有《与微之书》和9首诗歌。第十章（818～822年），叙述去往忠州；朝中局势；重回长安；唐穆宗的统治；821年进士试引发的党争；王庭凑之乱；元稹任宰相；论姚文秀打杀妻状；与韩愈的交游；与张籍的交游；韩愈张籍之间的交往。译作有4首诗歌。第十一章（822～825年），请任杭州刺史；在杭州的生活和政绩；关于各种乐器、乐曲；太子右庶子分司东都；编订《白氏长庆集》。译作有6首诗歌。第十二章（825～833年），任苏州刺史；崔玄亮、元八的境况；眼疾；离任苏州；关于刘禹锡；拜秘书监；与和尚义修的辩论，和僧人的交游；元白唱和赛诗；以太子宾客分司东都；元稹去世及元白友谊总结。译作有11首诗歌。第十三章（833～839年），卸任河南尹，再授太子宾客，分司东都；与刘禹锡的唱和；朝中局势；《醉吟先生传》；致力于塑造远离政坛（politically innocuous）的形象。译作有4首诗歌。第十四章（839～846年），晚年诗歌、心境、佛道思想；刘禹锡辞世；修缮香山寺；编订《白氏长庆集》；流行日本及对日本文学的影响。译作有 28 首诗歌。

从这些要点，大致可以看出，的确充满倪豪士所说的"无休止的趣味横生的旁枝末节"，比如科举考试、宫廷道术、朝廷权谋、唐代职官制度和薪酬制度、长安城布局和坊里制度，甚至还有唐代的音乐和舞蹈等，而这对于缺少中国传统文化背景知识的西方读者而言，不仅是必要的，也颇具异域异国风味的吸引力。细绎起来，在"无休止的趣味横生的旁枝末节"中，全书暗贯着三条主线：一是政治局势的变化，二是白居易的人生轨迹和他的作品，三是白居易的交游和亲友的境况。

第一条主线中，穿插得最多的就是科举考试情况。全书一共提到八次科考，其中包括一些考试的详细情形，比如白居易 799 年在宣州参加乡贡考试的过程。韦利对试题《射中正鹄赋》和《窗中列远岫诗》进行了介绍，并分析白居易诗赋的妙处。再就是 800 年白居易和元稹参加进士科考试，韦利先对唐代的科举考试制度进行了介绍，辨别"明经"和"进士"考试的不同，并同样对那一年的考题《玉水记方流诗》进行了解释，分析了白居易所写其中两句的妙处。此外还对五篇赋进行了具体介绍，详细到这些诗题的出处、所蕴含的儒释道思想。另外如 802 年元白二人参加吏部拔萃科考（智按：其实贞元十九年，即公元 803 年，元稹参加的是登平判入等科，非拔萃科）和 806 年的策试，也介绍得颇为详细。其他如 808 年引发白居易撰写奏状《论制科人状》的"贤良方正直言极谏"的科举考试，公元 821 年由礼部侍郎钱徽主考的进士考试，所有这些在政治层面上造成深远影响的科考，韦利都给予了特别关注，甚至如韩愈和李德裕曾经提出对科考的改革，虽然韦利没有给予详细介绍，但都要提上一句，也体现了他对科举考试的重视。这其中的原因，应该是以科举考试为这一中国特色，科考对唐代文人和国家的命运有极大的牵涉，但因为篇幅和内容所限，没有做更深入的展开。此外，这条主线对朝廷政治人物的起落，也介绍得较为详细，这是直接与白居易和元稹二人的政治生涯相关的，韦利想从中表明，执掌相位的人是他们的赏识者或敌对者，直接决定着他们的仕途走向，这也是书名中"时代"一词所包含的重要内容。

第二条主线中，除了白居易的诗一百三十多首（不包括只翻译了其中一两句的数十首诗）之外，比较显眼的就是翻译了不少书信和判、策及奏状等公文。这些作品虽然相对诗歌来说，缺少更多文学上的审美价值，但对全面了解白居易其人很有帮助。从这些公文里，读者能够了解到，白居易不仅是一个出色的诗人，在为官等其他方面也可圈可点。比如，《论姚文秀打杀妻状》就是一篇精彩的法理论文，后来有汉学家就此状探讨其中的法律意义。① 此外对判、策等文体的特点进行探讨，认为西方找不到可以相对应的文体，等等。

第三条主线里，可以看出与友人的交游和唱酬是韦利非常重视的，这和他的对中国古代诗歌极重友情的观念有关。在"序言"中，他解释了为何特别关注白居易的密友和同僚的原因，认为这样才可以"使一个人鲜活生动"，同时，他排除掉了"一大堆个性难以分辨的尤其是七八个杨家的人，即他夫人的亲戚，除了一些掌故会牵涉他们，其余的对我而言实在是难有印象，或乏善可陈"。而对这些密友和同僚，韦利除了关注他们与白居易的交往和唱和之外，对他们个人的情况也写得非常详细。尤其元稹的内容就更为详细，可以说，把书中所有关于元稹的内容单独抽出来，足以成为一篇元稹的完整的传记。有时甚至给人枝蔓太过之感。关于这点，程章灿曾在《魏理眼中的中国诗歌史》② 一文中探讨过，认为韦利有"中国古代诗歌极重友情"的认识。他以《上邪》为例，这首明白无误的爱情诗在韦利读来却是对友情和别离的抒写和表达。就是基于这样的认识，这部传记里白居易的交游和唱酬，就成为一条非常显眼的主线。

书中提到白居易交游唱酬的友人和同僚有近二十位，内容最多的是元稹，其次是刘禹锡、崔玄亮、李建、孔戡和元稹堂兄元宗简等密友，再就是与韩愈、张籍等人更多具有文学意味的往来。此外，就是和僧人惟宽、广宣、明准、清闲等僧人的往来，以及与吴丹、郭虚舟等道士的交往。

---

① (1) Benjamin E. Wallacker（本杰明·沃拉克）. "The Poet as Jurist: Po Chu-i and a Case of Conjugal Homicide（作为法理学家的诗人：白居易与一桩杀妻案）," *Harvard Journal of Asiatic Studies*（《哈佛亚洲研究》）41: 2（December 1981）, pp. 507-526. (2) Geoffrey MacCormack（杰夫瑞·马考麦克）. "The Traditional Chinese Law of Homicide, Po Chu-i and the Eiusdem Generis Principle（关于杀人案的中国传统法律：白居易与遵循先例原则）," *Chinese Culture*（《中国文化》）, 35.3（1994）, pp. 153-223.

② 程章灿：《魏理眼中的中国诗歌史》，《鲁迅研究月刊》2005 年第 3 期。

书中元稹部分不但篇幅极多，也叙述得非常详细。比如写到元稹806年任左拾遗之后草拟的改革朝政的十条建议《十策》，韦利一一做了翻译解释。元稹的每一次仕途变迁，韦利也都力图交代清楚，甚至连元稹娶妻、生子、丧妻等个人情况也都有所涉及，文中还翻译了元稹的《梦井》以及与白居易酬唱的几首诗。谈到妻子韦丛病逝时，元稹写了一系列悼亡诗，韦利避开广为人知的《遣悲怀三首》，而选这首《梦井》来翻译，应该是出于个人偏好，这首《梦井》早在1919年的《汉诗增译》里已经翻译过。

对元白二人人生中的几次短暂相聚，韦利更是一次不落地或详述或提及，书中所译白居易写给元稹或提及元稹的诗歌有近二十首，书信如《与元九书》和《与微之书》也是全文译出。元白二人的交往唱和，虽然分散在白居易人生轨迹的各个时期，但韦利很注意点明在什么情境下，两人的唱和诗表明彼此感情逐渐加深。比如第二章提到，804年元稹要去洛阳一长段时间时，韦利说"在此之前，元稹只不过是进士考试和策试时许多同年中的一位，但到804年春天时，他已经开始在白居易的情感世界中占据了特殊的地位"，并接连翻译了这时期白居易写给元稹的三首诗《曲江忆元九》、《西明寺牡丹花时忆元九》和《赠元稹》来说明。第七章用了三页篇幅来详述元白唱和的《和微之诗二十三首并序》，翻译和介绍其中七首的内容，分别是《和晨霞》《和祝苍华》《和寄问刘白》《和李势女》、《和自劝》二首和《和晨兴因报问龟儿》，目的是为读者呈现元白二人之间无所不谈和推心置腹的亲密关系。

公元831年，元稹辞世。韦利详述了白居易的悲痛，强调其应元稹家人请求撰写墓志而屡屡拒绝接受作为润笔费用的珍宝，最后无法再拒，便将这笔财产用于香山寺的修缮，并让他们共同的朋友清闲和尚操办，务令修缮之功归于元稹之名，以此来纪念元稹。

韦利对元白二人之间的深厚友情颇有感慨。他说："想到这两个有着如此著名友情的朋友实际在一起共度的时间是那么少，这是很让人奇怪的。802年到806年间的某些年，810年的几天，815年的几个星期，819年又是几天，仅此而已。821至822年他们都在长安，但元稹专注于朝政，他们很少碰面。接着是829年在洛阳的聚首。然而，他们两人之间的深情厚谊一直萦绕着彼此的人生，因此，在写白居易的生平时，不可能不或多或少地涉及元稹的生平，他们之间的情感互动是这部书的一个构成要素。从今以后（智按：元稹逝世后）故事就变得简单多了，因为它不再是两个人的共同记录。"这就点出了此书涉及元稹内容为何如此之多之详的原因：在写到元稹去世之前，所述内容其实是元白二人生平的共同记录。

相比之下，跟白居易颇多唱和、晚年为伴的刘禹锡，涉及的内容就没那么多，只与其他朋友一样，有生平、仕途和诗歌成就方面的简单介绍。至于张籍和韩愈，则是分别有新乐府的联系和一代文宗的因素在里面，会稍微侧重文学理念方面的介绍。在几乎每一章里，除了元稹之外，韦利都安排了一位至数位与白居易唱和往来的密友，借以表明交游和唱酬贯穿诗人一生并成为其人生不可或缺的一部分，进而暗示其余唐代诗人甚至中国古代诗人也都是如此，这正是韦利所想要表达的他自己对中国文人和文学极重友情的理解。

友人中，较为特殊的一位是元稹的堂兄元宗简，相对于刘禹锡、李绅、崔玄亮等颇有诗名的人来说，元宗简显得名不见经传，但韦利多次写到白居易与他的交往。韦利提到，在下邽丁母忧期间，白居易似乎很少跟长安城里的朋友交往，唯独在约写于813年的《东坡秋意寄元八》一诗中提到跟元宗简一年前在曲江边的一次秋游，"忽忆同赏地，曲江东北隅"，表明元宗简的特殊地位。而813年接受太子左赞善大夫这一闲职时，因为常常无事可做，元稹又外授通州司马，百无聊赖之时，白居易时常探访近邻元宗简排遣孤寂。韦利翻译了白居易的《朝归书寄元八》一诗，表明他渴望元宗简做了闲官之后要与他作伴的渴望，又译《曲江夜归，闻元八见访》一诗："自入台来见面稀，班中遥得揖容辉。早知相忆来相访，悔待江头明月归。"也是他与元宗简友情甚笃的表现。这其中的原因，一是两人在长安城中是近邻，二是有元稹这层关系，比如《雨中携元九诗访元八侍御》一诗，通过一起读元稹的诗，两人会有更多共同话题。此外，元宗简本身对白居易也是有特别意义的，元于821年去世后，白居易为他的诗集写序，看到其中如此多的诗都是跟自己的唱和，白居易感动不已，"唯将老年泪，一洒故人文"，这些真切感人的情感流露，在韦利看来是非常打动人心的。

与着重描写白居易与友人交往唱和相对应，韦利多次提到白居易在没有友人交往时的苦闷孤寂。比如在下邽丁忧期间，韦利选译的都是白居易表明自己寂寞空虚心境的诗。而在白居易接受太子左赞善一职时，韦利认为白居易不是不知道这个职位的无味，也知道无法实现自己的政治抱负，但他仍然接受这个职位，原因有四：一是朝中局势发生了有利于自己的变化；二是下邽生活的苦闷；三是与弟弟白行简的分离加深了他的孤独感；四是也是最主要的一个原因，就是元稹很可能也会回到京城任职。四个原因中，有三个是与他害怕孤寂、渴盼有知心之人来往有关的。虽然实际上政治原因是最重要的，韦利随后也用了相当多篇幅来介绍当时朝中人事的变动，但他仍然认为，渴望与友人交游往来常常成为白居易做一个决定时的考虑。

关于白居易与僧人和道士交往情况的内容，常常出现在白居易对佛教和道教的认识、接受和沉迷的介绍中。就此而言，谈及这类交游唱酬都是为说明其佛道信仰服务的。白居易的佛道信仰尤其是受佛教的影响，是这部书重点论述的内容，表明白居易是通过与这两类人的交往来加深自己对佛教教义和道术（尤其是炼丹术）的理解和实践。不过，对这一类交往的多次介绍或提及，也能够表现当时文人与僧人道士往来频繁这一普遍现象，是"中国古人文人异常注重友情"这一认识的必要补充。

也许是太过坚持这一点，韦利矫枉过正地认为，爱情或夫妻之情不是白居易所看重的。第三章结尾谈及白居易的婚姻，他认为"虽然白居易与杨夫人一起生活了38年，但我们对她几乎一无所知。至少有七首诗的诗题表明是写给他的妻子的，但其中充满惯语套话，从中得不到对白夫人和他们彼此间感情的认识"。接着他分析了白居易写给妻子杨氏的这七首诗，韦利指出，在《赠内》一诗中，白居易让妻子不要对他并不富裕的现状而抱怨，并一口气列出了一系列有名的妇人对自己贫穷而有德的丈夫的接受，还特别补充说，虽然她不知书，但肯定听过这些妇人的故事。而《寄内》一诗中有"不如村妇知时节，解为田夫秋捣衣"的句子，韦利认为这是白居易在责备自己的妻子没有为自己"捣秋衣"。另一首《赠内》诗"莫对月明思往事，损君颜色减君年"，是告诉她说不必如此伤神，因为无论如何她要比黔娄的妻子好很多——黔娄的贫困是出名的。韦利还说，

《妻初授邑号告身》一诗中，白居易提醒自己的妻子：她什么都没做，不配获得这样的礼遇，一切全是自己的功劳。唯有《二年三月五日斋毕开素当食偶吟赠妻弘农郡君》一诗中"偕老不易得，白头何足伤"两句，听起来还有一丝感激的意味。

韦利认定白居易对妻子是并无深厚感情，他说，从这些诗中，读者"确实得到这样的印象：弘农杨氏是一个简单的甚至可能是平庸的一个人，对白居易一片痴心，但从来都不是他内心思想和情感的一个分享者"。这样的看法不免片面和囿于成见。因为像"莫对月明思往事，损君颜色减君年"，完全可以解读为丈夫对妻子的疼爱，《妻初授邑号告身》中的直白更可能是夫妻间的戏谑之词。至于说白居易在《香炉峰下新卜山居，草堂初成，偶题东壁》（五首）第一首末联"来春更葺东厢屋，纸阁芦帘著孟光"，将妻子比作孟光，同时也就自比梁鸿，这本是常见的典故，但韦利却认为有可能并不是什么好话，因为历史上孟光的形象是"肥胖、丑陋的黄脸婆"。这样的解读不免有点过了。[①] 这与韦利在序言中宣称的"本书只叙述史实，既不虚构事件，也不加以个人观感"不免相违，也许是对中国古代文人重友情轻爱情印象太过深刻所导致的偏颇。就是在谈到白居易诗中显然不能忘怀的一段感情——一般认为是诗中提到的符离村姑湘灵，韦利只轻描淡写地谈到《感情》一诗里"东邻婵娟子"送给白居易的一双绣鞋，认为"确凿无疑地暗示了一段爱情"，而其他如《寄湘灵》《冬至夜怀湘灵》和《长相思》《潜别离》等诗，韦利则忽略了，也没有提到白居易对这段感情的念念不忘和刻骨铭心。由此也可以看出韦利在这个问题上的偏颇。

尽管韦利在序言中强调这部传记只叙述史实，但当中免不了会有个人见解。有些是阐明式的见解，比如在全文译出《与陈给事书》之后，韦利说："这封信给人不舒服的印象。虽然白居易做了否定的声明，但很难让人相信这封信不是在某种程度上为求取推荐而写。"而有一些则是建立在分析比较之上的见解，比如谈到 806 年元白二人参加策试时，就皇帝问御

---

① 参看张浩逊《从赠内诗看白居易的婚恋生活》，《洛阳师范学院学报》1996 年第 3 期。同样分析白居易这七首赠内诗，张浩逊从中读出的却是夫妻之间的笃爱情深。

敌求安、复兴大唐的良方作答，韦利认为白居易的对答以伦理归谬见长，这会对探寻安史之乱的真正原因造成蒙蔽，而元稹的分析则切中肯綮，并且具有实践性，由此他认为，如果元稹的建议被采纳的话，中国的历史将会被改变。这样的看法或者有点过激，但也体现了韦利对历史的思考。

韦利从自身历史观出发得出的一些看法，也比较引人注目。比如用很长的篇幅对安史之乱的社会和历史原因进行介绍，实际上也是为安禄山的身份做辩护，"在中国历史学家的眼中，安禄山是一个'土匪'，一个'叛国贼'，甚或一个'罪人'，他煽动百姓反抗他们的合法统治者。我们今天也经常看到这类的词，适用于那些从更富同情意味的角度来看是爱国者、民族解放者、社会改革者，以及通常来说是被压迫人民的捍卫者的领导者身上。毫无疑问，安禄山表现给他的拥护者的正是这最后一种形象，不管是当时还是他死之后很长一段时间。然而唐代历史虽然是在其衰落之后由官方所收集，但组成这段历史的文献却是在其统治时期完成的。所以我们没有理由（如欧洲历史学家一贯所做的那样）偏袒安禄山，以及一味重复关于他的懦弱、狡猾和肥胖之类的宫廷闲谈；我们也不需要（如他的追随者）视他为圣人。事实上我们也不可能在时隔遥远之后，给出关于他的人品或行为的任何一种定论。但我想至少可能指出一些更普遍的社会和政治原因，能够对当时发生在中国东北部的分裂主义行动有更好的理解"。接着韦利对当时中国东北边境的历史沿革和人口组成做了梳理介绍，认为当地人民不管是上层贵族或下层百姓，不管是鞑靼还是汉民，其实都更倾向于忠于当地统领——不管是可汗还是割据首领。也就是说，他认为当地要求独立是有合理性的，而在朝廷镇压安史之乱期间，这些地区实际上是独立的。

对于这样的看法，著名华裔史学家杨联陞（L. S. Y., 1914 – 1990）认为，在回顾历史的时候，不是不可以推翻某些既定结论，不过，一种新的评价必须有坚实依据，"即便韦利对安禄山军事行动背后的社会和经济背景的分析是可信的，人们也仍然坚持认为政治野心是最重要的因素"。①

---

① L. S. Y. *"The Life and Times of Po Chü – i* by Arthur Waley," *Harvard Journal of Asiatic Studies*, Vol. 15, No. 1/2 (Jun., 1952), p. 263.

杨联陞这样的看法是基于安禄山的追随者们尊称其为"圣",而"圣"或"圣人"一词在唐时是"皇帝"的惯用代称,正如英语中的"陛下"。杨联陞还举例说,根据大概是唐代成书的《安禄山事迹》记载,安禄山自己提到唐玄宗时就称其为"圣",此外史思明杀死安禄山的儿子安庆绪之后,自己登上王位,后来史思明的儿子史朝义杀死其父继位后,提到史思明时也称"圣"。《资治通鉴》也记载,史思明部下田承嗣于733年建祠堂纪念安禄山父子和史思明父子,将他们并称"四圣",也就是"四个皇帝"①。杨联陞的论证无疑是很有力的,而韦利的薄弱之处正在于误解了"圣"的意思,他在行文中将"圣"翻译为"圣人",而在注中则说"圣"有可能是指皇帝,既然如此,安禄山叛乱的目的,就不仅是顺应当时东北地区的民意求得独立而已,所以,韦利想要为安禄山洗去"叛国"罪名而定位为"改革者"的辩护显得颇为无力。

像这种以现代历史观来观照中国古代历史的探讨还是很少的,韦利在行文中,更多依据当时的历史形式来给出一些推论。比如谈到白居易母亲去世时说,白居易基于朝廷规定要丁忧三年,但一般来说他并不需要放弃翰林学士的职位,然而他放弃了,韦利猜测这是因为白居易受到了李吉甫的排挤。其实按唐律规定,丁忧期间是要辞去所任官职的,除非有非常特殊的情况。韦利认为白居易不需要辞官,不知出于何种认知。他继而分析说,白居易在下邽丁忧期间,似乎也认定自己的官宦生涯就此结束了,理由是李吉甫还很年轻,看来会无限期地掌权,既然他的势力如此强大,白居易重新回到官场的机会自然渺茫。这一点似乎很难成立,因为朝廷人事变动频繁是常态,就连皇权更迭的频率也是相当高的,白居易显然不会仅仅因为李吉甫年轻掌权就认为自己没有了政治前途。

谈到白居易因宰相武元衡被杀一事首上疏请求缉凶,一向对他怀恨在心的权贵以越职为名,并加上所写之诗有伤名教之罪时,韦利引用《旧唐书》"执政方恶其言事,奏贬为江表刺史。诏出,中书舍人王涯上疏论之,言居易所犯状迹,不宜治郡,追诏授江州司马",认为在这一事件中,白居易先是被贬为刺史,又因王涯的落井下石,改任更低一等的司马,这是

---

① L. S. Y. "*The Life and Times of Po Chü-i by Arthur Waley*," p. 264.

难以置信的。韦利认为，唐时哪怕是最小的一个州的刺史也是一个四品官，而白居易当时任太子左赞善大夫只是五品官，这样说来，让他任刺史实际上是给他升官，这在当时的情势下是不可能发生的。关于这一点，《唐六典》的确有记载，唐代除京畿地区之外的州按人口总数分上州、中州和下州，最高长官刺史的官阶，上州是从三品，中州和下州分别是正四品上和正四品下。① 韦利的这个分析体现了他对唐代职官制度的熟悉。不过，他显然对唐代的贬官制度研究得不够。唐代贬官就官职而言，有两种贬法：一是贬为地方各级机构的正职官，五品以上的官员多贬为刺史，这与白居易最初被贬的职位是相合的；第二类是贬为地方各级机构的佐贰官，五品以上的官员多贬为司马、长史、别驾等，这显然也是适用白居易追贬为司马的情形。②

在翻译了《醉吟先生传》之后，韦利说，从这篇文字里，他"倔强地"认为，白居易长期致力于塑造自己"远离政治"的形象在这里达到了顶点。韦利解释当时的政治局势：牛李两派党争激烈，朝中局势瞬息更迭，危险任何时候都会降临，白居易想要保住东都分司的闲职，实现他的"中隐""吏隐"理想，只能通过塑造"沉溺风月""老病无力"的形象来求得自保。而事实证明，他的这一策略是卓有成效的，这体现了白居易的一种处世智慧。

韦利也注重一些细节的勾勒，比如他翻译了《寄元九》一诗，诗中说"怜君为谪吏，穷薄家贫褊。三寄衣食资，数盈二十万"，对此韦利分析说，二十万几乎是白居易下邽丁忧之前半年的薪水，他怎么会有如此大的一笔钱陆续寄给元稹。要知道，当时的他非常缺钱，为了让母亲得到更好的照顾，还曾呼吁薪水应该更高些。韦利推测，他这一大笔钱是卖掉了长安宣平坊的房子得来的。而元稹当时在江陵任职也有三十万的俸禄，并且那里的生活费用肯定要比长安便宜得多，他并不需要这么大一笔钱。白居易这么做的原因，恐怕只是诗里说的"怜君"的缘故。又如，探讨白居易从苏州刺史任上退下时，实际上已经无心再为官，但他回到长安，仍然想

---

① 见《唐六典》卷三十《三府都护州县官吏》。
② 参见丁之方《唐代的贬官制度》，《史林》1990 年第 2 期。

要谋求如分司东都这样的闲职。韦利分析，他这完全是为了退休后的生活着想，因为当时白居易的家庭负担很重，除了自己的妻儿，还要照顾弟弟的遗孀和孩子。

书中所引诗歌和策判等公文都是用作历史资料，对其文学价值很少评价，唯独对《长恨歌》和《琵琶行》做了例外的评价，不过都是负面的批评。众所周知，《长恨歌》和《琵琶行》是白居易最为人称道的两首长篇叙事诗，尤其是《长恨歌》，不但在白居易的时代就流传到了周边国家如日本，受到特别青睐，就是在译介到西方之后也广受喜爱，鲜见负面评价，而以对白居易诗歌偏爱而著名的韦利却给出了全然相反的批评。这大概源自韦利所处时代的诗学观念和他自己的审美爱好。韦利对维多利亚时代弊端重重的浪漫主义"变异"深恶痛绝，他不喜欢《长恨歌》的原因也是如此，他说："这是一种讽刺，无论在中国、日本还是西方，白居易都是作为《长恨歌》的作者而为后世所熟知。白居易本人并不太重视这首诗，虽然其中也包含一些政治道德内容，但是显然这首诗的感染力是属于浪漫主义的。"浪漫主义的后果就是，"白居易缺乏一种引起人们对他诗中主人公产生兴趣的能力。皇帝、妃子以及仙道，这些对我们来说永远都不可能是真的。这首诗的技巧和优美都无以复加，然而过于造作，在处理上显得太外化，无法让人从内心里感动"。出于这个原因，加之之前《长恨歌》已有多种译文，韦利没有全文译出《长恨歌》，所做过的一小部分翻译，只是为了与翟理斯（Herbert Allen Giles，1845－1935）就中国诗歌翻译进行论争，指出翟译《长恨歌》中的不足而已。《白居易的生活与时代》对《长恨歌》本身的内容和形式未作详细分析，仅就唐玄宗与杨贵妃的爱情故事作为文学的主要题材，在当时文学界的盛行作了简要介绍，还提到白居易诗前其好友陈鸿的《长恨歌传》。此外，韦利认为该诗采用民间歌谣体的形式，不属于上层文人的创作传统，这一特点韦利认为是受到了敦煌变文的影响。①

对《琵琶行》也只译了翟理斯没有译的序言，并指出一些理解和翻译

① Arthur Waley. *The Life and Times of Po Chu － I*, 772 － 846, 1951, p. 44. THE EVERLASTING WRONG. Arthur Waley. *Bulletin of The School of Oriental Studies*, Vol. 2, Part 2, 1922, pp. 343 － 344.

上的错误。韦利认为翟理斯的《中国文学史》只翻译《琵琶行》的诗文而没有翻译原序是很不恰当的，他认为序言是理解诗文关键，因此，他在此文中翻译了诗作的原序。在译文中，翟理斯将诗中的"客"理解为白居易自己，而韦利根据序言及新旧唐书的记载，认为诗中"客"并不是白居易，而是"主人"。① 韦利的理解无疑是正确的，也表明他在对诗歌本身及其背景的了解和把握上的精确。翟理斯则随即给与回应。② 而亚瑟·韦利则又作了反回应。③ 韦利这样解释其不欣赏《琵琶行》的原因：

> 在我看来，这首诗并不能使读者深深沉浸在琵琶女或者白居易本人的情感世界中。出于尊重，《琵琶行》和另一首长篇叙事诗（指《长恨歌》）相似，必定也会被称赞为达到了技巧和优美的极致。但是，这首诗中包含了能够保障它在中国流行和成功的所有因素——秋天、月色、被冷落的妻子、被流放的天才。以此为基础写出的那些剧本，甚至都比这首诗本身更好。

这不免令人难以接受。约翰·弗莱彻（John Gould Fletcher）这样评价：

> 韦利放弃了对《长恨歌》和《琵琶行》的翻译，并说这是因为作者白居易并不重视它们。白居易在晚年这样想也许是真的，但事实是这两首诗是他写的，而这两首诗更是中文或其他任何语言所写的最好的诗歌。④

韦利对白居易这两首长篇叙事诗的看法和解释其实都相当主观化，包含了过多的个人因素，而实际上，他自己也不得不承认这两首诗的广受欢迎程度，这更给他的解释添上了牵强意味。

---

① Notes on the "Lute – girl's Song". *New China Review*. 2（Dec. 1920），pp. 591 – 597.

② Mr. Waley and "Lute – girl's Song". H. A. Giles. *New China Review* 3（August 1921），pp. 281 – 288.

③ Notes on the "Lute – girl's Song", response to Herber A. Giles criticism of this piece. *The New China Review*, 3（1921），pp. 376 – 377.

④ John Gould Fletcher. "Perfume of Cathay: Chinese Poems by Arthur Waley," *Poetry*, Vol. 13, No. 5（Feb. , 1919），pp. 273 – 281.

　　韦利一直在伦敦博物馆东方图片及绘画分部工作,他对东方艺术充满了浓厚的兴趣,写过很多相关的论文,如 1917 年公开发表的第一篇汉学论文《一幅中国画》① 就是介绍大英博物馆馆藏宋代名画摹本《清明上河图》。1921 年发表一组讨论中国绘画哲学的文章 9 篇,1922 年出版《禅宗及其与艺术的关系》②,1923 又出版《中国画研究概论》③,这些艺术研究著作功力深厚,见解独到,在学界有一定的影响力,都曾经再版。在《白居易的生活与时代》一书中,韦利也体现了对艺术的特别关注,比如详细介绍了白居易对音乐和各种乐器的钟情,以及当时音乐的盛行、每种乐器的来由和著名乐曲如《霓裳羽衣曲》的谱成经过。音乐和舞蹈常常是结合在一起的,韦利也介绍舞蹈的一些情况,还详细探讨了白居易与元稹在舞蹈技艺看法上的异同。此外,如白居易对绘画的观感都介绍得很详细,如翻译诗歌《画竹歌并引》和文章《记画》。这些艺术方面的内容占据相当多的篇幅,不但是韦利关注的内容,也是西方读者喜闻乐见的。

　　同样是出于个人喜好,韦利花了很多笔墨介绍佛道信仰,尤其是禅宗,联系他在前言中"对白居易与佛教的关系笔者只做简略探讨"的宣称,可以认为他对佛道内容的涉及是情不自禁的,也侧面体现了他自身对佛道的兴趣。韦利第一次专门探讨佛教的文章是 1932 年的论文《佛是死于食猪肉吗?》④,另有《中古印度佛教新探》⑤《耶稣与菩萨》⑥ 二文,以及前面提到的《禅宗及其与艺术的关系》和《道与德》两部著作。此外,还有《论中国的炼金术》⑦ 和《佛经中提到的炼金术》⑧ 两篇探讨炼金术

①　Arthur Waley. "A Chinese Picture," *Burlington Magazine*, XXX, No. 1 (Jan. 1917), pp. 3 – 10.

②　Arthur Waley. *Zen Buddhism and Its Relation to Art.* London: Luzae & Co., 1922.

③　Arthur Waley. *An Introduction to the Study of Chinese Painting.* London: Ernest Benn Ltd., 1923.

④　Arthur Waley. "Did Buddha Die of Eating Pork?," *Times Literary Supplement*, I (1932).

⑤　Arthur Waley. New Light on Buddhism in Medieval India. *Melanges Chinois et Bouddiques* (中国杂俎与佛教). Leuven: Peeters Publishers, 1951.

⑥　Arthur Waley. "Christ and Bodhisattva?," *Artibus Asiae*, No. 1 (1925), p. 5.

⑦　Arthur Waley. "Note on Chinese Alchemy," *Bulletin of the School of Oriental Studies*, Vol. 6, No. 1 (1930), pp. 1 – 24.

⑧　Arthur Waley. "References to Alchemy in Buddhist Scriptures," *Bulletin of the School of Oriental Studies*, Vol. VI, PT. IV (1932), pp. 1102 – 1103.

的文章。

韦利强调该书的史实性质，但有时也为了照顾读者的兴趣，写入一些
完全没有史实依据的传说。比如在翻译白居易《夜闻歌者（宿鄂州）》时，
只是提到这首诗的主题和写于一年之后的著名的《琵琶行》非常相似，而
谈到《琵琶行》一诗时，却说这首诗有可能是《夜闻歌者（宿鄂州）》一
诗的扩写，并说在这两首诗里，"白居易宣称在长安时并不认识该女子，
然而实际上却与她有过一段情。教坊的主事者把这个叫兴奴的女子卖给了
茶商，骗她说白居易已经在贬谪途中去世了。白居易与她在诗中描述的浪
漫情形下重逢，于是，他们结了婚并一起幸福地生活到人生的最后"。这
显然是元代马致远的四折杂剧《江州司马青衫泪》的内容，韦利虽然承认
这可能是虚构的，但在行文中却以一种肯定的语气进行阐述，很容易误导
读者。实际上，《夜闻歌者（宿鄂州）》中的歌者是"有妇颜如雪""娉婷
十七八"的少女，一年后所写的琵琶女却是"老大嫁作商人妇"的妇人，
不可能是同一个人，而白居易与琵琶女的故事，更是纯属后人编派。韦利
把这两首诗混为一谈，又加上这一段虚构的故事，明显违背了自己这部书
"只叙述史实"的宣称。

韦利对中国古代的历史、文化和文学都颇有研究，积淀深厚，在史实
掌握和文字理解方面都没有什么太大的偏颇，甚至《剑桥中国秦汉史》这

样的史学著作都曾引用《白居易的生活与时代》作为参
证资料。[①] 当然也有一些讹误，比如杨联陞指出的韦利对
唐代"和籴"制度、"两税法"以及"分司"制度的理
解上存在的一些误解或片面，但总体来说，杨联陞对韦
利这部书也是赞赏有加的，此类讹误瑕不掩瑜，而数量
之少已经从侧面表明了这部书的严谨性。

虽然主观见解无法避免，但韦利的客观态度仍是主流。比如在译诗
时，韦利认为白居易的讽喻诗并不是他最好的诗，对诗歌承担教化功能的
儒家文学观念也不以为然，不过，在这部传记中，他用了整整一章介绍
《与元九书》，翻译了其中大部分内容，并用自己的话来串联理解，力求把

① 见《剑桥中国秦汉史》，中国社会科学出版社，1992，第430、1007页。

白居易的文学观和以此为代表的中国古代文学观介绍清楚，显得要客观很多。在译诗时，诗人更看中的是白居易的个性，而在传记中，则把白居易心系黎民的高尚情怀进行了必要的强调。

　　总之，《白居易的生活与时代》的成绩与优长是主要的，因此，不愧为亚瑟·韦利众多汉学作品中影响最大者。评以精彩绝伦，评以引人入胜，绝非过誉。五十多年的历史已经证明，这部传记，不仅是西方最著名的白居易研究著作，也堪称是一部有影响力的西方汉学研究经典著作。

　　　　　　　　　　（致谢：莫丽芸女士对本文有所帮助。）

"客气" 的诗歌批评

——评川合康三《终南山的变容》

张一南

    在中国的诗话中，"客气"是一个不很客气的评价，得到这个评价的作者，往往被视为字雕句琢、模拟因袭、缺乏真情实感，乃至缺乏中国主流诗学话语所看重的种种因素。如果一位中国诗人被视为诗歌王国的客人，无异于说他对诗学完全是个"外行"。然而，如果换一个思考的角度，把"客气"这个词还原为它的字面意思，当成一种适当抽离、适当客观化的视角，那么对文学艺术本身而言，"客气"或许不是那么糟糕的事。当一个时代的诗学话语充满了圆融的大话、套话时，"客气"的声音甚至是不可或缺的。很多日本学者的中国诗学研究，都带有一点"客气"的感觉，并因此具有无可取代的魅力。川合康三先生的研究，也是包括在其中的。

    《终南山的变容》是川合康三先生的论文集，以中唐文学为讨论对象。在今天中国的学术界，对六朝和中晚唐的讨论已经十分普遍，但我们总还是容易将六朝和中晚唐与日本学者的喜好联系起来。谈到这种重学力、重技巧，在思想情调上又显得不够正大的时代，中国的诗学家总是难免背负巨大的精神压力。时至今日，如果一个中国人胆敢在公众面前用中国传统诗话的方式评论一首当代人的诗词，仍然要面对"以句解诗"的严厉指责。相比之下，与儒学文化中心保持一定距离的日本学者，在这方面不必承受那么大的压力，可以更放心地去关心风花雪月，关心文学的"骨骼与肌肤"。这对一直存在于中国诗学内部却令中国人不大敢接近的"钟刘之学"来说，其实是一个福音。同时，当处在儒学文化圈边缘地位的日本学者反思儒学文化时，始终没能进入中国诗学文化的中心的六朝和中晚唐诗学，也更容易令他们产生亲近感而成为他们反思的切入点。关心六朝与中晚唐，并非是忽视汉魏和盛唐，而是站在汉魏与中晚唐的角度回望汉魏和盛唐，以期对后者得出更全面的认识。中晚唐诗学的成就曾被严羽比喻为"声闻辟支果"，技巧、风格的追求比较极致化。川合先生所擅长的以"范式"把握诗歌的研究方式，既体现出日式研究的特点，同时，也很适合中晚唐诗学固有的特点。

《终南山的变容》一书突出的亮点在于对诗歌细节的精准把握。川合先生的切入点往往细密到常人不易察觉，而其后牵涉的诗学问题却是真实而重大的。细小的切入点保证了问题的新颖，而细小问题背后，宏大思想体系的支持则保证了问题是有意义的。

全书共分五辑，每一辑包含若干篇同一主题的论文。第一辑为中唐文学总论，第二辑论韩愈，第三辑论白居易，第四辑论李贺，第五辑散论其他文体。每一辑中都有以小见大的闪光点。如第一辑通过"终南山的变容"——盛唐对终南山的宏大描绘与中唐对终南山的细微描绘的对比——来概括盛唐与中唐之间文学风格的转变。又如第二辑分别通过"古""戏"等概念的辨析来探究韩愈的文学观。再如在第三辑中，从"语词的过剩"这一中心出发，从"作品之多、类型之广""词语之富、篇幅之长""诗的日常性""多向的思维"等四个不同的方面来描述白居易的诗学，均颇具新意。

尤有新意的是，作者在解读《长恨歌》时，注意到"丽人尸身与土的对比，看来形成了一个模式"①。并举实例说明"白居易咏西施、王昭君的诗，也写到她们死于土中的景象"。随即联想到"还有一个人偏爱土中美女这残酷的美，那就是李商隐"，又举出李商隐之后，韩偓、罗虬乃至《红楼梦》中的"葬花"都属于这一序列。对于一般读者而言，诗中写到美人的死亡、埋葬，不过是叙事中的一个事实，最多不过是一种套语，并

---

① 《剑桥中国秦汉史》，291 页。

不会很具体地去想象"土中美女"这一凄艳诡异的形象。川合先生却以这样的表述拈出"土中美女"的意象，并简要梳理出了这一意象的爱好者的谱系。这个意象使人联想到弗洛姆在《人类的破坏性剖析》一书中提出的"恋尸癖"概念，即一种偏好无生命、终结和人工物的心理现象。而这种倾向，在中晚唐的诗坛上大行其道。川合没有对"土中美女"的意象展开论述，但他拈出这个意象并非无的放矢，而是的确反映除了中晚唐诗歌的某些特质。即使是看似光明的元白体，也不可避免地沾染了中晚唐的时代风气。川合提出的这个问题，也可以继续讨论。

在美人死亡的悲剧气氛中，川合可以冷静地从故事情节中抽离出来，以分析的方法发现其中有研究价值的元素，这种研究精神已不能仅仅用民族差异来解释，而已经固化为研究者在文本面前应有的"客气"态度。

第四辑分析的李贺无疑最适合川合的研究方法。川合先生在他的第一篇论文《李贺和他的诗》中，已敏锐地发现了"未分化的感觉"这一经验方式，指出嗅觉和触觉在李贺诗中得到突出的表现，而二者是本原性的感觉。从这个角度出发，川合对李贺诗中的通感等文学现象做出了独到的解释。对感觉的描述原本就是日本民族所擅长的。如大冈信在《日本的诗歌——其骨骼和肌肤》一书中写道：

> 在日本，比起视觉、听觉等非常容易测量、能够明确分节的感觉来，在人体内部产生的触觉、味觉和嗅觉等感觉，的确是一直受到了更多的重视。
>
> 这些感觉器官，都有着在黑暗之中越发敏锐的共性。它们不像视觉或听觉那样能够明确地分节，所以无法精密地识别它们。还有，个体之间的差别也很大……可是，无论哪种感觉都有着极其实在的存在感，在某种意义上，它们都是比视觉和听觉更能深深吸引和打动我们的感觉。[1]

在另一位日本学者对日本文学的叙述中，光明的视觉和听觉与黑暗的

---

[1] 〔日〕大冈信：《日本的诗歌——其骨骼和肌肤》，尤海燕译，安徽大学出版社，2010，第107页。

触觉、味觉、嗅觉被建构为一组对立，后者被认为是日本歌人所偏好的，同时也被川合认为是李贺所偏好的。不同的是，这种偏好被川合认为是青年人的特性，而被大冈认为是日本民族的特性。如果整合这两种观点，不妨认为，尚未进入社会主流的青年人，与处在儒家文化边缘的日本民族，都偏好"黑暗"的感觉，这或许与其边缘化的心理有潜在联系。

除了"未分化的感觉"外，川合对李贺诗中的比喻、李贺诗中"代词"与形容词用法两个问题也做了精到的分析。从李贺的比喻中，川合拈出了自然物与人工物这一组对立，敏锐地感到这组对立是解读李贺那些奇异比喻的关键。"代词"一节则分析了李贺使用名词和形容词时使用的独创性的聚合关系，也颇具启发意义。

除了发现细节的特长外，川合的考据工作也比较扎实，对研究对象的生活环境有深入的了解和思考。川合对细节的感悟，也是建立在把握历史环境的基础上的。

如果说这本论文集存在美中不足的地方，则是川合先生在提及一些新颖的问题时，往往采用近似于中国传统诗话"摘句论诗"的手法，侧重于指出个体诗人存在的文学现象，而没有进一步做纵向和横向的比较分析。这使得一些有意思的细节背后的诗学意义显得不那么明晰。当然，对诗歌细节的敏锐发现与对其发展源流的考证是很难兼得的，更不容易在同一篇论文中同时表现出来。这也为后来者在其启发下进行后续研究留出了余地。

"文" 与唐宋思想史

——读包弼德《斯文：唐宋思想的转型》

刘 宁

　　包弼德《斯文：唐宋思想的转型》[①]（以下简称《斯文》）对唐宋思想史的研究，产生了重要的影响。此书一个颇为引人注目之处，就是开拓了由"文"切入思想史的研究进路，由此，许多以往只有文学史关注的人物与文献，成为思想史讨论的重要内容。这样一个研究进路，其意义该如何认识，"文"与思想史的关联当如何理解，《斯文》对这一进路是如何运用的，这些问题，在《斯文》问世的二十年间，并未得到充分的关注与反思。本文即试图从《斯文》的内在结构出发，对上述问题，做出思考。

一　"文" 与中国思想史

　　将"文"与思想史，特别是中国思想史研究相联系的做法，是近二十年才出现的研究取向。从一般的文学社会学意义上讲，文学作品都是社会生活、时代精神的反映，通过文学作品可以认识时代的精神状况。但将中国文化传统中特定的"文"与中国思想史的研究相联系，并非出于文学社

---

① *This Culture of Ours：Intellectual Transitions in T'ang and Sung China*，Peter K. Bol，Stanford：Stanford University Press 1992. 中译本《斯文：唐宋思想的转型》，刘宁译，江苏人民出版社，2001。

会学这个泛泛的考虑。

"文"在中国传统语境中的含义十分丰富，从广义上讲，指政治制度层面的文教礼仪；从狭义上讲，指语言文字、诗文辞章。无论是广义的文教礼仪，还是狭义的诗文辞章，都与中国传统作为知识精英的"士"阶层密切相关，展现了中国文化最为核心的内容。近代的文、白之争中，章太炎、刘师培等人，对文言的推重，就是将文言辞章视为中国文化之精髓的体现。因此，近二十年来，由"文"切入思想史的努力，都是意在对中国核心价值传统进行反思。包弼德《斯文》问世于1992年，书中明确提出，"文"对于理解唐宋思想史的有极为重要的意义。在此之前，还没有关于中国思想史的研究，明确强调"文"的重要性，并出之以深入的分析，在这个意义上，《斯文》的确是由"文"切入中国思想史这一研究进路的开创者。

《斯文》问世之后，"文"的视角，引起思想史研究的关注。2004年，林少阳出版《"文"与日本的现代性》①，在题为"'文'与思想史"的绪论中，他明确提出："'文'的概念是东亚知识分子，尤其是中国知识分子思想史的一个最核心的概念，……重提这一事实，将为我们重新认识和建构自己的传统，提供新的可能。"此书虽然研究日本思想史，但对中国的关切，作者时时系念于心，他说："笔者是带着中国的问题走入日本这一研究对象之中的。……要明了中国的近现代，首先应理解中国知识分子传统；而要明了这一传统，必须正确把握'文'在中国知识分子传统中所出的位置（虽然程度有别，这一点也适用于对日本知识分子传统的认识）。"2008年，陈赟出版《中庸的思想》②，其中特别讨论了"文"在《中庸》思想中的关键性地位。在《'文'的思想及其在中国文化中的位置》一文中，他详细地阐述了对"文"之意义的理解，认为："如果说中国思想的核心是上下（包括天人、古今）之间的通达，那么，这一通达是通过'与于斯文'的方式展开的：在具体的个人那里意味着将其物理－生物的生命转化为'文－化'的生命，对于世界而言，就是将自然的世界转换为'文－化'的世界。当然，文包括天文与人文，本真的人文的展开是止于

① 林少阳：《文与日本的现代性》，中央编译出版社，2004。
② 陈赟：《中庸的思想》，三联书店，2008。

文之自明的方式，是人文与天人之间的通达与和谐。"①

林、陈二人对"文"之思想史意义的理解，与《斯文》多有不同，在分析《斯文》理解的特色之前，我们不妨先观察林、陈二人的理论旨趣。

如前所述，"文"在中国传统语境中，有文教礼仪与文字辞章的广狭二义。林少阳主要关注"文字辞章"这个狭义的层面，讨论语言变迁、文学审美的转变，与日本近代性的关联。林少阳认为："所谓知识分子思想史和文学史，其实正是由语言建构的历史，它的语言学属性具体体现在知识分子对理论体系的探求、对书写体（écriture）的选择以及作为话语历史（a history of discourse）的知识分子的话语之间的编织及冲突关系等方面。知识分子思想和文学史无非某一类特殊语言现象的探索史。在东亚传统中，我们曾称这一特殊语言为'文'，这一特殊语言的主体的为文者，则被称为'文人'。换言之，笔者希望通过语言哲学的方法论导入一个观察东亚知识分子思想史的概念的'文'。"② 从理论渊源上看，林著对书写体（écriture）的关注，深受雅克·德里达"文字学"的影响，小森阳一在为此书所作的序言中，特别指出："林少阳这种从'文'的概念重新探讨汉字文化圈的语言思想和文学理论的意识，是与欧洲语文圈中雅克·德里达提出的'文字学'相呼应的。德里达批判了流播广布的'索绪尔语言学'中的声音中心主义，'索绪尔语言学'的前提是语言（langue）与言语（parole）的二元对立，其中言语（parole）被定位为声音语言，而用文字写成的'文'的书写（écriture），却被隐而不彰。这一状况为德里达所力诋。在声音主义中，占据着统治地位的是这样一种幻想：以声音方式发出的语言，即 parole（言语）直接显现在这个世界，其间具有的单一性意义开示了真理。但是，始于文字的符号的空间定型化，仅仅将语言作为发声行为的踪迹留存下来，其中的意义确定总是被延迟，最后成为不可确定性。德里达的解构方法就是在关注到这种'差延'（différrance，差异与延迟）作用的情况下，力图去把握踪迹留存的样态。尽管林少阳并未提及于此，但我认为这一方法始终贯穿在他的著作之中。"③ 的确，林书正是"尝

---

① 陈赟：《"文"的思想及其在中国文化中的位置》，《中国文化研究》2006 年冬之卷。
② 《"文"与日本的现代性·绪论》。
③ 《"文"与日本的现代性·序言》。

试一种从语言学角度观察历史的可能"，① 它对于"话语历史"的考察，对"隐喻"的分析，都与德里达"文字学"的基本旨趣相一致。

与林著不同的是，陈著对"文"的关注，主要侧重文教礼仪之于思想史的独特意义，其讨论的角度，与中国古代哲学研究的一些新的理论转向，多有联系。芬格莱特（Herbert Fingarette）《孔子：即凡而圣》，英国中国思想史专家葛瑞汉（A. C. Graham）认为，此书影响了近二十年来西方中国思想文化研究的方向。芬格莱特在书中结合日常语言分析学派的言语行为理论，提出："《论语》的文本，无论在文字上，还是精神上，都支持和丰富了我们西方最近出现的对于人类的看法，也就是说，人是一种礼仪的存在（a ceremonial being）。"② 礼仪是一种行为，仁也是一种行为，"礼"和"仁"是同一事情的两个方面，各自指向人在其担当的独特的人际角色中所表现出来的行为的某一个方面。程纲指出："在芬格莱特之前，很少有学者以积极的态度研究礼学，在他之后，很少有西方汉学家能在孔子研究中回避'礼'的问题，或是对'礼'采取激进的批评态度。礼学已经成为当代英语世界孔子研究的基本平台。"③ 因此，在"文教礼仪"这个意义上的"文"，成为切入思想史的重要角度，应该说与芬格莱特的开拓，有理论上的渊源关系。

在具体的研究中，陈著对"文"之"化成"意义的强调，又凸显了对"过程"的关注，其"'文'的思想：历史过程与逻辑展开"一节，陈著就指出，"文"的世界，是一个历史性的演化过程，"文－化"的生存在某种意义上便是个人与世代生成的"文"会通的过程。④ 这与安乐哲以"过程哲学"来观察中国古代哲学，颇有近似之处。安乐哲认为："过程性的思维方式，正是自古以来中国宇宙论的特征，……这种思维方式在世界哲学中会照明一条道路，将本体论的思维方式抛在后面。"⑤ "中国从生生不息的《易经》开始，就是一种过程哲学"，这个"过程"的核心是"创

① 《"文"与日本的现代性·绪论》。
② 程刚：《人是礼仪的存在——芬格莱特对礼的阐释》，《思想史研究通讯》第三辑。
③ 程刚：《人是礼仪的存在——芬格莱特对礼的阐释》，《思想史研究通讯》第三辑。
④ 陈赟：《"文"的思想及其在中国文化中的位置》。
⑤ 安乐哲：《自我的圆成：中西互镜下的古典儒学与道家·序言》，彭国翔编译，河北人民出版社，2006，第6页。

造"（creativity）"，"道"不是已经创造好的东西，而是我们要参与的一个
过程，我们得行走，道给我们一个方向，给我们材料，可是我们要自己创
造我们的将来，所以这个道是有创造性的。安乐哲与郝大维翻译《中庸》，
将"诚"译为"creativity"，并认为不仅仅是 creativity，还是 co‑creativi-
ty，协同创造。① 这与陈著对"文"之特性的认识，多有接近之处，陈赟
认为："正是文‑化的世界使得生命的存在超越了贫瘠、枯竭而有了活泼
的本源，生命也因此而有了分别、层级与尊严。""通过世世代代展开的文
化境域的建造，世界的丰富性与具体性才显现出来。"②

可见，"文"在思想史研究中地位的凸显，是与语言学、哲学的新转
向密切相关。语言学、哲学新的理论追求，在林、陈的研究中都留下了异
常鲜明的印记。而由于"文"在中国传统语境中的丰富性，"文"与思想
史的关联，也展现出多样的思考进路

二 《斯文》对"文"与唐宋思想史关系的思考

与林、陈的研究相比，《斯文》对"文"与思想史之关系的思考，则
将理论探索，融会在深厚的史学素养之中。

首先，《斯文》对"文"之重要性的提出，并非从抽象的理论反思出
发，而是来自唐宋思想史的内在脉络。在全书的序言中，作者谈道："大
概除了中国，没有哪个国家会出现这样一部思想史：它横跨六个世纪，同
时又是一部政治史、社会精英史，以及对文学价值观的研究。"③ 可见，作
者对"文"的重要性的提出，是基于唐宋思想史这一独特的对象，这与
林、陈从"文"在中国乃至东亚思想世界的核心地位出发来展开讨论，显
然更深入到思想史的具体脉络中去。

具体来讲，《斯文》在"文"与思想史这一视野下所着力讨论的，是
中唐到北宋的古文写作与思想史演变的复杂关系。书中虽然引用了许多文

---

① 安乐哲：《自我的圆成：中西互镜下的古典儒学与道家·序言》，彭国翔编译，河北人民
　出版社，2006，第 6 页。
② 陈赟：《"文"的思想及其在中国文化中的位置》。
③ 本文有关《斯文》的引文，皆据中译本《斯文：唐宋思想的转型》。

学史的材料来研究思想史，但它并非在一般的意义上，将文学史与思想史牵合一处，并非认为所有的文学史现象和作品，都具有理解思想史的重要意义。它所着力分析的，是中唐到北宋，古文传统之下的作家与作品，其中包括了韩愈、柳宗元、欧阳修、王安石、苏轼等所有这一传统的核心人物。当然，书中也讨论了"初唐朝廷的学术和文学创作"，其中涉及的作家与创作现象，与古文谱系比较疏远，但这是深入解读古文传统所必需，是将古文置于士人之学这个大背景下考察的用心所致。

《斯文》全书九章，有六章是围绕古文传统而展开，足见作者对"古文"之于唐宋思想史演变之关键地位的认识。而这一认识，来自对唐宋思想史的深入理解。长期以来，唐宋思想史研究中的"道学叙事"影响甚深，对于道学兴起之前的历史，往往是依照道学滥觞的线索来寻绎其间的思想变迁。《斯文》则希望抛开这一思路，更加本然地理解道学之前，思想史演变的具体轨迹。在这样的诉求下，它发现了以往只有文学史才关注的古文传统，对于理解唐宋之间士阶层价值观演变的核心意义。

在文学史与哲学史严分壁垒的学科传统里，古文运动是文学史的核心话题，但对于哲学史，其意义微不足道。韩愈这一百代文宗，在哲学史中，只是作为道学的先声而存在，而其身上的"缺陷"，更成为道学发展成熟，所要克服的对象。在文学史研究中，郭绍虞先生早在三十年代，就细致地讨论了古文作者的"贯道说"与道学家的"载道说"的差异，对"文道观"在唐宋时期的演变，做了十分深入的讨论，认为持"载道说"的道学家，重道而轻文；持"贯道说"的古文家，则文、道并重。[1] 但如何理解这种差异，如何理解古文"贯道说"的内涵，以及道学家面对古文传统，提出"载道说"以表达自身的理论追求，这些问题，郭绍虞先生从文学批评研究的角度，并未给予关注。他甚至提出，在古文家的"贯道说"中，还分左、右派，如果坚持"道"为儒家之道，则对于"文"仍不免轻视，而与"载道说"相接近；如果"道"为自然之道，则才能真正重视"文"的意义。郭先生的这个意见，虽然很新颖，但仔细推敲，则遮盖了古文"贯道说"的许多内在的思想创造。在郭先生之后，文学史与文

---

[1] 郭绍虞：《中国文学批评史》，百花文艺出版社，2008，第203~225页。

学批评史对古文运动的研究，日趋丰富，郭先生所忽视的问题，并未得到充分的关注。其原因就在于，这些问题，仅仅从文学史和文学批评史的学科传统出发，是难以被关注的，它们与更为复杂的思想史相联系。《斯文》正是打破了因学科分野而带来的这种局限。

《斯文》对古文传统的讨论，从某种意义上，正是对古文作者"贯道说"之思想史意涵的深刻发掘，而只有在这个基础上，道学家何以不遗余力地要坚明"载道""贯道"之异，才能得到更为深入的解释。文学研究者会从《斯文》获得对一个古老的文学史问题的新理解，但对于《斯文》而言，它不过是透过文学史上的讨论，进入唐宋思想史研究的核心问题，走出"道学叙事"的束缚，揭示唐宋思想史演变的内在轨迹。

《斯文》对古文传统的讨论，既出之以思想史研究的诉求，因此，它的讨论方式，就与文学史、文学批评史颇为不同，可以说，文学史与批评史的研究，并未在方法上，给它多少启发与借鉴。如果说《斯文》由古文探入唐宋思想这一角度的选择，与他对文学史与批评史的关注有关，那么，它在解读古文传统以反思思想史的研究方式上，则充分地展现出独创性的探索。

中唐到北宋的古文写作，表现为辞章的写作，在中国古代"文"的丰富含义中，它偏于狭义的含义。林少阳是从德里达"文字学"的传统来剖析这个意义上的"文"，而《斯文》则是从历史上的"文"特有的含义来展开。在"初唐朝廷的学术和文学创作"这一章中，作者指出古文运动之前的中世之"文"，被视为体现了宇宙的秩序和上古遗产的典范。这样的"文"构成一个"斯文"传统，唐以前形成的"斯文"概念，包括两方面的含义：从狭义上讲，它指古代圣人传授下来的典籍传统；从广义上讲，则是孔子在六经中保存的古人在写作、从政、修身方面的行为规范。在初唐时期，士人认为"斯文"本身就是价值观的基础和来源。在关于古文传统的讨论中，《斯文》揭示了以"斯文"作为价值观基础的信念，如何被挑战，道学以伦理原则为价值观基础的观念，如何兴起。

《斯文》对中世"斯文"传统的这一理解，认识典籍、礼仪构成价值观的基础，这与芬格莱特对儒家之"礼"的解读，有某种近似，但《斯文》并未将这种"人是礼仪的存在"的认识绝对化。它对中世"斯文"

作为价值观基础的解读，是从中世思想史之独特性出发得出的观察。简单地讲，中古时期，基于荀子哲学的政教、文教观广泛流行，在文学方面，文教观强调的是取法圣人创作，追求"文质彬彬"的"中和"之美。虽然也承认"诗缘情"，但诗文创作的根本，是要使"情"合乎圣人的典范，达致"文质彬彬"之境。学习典范、法乎典则、追求中和自然，是创作的要义。在这个格局中，典范与规则，正是价值观的基础。唐宋以后的文论，更强调内在主体的体验与表达，那种以"斯文"本身构成价值观基础的时代，亦随之结束。因此，《斯文》对"斯文"与价值观演变之关系的理解，深具历史感。

揭示古文传统中所包含的复杂思想演变，是《斯文》最为精彩的内容。全书的分析，围绕一个"张力"来展开，即中唐到北宋的士人，一方面坚持"斯文"在确立价值观方面的权威意义，以期获得统一的价值标准和思考模式，另一方面又主张要对价值观做独立的探求。《斯文》认为，这个"张力"，是古文演变的核心动因，也是唐宋思想演变的核心问题。

《斯文》认为对于韩愈来讲，"写作古文保证能够解决一个不平则鸣的本然自我，与一个按照应然的观念所建立的自我之间的张力"。"古文就是人自立之后所做的'文'。然而，因为这种形式建立在个人通过古代的文发现导人向善的圣人之道的基础上，因为它由一种使人想起古人的方式来表达，所以即使它打破了当前为文的习俗，它也并非与文化传统不一致。"

"古文"所包含的思想张力，持续地影响到北宋的思想历史，在分析11世纪的思想历程时，《斯文》指出："古文之学以及古文作家充当政治与社会变革的鼓动者这一角色，奠定了11世纪宋代思想文化的基本议程。……当时士大夫们认定，价值观是通过文化传统来了解，并通过'文'获得了使人信服的形式。"欧阳修"希望采取一种合理的中间立场"以解决古文的"张力"。他重视"文"的意义，但强调单纯"复古"和"圣人之道"是一些空洞的口号，"普遍的东西只有针对具体的东西才能存在"。对于欧阳修这一代人来讲，他们的角色首先是思想家，其次才是作家。

与文学意义上的古文研究不同的是，《斯文》给予王安石和司马光以特别的关注，它认为两人的思想虽然彼此对立，但都与"古文"的思想脉络相联系。王安石认为："通过儒家经典来理解圣人之道的学者，能够靠政府来改变社会，在天下实现完美的秩序。"司马光与之有类似的看法，但如何理解儒家经典的方式，两人有明显不同，王安石认为儒家经典所包含的"天地之道"或"圣人之道"是一个统一的整体，而司马光则认为"圣人之道"是历时性发展的连贯的原则，但两人都认为"圣人之道"或"天地之道"所代表的统一天下的秩序，其建立都要依靠政府。王安石与司马光，将古文所包含的"张力"引入政治领域，并表现出对政府在建立"统一秩序"上的强烈依赖。

王安石推行的"新法"走向失败，而其反对者亦未能成功。这促使下一代的苏轼和程颐，不再认为政府可以成为统一的价值观的基础，他们将思想的探求转向其他方向。苏轼是古文传统的最后一位代表，《斯文》认为："苏轼维护文化事业在士人世界中的有效性，他看到不断积累的文化传统对价值观思考的重要性，并且相信文学以及艺术，为个人提供了使自己有能力尽责行事的方法。苏轼没有把文章降低为道德观念的载体；相反他使之成为学的一个方面，作为一个联系物我利益的普遍过程，这就使文化的多样性成为人类整体的象征。"苏轼标志着古文所包含的思想"张力"的终结。苏轼坚持认为对价值观的理解，当以文化和个性为中介，但程颐则认为"文"对于认识或实现真实的价值，并非必需；"真正的价值观来自天地，它们存在于我和物之中，能够直接被内心所认识，但是它们不是人类思想和文化的创造物"。士人应该直接用心来理解真正的价值观，而不用文化和个性作为中介。

古文所包含的思想"张力"何以有如此演变，程颐的新思路何以在苏轼之后产生越来越大的影响，《斯文》从"士人之学"和"士"的身份转型，做了进一步的分析。总的来看，《斯文》是以社会史的观察为背景，以"士人之学"的学术史研究为核心，揭示"文"在唐宋思想史中的特殊意义。它对古文思想"张力"的揭示与分析，以及通过价值观演变观察思想演变的视角，没有将"文"与思想史的关联停留于抽象的理论反思，而是深入历史的内在脉络，将理论敏感融会于史家素养。

"文"与思想史的关联，致广大而尽精微，极高明而道中庸，理论思辨必须与深入历史的观察相结合，才能揭示思想史在"文"这一视角下所呈现的复杂样态，在这一点上，《斯文》深具历史感的讨论，很值得借鉴。

三 "文"的意义：对《斯文》解读视角的反思

《斯文》认为，"文"之所以对古文作者的价值观思考至关重要，是因为"文"提供了价值观思考的规范基础，在关于韩愈的讨论中，它指出："只要关于什么是道德的绝对确定性尚付阙如，文就扮演着一个必要的角色……文学活动对于建立共同的价值观十分重要。"

这种对"文"的重视，与《斯文》所揭示的中世之"斯文"作为价值观基础的身份密切相关，可以说书中关于初唐的讨论，虽然是进入古文传统分析的前奏，却为全书提供了一个关键的理论支点。"文"的意义，是由中古"斯文"价值所决定的，而作为古文传统内在"张力"的另一极——对价值观的独立探求，则似乎是一个外在于"文"，与"文"的价值构成某种紧张的角度。这个角度的提出，可以看到来自传统的"唐宋变革说"的影响。内藤湖南借鉴近代文化形态来理解唐宋时期的社会变革，认为宋代以后的文化，逐渐摆脱中世旧习的生活样式，形成了独创的、平民化的新风气，达到极高的程度。[①] 而对价值观的独立"自求"，就带有近代价值观的特点。《斯文》认为："古文，不管它自己怎样，是门阀文化的产物，它十分重视拥有恰当的表现形式，并通过文学写作来展示一个人对过去的传统的综合和提炼。"而唐宋"古文"写作所包含的"张力"，换言之，就是在门阀传统中不断生长新价值观的过程。道学的思路，彻底远离了"古文"所承载的那个门阀文化的孑遗，而它所追求的将价值观基础从"斯文"转向伦理原则的先导之力，其思想的源头亦孕育于唐宋"古文"之中。

但是，单纯唐宋变革的思路，对于理解"古文"的意义是有局限的。"文"对于古文作者不可或缺的意义，并非仅仅来自，他们要通过中古的"斯文"传统，来帮助确立自身价值观的基础。按照这一逻辑，当道学寻

---

① 参见〔日〕内藤湖南《支那近世史》（《内藤湖南全集》第 10 卷，东京：筑摩书房，1970）、《概括的唐宋时代观》（《内藤湖南全集》第 8 卷）、《近代支那的文化生活》（《内藤湖南全集》第 8 卷）等。

找到伦理原则这个价值观基础后，古文那种对"斯文"的依赖，将意义顿减，但是，为什么在道学兴起并集大成之后，古文传统仍然有显著的影响力？明清两代都有其后继者，其中唐宋派与桐城派，其对士林的影响，更引人注目。从某种意义上讲，古文传统虽然启发了道学的兴起，并深受道学的否定，但古文所提供的价值观探求之路，却并不因道学对古文的否定而退出历史，相反，古文之路在中国封建社会的后半期，一直作为与道学并行的选择而产生持久的影响力。这难道仅仅是因为士人追慕古昔，不能忘却中古门阀文化所创立的"文"的荣光吗？古文之路，在思想史上的重要意义，《斯文》的回答，还有可以丰富之处。

从韩愈到苏轼，古文作者都在强调，"道"可以并需要通过"个性"来发明，而"古文"正是充分发挥"个性"的领域。道学家则认为，人可以通过内心来认识真正的价值观。古文家所强调的"个性"和道学家所强调的"内心"，是有很大差异的概念。前者是指一个人自然生动的个体性情，而后者则是纯粹的内在道德性。"个性"兼具善的道德性，也包含情欲这样的自然性情，而且更强调"性情"的自然生动的存在状态。道学家所所谓的"内心""内在道德性"，则是指人内在的德性，如果用《孟子》所谓"四端"与"七情"之分来说明，则道学家的"内在道德性"，仅指"四端"，而不包括"七情"，"七情"是需要被克制和排斥的对象；"古文家"所谓的"个性"，则是兼具"四端"与"七情"，是个体性情完整而生动的状态。"古文家"认为，这个生动的"个性"是"明道"所不可或缺的。

韩愈非常看重"个性"对于发明古道的意义，追求"陈言务去""辞必己出"。他的古文创作，正是对"个性"的充分表达。他的"个性"性情淋漓、内涵丰富，虽然他表白自己"非三代两汉之书不敢观，非圣人之志不敢存"，但他的"个性"，并非如他所表白的这样纯粹。道学家对韩愈的种种批评，大多指向其性情的驳杂不纯，缺少修养自持的功夫。韩愈的同时代人，批评他以文为戏，而韩愈并无意于对自己的"个性"净化与纯粹，他认为自己的"感激、怨怼、奇怪之辞"，这些生动地反映了淋漓性情的文字，"亦不悖于教化"（《上宰相书》）。韩愈论文，强调"不平则鸣"，这既包含了困苦之"鸣"，也包含了欢乐之"鸣"，它揭示了人心感物而动的生动状态。这个生动的内心状态，才是文有造诣的根本，在《送高闲上人序》中，韩愈赞扬张旭草书所以能有绝世成就，就在于表达了这一生动的性情，所谓："往时张旭善草书，不治他伎，喜怒窘穷，忧悲愉佚，怨恨思慕，酣醉无聊，不平有动于心，必于草书焉发之。观于物，见山水崖谷，鸟兽虫鱼，草木之花实，日月列星，风雨水火，雷霆霹雳，歌舞战斗，天地事物之变，可喜可愕，一寓于书。故旭之书，变动犹鬼神，不可端倪，以此终其身，而后名世。"他批评绝世离俗的高闲上人，认为他无情无欲，心如古井，必难于有成："今闲之于草书，有旭之心哉？不得其心，而逐其迹，未见其能旭也。为旭有道，利害必明，无遗锱铢，情炎于中，利欲斗进，有得有丧，勃然不释，然后一决于书，而后旭可几也。今闲师浮屠氏，一死生，解外胶，是其为心，必泊然无所起；其于世，必淡然无所嗜，泊与淡相遭，顽堕委靡，溃败不可收拾，则其于书，得无象之然乎？"

文章离开生动的"个性"，难以有成，"道"离开这个生动的"个性"，则会像搁浅的龙舟一样失去活力。但是，"个性"是复杂的，如何能依靠生动自然的"个性"来写出"道"之文，韩愈是通过求道的高绝气势来实现，他说："气，水也；言，浮物也。水大而物之浮者大小毕浮；气之与言犹是也，气盛则言之短长与声之高下者皆宜。"（《答李翊书》）这里所谓"气"是追求古道，高自树立的精神气势，有了这样的气势，"个性"中的一切，都会被承载而起，成为发明"道"的力量。如果说道学家是希望抑制情欲，发扬内心的道德性来理解"道"，那么"古文"作者，就是通过求道的"气势"，唤起"个性"的力量来发明"道"。在"气势"的唤起之下，"个性"没有被净化为纯粹的"德性"，而是以其性情欲望的整体"大小毕浮"。

在中唐到北宋，古文写作的展开，始终强调这个生动完整的"个性"对发明"道"的重要意义。苏轼更是这一思想线索的集大成者。道学则否定，这个兼具性情，综合"四端"与"七情"的"个性"，能够成为"道"的基础。朱熹对"天理之性"与"气质之性"的区别，正是对"个性"所做的离析。

那么，"古文"所强调的以"个性"明道，其思想的渊源何在？中国传统的人性思想非常复杂，对道德性与自然性的思考，常常是结合在一起的，唐君毅认为孟子的性善论，与其之前的从生理欲望言性的传统，存在联系。梁涛将从生理欲望言性的传统，概括为"即生言性"并利用近年新出土的材料，阐述了孟子性善论与"即生言性"之旧传统之间的关系。他认为"即生言性"之"生"，包含生长、生命、生命所表现的生理欲望等等。古人言性，不是通过概括、抽象，以求客观存在之性质、性相，如圆性、方性等，而是重生命物之生，并从其生来理解其性，……是倾向、趋势、活动、过程，是动态的，而非静止的。孟子的性善论，强调人的道德性，但并非一概地否定即生言性的传统，而毋宁说是超越、发展了这一传统。孟子是从心之生来理解人之性，但在他这里，心与身并不是截然对立的，而是"大体"与"小体"的区别。在孟子看来，道德生命和自然生命，不是对立关系，而毋宁是超越关系。①

孟子所讨论的"仁之端"生长为"仁"的过程，正是一个"生"的过程，在传统的儒家人性思想中，道德生命与自然生命，有着密切的联系。"古文"通过生动自然的"个性"以明"道"，正是道德生命与自然生命相连接的一种体现。值得关注的是，孟子的性善论，并没有对性之"生"的内涵做充分的认识，而"古文"对"个性"的强调，则展示了"生"的复杂内涵，在何种意义上，可以与"道"的追求协调起来。人的情感、欲望，都可以成为发明"圣道"的助力，但这必须通过"气盛言宜"来实现。苏轼人性思考与孟子的区别，也进一步反映了"古文"的影响。

"古文"对"个性"的重视，使其在思想史上有了难以被理学取代的价值。而且在理学成熟之后，还成为和理学构成某种张力的力量。这种对"个性"的重视，和"文"的传统有何种关联，在唐宋时期如何被孕育和培养，都是值得进一步思考的问题。《斯文》立足门阀制度转型、礼仪内涵变化以及士人身份的转变，对"文"之于唐宋思想史的意义做了深刻的揭示，但是，由于"文"与思想史有着复杂的关联，因此，《斯文》的讨论还大有丰富和深入的空间。

———————————

① 梁涛：《郭店竹简与思孟学派》，中国人民大学出版社，2008，第 320 ~ 336 页。

　　如前所述，由"文"切入思想史，在具体分析中，会关联历史、哲学等多种学科，但"文"这一独特的视角，则提供了多种学科视野的独特整合方式，由此揭开各自学科在独立观察中所难以发现的景象。《斯文》由"文"切入唐宋思想史所取得的成就，以及它可以被进一步拓展的讨论空间，都显示了"文"对于中国思想史研究的重要意义。

评龙彼得 《古代闽南戏曲与弦管之研究》 和所辑 《明刊闽南戏曲弦管选本三种》

李 玫

龙彼得 (Piet van der Loon, 1920 – 2002), 荷兰籍, 英国著名汉学家。1946 年毕业于荷兰莱顿大学中文系。1948 年始, 任英国剑桥大学中文讲座教授。1972 年转任牛津大学中国研究所讲座教授。其学术研究领域主要在中国明代民间戏曲、闽粤民俗信仰以及道教古籍目录研究等。1988 年, 龙彼得从牛津大学退休, 但其后仍参与学术活动, 从事学术研究。于 2002 年去世。

《明刊闽南戏曲弦管选本三种》 于 1992 年由台北南天书局出版。这部书影印刊出了龙彼得发现的流失欧洲的三种中国明代万历年间的戏曲俗曲选本, 并刊载了龙彼得关于这三种曲本的研究论著 《古代闽南戏曲与弦管之研究》 (*The Classical Theatre and Art Song of South Fukien*: A study of three Ming antholologies by Piet van der Loon)。《明刊闽南戏曲弦管选本三种》 所收录的三种戏曲俗曲选本为: 一、《新刊增补戏队锦曲大全满天春二卷》, 万历甲辰 (万历三十二年, 1604 年) 瀚海书林李碧峰、陈我含刊刻; 二、《精选时尚新锦曲摘队一卷》, 目录题 《集芳居主人精选新曲钰妍丽锦》 (万历间书林景宸氏刊); 三、《新刊弦管时尚摘要集三卷》, 或题 《新刊时尚雅调百花赛锦》（玩月趣主人校阅、万历间霞漳洪秩衡刊）。①

三种曲本的馆藏地分别是：《满天春》藏于英国剑桥大学图书馆；《钰妍丽锦》藏于德国萨克森州立图书馆（笔者按：萨克森州立图书馆在德累斯顿市。德累斯顿市系萨克森州首府，在原东德）；《弦管时尚摘要集》（别题《百花赛锦》）亦为德国萨克森州立图书馆收藏）。此三种曲本仅存于上述图书馆，是为孤本。

《古代闽南戏曲与弦管之研究》共分五章，每章标题如下：第一章《被遗忘的文学作品》；第二章《闽南的传统戏曲》；第三章《古代的南管》；第四章《明代戏曲里的十八个折子戏》；第五章《唱段的出处》。②

一　龙彼得辑《明刊闽南戏曲弦管 选本三种》的文献价值

龙彼得的一个重要贡献，是从 20 世纪五六十年代起，在欧洲不同国家的图书馆陆续发现了数种中国明代的戏曲剧本及戏曲俗曲选本。这些曲本均为孤本，它们的被发现，对中国戏曲史研究意义重大。

1964 年，龙彼得在奥地利维也纳国家图书馆发现了明代刻本《荔枝记》，剧本全名《新刻增补全像乡谈荔枝记大全》，刊刻于明万历九年（1581 年）。③ 这个剧本的发现，填补了明代早期的南曲剧本缺失的环节。1981 年，张庚、郭汉成主编的《中国戏曲通史》出版时，著者没有看到这类剧本，所以《中国戏曲通史》在谈到《荔镜记》这部明代前期的南音传奇剧本时，有这样一段话：

> 《荔镜记》，现存明嘉靖丙寅年（1566）刊本，原本在海外，国内仅存书影，封面题作《班曲荔镜戏文》，内题《重刊五色潮泉插科增

---

① 笔者按：此外，此书中还影印了《京本通俗演义百家公案全传》里的第九十九回《一捻金赠太平钱》和《最新杨管歌》。龙彼得的论著里没有涉及这两种书，本文亦不论及。

② 笔者按：此处所列论著的总标题原有中文，而每一章的标题书中仅有英文，由笔者译为中文。

③ 笔者按：广东人民出版社 1985 年影印出版的《明本潮州戏文五种》收有此剧，据广东复印本。

入诗词北曲勾栏荔镜记戏文》，是福建建阳麻沙镇崇化里余新安书坊刻印的。这家书坊自宋元以来，即为福建建阳的"书林之祖"。书尾刻有本剧源流情况的一段文字："重刊《荔镜记》戏文，计有一百五叶。因前本《荔枝记》字多差讹，曲文减少，今将潮、泉二部增入颜臣勾栏诗词北曲，校正重刊，以便骚人墨客闲中一览，名曰《荔镜记》。买者须认本堂余氏新安云耳。嘉靖丙寅年。"因此知道更早还有《荔枝记》剧本的刊行，可惜原本至今尚未发现。现存《荔枝记》一种，则为清光绪十年刻本，分别收藏于北京图书馆、泉州梨园戏剧团。据说这是清末泉州人吴藻汀书坊根据明原本《荔枝记》复刻的。因原本未见，无从核证，但清刻本亦可珍视。①

虽然龙彼得发现的《荔枝记》比《中国戏曲通史》所述《荔镜记》晚刊出 15 年，但二者刊刻年代很近，证明描写陈三五娘故事的戏在明代的闽南地区有不同版本流传。《荔枝记》的发现，提供了可资参照比对的文本。

龙彼得在 20 世纪五六十年代发现的《满天春》等三种曲本，有同样的重要性。就《满天春》来说，在明代诸多的戏曲、杂曲选集中颇为特殊。它收录的是明代在闽南地区流行的戏曲折子戏、小戏及民歌俗曲文本，其间杂有大量的闽南方言，有明显的地域特点。其中除了《尼姑下山》和《和尚弄尼姑》用官话，其他剧作的大多数曲词及说白用的是闽南方言，这是《满天春》的特殊之处。《满天春》各页分上下两栏，上栏是民歌及俗曲，下栏共收录十七个戏曲折子戏②，目录及正文都没有题注这十七出戏各出自哪部传奇。其中有的戏未见其他戏曲选本刊载，值得注意，下面举例说明。

《满天春》上卷下层第六个戏是《寻三官娘》，即为一个独特的戏。剧写一位名叫玉冰的女子，丈夫名田三。剧情大致为，玉冰在田家时，所作

---

① 张庚、郭汉城：《中国戏曲通史》第三编，"昆山腔与弋阳腔诸戏"第三章"弋阳腔作品"第五节"《荔镜记》"，中国戏剧出版社，1981，第 259 页。

② 明·李碧峰、陈我含刻《满天春》。笔者按：《满天春》目录列了十八个剧目，但实际上正文部分没有《赛花公主送行》一出戏。即《满天春》实际上收录了十七出戏。

所为令婆婆很是不满，婆婆和大嫂好言劝说，她听不进去，婆婆遂令田三将她休弃。玉冰离开田家后，出家在宝盖寺。在宝盖寺里，玉冰虔诚地拜观音，反省当初的言行，认识到自己错了，十分后悔。回想婆婆和大嫂的好处，"大家和伯母言语相教示，句句投机"，① 痛感"到今旦即反悔太迟"。② 于是盼望婆婆及田三能原谅她，让她回到田家。一天，玉冰外出化缘，路上遇到田三（即三官），玉冰先是觉得羞愧，不愿相认。田三主动搭讪，二人才相认。谈起家事，玉冰得知，她离开田家后，婆婆因气恼病倒。田家大哥离家从军，一年后才带回消息，说近日将回乡；其间大嫂死去，但三天后，阴间阎罗怜惜她笃行孝义，让大嫂返魂还阳。观音佛领着大嫂游十八重地狱时，说到玉冰的悔过及变化，婆婆得知很高兴，便令田三接玉冰回家。玉冰问清楚田三是受婆婆之命而来、而非私下里来找她，便心结消释。二人相互打趣一番，前嫌尽释，相携回家。③

《寻三官娘》的曲词和说白均使用闽南方言，唱段皆没有标注曲牌，而且曲词及说白里用了不少不规范的汉字，应是当时闽南民间流行的简化字，今天读起来颇为费力。龙彼得《古代闽南戏曲与弦管之研究》一文，对《满天春》所收录的每个折子戏的源流都作了梳理和探讨，关于《寻三官娘》的流传情况及出处，龙彼得所作的探讨及结论如下：

首先，关于《寻三官娘》剧本的流传情况，龙彼得结合对现存南管文本的调查了解，发现《寻三官娘》中的第二段唱词："行出寺门，游到岩边云遮雾罩……"，在现今的一部南管曲词集中仍然保存，由此说明《寻三官娘》是闽南地区的传统剧目，明代就流行，留存至今。④ 其次，探讨关于《寻三官娘》的出处问题。《寻三官娘》是个折子戏，肯定出自某部整本传奇，对于此整本传奇写什么题材，龙彼得作了如下推断，他认为，《寻三官娘》所出自的南管传奇，大概今天已不存。但他深信，这部传奇

① 明·无名氏：《寻三官娘》，龙彼得辑《明刊闽南戏曲弦管选本三种》下卷，台北：南天书局，1992，第25页。

② 同上，第25页。

③ 笔者按：龙彼得在其论著里描述的《寻三官娘》的情节与笔者所述不尽相同。例如其曰玉冰没有依从田三的劝说，与他一起回家。参见龙彼得《古代闽南戏曲与弦管之研究》，台北：南天书局，1992，第63页。

④ 《古代闽南戏曲与弦管之研究》，第63页。

的内容写的是"紫荆树"故事。也即认为,在明代,就有写紫荆树故事的南管传奇流传于闽南地区,《寻三官娘》是其中的一出戏。他持此论的理由有二。一,"紫荆树"所述为田家三兄弟的故事,且其中田家老三,尤其田三之妻是主要人物。而《寻三官娘》中的男主人公亦名田三,且田三之妻玉冰在剧中亦是主要人物。他认为,虽然《寻三官娘》与传统的紫荆树故事有差异,但其中田三之妻犯有错误、以及田三两次去庙里接其妻回家,这两个情节是明显的证据。① 二,闽南地区的确有写《紫荆树》故事的戏流传,龙彼得从田野调查中找到了证据。他说,至1977年,一些工作和居住在马来西亚吉隆坡的闽南道士,还经常在葬礼中演一种短剧为死者安魂。这种戏在临时搭建的小型舞台上演,演出场合仅限于安溪和永春两个地区的家庭葬礼,而同属闽南的南安地区的家庭则不演这种戏。此安魂戏与"法事戏"有区别。② 龙彼得说,这类道家专用于葬礼的安魂戏剧目很少,他曾看过演出、并录了音的《鼓盆记》即为此类戏。最后,龙彼得从林敬中(1912—1988)的《显灵坛》一书里摘得三个剧作,其中之一即是《紫荆树》(又名《燕鸟记》)。这说明,在闽南地区,曾有写《紫荆树》故事的戏流传。③ 综上所述龙彼得关于《寻三官娘》出处的结论是:《寻三官娘》是写"紫荆树"故事的南管戏曲在明代存在的唯一证据,不过,这部传奇是闽南土生土长的,还是从官话剧作移植而来的,不能确定。

据龙彼得描述,他得到的《燕鸟记》剧本共二十一出戏,剧情与古老的"紫荆树"故事颇为不同。剧中人物有:老父亲(仅在第一场出场)、母亲杜妮、第三子田庆、田庆的夫人李娇英、二儿媳周妮以及太白金星。剧中大部分情节发生在紫荆树枯萎后:李娇英投河自尽,由于太白金星干预被救,而后到大悲庵出家,在那里照管佛殿。太白金星派燕子回到田

---

① 笔者按:两次去庙里接其妻回家的情节,出自下文提到的《燕鸟记》,《燕鸟记》是近代作品,传统的紫荆树故事无此情节。

② 龙彼得原注:"法事戏"不在舞台上演,是葬礼中宗教仪式"打城"的一个部分。在吉隆坡以及马来西亚的其他地方,来自南安的家庭在特定场合总是演"法事戏",来自安溪和永春的家庭则是有时演"法事戏"。

③ 《古代闽南戏曲与弦管之研究》,IV. EIGHTEEN ACTS FROM MING PLAYS. 《明刊闽南戏曲弦管选本三种》,台北:南天书局,1992,第63~66页。

家，让紫荆树复苏，并托梦给田母。后田庆去寺庙找李娇英，想接她回家。第一次到大悲庵田庆向观音发誓并见到了妻子，但李娇英没有同他回家。田庆第二次再去才将李娇英带回，合家团圆。此剧的下场诗为"一家和气子孙贤，口念弥陀发善缘。神仙复活紫荆树，荣华富贵万万年"。① 此剧情应是从传统的紫荆树故事进一步申发而来，主要剧情发生在兄弟分家、紫荆树枯萎、田三媳妇离家之后。与原故事相比，剧中添加了田父、田母、太白金星、观音等人物及佛寺这一环境，情节的改变使剧作题旨的侧重点也有所改变。从《燕鸟记》的下场诗即可看到，此剧更强调念弥陀、敬神仙对维护家庭和气的重要性。

笔者看来，《寻三官娘》这一剧作的确很独特，但是断定其出自写紫荆树故事的传奇，证据并不充分。原因是，除了田三这一人物名，《寻三官娘》与传统的"紫荆树"故事的情节差异很大。紫荆树故事从最早出现在南北朝梁吴均（469—520）《续齐谐记》中起，到元明两代现知的作品：元无名氏《田真泣树》杂剧、② 明初杨景贤的《三田分树》杂剧、③ 明代小说《三孝廉让产立高名》前的"入话"，④ 等等，情节内容及主题都很相近。⑤ 尽管《田真泣树》和《三田分树》两个杂剧已佚，但从题目及题后注可知，其内容情节与早先的紫荆树故事大体相同，⑥而出现在晚明的《寻三官娘》，其情节却与传统的紫荆树故事情节出入很大。

再者，据现有记载，没有发现明代有写紫荆树故事的戏曲传奇。如果明代有这一题材的戏曲作品，今天应该不会毫无踪迹。举例来说，晚明祁彪佳《远山堂曲品》所著录的明代戏曲传奇名目较明代其他曲目书为多，

① 《明刊闽南戏曲弦管选本三种》，台北：南天书局，1992，第64、65页。
② 明·朱权：《太和正音谱》卷上"群英所编杂剧"，《中国古典戏曲论著集成》三，中国戏剧出版社，1959，第43页。
③ 明·无名氏：《录鬼簿续编》，《中国古典戏曲论著集成》二，中国戏剧出版社，1959，第284页。
④ 明·冯梦龙编《醒世恒言》第二卷《三孝廉让产立高名》前"入话"。
⑤ 笔者按：关于明清紫荆树故事在俗文学作品中的变化，参见李玫《从小说〈紫荆树〉到小戏〈打灶王〉——一个古老题材演变中传统观念及习俗的变化》一文，《南都学坛》2011年第2期。
⑥ 例如：《三田分树》有题后注曰："动神祇兄弟团圆，感天地田真泣树。"

其中有若干"闽人"的作品。例如:《远山堂曲品》"能品"所录《双燕记》,作者黄中正是福建人,祁彪佳对《双燕记》的评语有:"闽人少知音者,填词不甚失律,仅见之黄君耳。"① 评语说黄中正作为福建人,填词能够合律颇不容易,因为闽人少有通晓通行的音韵的。祁彪佳能够概括出闽人这一弱点,可知他对"闽人"所作传奇作品有较多的了解,否则难以下此断语。类似的例子还有被列入"具品"的《玉花记》,作者黄日亦是闽人,祁彪佳评论曰:"作者欲以通本按一岁之景,如前三折即人初春,而不用花柳莺燕之语,似工于词者矣。乃何以俗腐转甚,散漫尤多也。闽中向无曲派,此等醯鸡之见,原未识瓮外事耳。"② 这段话从对《玉花记》一剧的褒贬——言像《玉花记》这样的传奇作品表现出福建剧作家拘于一隅、见识不广,延伸到对闽中戏曲作家创作的整体贬抑,断言"闽中向无曲派",即言福建一地戏曲创作没有形成像样的阵势。祁彪佳是浙江绍兴人,他应是立足于昆曲传奇的创作标准而对闽中的戏曲作家作品作批评。此处不对祁彪佳的这一观点作评论,主要想说明的是,上述例子说明祁彪佳对福建一地的剧作家及剧作有相当的关注和了解,那么,《远山堂曲品》中没有著录写紫荆树题材的剧作,应可以说明,明代没有或至少没有水平较高的写紫荆树故事的戏曲传奇出现。《燕鸟记》出自现当代人的书中,其具体的创作年代难以确定,应是晚近的作品。《燕鸟记》的情节确是从紫荆树故事的基础上发展演绎而成,但无法证明明代闽南就有写紫荆树故事的传奇存在。

笔者认为,《寻三官娘》的故事情节,与明末清初广为流行《跃鲤记》中折子戏《芦林》颇有些相似。《芦林》是明代人陈罴斋的传奇《跃鲤记》中的第二十六出戏。《芦林》中的女主人公庞三娘因为与婆婆不和,被丈夫姜诗休弃。庞三娘被逐出家门后,无颜回娘家,便寄居在邻居家。一日,庞三娘到芦林拣柴,与姜诗相遇。庞三娘向姜诗诉说委屈,希望姜诗接她回家。姜诗虽然对她心怀同情,但不敢违反母命,拒绝了她的请求。当然《寻三官娘》中的情节与《芦林》的不同之处也很明显。《寻三

---

① 明·祁彪佳:《远山堂曲品》,载黄裳《远山堂明曲品剧品校录》,古典文学出版社,1957,第 87 页。

② 同上,第 123 页。

官娘》里的田三到宝盖寺见到玉冰后，还提到了姜诗的故事，他感叹自己比姜诗幸运，因为母亲同意他将玉冰接回家。《芦林》在明代很流行，《风月（全家）锦囊》《乐府菁华》《群音类选》《摘锦奇音》《时调青昆》《醉怡情》《大明天下春》《乐府万象新》等戏曲选本都收录了这出戏。《满天春》下卷上层有【普天乐】曲二支，即唱《芦林》故事。《寻三官娘》中提到姜诗的故事，可知《寻三官娘》是在《芦林》之后写出。笔者认为《寻三官娘》一剧从《芦林》演绎而来亦有可能，因为"三官娘"与庞三娘在字面上也相近。

《满天春》中，即使是那些见于其他戏曲选本并名目相同的折子戏或短剧，也较为独特，与其他选本所选有差异。例如《尼姑下山》，被晚明及清代多种戏曲选本及曲谱选录，还穿插在明清的一些目连戏中。据笔者粗略统计，从晚明至清代，收录《尼姑下山》的戏曲选本和曲谱，以及穿插有这出戏的目连戏共有十六种。《满天春》下卷下层所录的《尼姑下山》，不是出自明代郑之珍（1518—1595）的《目连救母劝善戏文》，与明代现存最早的戏曲俗曲选集《风月（全家）锦囊》所录《尼姑下山》也有以下不同：

第一，全剧只标注了一个曲牌【山坡羊】，这支【山坡羊】前那段长篇说白的开场白是："撇了爹娘久出家，可怜辜负好诏（笔者按：当是'韶'之误）华。倚门几度思量遍，运蹇时乖感叹嗟。"① 这与常见的《尼姑下山》的开场白不同。例如《风月（全家）锦囊》中《尼姑下山》是以"昔日贺善生，一头挑母一头经"开场，这种开场是较常见的一种。

第二，与《风月（全家）锦囊》所录《尼姑下山》相同，《满天春》里《尼姑下山》中的小尼姑也自述在"清净庵"出家。主要唱段【山坡羊】的第一段为："小尼姑年方十八，正青春削了头发，每日间见了几个风流子弟来来往往在佛殿上行要，他把眼儿瞧着我，我把眼儿瞧着他，……火烧眉毛，只顾眼下。"此段曲词与《风月（全家）锦囊》中《尼姑下山》基本相同，只有些用词的不同和字词的增减，可接下来的四

---

① 明·无名氏：《尼姑下山》，载龙彼得辑《明刊闽南戏曲弦管选本三种》下卷，台北：南天书局，1992，第32页。

句七言曲词就完全不同了："捶胸顿足怎耐（奈）何，四时伤感恨偏多。相思不许成佳偶，口里无心念弥陀。"① 此段曲词很独特，为其他选本中的同题短剧所无。前文已谈到，《尼姑下山》是《满天春》中两个使用官话的剧本之一，其与其他选本中同名短剧的差异，可能是它流传到特殊的地域——闽南后吸取了当地的歌曲及语言的缘故，也有可能是在流传中承袭或吸收了不同传本的曲文所致。

再以写梁祝题材的折子戏为例。《满天春》下卷下层第三个戏是《山伯访英台》，与《大明天下春》中的《山伯访友》、《群音类选》中的《山伯访祝》、《摘锦奇音》中的《山伯千里期约》、《万曲合选》中的《山伯访友》以及《缠头百练》中的《访友》等，均写梁、祝二人同学三年离开学堂后，梁山伯探访祝英台这一情节。从主要唱段可以看出来，这些折子戏虽然在不同的选本中题目不同，但主要唱段相同。差异在于唱段的顺序有变，文词互有增减。相对而言，说白的差异更大。

例如，《群音类选》中的《山伯访祝》、《大明天下春》和《万曲合选》中的《山伯访友》和《摘锦奇音》中的《山伯千里期约》四种收录较全，文词较繁。其中又以《大明天下春》和《摘锦奇音》中所选的"访友"更接近，只是前者文字稍简。《摘锦奇音》中的说白最繁，且只有《摘锦奇音》中的一些长段说白前标有"滚遍"、"催拍"字样，唱词中加滚白也最多。《群音类选》中的《山伯访祝》说白较《摘锦奇音》简略，但唱词又较《摘锦奇音》有增加，如开头多【步步娇】、【西江月】等唱词和说白；《摘锦奇音》中的《山伯千里期约》结尾处较《群音类选》中的《山伯访祝》多两支【斗黑麻】和【尾声】。各选本中写梁祝题材的折子戏文字互有参差的状况大体如此。

唯有《满天春》中的《山伯访英台》较为特殊，只有第二支曲子有曲牌名【北调云飞】。而前面和后面的曲子均不标注曲牌。不仅说白较《群音类选》等中的简略，且一些唱段前后顺序亦有变动。此《山伯访英台》唱词基本上用官话，而说白用闽南方言，例如其中祝英台的父亲与梁山伯

---

① 明·无名氏：《尼姑下山》，载龙彼得辑《明刊闽南戏曲弦管选本三种》下卷，台北：南天书局，1992，第32页。

初见面时的对话："（外）梁先生，老拙袂得相陪，甚是失礼。（生）见令郎叙话，就卜起身。"① 再如祝英台与丫鬟人心并与梁山伯的家佣事久的对话："（旦）人心你去共梁官人说叫阮小姐卜出来。（占）动门人客高姓何名？（丑）事久是我，你名叫乜？（占）阮名人心。"② 这两段对话中，"袂""卜""阮""乜"等均是闽南方言。"袂"意为"没有""没能"；"卜"意为"会""将要"；"阮"意为"我们"或"我的"；"乜"意为"什么""哪个"，等等。③ 这说明，《满天春》里的《山伯访英台》是官话剧作流传到闽南，而后地方化的结果。

总之，《满天春》保存下来一批明代万历年前后闽南地区流行的戏曲折子戏或短剧文本，很是独特，其珍贵的文献价值不言而喻。龙彼得曾说，他是从西方找回东方文化史料的热心人。的确，他在这方面的贡献值得记取。

二　《古代闽南戏曲与弦管之研究》的研究特点和学术贡献

1. 对明代戏曲剧本流失西方、被西方各国收藏之契机及过程的讨论

《明刊闽南戏曲弦管选本三种》所收录的是明代中晚期民间流行的戏曲折子戏及俗曲作品选本，出版者均是民间的商业刻书坊。这些通俗读物得以在欧洲留存下来，仰仗着特殊的历史契机。龙彼得《古代闽南戏曲与弦管之研究》一文对当时欧洲相关的历史状况进行了分析。他说道：

> 这三部曲本我们现在能看到，实属运气。在那个年代，当西方人欣喜地得到这些书时，中国没有人认为它们有价值。相反，像那时被带到欧洲的其他书一样，它们是普通的、甚至是粗俗的文本，在中国没有文人学士会屈尊收藏它们。这样矛盾的情况之所以发生，是因为

---

① 龙彼得辑《明刊闽南戏曲弦管选本三种》下卷，台北：南天书局，1992，第11页。

② 同上，第11页。

③ 参见龙彼得校闽南皮影戏《朱文》后所列闽南方言字词与英语对译表，笔者将英语译为中文。European Association of Chinese Studies 2，p. 92，1979，Paris.

那时在西方，没有人能够读懂哪怕一个中国字，当然也就没有人能将这类书的标题和内容翻译成西方人能懂的语言。在这样的情况下，这些书被西方的藏书家、学院以及皇家图书馆当作奇珍异宝收藏了起来。①

据龙彼得估计，除去基督教士的翻译文本，18 世纪以前被带到欧洲、并至今被欧洲各国图书馆收藏的中国书大约有三百种。② 当然，龙彼得所说的三百种中国书，不单是曲本，还包括其他内容的书。总体上说，流失西方的、现今为孤本的中国古代文学的文献，通俗文学类居多。

这些伴随着明代中晚期崇尚享乐的社会风气问世的戏曲俗曲选集，是俚俗的大众读物。既然是大众流行读物，必然市井趣味浓厚，并且其中包含许多为当时的主流价值评判标准所认定的"诲淫诲盗"的内容。所以，当时中国无论什么阶层的人，对这类曲本都不会着意保存。尽管这些戏曲俗曲作品中，有不少为当时一些文人士大夫及达官显宦所喜爱，有的曲文还经过文人士子的加工改编，但仍是没有人愿意收藏这类书籍，更不要说藏书家和官方图书馆了，以至于这些书最终在中国消失了。

17 世纪，欧洲兴起的中国热，使这些曲本被带到海外。当时，这些曲本大都由欧洲的海员或商人带去，有的是由贵族及富翁直接从海外的商贸集团买去。当时的欧洲人大多对中国文化和中国国情不了解，并且读不懂这些书，那么，吸引当时的欧洲人的是什么呢？显然不是这些通俗文学作品的内容，而是中国书的样式、文字及插图。至于纸质及刻印质量，没有比较就不会鉴别，他们不会认为这些坊刻的书籍纸质较差，刻印质量比较粗糙等。由于猎奇好奇、物以稀为贵的心理，这些书堂而皇之地进入了西方权贵的家中或者由贵族创建的图书馆中。那时的西方，无论是个人还是图书馆，拥有一本甚至一两页来自遥远的东方的书，是很能显示不凡的阅历和收藏的。

笔者概括并补充龙彼得先生的观点，这类曲本在晚明传到欧洲并被收

---

① 《古代闽南戏曲与弦管之研究》，第 7 页。龙彼得的这篇长文原文是英文，由笔者译成汉语。后文凡引述这篇文章均同、不一一说明。

② 《古代闽南戏曲与弦管之研究》，第 7~8 页，注 20。

存，原因大体有三：其一，当时这类曲本刊印的数量大，价格相对便宜，容易得到；其二，这类书有较多插图，对于不认识汉字的人来说，在观感上更有趣味，更有吸引力，所以，这类曲本成为晚明时的商人运送到海外的重要商品；其三，很关键的一点，是当时的欧洲懂中文的人极少，同时，有钱人才有条件收藏中国书，所以这些书在欧洲各国的辗转流传中，多被国王、贵族及主教等地位高且资金充足的人收藏。

龙彼得《古代闽南戏曲与弦管之研究》一文，对这类曲本到西方的时间、缘由以及收藏者辗转传承的线索的研究梳理，也值得注意。他先从西班牙所藏的《风月（全家）锦囊》谈起。

现为西班牙埃斯科里亚尔的圣·劳伦佐皇家图书馆收藏的《风月（全家）锦囊》（刊印于明嘉靖三十二年，1553），是现存最早的明代戏曲俗曲选集，比剑桥大学图书馆所藏《满天春》的刊刻时间早五十一年。《古代闽南戏曲与弦管之研究》一文里谈到《风月（全家）锦囊》被带到欧洲的过程，大致如下：《风月（全家）锦囊》是在 1573 年，由当时的西班牙国王腓力二世（Felipe II）派往里斯本的大使胡安·波尔恰（Juan de Bor-ja）送交国王的。而这位波尔恰先生是从一位葡萄牙传教士格雷戈里奥·贡萨尔维兹（Gregorio Gonzálvez）那里得到了《风月（全家）锦囊》等中国书以及其他中国珍宝。这位传教士在中国澳门传教十二年，是他委托波尔恰将《风月（全家）锦囊》等中国的书及珍宝赠送给西班牙国王。[1] 包括《风月（全家）锦囊》的这批中国书，成为当时正在兴建的圣·劳伦佐修道院（即今天的西班牙皇家图书馆）获得的首批礼品之一。不过，在胡安·波尔恰将《风月（全家）锦囊》转呈腓力二世之前，将书作了重新装订，变成西式硬壳装帧。[2] 这样的契机，使《风月（全家）锦囊》这本书得以存世。

龙彼得认为，16 世纪末至 17 世纪初，欧洲出现的不少这类中国书都是荷兰人带去的。1605 年，阿姆斯特丹有位重要的书商，名叫柯勒里斯·

---

① 《古代闽南戏曲与弦管之研究》，第 8 页。龙彼得参考了曾担任过圣·劳伦佐皇家图书馆主任的西班牙学者 Gregorio de Andrés 发表于 1969 年的文章《埃斯科里亚尔皇家图书馆所藏的中国书》一文。

② 参见孙崇涛《风月锦囊笺校前言》，中华书局，2000，第 1 页。

克拉斯（Cornelis Claesz）。他将一批中国书带到法兰克福秋季图书展销会上。这位书商对这批中国书有如下描述：“这批多种多样的中国书，是第一次从中国买来的，它们奇妙的墨迹、纸张及形态，令人惊异。”① 龙彼得不同意这位书商的说法，龙得彼认为，在 1622 年以前，荷兰人与中国没有直接的联系，因此，这批中国书很可能是那些书商通过东印度公司，从在东南亚的中国商人手中买到的，也即那些书商并没有亲自到中国。②

龙彼得利用长期在剑桥大学工作之便，考察了剑桥大学图书馆收藏中国书的历史情形，尤其是考察了《满天春》到英国的大致时间及其在英国辗转易手的过程，并将考察研究的结果发布在《古代闽南戏曲与弦管之研究》一文中。文中说，《满天春》在英国的线索可追溯到 17 世纪末诺里奇（Norwich）的主教约翰·莫尔（John Moore，1646—1714）那里。③《满天春》曾是约翰·莫尔的藏书，1714 年约翰·莫尔故去。他的藏书在他故去的第二年，即 1715 年，由当时的英国国王乔治一世捐赠给了剑桥大学图书馆。从 1715 年至今，《满天春》一直被收藏在剑桥大学图书馆。笔者在 2004 年夏天，在剑桥大学图书馆东方部，看到久已变为西式硬壳装帧的《满天春》，感慨良多。约翰·莫尔的藏书中有四本书，上写有拉丁文“中国的书（libri chinenses）”字样，实际其中有一本是日文书，也即约翰·莫尔实际收藏了包括《满天春》在内的三种中国书。《满天春》曾被收进 1697 年牛津出版的一部著名的拉丁文书目。

关于剑桥大学收藏中国书的情况，龙彼得说到，剑桥大学图书馆在接受约翰·莫尔的藏书之前的 1632 年至 1664 年间，陆续收藏了四种中国书，其中一种在 1775 年失踪。④

关于《满天春》，很遗憾我们今天已无从知道约翰·莫尔是怎样得到它的，只知道这位主教是保存此书的重要环节。约翰·莫尔生于 1646 年，他生活的年代与《满天春》（1604 刊刻）问世的时间只相距数十年。虽然

---

① 《古代闽南戏曲与弦管之研究》，第 8 页。原文为英文，由笔者译成中文。

② 龙彼得：《古代闽南戏曲与弦管之研究》，第 8 页。

③ 笔者按：诺里奇为伦敦东北部的一个城市，约翰·莫尔离开诺里奇后，到另一城市 Ely 任主教。

④ 《古代闽南戏曲与弦管之研究》，第 9 页。

现在不能确切地知道《满天春》被带到英国的时间，但可以肯定，《满天春》至迟在 17 世纪中后期被带到了英国。

龙彼得较早关注并梳理《满天春》等中国明代曲本到欧洲及英国的流转情况，并有所发现，因此，他在谈论《古代闽南戏曲与弦管之研究》一文的创见时，将这一点特别提出。

2. 龙彼得明代戏曲研究的地域视角

龙彼得《古代闽南戏曲与弦管之研究》一文对《满天春》等三种戏曲俗曲选集里所载戏曲及俗曲作品的研究和解读，有鲜明的地域视角。对《满天春》中剧本的研究紧扣闽南地区的文化背景和传统延续，这很符合戏曲艺术发展流传的特点。戏曲艺术的发展历史说明，一个剧种，无论其流行范围是限于一隅，还是遍及全国各地，都不会失去其剧种的基本特点，也即地域特点。龙彼得对《满天春》中剧本的研究，始终立足于其为闽南地区流传的剧本这一视角。这一点可从以下几个方面来看。

文章在具体研究明代的作品以前，首先讨论了三部书的刻印地点。著者将三部明代曲本里的刊刻信息与其他同时期闽南地区刻印的古籍比对，来坐实这些书的刊刻者的籍贯及刻印地点在福建漳州的判断。例如，《满天春》卷末牌记有"岁甲辰瀚海书林李碧峰陈我含梓"字样；《钰妍丽锦》目录前有"书林景宸氏梓行"字样；《百花赛锦》目录下有"玩月趣主人较阅、霞漳洪秩衡梓行"字样；龙彼得对照他所见到的其他明代在闽南刊刻的书籍，例如，《东京大学东洋文化研究所汉籍分类目录》中有《翰林院校阅训释南北正音附相法官制算法》，此书著者为蒋孟育（1558—1619），刻书者亦为李碧峰。此书卷首扉页刻有"瀚海李碧峰刊行"字样，此中"瀚海"是刻书坊之名；此书卷末牌记有"万历乙未岁澄邑李碧峰刊行"字样，可知李碧峰是"澄邑"人。再如：另一部书《家礼简仪书翰金镜》，卷首刻有"福建左布政史司范爷发刊"字样，卷末牌记曰"丁未新春之吉澄邑陈我含梓"，可知陈我含亦是"澄邑"人。也即，刻《满天春》的李碧峰和陈我含均是澄邑人。那么，澄邑是何处呢？龙彼得归结出，"澄邑"是海澄的雅称，"瀚海"在明代文本里也是海澄的一个有书卷气的称谓。海澄，是于明代嘉靖四十五年年末（公元 1567 年初），合龙溪和漳浦的部分地区所建的县，属漳州府。今天福建龙海市东南还有海澄镇。1960 年海澄与龙溪县合并，始更名为龙海县。明代后期，海澄是重要的对外贸易港口，经济繁荣，因而刻书业发达，所以，当时漳州海澄（今属龙海市）出现像李碧峰和陈我含这样的刻书人，并非偶然。再者，编刻《百花赛锦》的洪秩衡被称为"霞漳洪秩衡"，以同样的思路，龙彼得认为"霞漳"是漳州的雅称，龙彼得在论文中的英文描述是，"霞漳"是漳州的富有诗意的名称。总之，他判断刊刻《钰妍丽锦》的林景宸和编刻《百花赛锦》的洪秩衡均是漳州人，也就是说，三种戏曲选本均由福建漳州人刊刻。此为《满天春》等三部曲本具有闽南地域特点的基础。

　　一个剧种的地域特点，主要表现在曲词、说白和声腔上，而明代流传下来的剧本，今天我们能够看到的，只有其中的曲词和说白，其地域特点也就是从这些曲词及说白里表现出来。而最能直观地显示地域特点的声腔及演出情形，今天不仅没有明代演出的音像资料留存，即使是关于演出的文字资料也难以见到，故无法确知。龙彼得另辟蹊径，投入大量精力，到闽南实地了解"南管"这种闽南地区特殊的戏曲音乐，[①] 了解这种古老的戏曲音乐及相关曲本在今天的留存情况。以今天仍可以看到的南管曲文为据，对照《满天春》等三种明代曲本中的曲词，研究梳理《满天春》等曲本中的折子戏及曲词的源头、传承情况及特点，即以今证古。这一点，从上文论及的龙彼得对《满天春》中《寻三官娘》故事的溯源，就体现了出来。比如他在论述过程中，参照依据了他所获得的现今的南管曲词文本——"南管曲词集"和《燕鸟记》等材料。再如，《满天春》上栏收录了 146 支散曲和俗曲，龙彼得将其与现今的南管曲词作了比对，指出其中至少有 34 首在今天的南管曲词集里仍留存。

　　龙彼得在重视对当今文献作调查搜集的同时，还特别重视田野调查。

① 笔者按："南管"亦名"南音"，现在仍流传于厦门、泉州一带，有所谓"三十六大套"，其大多数曲文与古老的梨园戏剧本相同，其中有不少古词牌，系仿照宋元词曲加入了方言而成。后来，由于福建与江西、广东接壤，尤其是闽南与广东东北部的潮州邻近，所以南管又采用了一部分弋阳腔和潮州民歌（潮调）。梨园戏保留了一些古老的宋元南戏剧目，如《王祥》、《姜诗》、《荆钗记》等。梨园戏的"灵魂乐器"是洞箫，洞箫又名南管，故名。参见明姚旅《露书》卷九"风篇中"；文浩《闽南戏的现状》，见华东文化部艺术事业管理处编《华东地方戏曲介绍》，新文艺出版社，1952，第 181～183 页；周妙中《清代戏曲史》第九章"地方戏"。中州古籍出版社，1987，第 419 页；等等。

这也是立足于戏曲研究地域视角的一个重要方面。例如，他通过了解现今的南音艺人的演唱，对照《钰妍丽锦》和《百花赛锦》中收录的曲词，发现其中有些曲目，至今南音艺人仍在演唱。同时指出这些曲词出自古老的南戏，如《刘智远》和《朱文》等剧目中。不仅如此，龙彼得调研的范围没有局限在闽南，还扩展到闽南戏曲流传地——如广东潮州、中国台湾以及泰国、马来西亚等地，例如，他到泰国的佛寺录下潮州"功德乐"演奏的录音资料；到马来西亚吉隆坡录下闽南"法事戏"的演出情况等。总之，收集到许多关于闽南戏曲现今在民间传播情况的材料。

福建地方方言种类多、难以听懂是有名的。联想多年前笔者在北京观看梨园戏演出的经历：演出中因为停电，字幕一度停止显示。当时几乎在场的所有观众都感到惶惶然。也就是说，离开了字幕，演出中不论说白还是唱段，在场的观众几乎全都听不懂。大家戏称看这样的地方戏演出为"读剧本"。因此，要了解、熟悉，进而研究福建的地方戏曲，如果没有在那里生活的背景，连中国人都视为畏途。龙彼得作为一位荷兰人，一位在英国工作的汉学家，以极大的热情和毅力，付出大量的辛劳和智慧，坚持数十年，对闽南戏曲及文化进行深入研究，殊为不易，令人敬佩。

2004年夏天，笔者到牛津大学中国研究所进行学术访问。当时任中国研究所所长的杜德桥先生和我谈到龙彼得先生，说到很是遗憾，我没能见到他，龙彼得先生在我去牛津的一年多以前逝世。杜德桥先生打开了一间办公室，指着里面的书柜和许多箱子说，那里面全是龙彼得先生留下来的考察资料，其中有大量的录音带、录像带和考察笔记等，多是关于闽南的法事戏、台湾的歌仔戏以及潮剧的资料，非常珍贵，有待整理。据杜德桥先生说，当时有几位中国留学生在整理那些资料，进度很慢。因为，即使只是整理这些资料，如果没有闽南生活的背景以及对古代及现代中国民间戏曲的热爱，都十分困难。我们希望龙彼得先生付出大量心血搜集到的闽南戏曲资料最终能够惠及戏曲研究界。

2012 年 12 月 14 日初稿，2013 年 4 月 26 日定稿

评日本学者中川谕《〈三国志演义〉版本研究》

夏　薇

　　大学、硕士、博士三个求学阶段的毕业论文以同一问题作为研究对象，已经可以充分表达出一个学者对于他所从事的研究的热爱和执着专一。日本大东文化大学中川谕教授为我们奉献出他几乎半生努力的成果的同时，也让我们深刻感受到了他对中国古典小说《三国志演义》（以下简称《三国》）版本研究工作的钟爱，以及值得中国学者钦佩的勤奋务实、谦虚审慎、锲而不舍的治学精神。

　　《三国》版本众多，孙楷第《中国通俗小说书目》中记载了28种版本，另外，目前还有一些已被确认和已经发现尚待确认的版本，如果再算上内容大体相同但版式不同的毛评本，那么中川谕在论及《三国》版本数量时使用的"庞大"一词诚不为夸张。除最早的明刊本嘉靖壬午本和清代毛评本外，由于人所共知的历史的原因，《三国》主要版本多藏于国外，国内学者在这方面的研究就比较不易展开。因此，自1929年郑振铎《三国志演义的演化》一文起，相当长一段时间里，国内学者的主要研究都放在对嘉靖壬午本和毛评本的比较上，大多数人认为嘉靖壬午本与其他明代刊本在内容上无一差别，直至清代毛评本出现，方才有了文字上的不同。二十世纪七十年代，柳存仁、周邨分别撰文论证比嘉靖壬午本更早版本存在的可能性，是国内较早的从更大范围内进行《三国》版本研究的开始。

日本所藏《三国》版本占全部已知《三国》版本的三分之二强，因而，日本学者在研究上极具地利之便。从 1965 年小川环树便有《关索的传说及其他》一文，指出嘉靖壬午本、周曰校刊本、几个建阳刊本之间的异同。接着，1989 年金文京的《花关索传的研究》（东京汲古书院）、1989 年金文京的《〈三国演义〉版本试探——以建安诸本为中心》、1990 年上田望的《〈三国演义〉版本试论——关于通俗小说版本演变的考察》等，都在《三国》版本的源流及系统等问题方面发前人所未发，几位日本学者对《三国》版本研究做出了重要贡献。

海外汉学家的《三国》论著在中川谕的这部书出版之前有两种较为重要的作品，一是 1993 年〔日〕金文京的《〈三国演义〉的世界》（东京东方书店），二是 1996 年〔英〕魏安的《〈三国演义〉版本考》（上海古籍出版社）。前者不仅对《三国》版本分类、关索与花关索、《三国》在朝鲜、韩国、日本的流传与出版等问题进行了深入细致的研究，还有作者问题、《三国》的思想、人物形象的演变等方面的专论，是海外《三国》论著中较早的有代表性的重要作品；后者是海外第一部《三国》版本研究的专著，创立了用"串句脱文"考量版本之间关系，对《三国》版本进行分类的独特研究方法。

由上海古籍出版社 2010 年 8 月出版的中川谕教授的《〈三国志演义〉版本研究》，是近一段时期以来比较全面地研究《三国》版本的专著。

《〈三国志演义〉版本研究》日文版于 1998 年 12 月由日本汲古书院出版。黄霖、顾越曾为该书撰写评论，题为：《〈三国〉版本研究的硕果——读中川谕的〈《三国志演义》版本的研究〉》，对中川谕的研究给予了较高的评价。

笔者认为，中川谕研究《三国》版本有以下几个特点。

一 从分析研究方法入手，确定研究范围以及研究对象之间的关系问题

在对近百年来《三国》版本研究史进行过一番清晰地梳理之后，作者专设"问题点"一节，对《三国》版本研究史中出现的问题，主要是

研究方法的问题，展开了细致地讨论。逐一对郑振铎、小川环树、柳存仁、金文京、周兆新、上田望、魏安等人的研究方法加以比较和分析，在肯定学者们各具特色的研究的同时，也试图寻找出各自研究方法上的不足。

中川谕指出，郑振铎的观点固然是片面的，而对郑的论点提出疑议者"单单选取长篇小说中的特定场面，忽略其他部分，有可能掌握诸多版本的全部内容吗？"对此，作者认为"应该从大局来综观各个场面，或者根据需要，考察细微的文字异同"。并且在本节行文的最后告知读者："在本书中，笔者除了全面调查现存《三国志演义》的各个版本和关索故事外，也选取其他多个场景的叙述，从文章、文字的异同等细节进行考察。首先根据内容、文章的不同进行系统分类。接着，具体说明各系统中诸多版本的相互关系。然后说明各系统的关系，试论《三国志演义》从原本到现存诸本的分化过程。"这是作者在综合分析、比较前人学者诸多研究的基础上总结出来的有个人特色的研究方法，在接下来的各个章节中，作者都在用大量的具体例证来诠释和实践他的这一研究方法。

二 版本分类，也应留意插增文字外的部分

中川谕在比较和逐一分析前人诸多分类方式的基础上，认为应该"着眼于三国故事的叙述方式以及版本间文章的差异，同时，也关注插入的诗歌、故事"来对现存的三十多种版本进行分类。尤其值得注意的是，作者强调了除插入情节外，小说文本中其他情节及文字在版本演变过程中发生的变化对于版本研究来说也是非常重要的，应该受到与插增情节同等的重视，成为研究的一个重要切入点。

中川谕将这一观点率先用在了他的版本分类中，"改则"就是例证之一。他指出"改则地方不同，意味着文章的叙述方式不同，所以就表现为版本系统的不同"，进而推断"嘉靖本、余象斗本、朱鼎臣本属于不同系统"。也正因为毛宗岗本的底本《李卓吾先生批评三国志》改则的地方属于嘉靖本式，作者在把毛宗岗本和嘉靖壬午本及余象斗本、朱鼎臣本中其他文字进行比对之后，将一直都被作为独立系统与其他版本区别研究的毛

宗岗本，最终划分到嘉靖壬午本系统中。

虽然之前也有诸多的《三国》版本分类研究，但中川谕明确地提出了"《三国志演义》诸本可以分成三个系统：嘉靖本、周曰校本、夏振宇本、《李卓吾先生批评三国志》、毛宗岗本都属于嘉靖本系统，统称为'二十四卷系列诸本'。余象斗本、郑少垣本、杨闽斋本属于同一个系统，刘龙田本、朱鼎臣本、杨美生本属于同一个系统。两个系统都为二十卷本，但前者比后者，文章更为详细，所以把前者称为'二十卷繁本系统诸本'，后者称为'二十卷简本系统诸本'"。

三　十个新发现的插增故事和衡量标准的新进展

中川谕在讨论二十四卷系统诸本之间的关系时，继续实践着他的主张。

在郑振铎认为的《三国》诸本"内容实在一无差别"和小川环树之后的"除了关索故事和周静轩的诗歌外，嘉靖本和周曰校本在内容方面，几乎一致"的两种结论之上，中川谕列举了他发现的十个插增故事。

这十个新的插增故事，从研究结论的角度看，我们可以说它们再次明确了嘉靖本和周曰校本、夏振宇本的区别不仅仅是关索故事和静轩诗那么简单，证实了嘉靖本以后的明代刊本已经发生了内容上的变化。但如果站在作者的立场，我们似乎可以更进一步了解他在第一章就开门见山地道出自己研究方法的意图。作者深知版本研究的关键之一就是方法，十个新提出的插增故事固然能够成为将来很多版本研究者用来判断版本源流及归属的新标准（作者已经立即用这十个插增故事来验证了自己之前的判断——毛宗岗本和夏振宇、《李卓吾先生批评三国志》一样，继承了这十个故事，应属二十四卷本系统）。但作者的这种做法更大的启迪是，我们应该留意，《三国》版本研究需要从固有的衡量标准中解放出来，从诸版本的文本中挖掘尽可能多的差异点。

从这方面来看，中川谕的做法是值得借鉴的。他在比对诸本的差异时，没有受几个大家都熟知的情节的局限，而是大胆地拓宽思路，较大范围地对内容、场景，甚至是词汇的异同进行细致地逻辑分析；不避讳正反两面举例的方式，在进行单个版本之间的比对时，充分列举它们在文字上表现出来的互为底本的矛盾现象。同时结合正史，或对情节及背景加以理性分析，判断底本来源，争取最大可能地厘清诸版本间横向和纵向的关系。

四 图表式比对的新创

首都师范大学周文业教授一直都在做小说版本数字化的工作。在他已经完成的数字化版本软件中，有一种比对小说文字的方法，即将研究者希望比对的几个版本的某段文字以图表形式排列出来，而哪一个版本中有脱文或异文之处，则以空格显示。这种方式使得各版本文字情况一目了然地呈现在研究者面前，即便在没有逐字比对之前，就可以对研究对象间的差异有一个非常整体和直观的印象，大大提高了版本研究工作的效率。这种图标式比对方式的首创者就是中川谕教授。1998 年《〈三国志演义〉版本研究》日文版就第一次向研究者们展示了这种图表比对形式的强大功能，周文业教授参照了这一新研究方法，并将其运用到包括《三国》在内的一系列其他版本，如《红楼梦》《西游记》《金瓶梅》《水浒传》等古代小说版本数字化工程中。

在他的这部专著中，几乎所有的文字比对都是以图标方式表现的。表格里，文字空缺的部分，便是该版本区别于其他版本之处，而空缺部分的前、后文字位置与其他版本相对应的文字所处的位置相同。因此，繁简差异、脱文等现象便一望而知。中川谕教授的这一发明，不仅仅被运用在《三国》版本研究上，对于其他小说版本研究也具有同样的价值和功效，如今，已成为版本研究方法中不可或缺的重要方式之一。

除以上几点特别值得关注的地方外，中川谕的整部作品给人一种全面、完整、深入之感。无论是二十四卷系统的夷白堂本、钟伯敬本、《英雄谱》本、李渔评本，还是二十卷繁本系统的余象斗本、评林本、郑少垣本、杨闽斋本、汤宾尹本、种德堂本，二十卷简本系统的熊氏刊本、"志传小系统"诸本，他对三十几种《三国》版本无一遗漏地加以细致剖析。

从大量的异文中选取有代表性的部分，用图表形式，辅以版木、刻书、传播及正史的研究，探寻了《三国》各版本先后及演变的过程，详细分析了文本变化的历史，包括插增故事、文本修改和底本的差异等重要环节，并根据研究结果绘出了《三国》版本谱系，很有学术参考价值。

文本和阐释建构的多元文化空间

——论《美国哈佛大学哈佛燕京图书馆藏明清妇女著述》的文本价值和学术意义

王筱芸

一　出版缘起和内容构成

《美国哈佛大学哈佛燕京图书馆藏明清妇女著述汇刊》全五册，是由广西师范大学出版社 2009 年 3 月出版的"哈佛大学燕京图书馆文献丛刊"第四种。也是广西师范大学出版社《中国历代妇女著述丛刊》这部重印系列的第一部。本书主编——加拿大麦吉尔大学教授方秀洁和美国哈佛大学教授伊维德，均是北美中国古代性别研究的著名学者。他们将美国哈佛大学燕京图书馆收藏的明清时期妇女著述，萃取六十一种影印出版。这些诗集、词集大多是明清时期妇女的个人别集，版本、印刷精良，借由影印可以窥见原书原貌的文本形态和出版形态。是中国古代女性研究的珍贵资料。此书由两部分构成，明清妇女著述六十一种影印文本和主编者撰写的两篇长序。

主编之一方秀洁博士，加拿大麦吉尔大学东亚系教授、系主任。1984年于加拿大不列颠哥伦比亚大学获中国文学专业博士学位，此前于加拿大多伦多大学获得东亚研究学士学位及中国文学研究硕士学位。

方秀洁在哥伦比亚大学师从著名词学家叶嘉莹，博士论文《吴文英与南宋词的艺术》是吴文英研究的首部专著。此后方秀洁一直专注于女性文学研究领域，她的《女性作者的自我——晚期帝制中国的性别、写作与主动力》(《Herselfan A "thor：Gender，1t1ng，andAgeneyinLateImperialehina》2008 年夏威夷大学出版社）以及她与钱南秀、理查德·史密斯 Richard J. smith）合著的《不同的话语世界：晚清至民初性别与文体的转变》(Different Worlds of Diseourse：Transformations of Genderand GenreinLatengand Early Republieanehina. Leiden：Brill，June2008），为她在女性文学研究获得了巨大声誉。

2004 年她与美国莱丝大学的钱南秀和荷兰学者宋汉理（HarrietZurndorfer）合作编辑了中国女性研究的专刊《男·女——中国的男性、女性与性别》(NanNu：Men，womenandGenderinChina）从发行至今，引领了欧美汉学界女性文学研究领域不同国家地区学者的合作交流。2005 年方秀洁建成麦基尔——哈佛明清妇女文学数据库，她是主要的筹建者与主编之一。本汇刊是这个数字化工程的纸文本产品。

方秀洁的学术视野广阔，她对明清时期知识女性的研究主要可以分为三类：一是对女性主动力的研究，这一研究主要以女性写作的文本为考察材料，采用社会学与文学研究相结合的方法，挖掘明清妇女的写作动力；二是对女性作品的文学研究；三是针对女性诗选呈现的女性社会地位研究。她的研究受琼·斯科特社会性别理论的影响，提倡在男性与女性的互动关系中给予女性客观的评价，她对女性主动力、主体性的研究，揭示了女性在明清社会性别制度中生存的积极面貌，纠正了学术界明清女性和女性写作的传统误解，对英美和国内女性研究具有启发意义①。

伊维德（Wilt L. Idema），哈佛大学东亚语言与文学系教授，是另一位主编。他出生于荷兰的达伦（Dalen），在荷兰莱顿大学学习中国语言与文学。他先在日本札幌的北海道大学和京都的人文科学研究所以及香港的大学服务中心从事研究，1970 年到 1999 年在莱顿大学执教。他以中国初期白话小说为博士论文的课题，于 1974 年在莱顿大学获得博士学位，于 1976 年被任命为中国语言与文学教授。他在莱顿大学时，曾两度出任人文

---

① 刘文婷：《加拿大汉学家方秀洁对明清知识女性的研究》，据知网空间：学位论文库。

学院院长；他还出任过非西方研究中心主任。他在莱顿大学任教时，还在夏威夷大学马诺阿（Manoa）分校、加州大学伯克莱分校、巴黎的法国高等研究实验学院和哈佛大学做过客座教授。伊维德博士的专门研究领域是中国古代白话文学（包括古代小说、戏剧和说唱文学）。除了以英文发表了大量论著外，他还以中文和德文发表学术论著，并以他的母语荷兰文发表了30多种著作。伊维德博士2000年到哈佛大学任教，任东亚语言与文学系的中国文学教授，2004年任费正清东亚研究中心主任。同时，他还是荷兰皇家艺术与科学院院士。

目前欧美主要有三种大型中国古代女性诗歌选编集。

第一部大型的中国女性诗歌选编注释是孙康宜、苏源熙主编的《中国历代女作家选集：诗词与评论选》（*Women Writes of Traditional China：An Anthology of Poetry and Critcism*，*Stanford*：Stanford University Press，1999）（此书1993年策划，1999年出版。选入一百三十多位女诗人的诗作，时间从东汉后期到清末。北美六十三位汉学家参与翻译注释）。

第二部大型的中国古代妇女著述选注，是伊维德与管佩达编辑的《彤管：历代中国女性作家》（*The Red Brush：Writing Women ofImperial China*，*Cambridge MA*：Harvard University Asia Center，2004；revised edition 2007），出版于2007年。两部选集都纵跨从班昭到秋瑾——从汉代到晚清民国初年间的两千年时间。如果说前者更注重传统主流的作为士大夫亲属的女性作者，后者则尝试选入一些更底层、更边缘的、由女性信众——尼姑或道姑所写的宗教诗作，并且将文类从诗词拓展到散文和戏剧弹词，辟有独立的章节专门介绍女性所撰写的白话小说、口传文学与女书。它们共同的宗旨是把这些女性作品写作的原生状态引介给读者，而非只选编翻译她的名篇名句或者只摘要其生平。在女性作者各种文类选编的连续性叙述和整体性书写形态中，提供了进一步的背景资讯，使读者对译文和作家有更深的认识。方秀洁和伊维德主编的这一部《美国哈佛大学哈佛燕京图书馆藏明清妇女著述汇刊》，则是第三部大型断代妇女著述影印汇刊。

本书的出版缘起，基于2005年以方秀洁为主建立的麦吉尔－哈佛明清妇女著作数字化工程——这个数据库收录晚明至民国初年妇女著作九十种，主要为闺秀文集；本书是这个数字化工程的纸文本产品。项目的缘起，一是欧美妇女研究飞速发展与研究文本缺失的矛盾；二是西方女性文本数字化项目的启示。

妇女研究飞速发展与文本缺失的矛盾，在欧美女性研究领域十分突出。由于"大部分前现代中国的女性作品仍然遭到忽视，仅以孤本手稿或稀有图书副本的方式存世，收藏于中国各图书馆内。由于接触这些重要文本正常途径的普遍缺乏，使得针对它们进行的广泛深入的研究变得十分困难"。①

受北美"西方女性文本数字化项目"的启示，方秀洁主持的麦基尔－哈佛"明清妇女著作"数字计划，旨在"为学术研究提供哈佛燕京图书馆藏书中珍贵的明清妇女写作诗文集的在线接入。这项工程将哈佛燕京所藏明清妇女著作的珍贵藏品公之于众，不仅提供原文，同时还可以检索闺秀的婚姻状态、民族背景、地域分布、家庭和地区活动，提供其他有关女性在社会及文化历史等各方面的统计分析，此项数字化工程对女性文学研究的推动作用是不言而喻的"。②

关于这个项目和本书的意义，如主编方秀洁所云：

"世界上没有一个国家比中国明清时代产生过更多的女诗人，仅仅在三百年间，就有近五千名出版过专集的女诗人。而当时的文化界，不仅没有像五四新文化所说的那样，压抑她们，而且通常赞助与鼓励他们出版、并努力将其辑集保存。这几乎可以说是一个中国文化的奇迹。北美近十年一个很大的工作，就是将这一世界奇迹重新发掘出来，第一步工作是将其文献尽可能的数字化，并描述其文学史与文化史的全新意义。"③

具有学术前瞻眼光的广西师范大学出版社，在《哈佛燕京图书馆文献丛刊》选题之后，策划了《中国历代妇女著述丛刊》，由方秀洁（Grace Fong）与伊维德（Wilt L. Idema）主编，将其中的六十一种编成《美国哈佛大学哈佛燕京图书馆藏明清妇女著述汇刊》（全五册），由广西师范大学出版社于2009年出版。

---

① 方秀洁：《美国哈佛大学哈佛燕京图书馆藏明清妇女著述汇刊》序言一，广西师范大学出版社，2009。
② 同上。
③ 同上。

本书的结构，是由六十一种明清妇女著述影印文本和主编者撰写的两篇长序构成。方秀洁的长序名为《欣赏与研究的文学宝库：哈佛燕京图书馆藏明清妇女著述》，内容为："女性主义的影响""胡文楷的贡献""什么在文本中？""女性写作文本的当代传播：以西方为例""女性写作文本的当代传播：哈佛燕京文库与前现代中国妇女著作和出版的形态"以及结论。

伊维德的长序名为《英美学界对历代中国女性作家的研究》。内容分别是：1930年到1950年间英美学界对中国女性作家的研究；1950年到1980年间英美学界对中国女性作家的研究；1980年至今英美学界对中国女性作家的研究；社会史；会议论文集与选集；公元前一世纪到公元六世纪的女性作者；女性文学的第一个高峰期（1580~1680）；女性文学的第二个高峰期（1775~1875）；清末最后数十年；女性口传文学传统与女书作品；结论。

这种构成，使本汇刊既非传统单一的中国明清妇女著述影印文本，亦非单纯的英美中国古代妇女研究概述，而是一种跨越古今中外文化时空重构的多元文化空间和学术成果聚合体，具有多重文本价值和学术意义。文本影印部分，以纸文本形式复制中国明清时期女性写作的重要形态和真实存在，是学术界多元阐释和研究的重要基础。序言部分则通过主编的不同视角和视野，建构了英美女性研究的学术源流、学术发展史和学术趋向。而这些文本和学术建构，是在与西方女性研究平等和平行的参照系下，对人类历史研究方向有所影响的贡献。如同主编方秀洁所言：

"《中国历代妇女著述丛刊》系列致力于以出版形式复制中国女性写作的第一部分。从长远来看，我们期待所付出的努力能起到和欧洲相似的效果，即通过这些从湮没无闻中重现天日的重要文献，激励以多视角对中国文学、文化与历史进行重新探讨和创新研究的发展。这一新举措有可能根本改变我们对中国丰富历史的阐释方式，不仅对中国领域，还对人类历史的研究方向有所影响。"①

---

① 《美国哈佛大学哈佛燕京图书馆藏明清妇女著述汇刊》序言一。

二 《美国哈佛大学燕京图书馆藏明清妇女著述汇刊》 的文本价值和学术意义

（一） 文本来源、 出版形态、 作者籍贯分布以及由此显示的文本价值和学术意义

1983 年， 曾执教于加州大学伯克利分校的罗伯特·哈特教授的后人向哈佛燕京图书馆捐赠了哈特教授私人收藏的近三百种中国珍本古籍， 其中就包括了五十三种明清女性著作别集。 除此之外， 哈佛燕京图书馆另有四十多种女性文学别集的收藏， 其中的一部分收藏于珍本室， 其余收藏在普通中文古籍部。 罗伯特·哈特教授与著名的赫德爵士 （Sir Robert Hart） 并非同一人。 赫德曾任清政府中国海关总税务司司长。 据哈佛燕京图书馆馆长郑炯文先生 （James Cheng） 介绍， 除了知道罗伯特·哈特曾执教于加州大学伯克利分校， 有关他的其他信息知者甚少。 他收藏的近三百种中国珍本古籍， 包括五十三种明清女性著作别集， 究竟是他直接从中国购买， 还是由书商转售至美国， 他的后人和相关人员都不清楚， 还需要进一步研究①。

主编者从哈佛燕京图书馆选取六十一种女性文学别集， 收入《中国历代妇女著述丛刊》进行重印。 其中的三十一种来自哈特收藏， 占全部选录著作数量的一半强。

在西方大学图书馆中， 拥有如此丰富的女性著作收藏， 是独一无二的； 即使在中国， 也十分罕见。 只有北京大学图书馆更大规模的明清女性著作收藏可以与之媲美。

这些文本的年代， 除了若干别集出现在晚明时期， 大部分著作的年代可追溯到清代， 而且以女性个人文学别集居多。 鉴于中国古代女性作品的出版、 流传和保存历史的复杂多样， 通过仔细研究这六十一种明清妇女著述的初版、 再版形式， 方秀洁总结出以下三种出版形态。

第一种是作为女性别集的独立出版物， 有三十种之多。 占总数六十一

---

① 《美国哈佛大学哈佛燕京图书馆藏明清妇女著述汇刊》 序言一。

种的 50%。

第二种是原著散见于地方志，后来被地方官有感于女性作者的事迹而重新搜集整理独立出版。如吴宗爱（1650—1674）的《绛雪诗钞》是地方官辑佚题刊出版的。1874 年和 1875 年，她的诗集以《徐烈妇诗钞》为题再次重印。哈佛燕京图书馆所藏正是 1875 年版。

第三种是家族女性合刻本，这些女性是通过家族血缘或婚姻纽带形成一体的。如李星池《澹香阁诗钞》是湖南长沙地区三代母系亲属的诗集。《泰州仲氏闺秀集合刻》收录了七部女性著作，七位作者与合刻本编辑者仲振奎均是亲属。

第一类最多，也最有代表性。这三十种女性别集作为独立出版物之前，原本一般是附录于她们丈夫的文集之后，后来才被独立出版的；因为她们的丈夫都是当时著名的文人、学者，所以她们的文集才被后来的读者和出版家注意。本汇刊有十三种是这种先附录后独立出版的形式。它们作为别集出版多是在清后期或者民国。

如本汇刊收录的袁枚最著名的女弟子席佩兰（1760—1829）的《长真阁集》，原本附录在其夫孙原湘的《天真阁集》后，1891 年刊刻。1920 年，扫叶山房将《长真阁集》作为一部独立著作出版。再如明嘉靖时期女诗人杨文俪的《孙夫人集》，原本附录在其夫孙升的《孙义恪公集》后。本汇刊收录的《孙夫人集》作为一部独立的著作，由杭州藏书家丁丙所辑，在光绪二十三年（1897）刊印的《武林往哲遗著前编》中重印出版。

以下是这十三种别集的作者与她们的丈夫的著述从附录到独立的情况。

妻：姓名　生卒年　籍贯　集名	夫：姓名　籍贯　集名
1. 金至元　（清雍正前后）河北河间《芸书阁賸稿》	查为仁　顺天宛平《蔗塘未定稿》乾隆八年（1743）
2. 陆凤池（1680—1711）上海青浦《梯仙阁馀课》一卷	曹一士　上海青浦《四焉斋集》（1750?）曹氏家刊本
3. 张淑（1756?—1808）安徽怀宁《畹香诗钞》熊宝泰　安徽潜山　《借颐类稿》　嘉庆十三年（1808）潜江熊氏刻本	王芑孙　江苏长州　《渊雅堂集》　嘉庆二十年（1815）　刻本

续表

妻：姓名　生卒年　籍贯　集名	夫：姓名　籍贯　集名
4. 曹贞秀（1762—1822）江苏长州（苏州）《写韵轩小稿》	
5. 王采薇（1753—1776）江苏武进（常州）《长离阁集》	孙星衍　江苏阳湖（常州）《芳茂山人诗录》　清嘉庆二十三年（1818）　刻本
6. 梁德绳（1771—1847）浙江钱塘（杭州）《古春轩诗钞》	许宗彦　《鉴止水斋集》　道光二十九年（1849）刻本　据嘉庆二十四年（1819）本重刊
7. 王甥植（1789—1825）江苏江阴《茗韵轩遗诗》	季芝昌　《丹魁堂诗集》　同治四年（1865）　紫琅寓馆刻本
8. 钱蘅生（1802—1846）浙江嘉兴《梅花阁遗诗》	张金镛　浙江平湖　《躬厚堂集》　同治十年（1871）　平湖张氏刻本
9. 钱惠尊（1792—1817）江苏阳湖（常州）《五真阁吟稿》	陆继辂　江苏阳湖（常州）　《崇百乐集》　光绪四年（1878）　合肥学社刊本
10. 汤瑶卿（1763—1831）江苏阳湖（常州）《蓬室偶吟》	张琦　江苏阳湖（常州）　《宛邻诗》　光绪十七年（1891）　宛邻书屋刻本
11. 席佩兰（1760—1829 后）江苏昭文（常熟）《长真阁集》	孙原湘　江苏常熟　《天真阁集》　光绪十七年（1891）　强氏南皋草庐刻本
12. 严蘅（1826?—1854?）浙江仁和（杭州）《嫩想? 残稿》	陈元禄　浙江钱塘　《十五福堂笔记》（收入《娟镜楼丛刻》乙帙）　民国十一年（1922）　上海聚珍仿宋印书局铅印线装仿宋本
13. 姚淑（清初人）江苏江宁（南京）《海棠居诗集》	李长祥　四川达州　《天问阁文集》（收入《求恕斋丛书》）　民国十一年（1922）南林刘氏印本

通过比对研究，方秀洁的结论是：明清女性著述的收集、出版、传播与她们的男性亲属对她们著述十分重视的意识以及这些意识的日渐加强密切相关。这些男性亲属，往往是当时的著名文人或学者。如上表王采薇的丈夫是乾隆嘉庆年间有名的考据学家孙星衍，席佩兰的丈夫孙原湘、汤瑶卿的丈夫张琦，都是当时著名的学者。

除了著名文人学者外，著名的藏书家、出版商如丁丙，也是女性著述获得出版传播的有力支持者。他的妻子凌祉媛（1831—1852）早逝后，丁丙将亡妻的诗集按编年搜集名为《翠螺阁诗词稿》，刊印于1854年。丁丙遍托亲友写了九篇序言。基于此，他还集中出版了其他一些杭州地区明清女性的著述，把她们列入《武林往哲遗著前编》中，与男性并肩流传后世，在当时是难得的创举。

明清时期的士大夫重视妻子、女儿的著述，并且着力为她们搜集、出版传播的新兴意识，方秀洁认为，是因为"在前现代中国，夫妻间的深厚感情建立在许多不同的层面上。婚姻关系不仅联接两个个体，而且还联接两个家庭，具有法律、礼仪与社会意义。从明末开始，随着士绅家庭女性接受艺术和写作教育的人数不断上升，追求婚姻美满的理想开始在男性与女性中成为风尚。如果一位妻子受过良好的教育，因此能与丈夫分享学识、学问、文学和艺术带来的乐趣，对男性来说是一件值得向往的事情。也许这能够解释为什么男性将妻子的诗集附录或附刻于自己的著作后的行为越来越多"。"常熟、杭州这样的长江三角洲地区文化中心，通过合刻的出版方式使夫妻双方的结合流传后世，以高度体现婚姻的美满。是家族的符号资本（Symbolic capital），地方成就的标志。"①

因为地域性与明清女性著述的重要关联，方秀洁对汇刊中六十一种别集的七十四名作者的籍贯，进行了分布统计列表如下。

一、长江三角洲 五十六人（71.62%）	二、华北 五人（6.76%）	五、岭南 二人（2.7%）
三、东南沿海 三人（4.05%）	四、长江中游 八人（10.81%）	六、赣长江 一人（1.35%）
七、长江上游 一人（1.35%）	八、西北 零 九、云贵 零	九、东北 一人（1.35%）

量化统计显示：汇刊中70%的女性作者来自长江三角洲地区，杭州、常熟和常州是女性作者最集中的城市。她们的地域分布与曼素恩根据胡文楷确定的清代三千一百八十一位女性作者的籍贯所做的统计结果惊人地接近。

曼素恩对十大地区女性作者人数的统计为："一、长三角地区的女性作者人数比例达到70.9%——在清代所有女性作者中出自该地区的女性作者比例最高；二、华北地区的人数比例急剧下降到6.7%；三、东南沿海地区是6.0%；四、长江中游地区为5.7%；五、岭南地区为3.9%；六、赣-长江地区2.5%；七、长江上游地区是1.7%；八、西北地区占

① 《美国哈佛大学哈佛燕京图书馆藏明清妇女著述汇刊》序言一。

1.4%；九、云贵地区 0.9%；十、东北为 0.1%。"① 通过不同研究者的相同统计结果，再次证明地域与明清女性著述的关联度。

女性作者籍贯分布和形成这种地域差异的经济、文化、社会习俗原因密切相关。

"众所周知，在中国历史中，女性被排除在科举考试之外。从 16 世纪开始，各种社会和经济因素鼓励助长了在家教育女子的风气。女子受教育被认为是家境殷实和婚姻门第的象征，特别是在文化精致经济富足的江南地区。"明清时期的社会文化风气、经济形势、商业化的印刷出版业、家庭出版物的盛行、家庭生活的私人化以及其他因素，都对文人家庭小闺秀教育风气的日渐盛行有所影响。

"明清时期许多文士家庭的女子接受诗歌教育。而诗被认为是一种适合女性自我表达与交流的文体。不同家庭中不同的女性以固定、持续的方式从事写作的机遇大不相同。婚后丈夫和公婆的态度以及夫家环境往往是决定女性能否或是否愿意继续写作的关键因素。"②

特别是在长江三角洲地区以及北京、广州这样的都会城市，这种风气尤为普遍。女性以诗歌作为自传性记录的方式，终其一生诗作不断。这些女性诗作中的许多主题与题材，借鉴模仿了对应的男性角色，即文人士大夫的诗歌创作。对于女性来说，诗歌同样是私人交流与社会交往的一种方式。女性同样以诗作应酬题赠、以诗题画、以诗记载游历或日常与精神生活，无论是在太平盛世时期的深闺，还是遭逢乱世，作为逃难行进在逃离战争和叛乱地区的路途中。

综上所述《美国哈佛大学燕京图书馆藏明清妇女著述汇刊》的文本价值体现在两个层面：

第一，《美国哈佛大学燕京图书馆藏明清妇女著述汇刊》众多女性别集的重印出版，改变了英美研究者最根本的文本障碍——改变了英美研究者原来只看到总集而不能看到别集的局限。因为这些别集文本现在大多收藏在中国的善本古籍书库中，很难获取。

---

① 《美国哈佛大学哈佛燕京图书馆藏明清妇女著述汇刊》序言一。
② 《美国哈佛大学哈佛燕京图书馆藏明清妇女著述汇刊》序言一。

20 世纪九十年代，欧美女性研究者所依靠的文本仅限几部大型明清女性诗歌总集。如清代女学者恽珠编纂的《国朝闺秀正始集》，出版于 1831 年以及出版于 1836 年的续编《国朝闺秀正始续集》，共收录从一千五百多位女性诗人著作中选取的四千多首诗作。生活于清中期的恽珠以对女性道德的极力强调闻名，她将她的总集编选视为清帝国更为庞大的道德教化工程的一部分。作为编纂者，她只选择符合道德标准的女性诗人，甚至修改她们的诗作，以体现她对女性道德的理想。强调女性贞节与顺从的美德，①使读者形成曲解的观点。

而《美国哈佛大学燕京图书馆藏明清妇女著述汇刊》的众多别集，突破总集因为选编者观念和价值预设造成的限制，可以在更广阔的视野里挖掘更多的可能性。

第二，《美国哈佛大学燕京图书馆藏明清妇女著述汇刊》的众多别集，因为呈现了女性作者更丰富和真实的创作及人生状态，为学术界提供了重写中国文学史和女性历史的可能性。

北美文化与社会历史学家高彦颐（Dorothy Ko）和曼素（Susan Mann），正是在中国和日本通过文档研究发掘大量的女性著述别集文本，为她们对历史的修正提供了崭新的证据和新的视角。从而颠覆"五四"以来中国女性受压迫形象的传统意识形态主流观念束缚，重写中国女性历史。她们的体会是："只有当我们对女性自己在文本中所记录的言语和行为、情感与生活经历加以考查，我们才能开始消解过分单一化的陈旧观念以获得不同的视野，并进而揭示出构成中国社会和文化结构的复杂多样。"②

（二） 两篇长序概述英美中国古代女性研究的学术源流和学术史建构

《美国哈佛大学燕京图书馆藏明清妇女著述汇刊》一书的另一层学术－文化价值，体现在两位主编者撰写的两篇长序，概述了英美，特别是北美中国女性研究的学术源流、学术建构、学术贡献。

1）两个源头——西方女性主义理论和以胡文楷《中国妇女著述目录》

---

① 《美国哈佛大学哈佛燕京图书馆藏明清妇女著述汇刊》序言一。
② 《美国哈佛大学哈佛燕京图书馆藏明清妇女著述汇刊》序言一。

所囊括的女性写作文本对象，是英美中国女性研究的跨文化学术源头。

方秀洁和伊维德在他们的长序里，都不约而同地提到胡文楷和西方女性主义对于美国汉学女性研究的影响。特别是方秀洁，专门以"女性主义的影响""胡文楷的贡献"等专节，勾勒出美国汉学女性研究的跨文化学术源头。

方秀洁认为："西方学界新近的努力与活跃，无论直接或间接，应归功于西方女性主义发展的影响。女性主义以理论化与批评性的研究议题，主张把性别作为分析的基本类型，引入历史和文化研究中；对权利、身份和能动力（agency）的基本概念提出质疑；批判以往西方女性主义论述中自身存在的将'第三世界妇女'作为知识客体的单一结构。这些都对西方学者思考中国历史语境中女性与性别问题的方式产生影响。在受女性主义方法学影响的研究中，历史与文化特定性的意义得到确认，并带动相关研究的进行与理论在研究中的实际运用。在文化与文学研究领域，经典价值观与标准等级受到质疑，甚至被颠覆。"①

与此同时，她也同样强调了胡文楷的《历代妇女著作考》作为研究入门的版本目录工具书和古代妇女著述原始文本对于研究的重要性：

"任何历史与文学研究的关键问题，除了研究议题的观念化表述外，还在于能否掌握原始文本材料和文本来源。如果没有胡文楷这位学者志趣贯彻终身的努力，该研究领域不可能发展到今天内容覆盖如此广泛的地步。"②

随着胡文楷（1901—1988）编辑的《历代妇女著作考》增订版在1985年的出版，西方的中国学研究者突然开始意识到中国女性写作的悠久传统，特别是在最后两代即明清时期女性写作的繁荣。胡文楷的《历代妇女著作考》记录了从汉代至民国初年超过四千种的妇女著作题名，是目前有关中国各个历史时期女性著作最为完备的文献书目，成为从事中国历代女性作者研究必备的"圣经"。

正如美国汉学女性研究权威孙康宜（Kang‑I Su Chang）所说：

---

① 《美国哈佛大学哈佛图书馆藏明清妇女著述汇刊》序言一。
② 《美国哈佛大学哈佛图书馆藏明清妇女著述汇刊》序言一。

"胡文楷的历代女性著作目录使我们意识到没有任何一个国家出现的女性诗歌选集与别集能比晚期中华帝国更多。"①

自 1985 年胡文楷的《历代妇女著作考》出版后，后来的学者不断用在山西、湖南、广西这些地区从旧书店、地方图书馆、私人藏书以及拍卖行里陆续被发现的许多先前未知的女性写作别集作为胡氏书目的补充。由于认识到这部参考书目不可或缺的价值，上海古籍出版社决定再版《历代妇女著作考》，并在书后附以《勘误表》和《补遗》。方秀洁和美国汉学女性研究者认为，在欧洲各国或美国还没有如此完备的有关西方女性著作的文献书目。

2）解构与重构——美国汉学女性研究对于世界性别研究的贡献——多元视野下对西方女性主义和中国女性著述文本的新阐释以及重写中国文学史和女性历史的可能性。

从本汇刊主编两篇长序对于英美中国女性研究学术概述和笔者所了解的美国汉学女性研究实绩看，美国汉学女性研究，在理论上经历了一个对西方女性主义"接受——解构——重构"的过程；在中国古代女性写作文本选择上，经历了一个从"总集——别集——自己选编翻译——数字化数据库"的过程；从研究模式上，经历了从历史学、社会学到文学、文化学的细分与统合过程。从研究视角上，经历了单一视角到多元视角的过程。

美国汉学女性（性别）研究的重要性在于，他们并不是照搬西方女性主义理论，对中国古代女性文本进行机械地移植研究，而是在对西方女性主义主流意识形态观念——将中国传统女性作为受害者的定势，进行双向解构和重构的过程中展开自己独特的研究空间，因而对世界女性研究作出了独特贡献。

如同美国汉学性别研究的领军者孙康宜所说："从学理上讲，过去二三十年，美国乃至整个西方性别研究，基本上遵循的是由'差异观'到'迫害论'的思路，由此探讨性别'差异'所造成的权力关系和文学传承观念。20 世纪 70 年代初，凯特·米利特（Kate Millett）的经典作品《性政治》（Sexual Politics）就是以西方文学里的压迫者（男）和被压迫者

①《美国哈佛大学哈佛燕京图书馆藏明清妇女著述汇刊》序言一。

（女）的对立和'差异'为出发点。八十年代以来，著名文学批评家巴巴
拉·约翰逊（Barbara Johnson）的重要理论著作几乎全是以'差异'（differ-
ence）一词作为标题。男女差异观强调男权制是一切问题的开端，而女性
则是男权制的牺牲品、是'受害者'（the 'victimized'）。比如巴巴拉·约
翰逊在她的 *A World of Difference*（《差异的世界》）一书中，就特别提出西
方女性作家一直被排斥在'经典'（canon）之外。这种由于性别上的'不
同'而转为'受害者'的想法后来成了美国性别研究的主要'话语'
（discourse）。"①

孙康宜在她的《走向"男女双性"的理想——女性诗人在明清文人中
的地位》等系列论文中，从可靠的史实和文本依据出发，指出这种西方话
语体系并不适用于中国女性研究，因为传统中国女性并不都是受害者，尤
其是文学女性，她们的创作，不仅得到了一些男性文人的肯定和欣赏，还
得到了许多男性的支持和帮助。

孙康宜认为："正如 Barbara Johnson 在《差异的世界》中所指出的那样，
西方女性作家一直被排斥在'经典'（canon）之外。与西方这种排斥女性作
家的传统相反，中国文人自古以来就流行表彰才女的风尚，有才的女子被称
为'女史'、'彤管'、'女博士'。可以说，世界上没有一个文化传统比中国
更注重女性文才了。而且有时候连皇帝也对才女格外奖赏，如班昭、左芬、
刘令娴等都得到皇帝的特殊待遇。重要的是，中国传统男女一直在分享着一
个共同的文化，男女也用共同的文学语言在认同这个文化。总之，中国文学
从一开始就没有把女性排除在外，所谓诗歌的世界，其实就是男女共同的园
地。总之，中国文学里的声音有一种男女互补的现象。传统中国这种男女互
补的精神与西方社会里经常存在的性别战争显然不同。"②

首先打破"女性全部是受害者"这一偏见的是目前执教于哥伦比亚大
学的高彦颐（Dorothy Ko）。她在 *Teachers of the Inner Chambers*（《闺塾师》）
中，以 17 世纪的中国江南地区为例，仔细阐述了中国传统女诗人如何建立

---

① 宁一中、段江丽：《跨越中西文学的边界——孙康宜教授访谈录》，《文艺研究》2008 年
第 9、10 期。

② 宁一中、段江丽：《跨越中西文学的边界——孙康宜教授访谈录》，《文艺研究》2008 年
第 9、10 期。

文学地位的实况，得出了传统中国女性不能用"受害者"一词来概括的结论。另一位研究明清史的美国汉学家曼素恩（Susan Mann），也得到了与高彦颐类似的结论。她在一篇文章中曾经指出，美国汉学性别研究的最大特色之一就是打破了女性作为受害者的主题。这样的突破使得最近美国有关中国妇女史的研究，已经转向了不同的研究方向，不再是罗列女性受压迫的例子，而是去探讨两性之间的关系互动以及他们在经济、政治等具体的架构之下所拥有的权力。

还有一位对西方女性主义进行解构，并且在新的中国古代女性主动力阐释中对中国古代女性研究作出突出贡献的学者是方秀洁。她是在对西方女性主义的关键话语——女性主动力来自于对男性反抗的解构中，通过考察明清女性写作绝命诗的现象，认为中国古代女性主动力并不表现在对男性权力的反抗中，当她们通过诗歌创作努力争取社会对自己的认同，并将自己写进历史中时，就是女性主动力的最高表现。在对刺绣的研究中，方秀洁发现了精英阶层的妇女利用刺绣与一些艺术的相关性，在刺绣这一女性的知识领域中构建起自己关于绘画、写作、道德等多方面的权威位置。证明了女性在有限空间内主体性的发挥，并且认为传统知识领域中女性的权威位置在社会变革中随着传统知识一起沦落了。①

在对女性诗选的研究中，方秀洁考察了明清时期女性诗选被经典化的情况，认为女性诗选的编选原则与经典有很大差别，女性诗歌也未能获得公正的评价，因而实际上是被"非经典化"了，这是造成女性在文学史上地位缺失的原因之一，这一局面与当时的妇女观有关②。

从古今不同的研究对象切入，孙康宜、方秀洁、伊维德等美国汉学女性研究者得出共同的结论：解构中国五四运动以来传统女性作为"受害者"的主流意识形态神话，是美国中国女性研究的一个重要成果和发现。如孙康宜指出：

"时下流行的有关传统女性为'受害者'的言论很大程度是'五四'运动以来的学者作家们所创造出来的神话。这些现代的中国知识分子之所

---

① 刘文婷：《加拿大汉学家方秀洁对明清知识女性的研究》，据知网空间：学位论文库。
② 同上。

以坚持这种理念，主要是为了强调现代中国在妇女解放方面的'空前'成就。问题是，如果我们一律用女性受害论的观点来阐释传统中国文化，那将是一种以偏概全的方法，也是对中国历史本身的简化和误读。可惜今日许多中国学者还一直继承着'五四'以来的这种偏见。"①

她据此高屋建瓴地指出："一般人总以为西方的种种理论可以为中国文学研究带来崭新的视角，却很少有人想过中国文学的研究成果也能为西方的批评界带来新的展望。正因为如此，尽管美国汉学界有关性别方面的研究，已经有了多方面的突破，但西方性别理论的学者们，对于这一方面的汉学成就往往视若无睹。目前所谓东西方文化的影响，大多是单向（one‐way）的，而非双向（two‐way）的。就连今日中国大陆、台湾、香港的知识分子也经常有这种偏见。这就是为什么这些年来有不少中国学者只注重西方理论，却忽视了传统中国文化的重要性，因而也很少想到要参考美国汉学领域里的研究成果。这种舍近而求远的态度，本来就是20世纪以来中国知识分子的一个严重的盲点。"②

美国汉学界著名的比较文学学者苏源熙就此提出："是用广阔的视野来取代有限的视角的时候了。"③

苏源熙教授提出的"广阔的视野"，是指中西文化并重。体现在美国汉学界，就是他们一方面关注并十分了解西方性别理论的发展情况，另一方面又实事求是，注重中国传统文化的实际情况。这样，就不是简单套用西方理论，而是在借鉴西方理论的前提下，对中国传统妇女创作进行审视，找出异同，从而建立中国传统文化理论，使汉学性别研究具有独特性和人所未有的重要性。④

也正是从这个意义上，孙康宜认为："美国中国古代妇女文学以及与之相关的研究，具有世界性或者说'全球化'的重要意义。汉学性别研究可以从一个侧面帮助我们重构中国文学史、中国历史，也可以帮助西方学

① 宁一中、段江丽：《跨越中西文学的边界——孙康宜教授访谈录》，《文艺研究》2008年第9、10期。
② 《跨越中西文学的边界——孙康宜教授访谈录》，《文艺研究》2008年第9、10期。
③ 同上。
④ 同上。

者丰富和重建文学、历史与性别研究理论。"①

多元视野下对西方女性主义和中国女性著述文本的新阐释以及重写中国文学史和女性历史的可能性，是美国汉学界中国女性研究的实绩，也是对世界性别研究的独特贡献。不仅体现在对西方女性主义和传统中国女性受害者主流意识形态的解构上，还体现在他们对于传统女性文本的一系列新阐释拓展的新研究空间上。

例如孙康宜的中国女性研究成就主要体现在三个方面：一是关注西方性别理论的进展和前沿成果；二是选编翻译中国古代妇女创作的文本；三是关注各种妇女的声音、男女作家的关系以及女性道德权力等话题。

首先，孙康宜早期主要致力于资料的整理和翻译工作。以她为主编编选的英文版《中国历代女诗人选集》是从众多的文本材料中精选了一百三十多位才女的佳作，全书的六分之一篇幅是对中国有关妇女文学创作的传统理论和评论的翻译介绍，男女评论家各半。所以，这部选集兼具保存、批评和翻译介绍的功能。

其次，她提出并且在文本阐释过程中建构关于中国女性道德力量的新命题。孙康宜在《传统女性道德权力的反思》以及《道德女子典范姜允中》等文章中讨论了这一问题，具体说就是妇女才德与权力的内在联系，这是一个很有趣的问题。在权力（power）问题上，孙康宜比较认同当代著名评论家福柯（Michel Foucault）的"权力多向论"，即人的权力无所不在，一个人在某处失去了权力，会在另一处重建权力的优势。根据她对中国古代文学及文化的认识，她发现传统中国男女之间的"权力"分配，是一个十分复杂的问题。对中国传统女性的权力，必须把它放在道德的上下文之中。中国女性所拥有的道德力量，就是福柯所说的"权力多向论"中的一种权力，即"道德权力"（moral power），它是中国传统女性在逆境中对自身高洁忠贞的肯定，从而获得的一种"自我崇高"（self - sublimation）的超越和权力感。除了德行之外，一个女子如果能够在她人生的有限性中，用感人的文字写下她心灵的崇高，那么，她更能获得一种不朽的文学

———————
① 宁一中、段江丽：《跨越中西文学的边界——孙康宜教授访谈录》，《文艺研究》2008 年第 9、10 期。

和道德权威，所以，传统中国妇女尤其理解才德并重的道理，后来明清时代的一些女性作家甚至利用才德并重的观念来提高她们的文学地位。据美国汉学家苏珊·曼的考证，当时的女性作家们乃是通过男性学者们对她们才德的肯定而获得了一种新的道德力量，与孙康宜的观点不谋而合①。

孙康宜认为，说到女性的权力，还有一种意见值得借鉴，佩格利亚在《性形象》一书中，女人的"性"其实是一种强大的权力——在"性"及情感的范畴里，女人永远是操纵者，在男人为她们神魂颠倒之际，也正是女"性"权力最高涨的时刻。可惜女权主义所鼓吹的"被压迫者的心态"使女人无法了解她们真正权力所在，以及那种最深刻、最实在的魅力。

此外，孙康宜将"面具"美学——中国式的象征与托喻——一个独具特色又很有启发意义的理论概念应用到明清女性文学研究中，取得新的阐释拓展。

孙康宜在研究各种文学声音的过程中，逐渐发现中国古典作家有一种特殊的修辞方式，她将其称为"面具"（mask）美学。这种面具观不仅反映了中国古代作者由于政治或其他原因所扮演的复杂角色，同时，也促使读者们反复地阐释作者那隐藏在"面具"背后的声音。所以，在中国文学批评史上，解读一个经典诗人总是意味着十分复杂的阅读过程，读者们要不断为作者戴上面具、揭开面具、甚至再蒙上面具。在她的专著《陈子龙柳如是诗词情缘》《传统读者阅读情诗的偏见》《揭开陶潜的面具——经典化与读者反应》《隐情与"面具"——吴梅村诗试说》《〈乐府补题〉中的象征与托喻》《典范诗人王士祯》等系列论文中先后对这个问题作了不同程度的探讨。

例如张籍的《节妇吟》是为婉拒节度使李师道的延纳而作，他在诗中自称"妾"，把李师道比成"君"。于是，那个为情所苦的有妇之夫只能算是诗人借由想象所创造出的虚构代言人。这种通过虚构的女性声音所建立起来的托喻美学，孙康宜将之称为"性别面具"（gender mask）。之所以称为"面具"，乃是因为男性文人的这种写作和阅读传统包含着这样一个观念：情诗或者政治诗是一种"表演"，诗人的表述是通过诗中的一个女性

---

① 宁一中、段江丽：《跨越中西文学的边界——孙康宜教授访谈录》，《文艺研究》2008 年第 9 期。

角色，借以达到必要的自我掩饰和自我表现。这一诗歌形式的显著特征是，它使作者铸造"性别面具"之同时，可以借着艺术的客观化途径来摆脱政治困境。通过一首以女性口吻唱出的恋歌，男性作者可以公开而无惧地表达内心隐秘的政治情怀。这种艺术手法也使男性文人无形中进入了"性别越界"（gender crossing）的联想；通过性别置换与移情的作用，他们不仅表达自己的情感，也能投入女性角色的心境与立场。

值得注意的是，明清以后的女性作家也通过各种文学形式，建立了性别面具和性别越界的写诗传统。在这一方面，尤以女剧作家的贡献最大。在明清女性的剧曲中，"性别倒置"的主题非常突出：利用这种手法，女作家可以通过虚构的男性声音来说话，可以回避实际生活加诸妇女身上的种种压力与偏见，也是女性企图走出"自我"的性别越界，是勇于参与"他者"的艺术途径。例如，在杂剧《鸳鸯梦》中，叶小纨把她家三姊妹的悲剧通过三个结义兄弟的角色表现出来。她一方面颠覆了传统诗中的女性话语，也同时表达了她与怀才不遇的男性文人的认同。关于这种与男性文人认同的艺术手法，十九世纪的著名女词人兼剧作家吴藻有特殊的成就。在其《饮酒读骚图》（又名《乔影》）中，吴藻把自己比为屈原。剧中的"她"女扮男装，唱出比男人更加男性化的心曲。此剧在当时曾激起许多男性作家的热烈反应。这些男性文人的评语都强调：最有效的寄托笔法乃是一种性别的跨越。屈原以美人自喻，吴藻却以屈原自喻。两性都企图在"性别面具"中寻求自我抒发的艺术途径。重要的是，要创造一个角色、一种表演、一个意象、一种与"异性"认同的价值。

伊维德教授的女性研究体现在他不同于孙康宜、魏爱莲等汉学家的视野，伊维德关注的不仅是孙康宜、魏爱莲、方秀洁等关注的闺秀诗词等精英文化，他更注重中国古代具有大众娱乐特性的白话小说、戏剧、弹词说唱文化和女书等边缘文化。他在这些一向被轻视或忽视的领域，做出了新的阐释和贡献。

3）美国汉学界性别研究在中国古代女性写作文本选择上，经历了一个从总集——别集——自己选编翻译——数字化数据库的过程；目前已经建成中文与英文、西方与东方、影印文本重版与数字化信息——中西古今包容并重的当代传播模式。

上述多元视野下的不同研究和理论重构，使美国汉学界对西方女性主义和中国女性著述文本的新阐释以及重写中国文学史和女性历史成为可能。而明清妇女著述文本的不断发现，将其选编翻译为英文，并且重新出版和数字化，是这些研究推进的重要基础。

纵观美国汉学性别研究的三种大型英文中国女性著述选编、选译、选注对于美国汉学女性研究的影响力，以及《美国哈佛大学燕京图书馆藏明清妇女著述汇刊》前现代文本重印与麦基尔——哈佛明清妇女文学数据库成功建立与并行的模式，可以看出，美国汉学性别研究领域已经逐步重建和完善中国古代妇女著述文本的当代传播模式。这些文本当代传播模式不仅共享西方传播载体与东方的文本资源，打破中文与英文的传统界限，兼具影印文本重版与数字化信息模式——中西古今并行，为研究者提供了前所未有的便利，将沉埋图书馆古籍部的古籍充分发挥其文本价值。

通过国际学术会议将这些重构的文本进行有效广泛传播，也是美国汉学性别研究的重要举措和成就。1993 年在耶鲁大学由孙康宜和魏爱莲教授主持的明清妇女文学国际座谈会和 2006 年由魏爱莲和方秀洁主持的学术会议，是为孙康宜和魏爱莲教授主编的《中国历代女诗人选集》和方秀洁主持的麦基尔——哈佛明清妇女文学数据库的建成而召开的。它们对美国汉学性别研究发展史上的推动，具有重要作用。

由孙康宜和魏教授主持的第一次大型美国汉学女性研究学术会议，具有里程碑的意义。会议论文集《明清女作家》以及此后出版的《中国历代女诗人选集》对于美国汉学界的女性研究，无疑具有奠基和主导的作用。

如同孙康宜所说："20 世纪八十年代在我开始关注和研究柳如是的时候，美国还很少有女性文学的问题。我们编辑出版《明清女作家》和《中国历代女作家选集》这样的著作，就是希望能通过大家共同翻译与不断阐释文本的过程，让读者们重新找到中国古代妇女的声音，同时让美国的汉学家们走进世界性的女性作品'经典化'（canonization）行列，所以，我特意找了一半以上的男性学者来共同参与。"①

---

① 宁一中、段江丽：《跨越中西文学的边界——孙康宜教授访谈录》，《文艺研究》2008 年第 10 期。

由魏爱莲和方秀洁主持的哈佛会议，主要议题之一是为庆贺方秀洁主持的麦基尔——哈佛明清妇女文学数据库的完成而召开。这个数据库收录晚明至民国初年妇女著作九十种，主要为闺秀文集，像柳如是那样嫁入豪门的才妓也被当作"闺秀"看。所以，这次会议提交的二十三篇论文均与文集收录的作家有关，讨论的主题限于闺秀文集。

此次会议的意义，在于麦基尔——哈佛明清妇女文学数据库以西方妇女文本当代传播模式为参照系的创新目标，实现了中国古代女性文本当代传播的模式转换。至此，美国汉学性别研究重建了中国妇女著述文本的多元互动的当代传播模式——西方与东方、中文与英文、影印文本重版与数字化信息——中西古今并重，成就美国汉学性别研究广阔视野。

三 《美国哈佛大学燕京图书馆藏明清妇女著述汇刊》以及美国汉学性别研究多元学术视野给予中国学术界的启示

美国汉学性别研究重建中国古代妇女著述文本当代传播模式给予中国学术界的启示。

纵观美国汉学性别研究的三种大型英文中国女性著述、选编选译和选注对于美国汉学女性研究的影响力，以及《美国哈佛大学燕京图书馆藏明清妇女著述汇刊》前现代文本重印与麦基尔——哈佛明清妇女文学数据库成功建立与并行的模式，可以看出美国汉学性别研究领域已经逐步重建和完善中国古代妇女著述文本的多元互动的当代传播模式。这些文本当代传播模式，不仅共享西方传播载体与东方的文本资源，打破中文与英文的传统界限，兼具影印文本重版与数字化信息模式——中西古今并行，为研究者提供了前所未有的便利，将沉埋图书馆古籍部的古籍充分发挥其文本价值，给予中国学术界的启示是很深刻的。如果中国各省市、大学或地方图书馆的馆藏妇女文本，能够通过重印系列或者数字化并行的方式提供给研究者，对中国和世界的性别研究，将是莫大的推动和功德。

美国汉学性别研究对于西方女性主义以及其他理论思潮"接受－解构－重构"的研究模式，以及由单一到多元视野获得的独到研究贡献给予中国学术界的启示。

"新历史主义者和女性主义者都分别从不同的方面努力寻找文学以外的'声音',企图把边缘文化引入主流文化。目前流行的'全球化'(globalization)研究,其实就是这种企图把边缘和主流,把'不同'和'相同'逐渐会合一处的进一步努力"。"对于不断变化着的文学理论潮流,我只希望永远抱着能'入'也能'出'的态度——换言之,那就是一种自由的学习心态。"①

上述通过中美两地多次性别研究国际研讨会的推动,已经显示出在性别研究理论的观照之下,美国和中国的学者们都从老题材里得出了新意味,而对新材料的发掘,更是开拓了古代文学的研究领域,显示出理论应用的巨大前景。

在东西方理论和文本研究的语境中以双向、互动的广阔视野,以汉学性别研究的成果推动性别研究全球化的贡献,对于中国学术界的启示。

美国汉学性别研究双向解构和建构女性主义和中国女性受害者主流意识形态获得的研究贡献,基于苏源熙教授提出的"广阔的视野":就是指中西文化并重——一方面关注并十分了解西方性别理论的发展情况,另一方面又实事求是,注重中国传统文化的实际情况。不是简单套用西方理论,而是在借鉴西方理论的前提下,对中国传统妇女创作进行审视,找出异同,从而建立中国传统文化理论,使汉学性别研究具有独特性和人所未有的重要性。②

也正是从这个意义上,孙康宜认为:"美国中国古代妇女文学以及与之相关的研究,具有世界性或者说'全球化'的重要意义。汉学性别研究可以从一个侧面帮助我们重构中国文学史、中国历史,也可以帮助西方学者丰富和重建文学、历史与性别研究理论。"③

---

① 宁一中、段江丽:《跨越中西文学的边界——孙康宜教授访谈录》,《文艺研究》2008 年第 10 期。

② 宁一中、段江丽:《跨越中西文学的边界——孙康宜教授访谈录》,《文艺研究》2008 年第 10 期。

③ 宁一中、段江丽:《跨越中西文学的边界——孙康宜教授访谈录》,《文艺研究》2008 年第 10 期。

由《美国哈佛大学燕京图书馆藏明清妇女著述汇刊》以及主编者两篇长序建构的多元文化空间和跨文化、跨学科文化聚落，不仅显示了美国汉学性别研究重构的明清女性著述文本当代传播模式的新走向，也凸显出美国汉学性别理论和研究的新成就、新趋势，为中国国内这一领域的研究提供了很好的参照和借鉴。我们希望而且相信，会有越来越多的国内学者参与进来，与各国汉学家以及国际其他性别研究专家进行交流和对话，使中国的性别研究也能真正从国际学术的边缘向中心移动。

铃木虎雄 《中国诗论史》 与中国文学批评史叙述框架的形成

——尤以明清三大诗说为中心

蒋 寅

　　中国文学研究的现代化，与中国文学创作的现代化进程一样，都是在西学东渐的大文化背景下完成的，而中日学术交流又是西学东渐过程中的一个重要环节。近二十年来，西学东渐的影响在近代学术史研究中日益受到关注①，而作为西学转输口岸的日本汉学的重要性似还未被充分认识。对近代以来中日间的学术交流，甚至还有罗振玉、王国维东渡日本输出国学的幻觉。事实上，罗、王二氏作为中国现代人文学术研究的先驱，在古文字、词曲、戏剧及敦煌学方面的开创性研究，无不是受日本学者的启发。不难理解，日本的现代化进程比中国早启动约三十年，现代大学体制也比中国早建构三十年，日本汉学家比中国学者更早地运用现代学术观念和方法来研究中国文史，相比中国学界自然更具有学术影响力输出的势能。在文学领域，日本学者撰著的敦煌词曲论文、小说史、文学通史和批评史著作，都启发了梁启超、罗振玉、王国维、鲁迅以降的中国学人。如

---

① 周勋初：《西学东渐和中国古代文学研究》，《周勋初文集》第 6 卷，江苏古籍出版社，2000。

今，日版中国文学史对国内文学史写作的影响已有多位学者探讨①，而堪称中国文学批评史雏形的铃木虎雄《中国诗论史》，却至今未受到学界关注，这是很令人遗憾的。文学理论和批评史向来就是文学研究中进展相对滞缓的分野，铃木虎雄的工作因此比敦煌词曲研究或其他先发的中国文学研究，更具有开拓意义和重要价值。在今天回顾中国文学研究的现代化进程，让我更深切地感觉到这一点。

一

以绵密扎实著称于世的日本中国文学研究，不是一个孤立的现象，它是悠久的汉学传统与现代大学体制相结合的产物。而铃木虎雄的中国文学理论和批评研究则是这一现代学术形态生成的典型现象。日本汉学自江户以来一直以独宗明七子的古文辞派为主流，轻视清代学术，直到明治间现代大学体制形成后，这种局面才得到改变。尤其是京都帝国大学的中国文学研究，自文学系创系教授狩野直喜开始，即本着以中国人的方式来理解汉籍的原则，潜心研究清代学术。狩野直喜毕业于东京帝国大学，师从于岛田重礼，而岛田氏精于三《礼》之学，正是最早将清朝考证学引入日本经学研究的学者。狩野随岛田学习清代考证学，以《清朝的文学与制度》一书奠定了后来京都大学重视清代文学研究的传统。1912年，罗振玉将他的藏书寄存于京都帝国大学图书馆；1929年，东方文化研究院京都研究所又购入陶湘的17939册藏书，使京大成为甲于日本学界的汉籍收藏重镇，拥有了研究清代学术的优越条件。

铃木虎雄（1878—1963），字豹轩，新潟县人。因祖、父两辈均通汉学，开设私塾，自幼受家学熏陶，打下经史基础。后就读于东京府寻常中学、第一高等学校、东京大学文科大学汉学科，经受现代大学教育的培养，具有与胡适、鲁迅辈相近的古今贯通的知识背景。大学毕业后，任职

---

① 戴燕：《文学史的权力》，北京大学出版社，2002；董乃斌、刘扬忠主编《中国文学史学史》，河北人民出版社，2003；陈国球：《文学史书写形态与文化政治》，北京大学出版社，2004；平田昌司：《木下犀潭学系和"中国文学史"的形成》，《现代中国》第10辑，北京大学出版社，2008。

于东京新闻社和台湾日日新闻社，又执教于东京师范学校，1904 年受聘于京都帝国大学，任文科大学文学科支那哲学文学讲座副教授，直到 1938 年以教授退休。五十岁时，在深入研究的基础上完成《杜少陵诗集》（国民文库刊行会，1928～1931）译注，风格古雅，至今仍有参考价值。后陆续纂译《白乐天诗解》（弘文堂，1927）、《禹域战乱诗解》（弘文堂，1945）、《陶渊明诗解》（弘文堂，1948）、《陆放翁诗解》（弘文堂，1950～1954）、《玉台新咏集》（岩波书店，1953～1956）、《李长吉歌诗集》（岩波书店，1961），出版《支那文学研究》（弘文堂，1925）、《业间录》（弘文堂，1928）、《赋史大要》（富山房，1936）、《骈文史序说》（京都大学文学部，1961）等著作①，奠定其一代宗师的地位。

日本老一辈汉学家都有清儒那种博学多能、贯通文史的特点，对中国传统学问有扎实的根基。铃木虎雄也不例外，但他的学术兴趣更偏重于诗歌和诗论，作为京都帝国大学第一代中国文哲专业教授，他从 1911 年就开设"支那诗论史"课程，到 1928～1929 年开设"唐宋诗说史"，1930 年又开设"宋元诗说史"，中国古典诗学研究可以说贯穿了他整个教学、研究和著述生涯。在长久的研究中，他对中国文论形成了自己的整体看法，认为：

> 中国文学的历史虽古，其可视为评论的东西却在魏晋以后才产生，至齐梁始隆盛。唐宋金元其势衰落，及明清才又复兴。唐诗赋甚隆，虽有人将它归功于制度的影响。然而我们不可不知的是，文学优劣的标准六朝以来已论究殆尽，唐人诚实地遵奉经六朝以来论究过的文学优劣标准，所以才有那样丰硕的收获。虽然唐时诗说不繁，但不忧其不繁。宋诗之衰或可说是由于诗话多所致，但我们也可以说是由于正确的诗话不兴之故。明清的诸诗说，其所主张皆有相应的根据，堂堂地展开论阵，相持不下。各派的创作乃随其主张的不同而有差

---

① 高津孝：《京都帝国大学的中国文学研究》，《政大中文学报》第 16 期，（台北）政治大学中国文学系，2011，第 86～109 页。

异。这种局面可以说是伟观的。①

　　基于这一判断，他认为中国文学评论的重要发展阶段和成就是在六朝与明清之际，因此首先致力于这两段的研究，明治四十四年（1911）七月至翌年二月在《艺文杂志》上发表《论格调、神韵、性灵三诗说》一文，大正八年（1920）一、二月又在同刊发表《周秦汉诸家对于诗的思想》，同年十月至来年三月再发表《魏晋南北朝时代的文学论》，并于大正十三年（1925）汇编为《中国诗论史》一书，由弘文堂书店出版。这是有史以来第一部具有中国文学批评史雏形的古代文论和批评专著，正如高明先生所说，"虽然这部书，对隋、唐、五代、宋、金、元、明的诗论没有详细的叙述，甚至有些竟'付之阙如'，不算是一部完备的'中国诗论史'。但是他把中国的诗论整理出一些头绪，却给后来许多写《中国文学批评史》的人开出了一条道路，也奠定了一些基础"②。的确，这三篇通论式的论文，现在看来虽稍显简略，但明显可见有着整体的构想和贯通的思路。尤其是前两章，带有论纲的性质，扼要地勾画出中国上古至中古时期文学理论和批评的发展概况。

　　第一篇《周汉诸家对于诗的思想》共分七章：（1）尧舜及夏殷时代；（2）周代；（3）孔子对于诗的意见；（4）孔子及孔门诸子谈诗；（5）子夏诗说；（6）诸子的诗说；（7）汉的时代。上古文献有限，铃木虎雄所举述的也都是治文史者熟知的老生常谈，但他将上古至汉的文艺论述整理得有条有理，从批评史研究的角度说，仍有其重要意义。他对孔子删诗问题的看法相当通达，而且在归纳孔子论诗之旨的同时，也没忘记评判其影响得失，提到"'思无邪'经朱子之流的解释，其流弊所在，乃产生了非教训的诗，即不是诗的偏狭诗观。凡是以教育为前提的人，往往容易陷于这种弊窦，而得不到孔子的真意"（p. 15）。

　　第二篇《魏晋南北朝时代的文学论》共分六章：（1）魏的时代——中国文学上的自觉期；（2）晋的时代；（3）宋的时代；（4）齐梁时代；

---

①　铃木虎雄：《中国诗论史·卷首》，洪顺隆译，台北：台湾商务印书馆，1972。下引本书，
　　均据此本，只注页码。

②　铃木虎雄：《中国诗论史》中译本序。

（5）北朝的文学论；（6）结论。在第一章，作者首先提出一个影响深远的论断，即曹魏时代的文学自觉说。作者认为："自孔子以来至汉末，这期间，文学不能离道而存在。文学的价值仅是由于作为道德思想的鼓吹工具而成立的。但魏以后就不然了。这时文学有它本身的价值思想发生了。所以我说魏是中国文学上的自觉时代。"（p.34）然后他列举曹丕、曹植兄弟的言论，以荦荦千余言论述了曹魏时代文学的两件大事——文学的独立和批评的兴起。这是中国文学批评史上的一个重大命题，他的见解对鲁迅的魏晋"文学自觉"说产生了直接的影响。

关于南朝文论，铃木虎雄的论述虽较为简略，却抓住了重要的问题。论刘宋时代，特别提到当时总集编纂的盛行，举出《隋书·经籍志》所载"赋集九十二卷（谢灵运撰），诗集五十卷（同上），诗集钞十卷（同上），诗英九卷（谢灵运集），回文集十卷（谢灵运撰），七集十卷（谢灵运集），连珠集五卷（谢灵运撰），集林一百八十一卷（宋临川王刘义庆撰），宋侍中张敷颜淑补谢灵运诗集一百卷，颜峻撰诗集四十卷。宋明帝撰杂诗七十九卷，江邃撰杂诗二十卷，宋太子洗马刘和注二晋杂诗二十卷，古今五言诗美文五卷"，这虽属常见史料，但历来学者很少注意，由此显出铃木虎雄不凡的史识。

有关齐梁时代的文论，铃木虎雄除了分析沈约的四声八病说之外，重点谈了文学取舍标准的问题。不仅注意到萧统与萧纲论文学立场的不同，还对比《玉台新咏》和《文选》两个选本，指出"一是专尚绮丽，一是尊崇文质兼备"，"就一般的大势来说，《玉台集》代表时代的风潮，《文选》则多少加入质实以救当时风潮之弊。不过《玉台》的成书是在《文选》之后的"（p.67）。这不能不说是很有见识的论断，当代学者的研究，结论也不外如此。他又注意到，曾为萧纲晋安王记室的钟嵘，对纯文学的承认与萧纲相同；但对谢朓的评价，两人态度却截然相反。萧纲推尊谢朓、沈约诗文为文章的冠冕，而钟嵘却说："次有轻薄之徒，笑曹、刘为古拙，谓鲍照羲皇上人，谢朓古今独步也。"这也是眼光敏锐的发现，能注意到当时文学批评观念的细微差异和复杂层次。关于齐梁时代的文学趣味，他一共谈了萧统、萧纲、钟嵘、裴子野、萧子显、萧绎六人，归纳出其时有关文章取舍的标准共有轻艳、文质兼用、偏重道德、兴趣、折中诸端。这已包含了后来周勋初先生《梁代文论三派述要》的基本观点在内①。尤其是他指出钟嵘的"性情"实质上是后世"兴趣"说的源头，说钟嵘"虽仅广泛地说'性情'而不像后世的人使用'兴趣'，但他的真意确是重视'兴趣'的"（p. 69），我以为极有见地，即使在今天看来也不失为具有深远历史眼光的判断。

二

列于最后的第三篇《论格调神韵性灵三诗说》却是最先发表的，由此可见铃木虎雄治学由清代学术入手的异于常人的理路。这一篇的篇幅几乎等于前两篇之和，绪言之外共分六章：（1）用语的意义及三说关系之大要；（2）三说发生以前诗说的梗概；（3）论格调说；（4）论神韵说；（5）论性灵说；（6）结论。条理非常清楚，其中包含的真知灼见和大而化之的武断结论，都对后来的批评史研究产生深远的影响，至今尚未有过认真的反思。

格调、神韵、性灵三诗说由明代中叶延及清代中叶，为诗家常谈，铃木虎雄举以概括明清诗学的走势，看似寻常，却也有着过人的见识。首先，值得注意的是，他没有将今人津津乐道的翁方纲"肌理"说与三说相提并论，显示出对诗学史原生态的尊重。"肌理"之说，无论其内涵与影响都不足以同上三说分庭抗礼，今人将其举为第四大诗说，明显是高估了它的重要性。这是需要专门讨论的问题，在此无法展开。其次，他讨论三大诗说，先将其作为一个长时段的诗史问题来看待，认为"在中国诗史上，要观察格调神韵性灵等诗说或诗派，须往来于明弘治正德至清康熙乾隆嘉庆之间"（p. 97），这一点尤具高屋建瓴的通识。最后，他清醒地意识到自己面临的困难："因为这三者在中国的诗派中占有很重要的地位，所以自它发生以来至今日，有关它的议论甚多，单独遗憾的是，与问题的故旧相比，各主张尚有不明白的所在。我不揣蒙昧，听取此三派各自所说，以期明白其真相。所怕的是面对向来很少采取说明的态度的中国的诗说，不能捕捉到立说者的原意，而多流于自己的独断的解释。"（p. 97）这无疑

---

① 周勋初：《梁代文论三派述要》，《文史探微》，上海古籍出版社，1987。

基于对中国诗学言说方式的深刻认识，也是对研究者自身的主观性及其局限的警惕。类似这样一些根于现代学术观念的意识，随处渗透在书中，保证了作者研究方法的切实可行及显著成效。

我们看到，他在第一章"用语的意义及三说关系之大要"，首先便谨慎地辨析三个概念的细微差别，特别区分普通义和特殊义两个层次来说明其意涵。于格调论的部分，他首先说明：

> 格调一词，现虽连称，但本来可分为"格"与"调"两种。普通的用法，"格"是骨格、体格的"格"。所谓"骨格"乃指以某种的工夫将一根一根的骨组织起来而成为一定的形体。"骨格"是就其组织之点而得名的，"体格"乃是由于已完成的形体而言的。就诗而言（文亦一样），集若干字以成句，而由于文字组织之为如何，乃产生此句格。又组若干句成一篇，乃产生了一篇之格。这样完成的诗篇，由于个人的不同，而即使个人相同，然由于时间的差别，所产生的格亦不一致。个人的诗格虽多少不同，但若限于一定的时代加以考察，则可发现时代共同的诗格。在某些意义上，有时"格"与所谓"体"无差别地被使用着。（p. 99）

在此基础上，他进一步总结道："'格'可以说是'组织的样式'，自外面来看，它所依据的是字音，就内面来看，它依诗意（创作那诗的作者的旨趣）而成立。所以'格'与'意'有密切的关系。"（p. 100）这就将"格"解释得非常清楚。那么"调"呢，他接着说：

> "调"是"音调"，由文字造成句，则有一句的音调。由句成篇而有一篇的音调。格与调本来是两回事，但一定的诗格必伴随着一定的音调，所以两者有不可分离的关系。汉魏格的诗，必定自己有汉魏的音调，不用说，唐宋格的诗也必定有唐宋的调。（中略）由于这种不可分离的关系，格与调才连称而成为"格调"被使用着。这是格调的普通的意义。（p. 100）

就通常意义而言，有诗即有格调，无论其格如何不整，其调如何卑下，都有一种格调。这是一般意义上的"格调"，但诗家标举的往往不是这种"格调"，而是一种特殊的格调，即"在上下数千年间，就特别的时代、特别的人，举出可为标准的格调而加以倡言的"。比如主汉魏，主盛唐，便是认为两者在格调上最值得取法，因而加以标榜的。这就是"格调"的特殊意义。如此解释，向来为学者苦于难以把握的"格调"概念，就变得较为清晰了。

说完了格调再释神韵，他认为"神韵二字依普通的说法是风神余韵的意思"，而诗的神韵则由此引申出来：

> 风神指人品而言，是与说那人的形貌相对的话语。假使由于一个人的形体举止而那人的人格如游丝般直升的话，那如游丝一般的东西即是风神。但神含有引申的意义，那游丝不会马上消失，柔软如柳丝的长足，如香烟的尾丝袅袅不绝。又现在如扣击有名的钟磬，则那金石的余音，既长且远地拖着尾音嬾嬾不已。这即是韵。或读某种诗时，其趣味隽永不尽，如使风神余韵的人恍惚不定。也就是说，神韵不外是基于人品、音响等产生的语言，而将它应用于诗，指某诗意味的隽永而言。（p. 101）

至于应用于诗派名称的神韵，那就像格调的情形一样，意义稍有限制。格调尚近于外部形体，神韵则像是由形体上升的游丝之类，把握起来更加困难。他认为，"就诗派而言，实际上神韵与格调毫无关系，当然互相反对互相阻碍，那是想像得到的，二者的性质本来并非相同的。格调派所揭示的标准格调，虽非全部可生神韵，但欲得神韵，不可不于适当的格调制作诗篇。若毫无选择地，无论如何的格调均加采用，而欲得到所欲得到的神韵，那是不可能的。所以说两派本来在性质上是没有扞格的"（p. 102）。

最后阐释性灵，他首先强调"性灵的普通的意义是'心'，与性情、精神没有大差别"，然而当它被标榜为诗派之名时，则具有"性情灵妙作用"之义，在灵妙一点上被加以某种限定。

如果漠然而称灵妙的话，则格调之适当处便是灵妙，神韵的合宜处也叫灵妙。但性灵派的灵妙是对于前二派的标准未能满足而别称的灵妙。这是由于其派的倡导人所特别持有的灵妙，它并非一般所说的那样。此派与其他二派相对而占有独立的领域，既不近于神韵，亦不同于格调。格调神韵二派有时有一致的所在。而性灵与他们则不然，可以说它是与他们完全相异的。（p. 102）

他在此没有具体说明性灵与格调、神韵两派有什么不同，因为他意识到，明清时代三说的兴起，标志着"诗的鉴赏已达到非常精微的程度"。如此精微的诗说，绝非一朝一夕形成的，不从中国诗学的历史发展及各说自身的演变来考察，便难以阐明其独到内涵，因此他先以第二章"三说发生以前诗说的梗概"概括前两篇的大义，并增加了唐宋元明历代诗学的发展，尤其是对宋元到明李东阳之间的诗学源流做了一番梳理，特别提到李东阳对古诗声调的意识，这是非常有眼光的。这段概述稍稍弥补了诗论史中间一段的空缺，也顺理成章地拉开了格调论兴起的序幕。

三

第三章"论格调说"，首先指出"格调不过是普通的用语，所以有关诗重格调之说，并不特别耸耳动听。然而标榜格调说之所以能惊倒一世，乃是由于其说之非常高尚，与其时代差不多忘记了格调之故"。这无疑是很有见地的见解，也是很启发人、很有趣的论断。从严羽到李攀龙，尽管其独宗盛唐的狭隘观念不免为人所质疑，但崇尚第一义、取法乎上的宗旨终究是无可非议的，所以他们坚持自己的主张都有一种义无反顾的勇气："议论要高尚，旗帜要鲜明，流俗之是否追踪我都不必加以闻问。李何倡格调的心情大致是如此的吧？"（p. 117）这孤高的追求，最终非但没有让他们陷于孤立，反而举世风靡，引来无数的追随者。铃木虎雄认为，这与"格调"概念广泛的包容性有关。

于是，在引述李何、王李的说法后，他用"对格调说的臆解"一节，将格调说作了更具体的归纳："所谓'格'与所谓'体'相等，含有广大的意义。然而大略地说，'格'有广狭二义。由内外两面来看，'格'的内面是'诗意'，外面是'诗组织法'（构造），这'诗的组织法'即狭义的'格'。"由于格总是在特定的诗学语境中被使用和具体把握的，他接着又说明："'格'的部分含有诗的形式上的（p. 117）要素，例如各时代文法上、修辞上的习惯规则等。'调'的部分含有由一字的音调至由全体的关系所生的音调。将这与诗体相应而以汉魏盛唐或初唐为标准，向其善者进行，这是李何格调说的精神，而李王更进一层地祖述之。"（pp. 134 – 136）这样便多层次地、更立体地揭示了格调的内涵。

基于上述考察结果，他将格调说的主张概括为四点：（1）格调说要求意与格调相应；（2）格调说要先正格调以及于意；（3）格调说贵质实斥浮华；（4）格调说贵气力斥靡弱。这一概括虽然妥当，但还是众所周知的内容，铃木虎雄的独到之处是接着又论述了"得格调的方法"。他说格调的方法，古体与近体多少有些差异：古诗的格调（异于古诗平仄论）一言难尽，要有力、有品位且不失奥雅之趣，而近体则有径可寻：

> 中国的诗句，概言之，若以名词、动词、以及形容词（所谓实字）组织成句，则其调雄健。若使用其他的品词（所谓虚字），则可得流动之妙。但若实字失之过多，则近平板堆垛。虚字失之过多，则陷轻佻靡弱。将实字与虚字加以适当的应用，则可成上乘的诗篇诗句。格调派的句法，大概倾向于实字。（p. 138）

这不能不说是深得中国传统诗学精髓的内行见解。正因为对中国诗学有着深厚的涵养，铃木虎雄论诗绝不是从理论到理论，而是随时联系创作来说明。他举出杜甫若干诗句与盛唐诗人的名句作比较，说同为名句，各派的评价却未必一致。"盖因格调派主雄浑、高华，神韵派主平淡、超诣之故。其主要的差别，在格调派是主张力的表现，神韵派则不贵力的表现。主性灵的人恐不能了解这等诗句的佳处吧？"（p. 140）而且他还设想，"在考查格调说的同时，对于倡导斯说的人们的作品加以察验，以见他们对于自己的议论能实现到何等的程度，那是很有趣的事"（p. 141）。他显然已意识到，要理清类似格调这样的观念的内涵，仅靠梳理历史上的议论是不够的，还须辅之以持论者创作实践的研究。这无疑是具有方法论意义的思想，在当时应该说是很有前瞻性的，然而要付之实践却也并非轻而易举的事，甚至到今天的研究也没能做到，这是题外话。

神韵比起格调来，情况略有不同。铃木虎雄引述王渔洋若干诗论，认为都是比喻性话语，难免架空，为此他着重以诗例来透视其观念，得出这样的结论："依渔洋的见解，诗主兴趣（彼又谓之'兴会'，对学问而言又谓之'性情'），神韵即达到兴趣的境界"（p. 150），"诗兴或者与画趣一致。渔洋喜近画趣之句，而其诗实得画趣"（p. 150）。这就是说，神韵即寓于兴趣和画趣之中。他断言王渔洋举为例证的古今诗作并不足以说明他的理论，因而更据王渔洋自己的创作来说明神韵的实质。首先，他认为"在内容相等的情形下，诗趣的高妙与文字的数量成反比。所以诗句的短比散文的长更富诗意。诗中亦四言比五言奥妙，五言比七言奥妙"（p. 155）。因而他断言："渔洋盖由五言冲淡的诗见出神韵，然后试用于七言。如将五绝的趣味移于七律。故读他的作品时，读七律犹有读七绝之感（这点是渔洋诗的善处。古体而有近体的趣味乃是其作诗的弊处）。"（p. 155）由此他进一步指出，"由趣味上来说，七律可及七绝的趣味，确是由渔洋的苦心而发达起来的"。这诚然不失为大胆而又见解独到的论断，但是否符合渔洋七律写作的实际，则还有待考究证实。

在"神韵说的臆解"一节，铃木虎雄首先针对翁方纲混同格调和神韵的错误，将神韵说的特质归纳为：（1）心理状态要平静；（2）外界的境遇要广而且远；（3）物象虽不排斥其分明者，然于其稍茫昧处较适；（4）关于时节，则春或秋，而春不如秋，夏不如冬好，昼不如夜，晴不如雨，暖不如寒，一日之中，日炎不如朝暮；（5）贵一切程度不高的。一切可明白认得的东西，小贵于大，与其称厚宁贵淡泊。就诸事而言是消极的；（6）忌猛烈的活动表现，最好是温和的，即使有活动也以差不多如静止为重；（7）清远。清似乎是指物象的分明，以及诗思的高洁。远是物理的，距离之远。所谓"沈冥之境"、"茫昧之境"，都有远的感觉。"隽永超诣"也是远，远大概占了神韵的大部分；（8）不即不离，这是渔洋借佛典形容诗境之辞。既不拘泥物象，也不拘泥心意，如游于物心契合、主客相触的中间，这就叫做不即不离。他进而认为"渔洋由王裴等的五言诗悟其诗境而推及于七言。以此境谈王裴等则得之，至于渔洋自己的五言诗，恐怕未达其境吧？至于七言，渔洋的作品能发挥此境。渔洋之所以为渔洋盖在此"（p.166）。这番剖析将神韵说的意蕴揭示得周全而又直观，其结论与我对渔洋神韵学说的理解接近①，足见他对王渔洋神韵说及其创作实践的关系，是下了很深功夫探究的，在一个世纪前就达到如此精深的境地，实在令人钦佩。

针对有人因渔洋注重古诗声调而将他归于格调派的观点，铃木虎雄指出："渔洋非因谈古诗的声调而成为格调派，而是由于推重格调说，故作为格调的一部分而触及古诗的声调。若以诗派来看，倡古诗声调的并不是格调派，却是其反对派。渔洋由于思想上跨有两派，故传古诗的声调。"（p.166）这也是很有见地的论断，而且触及古诗声调说这很少为人注意的问题。根据通常的说法，他列出了古诗声调传承的谱系：

后文在论性灵派诗学时，因谈到袁枚对声调派的批评，也顺便对古诗声调的一些规则作了颇为详细的说明。这个问题自近代以来一直无人研究，直到二十世纪三十年代丘琼荪《诗赋词曲概论》（中华书局，1934）、洪为法《古诗论》（商务印书馆，1937）才有所涉及，迄王力先生《汉语诗律学》而集其大成。铃木虎雄的论述虽还粗浅，在学术史上却有着弥补缺失的意义，是现代诗学研究中不可忽略的一环。

四

对于《中国诗论史》这样的系列研究来说，具备丰富的诗学史知识固然重要，但更重要的还是要具备史识。其实，史识也就是对历史的通达认

---

① 蒋寅：《王渔洋"神韵"的审美内涵和艺术精神》，《中国社会科学》2012 年第 3 期。

识，它仍基于丰富的历史知识。铃木虎雄所以能将纷繁的清代诗学史作出清晰的梳理，就在于他确实拥有丰富的知识。

明清之际诗学的消长，是个头绪纷复的问题，但在铃木虎雄的笔下，每能以简洁的文字举重若轻地完成很宏观的叙述。比如，"至于明末，陷于诸家混战的局面。然大体有学识的人多左祖李何之说而避其流弊。无学识而爱新奇的人多赴袁钟。就在这种状态下进入清朝"（p. 142），"清初诗坛承明末混战的局面。格调派、宋元派、温李西昆派、钟谭三袁派等纷然杂陈。这状态持续至康熙时代。钱谦益、吴伟业、宋琬、施闰章等乃其较著者"（p. 143），"然而上结束明诗下开雍正以后清诗的局面的是王士禛"（p. 143）。这里对王渔洋与山东诗学地位的估量是很正确而有见识的，近一个世纪过去，我们对清代诗学史的大判断依然如此。

具体到三大诗说的得失，他的判断现在看来也是很准确的。比如关于王渔洋的创作，他说"一有天才，二有家学，三有乡土渊源，四有师友关系。天性鲁钝，则不能有什么作为。渔洋既有天才而培殖之，再以家学扩充之，以作学问，难怪他能有大成"（pp. 143 – 144），颇能要言不烦地揭示王渔洋诗学的深厚根基及其集大成意义。

通览全书，可以看出作者对三大诗说的论述，着眼点是很不相同的。格调派注重分析其学说本身，神韵说注重其批评来把握艺术精神，而性灵说因其本身并没有什么新的理论，便注重它与其他诗学的关系。在格调派主导风气之际登上诗坛的袁枚，不仅要推倒格调派树立的规范，还要悉数破除传统诗学的准则。这就使他的诗学整体上给人一种否定一切诗派的印象。铃木虎雄敏锐地注意到这一点，专立"随园对诸派的攻击"一节，论述袁枚"对于其他传承诸派皆加以排斥"的情形，他列举出袁枚所攻击的敌派有格调派、神韵派、温和格调派、典故派、声调派，顺便提到的还有矢口派（pp. 178 – 189），甚为可观。首当其冲的则是格调派。《随园诗话》卷十六云："自格律严而境界狭矣，议论多而性情漓矣。"格调在格调派那里并不是中性词，而是特指某一种格调，但袁枚却将它变换为普遍意义上的格调。《瓯北集序》写道："或惜云崧诗虽工而不合唐格，余尤谓不然，夫诗宁有定格耶？国风之格不同于雅颂，皋禹之歌不同于《三百篇》，汉魏六朝诗不同于三唐，谈格者将奚从？善哉杨诚斋之言曰：格调是空架子，拙人最易藉口。周栎园之言曰：吾以何李格调非世所不能悦也，但多一分格调者必损一分性情，故不为。”铃木虎雄指出：“‘国风之格不同于雅颂’、‘汉魏六朝诗不同于三唐’等话的反面，则是国风雅颂各有其格，汉魏六朝三唐亦各有其格。‘无定格’、‘谈格者将奚从’，则往往承认由时代的不同有不同的格。这种话对格调派可谓无关痛痒。随园以此敷衍‘有工拙而无古今’之说，反误而露出破绽。‘多一分格调则损一分性情’才是他主旨所在。”（p. 179）可谓一语中的，鞭辟入里。

关于袁枚对神韵说的批评，他认为“大体随园之言仅止于渔洋的能力、制作，神韵说应用的场合的适与不适，并未论及神韵说之非。又即使有认为神韵说不当之意，亦无认为神韵说不当的充分的理由”（p. 181）。而关于袁枚对格调说的批评，则断言“随园的攻击格调派，只是空洞地言其不足取。何况他的空洞的论说，仅止于说倡格调诸家的作品都是模拟，都笨拙。并非以‘格调说无价值’的论证去动摇格调说的根据。故对于格调派来说，仅有‘闻犬远吠’之感”（p. 193）。这都是很精当的判断。

最后，他将性灵说的要点概括为：（1）贵清新，避陈腐；（2）贵轻妙嫌庄重；（3）贵机巧不爱典雅；（4）贵意匠重自我发挥；（5）诗境贵取于卑近的眼前；（6）与自然风景相较，贵于咏人事；（7）与其咏风景，宁贵咏人情；（8）人情之中尤爱所谓“俗物”，甚至走向本能主义；（9）内容较形式为贵；（10）有时背戾道德；（11）好用虚字。从用字的特点来看，如果说格调派是实字派，神韵派是叠字派，那么性灵派就是虚字派，非常善用虚字。因为虚字的运用最便于卖弄才华的锋锐（pp. 205 - 208）。关于第八点，他具体指出袁枚甚至“不厌浮薄卑亵，反而认为它是性灵的发挥，‘清脆’、‘芬芳悱恻’等，广义上虽可说是性情，但主要却是就情这部分而言的。同样是情，格调派贵诚实，神韵派贵兴趣，都与性灵派所重不同”。关于第十点，他又就与道德的关系指出，“格调派不是以道德为理，而是贵发乎情；神韵派与道德没交涉，性灵派则敢于背戾道德，而恣其文字上的游戏”。这样的比较偶或失之生硬，但仍不能不说是抓住要害的精到论断。对于性灵派，他最终的评价是：“任才的诗往往予读者反省的余地。给予反省的余地则予人批评的藉口，使读之而批评之。故只可玩弄手法，不能感动人。”（p. 208）如此细致的概括和剖析，从作者的角度说，还有什么遗憾呢？

五

就个人趣味而言，铃木虎雄是倾向于格调派的。在全书的结尾，他曾坦陈自己的立场："就诗来说，概括地，我最信任格调说。神韵、性灵不过可取其某一部分特异之点加以标出罢了。至于其诗趣到达的高低程度，就现在来看，依然要延格调、神韵二派入上座。"（p. 213）但作为诗学史研究者，他的博学和史识最终还是表现为对清代三大诗学的公正评价。

总体上他的最终评价是"三说各有长短得失"，而具体说来则一语中的，精彩迭出：

> 首先，就格调派来说，他们有关诗的主张，于内面求正意，主诚实。于外面主不失其体格，调整其音调，见解可谓至当。又其主张力的发挥，亦可谓一大特色。神韵说以兴趣为根据，但其所说的兴趣较我们普通所说的兴趣范围要狭小些。又特别有喜与画趣一致之风。在诗境上公然标出这样有独立性的领域，可以说是该说的显著的特点。至于性灵说，以吾人才智为本，离开一切的束缚，而趋于清新轻妙，是非常大胆而有活气的诗说。（pp. 209 - 210）

继而他又进一步指出三说各有弊端，"当其说开始创立的时候，正如宗教的门派一样，皆有相当的道理。然而等到行于实际时，就暴露出意外的短处来"。为何这么说呢？"格调说既倡主诚实，守格律，则往往拘泥于道德之说，或执着于过去某时代的诗格，丝毫不能运用自己的性情。虽说整音调，然又不能解其真意，徒以一种怒号跳梁的声调行之。"（p. 210）而神韵呢，作为诗之一格自有可取之处，但宜于短篇不宜于长篇，即便是倡导者王士祯本人，也是短篇出色，长篇则"莫不生出无气力而章法不完整的状态"。这不是神韵本身的弊病，而是奉行者误用其说的结果。至于性灵说，"所倡贵机智、意匠，斥陈腐，脱形式，皆至善。然而考其实际，不无立说者其人为抗时弊，而采取此等策略，设为这种论说的嫌疑。即有择格调派所不说、神韵派所不取而于二派所未说及的其余部分求取自己的理论根据的痕迹"（p. 212）。直到今天，我们也不能不承认，这些批评都是入木三分、深中其弊的。

但问题是，当他在前述参照比较的基础上，进一步将三派的得失归纳为若干更精炼的表述，就不可避免地面临着一种简单化的危险。比如说格调说是充满意志力的、热情的，以不失诚实为主；神韵说是情绪化的，以平静淡泊为主；性灵说是智性的，以清新机巧为主。一主体格，一主兴趣，一主意匠。一是实字派，一是叠字派，一是虚字派。雄浑、高华、悲壮、浏亮等形容词被冠于格调派之诗，冲淡、清远、超诣、隽永等应冠于神韵派之诗，而轻妙、机活等应赋予性灵派之诗（p. 213）。这些论断不能说没有触及各派的本质特征，但终究让人觉得因追求戏剧性的对照而过于简单化。问题的实质在于，本来是诗学问题，现在被美学化了，这就导致复杂的历史内容被过滤，而使问题趋于简单化和纯粹化。比如他对性灵说的认识就是个很典型的例子，袁枚崇尚自我表现的诗学主张被单纯理解为求异即在格调和神韵的间隙寻找立足点的结果。这恐怕是将问题简单化了，也是没什么说服力的。元好问《陶然集诗序》即已指出："故文字以来，《诗》为难；魏、晋以来，复古为难；唐以来，合规矩准绳尤难。夫因事以陈辞，辞不迫切而意独至，初不为难，后世以不得不难为难耳！①"不同时代的诗人，所面对的诗歌传统是如此不同，所面临的诗学语境也从而各异，他们所选择的艺术道路绝不是简单的与前人立异一语就可以解释的。

铃木虎雄的诗史评价，还有一点可议的是，他虽是现代大学教育体制养成的学者，但观念方面却还不能脱尽旧式士大夫习气。比如论性灵诗学而及王彦泓的艳诗，就认为："盖情歌、艳诗，非可一概排斥之，非可一概耽淫之。必就其实例，看其情的诚实程度，表现的形式如何？然后才可决定其文学价值。有时在道德风教上看来不足为训的作品，而在文学上甚有其价值，这种情形古今东西不少其例。一般来说，似乎沈德潜之见为不及，袁枚之见为过之。就王次回的诗来说，我宁赞同沈叟的话。"（pp. 184 –

---

①　姚奠中主编《元好问全集》下册卷三十七，山西人民出版社，1990，第45页。

185）又说："我常见他所说性情诗说的诗例，他所说的性情与一般所想的性情异，他所说的性情颇受限制，颇着颜色，疑是近于'妓女嫖客'的'性情'。"（p.192）这在今天看来未免过于迂腐，不脱道学气。

另外，铃木虎雄虽称渊博，但书中仍有一二疏误之处。如第166页称赵执信为王渔洋女婿，第173页称袁宏道弟子修，都不确，应作甥女婿、弟小修。

六

站在比较文学的立场来看外国文学研究，我们常会看到，研究者对外国文学问题的关注，很少出于单纯的学术兴趣，背后往往有着对本土文学的思考。铃木虎雄对明清诗学史的关注正是如此，其背后还有着注视日本文学的另一只眼。

在《陆放翁诗解序》中，铃木虎雄写道："不去理解其他国家的文学，就无法将其长处植入自己国家的文学中。我国是支那大陆的近邻，而全然不知其文学的长处，那不是愚蠢之极吗？"正像高津孝所指出的，"铃木已经意识到，中国古典文学已经不单是日本知识分子的文化背景，而属于外国文学的范畴，是一种逐步丧失的'知识'"。[①] 因此，铃木虎雄的中国文学批评史研究严格地说是一个在比较文学的语境中萌生的问题。因为他注意到"这些诗说诗派不但盛行于中国本土，且渐渐传入日本，直至今日其消长的迹象尚未断绝，或且将来亦如此也说不定"，这使他的明清诗学史研究在某种意义上也就是考究日本近代诗学的渊源。果然，第三篇在论袁枚与性灵派的关系时，他提到："日本的徂徕及其门下崇奉王李。崇奉袁宏道的则有山本北山及其门下。北山尝说：'清新性灵四字是诗道的命脉。若不模拟剽窃，必清新性灵。非清新性灵，即模拟剽窃，故以于鳞（李攀龙）中郎（袁宏道）为分诗道的一大鸿沟。'"（《作诗志彀》坤卷）（p.174）当然，他在这方面的想法并未在书中展开，《中国诗论史》的体

---

① 高津孝：《京都帝国大学的中国文学研究》，《政大中文学报》第16期，（台北）政治大学中国文学系，2011，第101页。

例也不适宜过多地讨论日本诗学问题，但这一学术理路被门人辈所继承发展。

首先是青木正儿（1887－1964）以《支那文學思想史》（岩波书店，1943）继续拓展《中国诗论史》未及的批评史疆域，均衡地补充了各个时代的文学思想，还在外编收录音乐、绘画等艺术思想概说，成为铃木之后最重要的中国文学批评史著作。此后出版的《清代文學評論史》（岩波书店，1950），更以史料的富赡和见识的卓著将清代文学批评史研究推向一个新的高度。至于清代诗学对日本江户以来诗学的影响，则由另一个弟子松下忠（1908－1994）沿着老师开辟的学术道路继续探索，最终以《江户時代の詩風詩論；明、清の詩論とその攝取》（明治书院，1969）、《明、清の三詩說》（明治书院，1978）二书完成了格调、神韵、性灵三说从中国本土兴起到日本诗界接受的通盘研究①。

学术史上某些著作的意义及命运是很奇特的，一个日本学者撰写的中国诗论史，首先不是在本国而是在中国产生了影响。《中国诗论史》1925年由弘文堂出版后，马上就被孙俍工翻译，题作《中国古代文艺论史》，由北新书局于1928年8月付印，1929年1月发行。但此前出版的陈钟凡《中国文学批评史》（中华书局，1927）已将《中国诗论史》列为参考书；其中论神韵的一节还为张寿林译出，以《论神韵》为题，发表在《晨报副刊》1928年5月21至26日②，足见此书出版不久便为中国学界所知并甚为重视。后来台湾学者洪顺隆在东京大学留学期间，再度将此书译成中文，由台湾商务印书馆于1972年版行。译者自序和高明、成惕轩两序都说此书不曾被译成中文，不禁让人感叹民国学术史已被淡忘，台湾学者甚至都有点隔膜了。难道《中国诗论史》的影响真的只限于民国年间么？绝非如此。它对明清诗学大势的概观及价值判断实际上已深深地渗透到中国学界对明清诗学的历史认知中，无形中左右了中国学界的批评史建构和叙述。

---

① 两书已合并为《江户时代的诗风诗论：兼论明清三大诗论及其影响》一书，由范建明译成中文，由学苑出版社2008年版。

② 此文后收入陈平采、袁明嵘编《张寿林著作集》下册，（台北）中研院中国文哲研究所，2009，第1168～1191页。

就批评史著作而言，一部开创性的批评史著作，最重要的意义不在于它第一次整理了有关知识，而在于它构筑了批评史认知的框架，将纷繁的史实梳理出一条清晰的线索。《中国诗论史》的意义正在于此，它用格调、神韵、性灵三家诗说支撑起明清诗学史的骨干，使丁福保《清诗话》中展现的清代诗学呈现为一个有序可寻的发展过程，其学术史意义无疑是巨大的。事实上，铃木虎雄的论断作为先行研究，也强烈地影响到中国本土的批评史研究。浏览国内出版的几种早期的文学批评史，我们很容易看出，铃木虎雄对明清文学批评史的开拓、建构及某种程度的武断色彩，全都深刻地影响了中国学界的历史认知。其具体表现为，在批评史论述中形成一种线性思维，忽视不同诗学流派间的继承和影响关系，而只注意其代兴和更替；在历史评价上则流行一种平面化的思维，注重强调不同诗派的对比与歧异，以构筑一个富于戏剧性的历史图景为主要诉求。于是诗学上许多独特的人物，往往被强派到某个流派中，而不顾及他们诗学固有的倾向。在这方面，郭绍虞先生的《中国文学批评史》是一个比较典型的例子，在铃木虎雄学说的影响下，他明显表现出欲以格调、性灵、神韵三派统摄明清诗学思潮的倾向，将王夫之归于神韵派，叶燮归于格调派，而赵执信又归于性灵派，都不免有点方枘圆凿。此种倾向直到今天仍在有关明清两代文学批评史的宏观论述中一再出现，从而使我们对铃木虎雄《中国诗论史》的检讨，有了超乎单纯学术史研究的特殊必要。

《剑桥中国文学史》读后

蒋　寅

　　虽然最早的中国文学史出自欧洲人之手，在林传甲的文学史（1904）问世之前，起码已有瓦西里（1880）、翟理士（1901）、顾威廉（1902）几种西洋人撰写的中国文学史在前，迄止伊维德、汉乐逸（1985）、施寒微（1990）、埃默力等（2003）、顾彬主编十卷本中国文学史（2010），外国学者编著的中国文学史无论内容或规模都已相当可观，但中国学界似乎从未郑重对待过这些著作。毕竟以国人的眼光来看，外国学者编纂的中国文学史都太简略，大体属于常识水平。在长久暌别国外汉学家撰著的中国文学通史后，听到孙康宜、宇文所安主编的《剑桥中国文学史》（2011）出版，相信大多数中国学者都会和我一样，抱着异样的好奇和期待，想看看西方汉学在几十年的成果积累后，这部下限迄止于 2008 年（中译本止于 1949年）的中国文学通史，将拿出一个什么样的全新叙述，来向西方读者介绍中国文学。孙康宜教授确曾表示，"《剑桥中国文学史》的主要目的之一是要质疑那些长久以来习惯性的范畴，并撰写出一部既富创新性又有说服力的新的文学史"（三联书店 2013 年，上卷页 2），读者不难从她的前言中体会到编著者对这部文学史的编纂所寄予的特别的历史感："在西方的中国文学研究的发展史上，这是一个非同寻常的时刻。"（上卷页 1）

　　撰写文学通史虽一向不为学者所看重，学界甚至有文学史的学术水平落后于专题研究二十年的说法，但大家都知道，这绝不是一件轻松的工作。我也曾参与中国社会科学院文学所主编的十四卷本中国文学史的写作，深谙撰写文学史的艰难和无法言喻的苦恼。据孙康宜教授说，这部文学史集合了十五六个学者用了五年时间写完；光是编索引这项工作，"让一个人每日埋头苦干，最快也要花上几个月的时间才能完工"。更兼"剑桥出版社的责任编辑对于书中每一个标点，每一个字，每一行都给你发出提问。总之，这个十分繁琐的工作阶段至少需要一年"（李怀宇《孙康宜：重写中国文学史》，《访问时代——十二位知识人的思想世界》，江苏文艺出版社 2012 年版，页 210）现在看来，参与撰写的十多位作者，全都是学有专攻、造诣不凡的专家，写作中无不调动各自的学术积累，对相关问题各自作了独到的阐述。虽论述方式和行文风格容有不同，或平实而周密，有扎实的考证基础；或要言不烦，举重若轻，大都材料使用准确，解读精当，显示出敏锐的历史眼光和专题研究的功力，并且保留了鲜明的学术个性。当然，总体看来，随着历史的推延，时代越往后，其叙述也越与国内的文学史接近。这不应该理解为受国内论著的影响，而只能设想是，越往后的时代，文献留传越丰富，对文学基本事实的确认和解释就越容易获得近似的看法。

但就整体而言，这部文学史无论是视角、结构还是论述风格，都大不同于现有的中国文学通史，其最明显的一个特点，就是跳出文学圈子，在文化学的视野中审视文学现象。正如孙康宜教授在下卷总论中所说明的："与大多数常见的中国文学史不同，本书的编写更偏重文学文化的概览和综述，而不严格局限于文学体裁的既定分类。"（上卷页 19）宇文所安教授2008 年发表的《史中有史》一文，也强调了这种以"文化史思路进入文学史写作"的编纂宗旨。书中很醒目地反复提到"文学文化"的概念，在呼应全书编纂宗旨的同时，随时将作者的叙述引向广阔的文化视野。不仅每个时代或时期的开端都以相当的篇幅说明王朝政治、历史和文化的变迁，同时还对彼时特殊的文化现象予以关注，像西汉的刘向校书，东汉的谶纬之学、经学传授及经典化、字书的编纂，梁代的目录、类书编纂，"南方"和"北方"观念的建构，唐代的慧能与《坛经》成书、圆仁《入唐巡礼记》对唐代生活的记录，宋初四部大书的编纂、印刷术的普及，明代后期图书出版和藏书风气、城市文化和结社，清初士大夫的文化心态、清中叶今文经学的勃兴，等等，类似属于文化史范畴的内容占了相当大的篇幅。这些内容虽不属于文学问题，但或多或少、或直接或间接地都与文学观念、写作意识、传播方式和批评视野有不同的关系，显然有助于英语世界的读者理解中国文学的生态。

　　事实上，自20世纪六七十年代以来，西方世界整个文学观念和文学史理论都有了颠覆性的发展变化，文学研究面对的对象已由作家、作品扩展到从作家写作到读者阅读的整个活动过程，没有人再能仅围绕作家传记、文类和风格来谈论文学。本书充分体现了这种当代意识，始终将文学作为一个社会活动过程来考察，视野笼罩各时代的文学书写、文本形成、作品传播和接受各个环节。虽然书中没有提到什么文学理论和理论家的名字，但观察角度和立论基准明显可见不同的理论背景。尤为突出的是重视文本自身的形成历史，用孙康宜教授的话说，就是"过去的文学是如何被后世过滤并重建的;"（上卷页3）而用宇文所安教授的话说则是"后世的评判对早期作品的保存发生的影响，以及后世价值取向如何塑造了早期作品。"（上卷页22）书中非常注意考察不同时期文本谱系的后代建构，如战国本文谱系的汉代建构、元杂剧的明代改编等等。先秦文献就不用说了，南北朝时期，由裴子野《雕虫论》写作年代及原始形态，对国内的梁代文论三派之说提出质疑，是一个典型的例子。关于汉代史书所载的诗歌，则认为："采诗歌入传，是早期历史编纂的一种修辞手段，为历史叙事增添了戏剧性、真实性。但很值得怀疑的是，这些一次性表演的诗歌，是如何传入历史学家耳中的呢？尤其是如屈原（独自徘徊时赋诗）、刘细君（身处远方）、伯夷、叔齐（隐居山中饿死），还有那些死于囹圄之人。对于早期的历史学家和听众而言，这些诗歌是个人遭遇不幸、面临死亡时的真实表达，所以是合情合理的。很有可能，早在司马迁、班固之前数十年中，这些诗歌就已经成为人物生平故事的一部分，或是书面记录、或是口头传说，因而也是诗歌表演与历史想象这一更大的文化的组成部分。"对早期歌谣的类似质疑，清代学者即已提出，不算新鲜，值得重视的是，作者进一步指出："这些诗歌是对'诗言志'这一说法的体现，也是对人类实际经验、特别是面对苦难时自然而然的即时回应。当诗歌被用来戏剧化、真实化历史叙事，并将叙事的精华浓缩为诗歌这一稳定、持久的媒介时，同时也就再次反映了汉代将诗歌视为高度个人化、具有自传性的观点。"（上卷页131）并且，更联系到汉代的历史编纂"出现了一种从'诵'诗到'现场创作'的重大转折，开始强调原始著作权"（上卷页132）的现象来看，这就不能不说是触及问题实质的敏锐见解了。在前半段的文学史叙述中，时时可见这样的质疑，对历来习惯于作为结果自然接受的文本或文学现象提出追问，引导读者思考文学现象背后发生的文学观念的变化，很给人启发。

众所周知，分期是文学史编纂中不可回避而又难求一致意见的难点。因为分期是我们理解和把握历史的手段，有什么样的历史认知，便有相应的历史分期。本书基于编者的独到见解，在历史分期上也有其个性化的判断。宇文所安教授曾特别说明，"每一部文学史都从唐朝或唐前短暂的隋朝开始新的一章，以代表新统一的帝国。然而，更有说服力的叙述应该从天下一统前的北方开始讲起，以南方文人、南方文化汇入北方作为界标，一直写到唐朝初年的统治；这种叙述涉及政治上获胜的北方如何面对和接受南方的文化力量，与之达成妥协。"（上卷页21）因此，他将本书所论述的唐朝命名为"文化唐朝"，说："我们的'文化唐朝'始于650年，而不是王朝实际建立的618年；另一方面，我们的'文化唐朝'还包括五代以及宋初的六十年，直到一个新的宋代文化转折清晰显现出来。这种方法的优点超过了它的不便之处。"（上卷页22）这种以文化的延续性和独立性作为分期依据的观点无疑是很有启发性的，值得我们倾听。不过略觉遗憾的是，全书似乎未能将这一思想贯彻到底。孙康宜教授说："在第六章王德威所编写的现代文学部分，'现代'的开始便定于1841年，而非通常所采用的1919年'五四'运动。我们写的是文学史，而非政治史，一个时期的文学自有其盛衰通变的时间表，不必完全局限对应于朝代的更迭。"（下卷页14）然而，1841年恰好是一个政治史的分期，无论冠以现代也好，近代也好。甚至早在20世纪三十年代它就被运用于文学史论。建国后的历史分期概以此为近代史的开端，理由是1840年爆发的鸦片战争，使中国失去主权的完整，进入一个半殖民地半封建的历史时期。这显然是个政治史的分期，而并非文学本身"盛衰通变的时间表"，用作文学史分期的依据未必适宜。关于这一点，拙著《清代诗学史》第一卷的导言曾有辨析，我认为，同治间士大夫竞讲新学，才意味着一个新文学时期的开始。我的意见未必正确，但起码有自己的理由，而《剑桥中国文学史》显然并未对这一重要年代界标有过郑重的斟酌，被放在这个时代开端论述的龚自珍恰恰在前一个阶段的终结逝去，作为文学史分期的界限和理由没有清楚的交代。

作为一部最新的中国文学史，《剑桥中国文学史》在内容上明显是有突破、创新意欲的。以我有限的知识范围来观察，上卷柯马丁撰写的第一章，对两周铭文内容与形制的论述明显详于国内撰写的文学通史；康达维撰写的第二章明显细腻地勾勒了两汉、西晋间的文学活动，尤其是文体孳乳的历史；田晓菲撰写的第三章，对六朝时期的杂传做了较全面的论述，特别提到现存最早的佛教灵验故事集谢敷《光世音应验记》，为日本保存的十二世纪抄本；宇文所安撰写的第四章，对"古"的观念作了予人启发的分析；艾朗诺撰写的第五章，特别论述了北宋十分流行的随笔和鉴赏文学、非正式书信（尺牍）的写作；傅君劢、林顺夫撰写的第六章，论述了南宋诗歌的内转向——以自觉汲取诗歌的内在资源为基础，与直接经验隔开一层——的问题、南宋的五部都城记及《钱塘遗事》；下卷孙康宜撰写的第一章，对明代八股文有专门论述，对女性文学的关注更是从前的文学通史所欠缺的；吕立亭撰写的第二章，提出复古观念和印刷业的发展使晚明成为各种文类的经典化时期，戏曲的抒情角色化及语言风格的多样化对当时流于雷同和表面化的诗歌具有补偿意义，并论述了青楼文化与女性文学的关系；李惠仪撰写的第三章，相当细致地分析了鼎革之际的士人心态及生活作风、文化取向的复杂性；商伟撰写的第四章，注意到清代中叶商业出版与精英写作之间有趣的对立，对《儒林外史》的分析饶有新意；伊维德撰写的第五章，对民间文艺按类作了较全面的介绍，甚至包括女书文学；王德威撰写的第六章，融入了他早年提出的晚清文学现代性的论说。相比以前出版的文学通史，这些内容都给人耳目一新的感觉，让人切实地体会到专题研究的深入和成果的积累。

据主编孙康宜教授说，这部文学史的"主要对象是受过教育的普通英文读者。（当然，研究文学的学者专家们也自然会是该书的读者）"（上卷页2）。我不太了解英语世界读者的阅读趣味和习惯，无法评判本书内容和结构的安排是否适合他们。作为中译本的中国读者，则有几点小小的不满足，在此提出与主编、作者交流。

一部好的文学史，固然起着指导阅读的作用，如宇文所安教授所说，"作者与读者都是在一个对于写作、阅读而言不可或缺的、虚拟的文学史叙事之中写作、阅读的"，"我们只能在一个传统的文学史叙事之中阅读，这个叙事告诉我们该如何对待某些事物。"（上卷页23）但调动读者的情绪，唤起他们阅读作品的兴趣，显然也是文学史应有的功能。从这个角度说，全书整体上似乎偏重于对各个时代文学形态特征的提示，而对作品艺术技巧、风格特征及其魅力的描述显得有些欠缺。从上卷第一章起，《诗经》部分既没有提到多样化的艺术形态（比如日本学者赤塚忠提出的剧诗），也没有说明诗歌艺术表现的丰富性和多样性，只是着重介绍了文本流传情况和阐释传统。不可否认，柯马丁的论述非常精当，但对于普通读者来说或许过于专门，而对于专业读者却又都是常识，很可能对两类读者都不太适用。这种情形绝非仅有的例子。

与此相关的是，与文学史叙述相比，书中涉及的作家、作品未免太少。如果对全书出现的作家做个统计，数量将会是令人惊讶的少。论及元杂剧，竟然未出现关汉卿的名字，更不要说《窦娥冤》了，王实甫和《西厢记》似乎也没进入叙述。这或许与作者将这些作品归于明人编定的文本有关，但我更怀疑是文稿编辑出现了技术问题。上卷第七章"元代白话文学"一节论述元杂剧和南戏的形式，甚至用一定的篇幅专门介绍了芝庵《唱论》，但未提到重要剧作家和剧作，只说"元杂剧将在后面的章节中进行讨论，读者参阅相关章节，就会充分了解杂剧这一文类的主要特征"（页673），然而后文却看不到相应的内容。不该遗缺的内容还包括神话，虽然在文学史的开端有关于汉语和书写系统的介绍，却没有国内文学通史作为文学发轫的神话传说。是因文本产生的年代不好确定或阐释的多歧而放弃，还是什么别的理由，也未见说明。就我个人的阅读经验而言，外国文学史一般都是在接触作品之前阅读的。文学史在某种意义上具有文学阅读指南的功能，通过文学史获知应该阅读的作家和作品，也许是人们阅读文学史的基本动机之一。这么说来，列举作家和作品太少的文学史，就有点像列举景点不备的导游手册，难免会限制读者的收获吧？或许书后附录的众多参考文献能够弥补这一不足。

孙康宜教授介绍下卷的编写宗旨，特别提到"重视从明清直到今日的文学演变"。她认为，"在目前常见的大多数文学史著作中，往往表现出重唐宋而轻明清的倾向，而对于现当代文学，则一概另行处理，从未与古代文学衔接起来，汇为一编。中国的传统文评大都重继承和崇往古，因而晚近年代的作家多受到忽视。本卷的编写一反往常，在作家的选择及其作品的评析上，力图突出晚近未必就陷于因袭这一事实，让读者在晚近作家的优秀作品中看到他们如何在继承传统的同时有所创新和突破。读完了本卷各章，你将会看出，从明清到现在，文学创作的种类更加丰富多彩，晚近的文学已远远超出了诗词歌赋等有限的传统文类。"（下卷页14）我们知道，现代知识形态的中国文学通史，并不是整体轻视明清文学，而只是受"一代有一代之文学"的传统观念影响，到明清两代重心便转移到戏曲、小说和通俗文艺方面，对诗词歌赋等传统文类有所忽略。要纠正这一偏颇，只有平等地对待各种文类，一并加以细致的考量，才能改变文学史的面貌。《剑桥中国文学史》对现行文学史中明清部分的薄弱显然是有所洞察的，但终因全书所持的文化史视角，决定了它要"尽量脱离那种将该领域机械地分割为文类（genres）的做法，而采取更具整体性的文化史方法：即一种文学文化史（history of literary culture）。"（上卷页2~3）这种历史叙述必然要追随文化潮流的走向，去捕捉一个时代文学的新变，这就使文学史的重心不得不重新落到"一代之胜"上，与传统观念奇妙地重叠起来。其足以显示"文学创作的种类更加丰富多彩"，超出诗词歌赋等传统文类的部分，仍不外乎戏曲小说曲艺，等于只是将"一代有一代之胜"换了一种说法。这就使得下卷关于明清诗文辞赋的论述仍旧很简略，并未见得予以重视，有所改观。

更重要的是，正如主编已意识到的，"这种叙述方法，在古代部分和汉魏六朝以及唐宋元等时期还是比较容易进行的，但是，到了明清和现代时期则变得愈益困难起来。为此，需要对文化史（有时候还包括政治史）的总体有一个清晰的框架。"（页2~3）然而这个清晰的框架恰恰是极难构建的，除了历史现象和过程自身的纷繁复杂外，研究成果积累的薄弱也是部分原因，《剑桥中国文学史》下卷的叙述似乎仍未能成功地构建起一个清晰的框架。论述清初的有关章节，时而停留在历史变革和文人心态的宏观描述，时而又深入某种文类或作品的细节来说明一个意味着文学精神嬗变的宏大主题，显得缺乏整体结构的清晰和中间层次的充实，或者说在点·线·面三个层次中缺乏线的清晰完整。这又不能不让我们反思全书立足的文化史方法，到底是要将文学史作为文化史来写，还是将文化史作为文学史来写。其间的界线其实是不那么清楚的，换了我也觉得很难以把握。这么说绝不意味着《剑桥中国文学史》作为文学通史，知识有所欠缺。严格地说，一部写给外国人看的中国文学史，如何取材和编写才合适，只有英语读者才有发言权。

但这里我想提到，书中有些不同于通行见解的判断，应该是我们可以商讨的。虽然前文曾肯定，时代越往后文献留传越丰富，对文学基本事实的确认和解释就越容易获得近似的看法。但书中还是有一些论断与学界的一般看法不同，而又未提出自己的论据。比如孙康宜论及高启的影响："后来到清代，高启虽位居明代的优秀诗人之列，但由于明诗整体上仍受忽视，高启其人及其著作依旧晦暗不彰。直到十八世纪，赵翼才把高启抬举到典范的位置。"（下卷页27）按：高启在清初钱谦益《列朝诗集》和朱彝尊《明诗综》里已经被尊奉为明代诗人之冠，到沈德潜《明诗别裁集》得到进一步确认，似乎无待于赵翼确立其经典性。又如吕立亭论及晚明小品的繁荣，将小品文类的确立归功于"五四"新文化运动，说："'小品'这一文类的成立是被追认的，这也是1920年代新文化运动的一部分。"（下卷页114）按：小品之名当时即有，明末陆云龙辑有《翠娱阁评选十六名家小品》，今存崇祯刊本，可知并非后人所命名。

书中还有一些判断，似嫌武断。下卷第二章谈到日益商业化的写作，"涉及金钱交换时，两位士大夫之间的礼仪套路究竟达致何种程度？礼物交换实为金钱交易，想要弄清这套礼仪的程度，需要重建每一次写作行为的社会背景。时间已经过去了四百多年，这几乎不可能办到。"（页108）按：重建每一次写作行为的社会背景，当然不可能办到，但弄清这套礼仪的套路和价格尺度，并不需要考证每一笔交易。只需考察若干不同身份、地位的文人，即可隅反。明清笔记、诗话中还是有不少例子的，比如王渔洋笔记中就常记载某人求先人墓志、集序，馈某物，时代相去不远，绝非不可考究。这都是细枝末节的问题，希望不算过分吹求。

最后顺便提到，全书的译文质量相当高，流畅好读，不过偶尔也有小误。一是丛书与类书的混淆，提到"唐代丛书"时应是类书，提到明代诗话收在"类书"中则应是指丛书；二是论及竟陵派时，说是以钟惺、谭元春的家乡安徽竟陵命名，犯了双重错误：竟陵属湖北，明代也没有安徽省；三是书中提到明初到1600年童子试的录取人数提高了二十倍，从三十万人增加到六十万，倍数算错了。这些地方，无论是作者错，还是译者错，译文都应该改过来。

综合评述

"近世性" 与中国唐宋文学的阐释[*]

刘　宁

　　日本学者内藤湖南的"唐宋变革说",作为内涵丰富的社会转型理论,对中国唐宋文学的阐释,也带来显著影响。全面分析这一影响,内容将十分丰富,本文希望选择其中一个视角来观察,即"唐宋变革说"所包含的"近世性"理论旨趣,为中国唐宋文学的阐释所带来的新特色。日本与美国学者的有关研究,在这方面体现得尤为突出,本文将以美国宇文所安与日本川合康三的中唐研究、日本吉川幸次郎的宋诗研究为中心,展开讨论。

一　"近世" 概念与 "唐宋变革说"

　　近九十年前,内藤湖南阐述了对唐宋社会变革的一整套看法,其核心的观点就是"宋代近世说",他认为宋代之为近世,体现在八个方面:贵族政治的衰微与君主独裁政治的代兴、君主地位的变化、君主权力的确立、人民地位的变化、官吏任用法的变化、朋党性质的变化、经济上的变化、文化上的变化。他认为,唐宋之交在社会各方面都出现了划时代的变化,贵族势力入宋以后趋于没落,代之以君主独裁的庶民实力的上升,经

---

[*] 本文是在拙作《"近世性"与中唐文学》(《国学学刊》2010 年第 3 期)的基础上修改而成,修改中增加了对宋代文学以及吉川幸次郎《宋诗概说》的讨论,故标题有所调整。

济上也是货币经济大为发展而取代实物交换；文化方面从训诂之学而进入自由思考的时代。宋代以后的文化，逐渐摆脱中世旧习的生活样式，形成了独创的、平民化的新风气，达到极高的程度。①

内藤湖南认为中国的唐宋之际，发生了显著而深刻的社会变革，这一点在其后围绕内藤学说的争论中，得到了越来越多的认同，但内藤湖南依托西方史学中的"近世"观来认识这一变革，则受到越来越多的质疑。二次世界大战以后，东京大学"历研派"之代表前田直典、石母田提出"宋代中世说"，认为宋代是中国古代和中世的分野，而非中世、近世的分野。"历研派"与"京都派"关于"中世"与"近世界"的争论，从 20 世纪 50 年代到 20 世纪 70 年代，持续了二十多年。②

20 世纪后期，美国学者对内藤假说中"近世"观所隐含的"历史目的论"之局限，做了比较全面的反思，所谓历史目的论，就是"认为历史的终点就是现代性的实现，这种现代性以地中海文明为代表"。在后现代思潮影响下的美国历史学者，认为要"把历史理论当作某一时间和地域的思想构造来检讨，并且使学术有可能拒绝一种目的论的观点"。在这种观念的影响下，美国学者对唐宋转型提出了新的认识，在社会史方面，把唐宋的社会转型定义为士或士大夫之身份的重新界定，以及他们逐渐变为"社会精英"的过程，以此来取代以往把这一转型定义为门阀制的终结和"平民"的兴起；在政治史方面，对 12 世纪的制度发展的关注，超过了对皇权独裁的研究；在思想史和文化史方面，有三种显著的变化：第一，从唐代基于历史的文化观转向宋代基于心念的文化观；第二，从相信皇帝和朝廷应该对社会和文化拥有最终的权威，转向相信个人一定要学会自己做主；第三，在文学和哲学中，人们越来越有兴趣去理解万事万物如何成为一个彼此协调和统一的体制的一部分。③

---

① 上述观点参见内藤湖南所著《支那近世史》（《内藤湖南全集》第 10 卷，（东京）筑摩书房，1970）、《概括的唐宋时代观》（《内藤湖南全集》第 8 卷）、《近代支那的文化生活》（《内藤湖南全集》第 8 卷）等。

② 参见张广达《内藤湖南的唐宋变革说及其影响》，《唐研究》第 11 卷，北京大学出版社，2005，第 38~49 页。

③ 上述美国学者的观点，见包弼德《唐宋转型的反思：以思想的变化为主》，《中国学术》第 1 卷第 3 期，2000。

　　美国学者的意见，在承认并深入研究唐宋时期的重大社会变化的同时，对内藤学说的"近世"观，做了进一步消解。现在，学界对唐宋变革的理解，普遍"认为唐宋某些领域是从某一形态转变为另一形态，但不再追究新的形态是否具备'近世'的特征"。[①] "近世"观已经在很大程度上淡出唐宋变革说。但是，从历史的认识角度来说，史观的重要性是不能被轻易否定的，对于唐宋之际重大的社会变革，可以不采用"中古"或"近世"的史观来作为认识的标准与模式，但仍然需要新的标准和模式。美国学界认同"历史分期论"而拒绝"历史目的论"，固然可以使学者的研究更多地面对唐宋变化的史实，而避免进行变革性质的论定，但这也会制约对这一变革在中国社会变化中之地位的认识，所以柳立言指出："谈唐宋变革而不理会其中的史观（中古文化形态—近世文化形态）"，"是夺其魂魄"之举。[②]

　　应该看到，内藤学说是从观察中国社会的内部变化中得出，并非生搬硬套西方史观的结果，而宋代社会所出现的，与近代社会接近的因素，对内藤"近世"说的形成无疑有重要启发，而这种接近性，中国学者也很早就有指出，严复云："若研究人心政俗之变，则赵宋一代历史，最宜究心。中国所以成为今日现象者，为善为恶，姑且不论，而为宋人之所造就，十之八九可断言也。"（《致熊纯如函》，《学衡杂志》第13期）宋代社会与近代中国社会的近似性，这是中国社会内部发展的独特现象，而应该如何认识这一现象，内藤湖南借鉴西方的"近世"观来加以阐释，利用近现代社会的政治文化形态来比照观察，这当然有一些简单化的地方，但也有"后见之明"的独特效果。柳立言在反思20世纪唐宋变革说之演变趋势时，也指出这种"后见之明"对于认识唐宋变革的启发性。他认为："'近世'一词可以弃而不用，但中国历史经过唐宋变革期之后，出现哪些特征？或进入哪种政治、经济及社会等形态或模式呢？利用'后见之明'未尝不可以深化我们对历史问题的研究。中国不必步上西方的后尘，不必走

---

① 柳立言：《何谓"唐宋变革"》，《中华文史论丛》第81期，上海古籍出版社，2006，第141页。

② 柳立言：《何谓"唐宋变革"》，《中华文史论丛》第81期，上海古籍出版社，2006，第171页。

过西方的近世，不必照搬西方的民主，不必追随西方的资本主义模式……我们的确需要以中国土生土长的变化形态来说明中国史的发展过程，不必牵强附会（例如有名的资本主义萌芽情结），但是否也有一些所谓'普世价值'，例如法律平等和人身自由等基本人权，崇尚理性、经世济民的情怀及追求最大利益的倾向等，是可以作为比较的项目？研究宋代经济的葛金芳就说：'各国经济发展会因地理环境、资源禀赋、自然和人文环境种种的不同而呈现出千姿百态、变化无穷，但是地无分中西，人无分南北，各国、各民族、各地区的人民都要走向机器生产和市场经济的诉求，却是古今一理，中外皆同的。'也就是说，我们可否提问，宋代距离这些普世价值或诉求有多远？为什么？"①

因此，内藤湖南围绕"近世"概念所阐发的唐宋变革说，其启发性在很大程度上来自借鉴近代文化形态来认识中国社会的内在变化，这一学说在一个世纪中所显示出来的生命力，恰恰就在于利用"后见之明"来观察历史上的中国，由此所带来的认同和质疑的激烈论争，深化了对唐宋社会问题的研究，推进了对中国自身问题的理解。"近世"观虽然问题重重，却是内藤唐宋变革说的魂魄所系。对这一学说的局限性和启发性的认识，都不能离开"近世"这一概念。

二 "近世性" 对唐宋文学阐释的意义

"唐宋变革说"对唐宋社会文化的研究带来深刻的影响，在宋代文学研究中表现得尤为突出。日本学界又是其中的代表，吉川幸次郎在《宋诗概说》中指出宋代是"早期近世"，这影响到他对宋诗特点的认识，日本学者围绕"士人社会"的文化艺术形态这一核心观念，探讨了宋代文学的近世特征。王水照先生在为《日本宋学研究六人集》所作的序言中，全面而深刻地阐述了日本宋代文学研究的这一旨趣。在美国，吉川幸次郎《宋诗概说》有很大的影响，因此此书从"近世早期"角度观察宋代文学的旨

---

① 柳立言：《何谓"唐宋变革"》，《中华文史论丛》第 81 期，上海古籍出版社，2006，第141～142 页。

趣，对美国学者的宋代文学研究产生了深远的影响，即使是在史学界全面反思内藤假说之偏颇的同时，美国的文学研究者仍然不拒绝将宋代文化视为"早期近世"的观点。我们不妨把宋代文学所呈现出的"近世特征"称为"近世性"，在日美学者的宋代文学研究中，"近世性"成为其理解相关文学现象的一个隐含的视角，而且产生了强大的阐释力量。

对于宋代文学的特点，中国传统的文学批评有丰富的阐释，例如在古典诗学中影响巨大的唐宋诗之争，就对宋诗的特点有详尽而深入的讨论。宋代诗论家严羽称宋人以才学为诗、以议论为诗、以文字为诗（《沧浪诗话》）。明清诗论家在严羽的基础上，对宋诗"尚理"、重议论、讲法度的特点，做进一步揭示，如李东阳云："唐人不言诗法，诗法多出于宋，而宋人于诗无所得。所谓法者，不过一字一句，对偶雕琢之功，而天真兴致则未可与道。其高者失之捕风捉影，而卑者坐于粘皮滞骨，至于江西诗派极矣。惟严沧浪所论，超离尘俗，真若有所自得，反复譬说，未尝有失。"（《麓堂诗话》）屠隆云："古诗多在兴趣，宋诗在议论；古诗唐诗主性情，宋诗好用故实。叫啸怒张以为高厉，俚俗猥下以为自然，之数者，苏、王诸君子皆不免焉。"（《由拳集》二十三）谢榛云："诗有辞前意，辞后意，唐人兼之，婉而有味，浑而无迹。宋人必先命意，涉于理路，殊无思致。"（《四溟诗话》）现代学者缪钺、钱锺书等人，对宋诗的特点又有更细致的风格描述。

日本学者吉川幸次郎《宋诗概说》，从叙述性、注重表现日常生活、强烈的社会关怀、哲学性、论理性等角度，讨论了宋诗的特点。这些特点的概括，最早形成于20世纪50年代初，与当时中国学者对宋诗的讨论相比，吉川的观点呈现出新的观察视角，他对宋诗特性的观察和他对宋代社会的体认紧密相连。而他"唐宋之间，实为鸿沟"的认识，无疑渊源于"唐宋变革说"。在他的概括里，显然带有从文学的"近世性"角度认识宋诗的特点。这些概括，在其后的宋诗研究中，产生了巨大的影响。

对于充满变革意味的中唐文学，"近世性"这一视角是否也有积极的启发意义？中唐是唐宋社会变革的发端，中唐文学也是唐宋文学之变的枢纽，王水照先生的中唐枢纽论，曾深刻地阐述过中唐文学的变革意义，运用"近世性"的视角来观察中唐文学无疑是有启发的。但值得注意的是，中唐文学并不是宋代文学的简单准备，尽管中唐的许多文学新变，在宋代都得到发扬，但在文学的意义上，中唐文学并不仅仅是一个更为成熟的宋代文学的发端，而是它本身拥有许多独立的艺术价值。

从中国传统诗学批评来看，中唐是一个阐释的薄弱环节，在宋代以下所建立起来的诗学批评体系是以盛唐诗和宋代苏、黄江西诗派所代表的宋诗为最典型的诗学形态，主要的诗学批评方式都是围绕这两种诗学类型建立起来，明清时期的唐宋诗之争，之所以成为诗学批评中最核心的问题，就在于盛唐诗与宋诗成为最受关注的批评对象。而中唐诗，则是要通过盛唐诗与宋诗的参照来加以说明，本身并没有获得独特的诗学地位。例如，宋代以下的诗论，对韩愈的诗歌就着重点评其变化唐音，以文为诗，以议论、才学、文字为诗的特点。从变化唐音的角度，肯定者如叶燮，称"韩愈为唐诗之一大变，其力大，其思雄，崛起特为鼻祖。"① 反对的意见则云："昌黎有大家之具，而神韵全乖，故纷拏叫噪之途开，蕴藉陶钧之义缺。"② 此外，大量的讨论着眼于韩诗的用事、用韵、联句艺术等，这些讨论基本是从宋诗以议论为诗、以文字为诗、以才学为诗的角度出发，严羽称"孟襄阳学力下韩退之远甚，而其诗独出退之之上者，一味妙悟而已"，将以学力取胜的韩愈诗视为盛唐妙悟一路的对照。传统诗论也有一些对韩诗性情风貌的描述，如张戒论韩诗："大抵才气有余，故能擒能纵，颠倒崛奇，无施不可。放之则如长江大河，澜翻汹涌，滚滚不穷；收之则藏形匿影，乍出乍没，姿态横生，变怪百出，可喜可愕，可畏可服也。"③ 叶燮："举韩愈之一篇一句，无处不可见其骨相峻嶒，俯视一切，进则不容于朝，退又不肯独善于野，疾恶甚严，爱才若渴。"④ 这些描述十分生动，但偏于感受而缺少诗学形态的分析。韩诗在中国传统诗学批评体系中的处境，代表了中唐诗的一般情况。传统的诗学批评并未提供独立于盛唐诗、宋诗的，更适合中唐诗的批评方式，中唐诗处在一个批评的薄弱环节里。中唐古文的情形比诗歌稍好，但也存在问题。明清时期所建立起来的文章

① 清·叶燮：《原诗》，《清诗话》，中华书局，1982，第570页。
② 明·胡应麟：《诗薮》内编卷4，中华书局，1958，第68页。
③ 宋·张戒：《岁寒堂诗话》，《历代诗话》。
④ 《原诗》，《清诗话》，第596页。

学批评，有大量的讨论，是关注以欧阳修为代表的宋代古文的成就。影响巨大的明代文章家茅坤，就推重"风神"，而以欧阳修为"风神"之典范。可以说，中唐艺术有重要的成就，但传统诗文评对此的讨论还有许多薄弱之处。

20 世纪大陆学者对中唐文学的研究，在艺术方面是继承传统诗论而对中唐诗"新变"的特点做了细致的分析，舒芜提出韩愈的诗创造了"不美之美""非诗之诗"①，80 年代以后的几部研究中唐诗歌的著作，都着力分析了中唐诗对盛唐诗艺术的改变。② 讨论相对于传统诗论更为深细，但并未提供更多的诗学批评形态上的思考。这些著作都更加关注从社会文化相关背景来认识中唐诗，探讨了政治、儒学、佛教等因素的影响，对中唐思想文化的变化有了更丰富的把握，但这并不能直接转化成对中唐文学艺术形态认识的加深。例如，新儒家从儒学内在性角度阐释中唐的变化，肯定韩愈弘扬儒道的意义，但韩愈艺术的复杂形态，如果单纯从抗俗自立的角度来解释，就会显得过于简单，韩文"不平之鸣"就不仅仅是屈原式痛苦的翻版。因此，我们需要更复杂的诗学理论思考，来阐释中唐文学的独特面貌，而不能仅仅强调它的"新异"与"变态"。这些"新异"与"变态"，究竟有怎样的内涵，它们形塑了怎样的诗学、文章学形态？只有对这些问题有深入思考，才能将中唐独特的意义呈现出来。

对于中唐文学，传统阐释和研究的缺陷，是否可以通过"近世性"阐释视角的运用来加以弥补，进而推进研究的深化？应该看到，"唐宋变革说"正是强调中唐与北宋的密切联系，因此，"近世性"显然是对中唐与宋代文学某种共性的概括。但是，"近世性"本身有丰富的内涵，在不同历史阶段之表现也多有差异，因此，当这一理论视角，得到更为丰富和深入的运用时，它仍然会为文学的阐释打开生动的空间。在这一点上，美国学者宇文所安《中国"中世纪"的终结：中唐文学文化论集》（以下简称《终结》）与日本学者川合康三的《终南山的变容：中唐文学论集》（以下简称《变容》）

① 陈迩冬选注《韩愈诗选·序》，人民文学出版社，2000。
② 萧占鹏《韩孟诗派研究》（南开大学出版社，1999）、毕宝魁《韩孟诗派研究》（辽宁大学出版社，2000）、孟二冬《中唐诗歌的开拓与新变》（北京大学出版社，2006）、吴相洲《中唐诗文新变》（学苑出版社，2007）。

提供了许多有益的启发，他们对中唐文学的阐释，无疑也带有"近世性"的渗透，但表现出与吉川幸次郎阐释宋代文学颇为不同的面貌。

三 "近世性" 在唐宋文学阐释中的呈现

宇文所安和川合康三的中唐文学研究，都受到"唐宋变革"说的影响，川合康三在《中唐文学·文学的变容》中提到："内藤湖南曾经以唐代为中世，以宋代为近世，认为它们之间存在着巨大的断裂。被称为唐宋变革期的这一转变，即使在文学领域也能于中唐看到。"① 他的《奇：背离规范的中唐文学语言》，就是昭和五十四年度文部省科学研究费课题"唐宋变革期思想上的诸问题"（志村良治教授主持）的一部分。宇文所安对中唐的描述，也贯穿了唐宋变革的视角："中唐是中国文学中一个独一无二的时刻，又是一个新开端。自宋以降所滋生出来的诸多现象，都是在中唐崭露头角的。"② 川合教授明确提到内藤湖南的"近世"说，而宇文教授则避免"近世"的定性，他们对中唐文学的如下一些阐释，不论是出于自觉的理论意识，还是出于不自觉的理论渗透，都呈现出"近世性"观察视角为中唐文学阐释带来的变化：

1. 排拒与独占的"个体性"

宇文所安与川合康三的中唐研究，都十分关注中唐文学中的"自我"。川合康三对韩愈自我漫画化、白居易调和与自足、李贺自负与自炫之心的分析，都是这方面精彩的笔墨。有关的分析，使人不难联想到他的名作《中国自传文学》。与此相比较，宇文所安对中唐文学"自我"的探索，呈现出更为鲜明的理论洞见，而他对中唐文学主体所呈现出的独占与排拒之"个体性"的体认，更是构成了他解读中唐文学的核心与关键。

《中国"中世纪"的终结》，出版于 1996 年，在此之前，作者已经出版了自己关于中唐诗歌的博士论文《韩愈和孟郊的诗歌》。如果将这两部书对比，会发现《终结》一书对中唐文学主体、文学自我的关注十分突

---

① 《终南山的变容》，第 25 页。
② 《中国"中世纪"的终结》，第 6 页。

出。中唐文人自我意识中，"独占与排拒"的"个体性"，构成全书的理论核心。在全书第一篇《特性与独占》中，作者指出中唐最重要的文学嬗变轨迹之一，就是作家意识到个人身份，特别是"真"的身份，必须具有与众不同的特性，而且，这样的特性常常表现为否定性的，也即排拒他人或为他人所排拒。这样的自我意识，又与对所有权和占有物新发生的兴趣紧密相连，"作家们以大小巨细各种方式宣称他们对一系列现象和活动的领属权；我的田地，我的风格，我的诠释，我的园林，我所钟爱的情人"①。

宇文教授为了强调这个"个体性"对他者的强烈排斥，采用特性（singularity）一词来取代个体性（individuality）。因此，书中尽管以"特性"一词来论述，但可以看出其理论的核心还在于"个体性"。围绕这一概念，宇文所安对中唐文学的一系列现象做出了独特的阐释。

独占与排拒的"个体性"，体现在生活态度上，就是对"私人生活"的重视。日常生活的内容从中唐开始大量出现在诗人的作品中，这一趋势一直为宋代诗歌所延续。这是中唐和宋代文学研究中普遍关注的现象，宇文所安并没有沿袭使用"日常生活"，而是提出了"私人天地"（private sphere）这一概念。他认为中唐诗歌关注的是"私人天地"的创造，"私人天地"包孕在私人空间（private space）里，而私人空间既存在于公共世界（public world）之中，又自我封闭，不受公共世界的干扰影响。② 显然，这个"私人天地"，不同于一般意义上的日常生活，它是中唐诗人独占与排拒的个体性在生活空间的一种呈现，因此，宇文所安指出："所谓私人天地，是指一系列物、经验以及活动，它们属于一个独立于社会天地的主体，无论那个社会天地是国家还是家庭。"③ 因此，营构"私人天地"的力量，不在于诗人选择那些日常的、琐碎的生活内容，而在于不断以主体的阐释赋予这一"私人天地"以意义，这就是以创造"溢余"（surplus）为核心的"机智"（witty）。

所谓"溢余"（surplus），是指诗人为微末之物诗意地赋予的价值，是与某物通常所具有的较低价值之间所存在的差别。例如白居易的《食笋》，

---

① 《中国"中世纪"的终结》，第6页。
② 《中国"中世纪"的终结》，第70页。
③ 《中国"中世纪"的终结》，第71页。

就为微贱的"笋"赋予了特别的价值,这一溢余即是"机智",它并非来
自事物和境况本身,而是源于诗人自己。诗人所增添的价值"溢余","是
一种确认所有权,标志某物为己有的方式。"① 显然,诗人的"机智",正
是确立独占与排拒的"个体性"的努力。

"机智"是一种阐释,《终结》专有一章讨论"阐释"在中唐的意义。
在思想史上,中唐经学打破了汉唐注疏的权威而开启新的诠释时代,儒学
的革新正与此相伴随。思想史的研究关注新诠释所呈现的内容,并思考其
与宋代儒学变化的关系,但中唐对个人诠释所表现出来的巨大热情,本身
究竟该如何认识呢? 宇文所安特别分析了这一问题,他指出,个人重新诠
释的兴趣,贯穿在中唐的许多领域中,"诠释行为的种种变型标志着人们
对主体意识的自觉""在传统知识的中古阶段,自我可以通过文章加以再
现,而且自我的运作是可以被解释的。在这个中唐的新世界,主体性则被
安置在它所提出的解释、它所作的诠释的后面。对倔强的主体性的发现,
属于我们所谓'私人天地'的一部分,我们首次遭遇这一'私人天地'就
是在中唐。""在中唐,我们看到文学诠释行为和私人生活之间的默契同谋
关系在不断加强:构筑园林,营造微型世界,改善家居生活。"② 不难看
出,宇文所安是将中唐所呈现的强烈诠释兴趣视为诠释主体对独占与排拒
之"个体性"的又一突出的表达。

类似的视角还体现在他对以《霍小玉》为代表的唐传奇的分析中。
《终结》认为:"浪漫传奇想象性地建构了一个经过取舍的小世界,它既存
在于一个社会主导性的世界之中,又因为情人相互之间的专注投入而与此
主导性世界相分隔。在社会中建构这样一个自主的领域,会导致矛盾与冲
突,而浪漫传奇叙事则进一步探索这一矛盾与冲突。"③ 显然,在这里,
"私人天地"变成了情人之间的小世界,而排拒与独占的个体性,则呈现
为情人之间不断追求一个实则十分脆弱的承诺的努力。

宇文所安这个排拒与独占的"个体性"概念的提出,对中唐文学一系
列重要现象的理解,都带来别样的面貌。例如,中唐诗人对日常生活的关

---

① 《中国"中世纪"的终结》,第 69 页。
② 《中国"中世纪"的终结》,第 66 页。
③ 《中国"中世纪"的终结》,第 105 页。

注，不仅仅是变化盛唐，关注新题材的努力，更有内在的主体性要求；在目前中唐思想的研究中，人们更多地关注中唐士人突破经疏传统所提出的新诠释的内容，而忽视诠释背后的主体，因此，中唐在思想史上往往被简单视为宋代思想的一个并不充实的"先声"，并未受到充分的关注，中唐一直是思想史研究十分薄弱的环节。宇文所安对诠释主体的剖析，显然是一个更贴近中唐脉搏的角度。而他对中唐自然景观之表现的独特性的分析，也是理解中唐文学园林题材的别样眼光。

在独占与排拒的"个体性"这一核心概念中，不难看出"近世性"理论旨趣的渗透。成玮曾经将宇文所安对中唐文学自我的揭示，与查尔斯·泰勒对十七、十八世纪西方现代性自我的归纳，进行比照。查尔斯·泰勒从区位化、原子式和对话语塑造作用的关注三方面，概括了西方早期现代性自我"内在化"的特点，所谓区位化，是指现代自我对各种客体事物、对客体与主体、对主体的身心，一直在进行区分和序列化；所谓原子式，是指主客体之分产生了独立的原子式主体，它以自身为目的，而不是外在权威的附属物。对话语塑造作用的关注，是指主客体之间的鸿沟使二者的中介——例如语言——不再透明，而成为一种"重构"客体的形塑力量，这引向对语言（及其他表现手段）的特殊关注。由这三方面特点构成了现代性自我，这与宇文所安所提出的独占与排拒的"个体性"，多有近似。①

成文的揭示很有见地，但对于宇文教授之"个体性"概念，浪漫主义的影响也许更需要关注。查尔斯·泰勒在归纳现代性自我的特征之后，更进一步探讨这种独特的内在性自我如何形成，启蒙运动的自然主义和理性主义，与18世纪以后的浪漫主义，代表了达致现代性自我的不同道路。他特别指出，"本性作为根源的图景，是浪漫主义赖以兴起和征服欧洲文化和感受性的观念武器。"② 浪漫主义的重要特征是"表现主义"，即"我们是通过内在的声音或冲动接近本性，那么我们只有通过表达我们在自身发

---

① 成玮：《推敲"自我"：读宇文所安〈中国"中世纪"的终结〉》，《中文自学指导》2007年第3期。关于查尔斯·泰勒对现代性自我的描述，见 Charle Taylor *Sources of the Self*, Cambridge：Harvard University Press1989 pp185 - 198. 本文所使用的译文，见查尔斯·泰勒著，韩震等译《自我的根源：现代认同的形成》第281~300页，译林出版社，2001。

② *Sources of the Self*, p. 368，韩震等译《自我的根源》，第567页。

现了什么才能充分了解这种本性。"① "要实现我的本性，我必须通过对它的阐明去定义它；但是还有一种更强意义上的定义：我实现着这种阐述，因而赋予我的生命以确定的形态。"② 泰勒认为表现主义是"新的更完整的个体性的基础"，它认为"每一个体都是不同的、独特的，这种独特性决定了他或他应该怎样生活。"③ 因此，表现主义"助长了极端的个体性"。④ 相比于启蒙运动中的自然主义和理性主义，浪漫主义对内在个体性的充分强调，创造了有内在深度的主体形象，改变了之前分离理性控制的单一自我形象，使现代自我进一步内在化和主观化。

不难看到，宇文教授独占与排拒的"个体性"，与泰勒所描述的浪漫主义所强调的极端个体性更为接近。中唐士人营造"私人天地"、追求个人化的诠释，与浪漫主义的表现主义特征亦不无接近。这大概与宇文教授对浪漫文学和浪漫主义诗学批评的深厚素养有一定的联系。通过欧美诗学与中国古典诗学的差异，观察中国诗学之独特，是宇文教授"他者"眼光的独到之处，《世界的预言：中国传统诗歌与诗学》《中国文论·英译与评论》对此都有理论上的集中表达，也引起了中国学者的浓厚兴趣和多方面的思考。在宇文教授的欧美诗学经验中，浪漫派文学和浪漫主义批评的影响也许是相当深刻的，而在这个基础上，从文学生产、文本构成、传播、诠释等角度，对文学主体、作品的反思，又使浪漫主义的批评，带上了"后现代"的色彩，但"后现代"的脚步，在宇文教授的批评中，仍是受到浪漫主义批评兴趣的节制的，这是他的研究带有某种"解构"意味的同时又非常传统与古典的地方。他对于中唐文学自我之"个体性"的理解，让人联想到浪漫主义的自我，显然并不奇怪。

值得注意的是，如果我们把宇文教授的意见，与吉川幸次郎的《宋诗概说》做一个对比，会发现两者代表了理解"近世性"文学的两种不同道路。吉川幸次郎认为宋代社会是"早期近世"，而宋诗具有叙述性、注重日常生活、哲学性论理性、社会意识突出等特点，在人生观上追求悲哀的

---

① *Sources of the Self*, p. 368，韩震等译《自我的根源》，第 578 页。
② *Sources of the Self*, p. 375，韩震等译《自我的根源》，第 579 页。
③ *Sources of the Self*, p. 375，韩震等译《自我的根源》，第 580 页。
④ *Sources of the Self*, p. 375，韩震等译《自我的根源》，第 581 页。

扬弃，崇尚以宁静安详的心境为基础的平淡风格。① 这些特点的概括，在20世纪产生了巨大的影响，今天对宋诗的理解，还大体不脱此范围。如果比照所谓"近世"特征，吉川幸次郎对宋诗的概括，主要接近近代社会理性化、世俗化的特点，这正是查尔斯·泰勒所指出的，达致现代性自我的启蒙主义、理性主义道路，与宇文教授所切近的这条浪漫主义道路颇为不同。事实上，从理性主义和世俗化来理解宋代文学的议论化和日常化，以及俗文学的兴起，在20世纪成为一个理解中国文学之"近世性"的十分强大的阐释传统。吉川幸次郎的深远影响，正来自他对这一阐释路径的创发。但是，这一路径对于理解中国文学在中唐以下的变化，也有其不完满之处。

中唐韩愈的高自树立，其艺术创造中的奇崛伟力，不是单纯理性化和世俗化所能解释，而韩愈的奇崛，在宋代又转变为劲健的气格和锻炼的力量。虽然宋代文学有趋于平易的显著趋势，这一趋势在明清时期又被继承，但对卓荦奇崛的追求，一直内蕴于这一趋势之中。在思想文化领域，经历唐宋转型而形成的宋代心性儒学，更是充分阐发道德主体的自觉，近代影响极大的新儒家，正是要接续这一传统，更充分地彰显道德主体的价值和意义。"为天地立心，为生民立命，为往圣继绝学，为万世开太平"（《宋元学案·横渠学案上》)，这种勇猛精进的气象，与文学中的卓荦与傲岸十分接近。20世纪早期的中国，文学中盛行浪漫个人主义，李欧梵指出，在浪漫个人主义的宇宙观中，"个人可以扮演一个具决创力的角色，为创造一个整体的文化及文明而贡献其力。这个新的认识论即是墨子刻（Thomas Metzger）所称的'一个富有强烈意识形态及英雄气概的自我'。这个新的'自我'开始出现于19世纪90年代，并成为毛（泽东）主义、国民党意识形态，以及现代新儒学的基本思想形态。"② 其实，这样一个新的"自我"，其渊源恐怕并不止于19世纪90年代，而是可以溯源于中唐韩愈的高自树立。这一种在中国"近世"社会中绵延不绝的传统，参照浪漫主义对个体高度自觉的传统来认识，显然可以弥补从理性化和世俗化认

---

① 吉川幸次郎：《宋诗概说》，郑茂清译，联经出版公司，1977，第11~46页。
② 李欧梵：《现代性的追求》，三联书店，2000，第46页。

识的不足。如果将韩愈与弥尔顿的《失乐园》类比，虽然有许多不尽贴合之处，但可以说明浪漫传统对理解中唐以下文学中的奇崛精神，是有其意义的。

因此，浪漫主义色彩在宇文教授中唐阐释中的渗透，开拓了理解文学之"近世性"的又一条道路，这条道路之所以在中唐研究中被提出，也许是因为理性化、世俗化等因素在中唐尚未如宋代那样充分地呈露，高度个体化的特点在此时更为突出。

但是，也应该看到，浪漫主义的视角在理解中唐文学自我时，有其不尽贴切之处，作为充分尊重文学实际特点的学者，宇文教授也充分呈现了这一点。他的独占与排拒的"个体性"概念，并没有实现浪漫主义所追求的高度内在的主体性。哈罗得·布鲁姆教授在其《雪莱的神话创造》一书的开始，为了说明雪莱浪漫主义诗歌的特点，曾引用犹太神学家马丁·布伯（Martin Buber）在《我与你》中对"我"与"你"（I – Thou），及"我"与"它"（I – It）两种人与世界之联系方式的区分来加以说明。布伯认为，"我"与"它"（I – It）是通过经验（experience）相联系，"我"与"你"（I – Thou）则是以彼此关联的方式（relation）相联系，前者代表一个经验世界（（world of experience），后者代表一个关系世界（world of relation），在后者中，"我"与"你"实现完全的融合。布鲁姆认为，雪莱的诗歌正视进入这个"我"与"你"的关系世界。[1]

然而我们反观宇文教授的独占与排拒的"个体性"，会发现这种"我"与"你"的融合远未充分达成。"私人天地"存在于"公共空间"之中，"它既与后者分离，又包含其中"。"私人性"始终关注外部对自己的观照，"它最终是一种社会性展示的形式，依赖于被排斥在外的他人的认可与赞同。"[2] 私人天地只是供"公暇"消遣的，而在浪漫传奇中，"霍小玉所祈求的便是如此一种处于更大的社会决定性世界之中而在有限时段内又可独立自主的可能性。"[3] 中唐文学中排拒与独占的个

---

① Martin Buber *I and Thou*, Edinburgh : T. & T. Clark, 1970, pp. 53 – 85. Harold Bloom *Shelley's Mythmaking*, New Haven: Yale University Press, 1959, pp. 1 – 2.
② 《中国"中世纪"的终结》，第82页。
③ 《中国"中世纪"的终结》，第118页。

体,本身又包含在被排拒的对象之内,需要依赖被排拒者认可和赞同,"我"不能与"你"充分融合,反而要受到"它"的制约。它的"个体性"在竭力追求"独特"的同时,又带有不能充分"独特"的无奈,因此,中唐文学的"个体性"虽竭力追求个体化,但内在"个体化"是很不充分的。"私人天地"只能停留于公务之暇的狭小空间,浪漫传奇中情人的世界,也有限而短暂。

这种未能充分浪漫主义化的"个体性",也许正是宇文教授关注中唐文学实际的结果。对传统的高度尊重,对群体社会的重视,都是中国传统社会的特点,在《韩愈和孟郊的诗歌》中,宇文教授就特别关注中唐文学的复古追求,梳理韩孟与诗歌传统的关系。他也非常关注"公共空间"在中国传统生活中的特殊影响力。这些都会影响"个性化"在中国文学中的呈现状态。但是,需要进一步思考的是,宇文教授对于中唐"个体性"追求的局限性的分析,是否能充分解释韩愈这样的作家的精神创造,韩文公在一千年中持续不衰的影响力,正源自他充沛的创造性自我的力量,这是否是局限于狭小的私人天地的排拒与独占所能解释的呢?对这一问题的回答,并非要更贴近浪漫主义的"个体性",而是要联系多方面的因素,对中唐之"个体性"做更丰富的揭示。

2. 强力的自我与制作的诗艺

宇文教授和川合教授对中唐诗歌的研究都倾注极大的热情,在其诗艺分析的背后,隐含着对中唐诗歌两个关键品质的关注:第一,中唐诗歌展现了创作主体强烈的自我表现愿望;第二,中唐诗歌的自我表现,不是走盛唐诗歌自然感发、兴象玲珑的道路,而是通过对诗艺技巧的沉思与锻炼来达成。这种沉思与锻炼,近乎工匠制作器物一般冷静沉着,但在这对诗艺技巧的锻炼中,涌动的是不可束缚的强力的"自我"。这种热力与冷静的交融,造就了中唐诗奇异的品质。

川合教授多次指出中唐时期是一个精神解放的时期,"中国文学的历史,看来每到关键时期,文学主体就由集团向个人接近,中唐不用说也是一个关键时期,是由古典性的集体向近代化的个人迈出的一大步。"① 他也

---

① 《终南山的变容》,第 69 页。

充分关注到中唐诗强烈的自我表现愿望，例如中唐开始兴起的苦吟，他认为不能只把它理解为一种技术追求，而要看到，苦吟是诗人不依据固定模式，直接与世界对峙的方式。① 这样的方式，其形成的动力显然来自自我表现的强烈愿望。而中唐诗之不同于其他类型的表现主义文学的地方，就在于，如此强烈的自我表现愿望，却是以一种"制作"诗艺的方式来达成，这种制作，可以是推敲字句，推而至极，甚至是对世界的重新制造，这就是川合教授在《诗创造世界吗》一章中主要讨论的问题。他指出，中唐诗人认为诗不仅仅是摹写世界，而是要对世界加以改造、创造出一个世界，直到与本来的创造者——造物主相抗衡。② 贾岛悼念孟郊"集诗应万首，物象遍曾题"、白居易所以不厌其烦地表现种种经历与事物，就是造物之愿望的体现："凡此十五载，有诗千余章。境兴周万象，土风备四方"（《洛中偶作》）韩愈的《南山诗》也"凝聚了要写尽终南山的一切的种种意匠"。

宇文教授对中唐诗歌的讨论前后经历了很长的时期，他的博士论文《韩愈和孟郊的诗歌》对韩孟的诗艺有很细致的讨论，但关注点还是在具体艺术手法；在此二十年后出版的《终结》一书，其中《九世纪初期诗歌与写作观念》一章，则有更为深入的理论剖析。他指出，中唐新的创作观念是"诗歌是一种技巧艺术而不是对经验的透明显现"，诗歌是意外收获的产物，"作为意外收获，诗歌的境界成为诗人的拥有物，他们标识着诗人眼光的独特。"③ 显然，他认为这种新的写作观念，是中唐诗人独占与排拒之个体性的反映。同时，他也指出，中唐诗人将诗视为艺术技巧，并通过意外收获来完成诗的创造。这里的意外收获，是指中唐出现的"象外"诗歌理论，宇文教授认为，所谓"象外""景外"，是指诗人在现实经验之外创造的诗境，这样的诗境来自诗人的意外收获。④

宇文教授对"象外"的阐释，值得商榷⑤，但有趣的是，川合教授在

---

① 《终南山的变容》，第 44 页。

② 《终南山的变容》，第 29 页。

③ 《中国"中世纪"的终结》，第 88 页。

④ 《中国"中世纪"的终结》，第 100～101 页。

⑤ 赵琼琼：《论宇文所安中唐文学研究的方法》，浙江大学中文系硕士学位论文，2008。

分析诗人造物的问题时，也提及象外理论，并认为这是说，诗人通过语言描绘出现实中不存在的世界，因此是中唐诗造物愿望的又一表露。① 这个解释和宇文教授的理解颇多近似。这样的理解方式，说明他们都在突出地关注中唐诗"制作"的特点。

面对如此独特的中唐诗，两位教授的讨论都综合了浪漫主义批评关注自我的传统，与新批评形式分析的细读特点。新批评将诗歌视为完整自足之语言结构体，从"反讽""张力""肌质"等角度分析了诗歌结构的特点，借鉴新批评来分析充满"制作"意味的中唐诗，较之中国古典诗歌其他艺术传统是更为贴近的。川合教授对李贺比喻艺术和代词用法的分析，就很有新批评的色彩。在中西诗学比较的研究中，李贺的诗歌被认为很接近欧美的象征主义诗歌，但川合教授对李贺的分析，恰恰显示出李诗虽然惝恍迷离，但其神髓与象征艺术并不一致。李贺最为擅长的是比喻，而非象征。新批评最为重视的就是比喻，维姆萨特认为："在理解想象的隐喻时，常要求我们考虑的不是喻体如何说明喻旨，而是当两者被放在一起并相互对照、相互说明时能产生什么意义。"比喻的力量并不是由于比较，而是"在两个事物张力性矛盾关系中加入一种智力性的联系"②。（125）而象征是靠文化史累积的联想，是近距离的比喻。川合教授着力分析了李贺通过富有张力的比喻所创造的诗歌世界，例如《河南府试十二月乐辞·二月》中的"蒲如交剑风如薰"，就是通过比喻浮现出锋利—柔软对比，唤起男性—女性的对比，从而承载诗歌整体的意蕴。③ 他认为"李贺的比喻表现中的喻词，不仅仅局限于完成表达被喻词的任务，而是展现出了和被喻词所指示出的现实不同的，另外一个世界的景象。"④ 这些意见，都很接近新批评看待比喻的方式，也揭示出李贺诗歌所内含的制作诗艺的"智力性"，这与象征主义诗歌颇为异趣。川合教授也指出，李贺"智力性"的独特，体现在他"在概念之前感觉先行，他不是把事物概念化，在认知

① 《终南山的变容》，第46~47页。
② W. K. Wimsatt , *The Verbal Icon* The University of Kentucky Press，1954，p. 122. 维姆萨特之说的译文，以及对新批评有关比喻之论说的分析，参见赵毅衡《重访新批评》，百花文艺出版社，2009，第125页。
③ 同上，第329页。
④ 同上，第345~346页。

的框架之中把握世界，而是倾向于在概念化之前，直接通过诉诸感觉来把握外界事物。而且他在各种感觉之中，还比较偏爱触觉，……这种感觉的特殊性在成为比喻媒介的共同特征中，也表现了出来。"①

强烈的自我表现愿望和不无冷静和理智的"制作"型诗艺，造就了中唐诗奇异的品质，川合教授和宇文教授这种别样的阐释角度，为我们理解中唐诗提供了有启发性的视角。

3. 城市的影响

城市文化是现代性理论所关注的问题，在对宋代文学近世特征的研究中，城市因素也受到了关注，在明清文学的研究中，这一影响呈现得更为突出。对于中唐文学，川合康三和宇文所安都对城市这一要素有所关注。例如，川合康三认为韩愈、白居易人生志趣的形成，长安的影响不容忽视，韩愈与现实的不合，他的认同危机，在长安这个喧嚣的大城市里，显得更为尖锐，其《出门》诗云："长安百万家，出门无所之。"在诗中，自己的寓居与长安街道这一现实场景的空间结构，也是用对应于内心——外界这对比式构图的形式来写的。现实中的疏离感，使他走向古人。对于白居易，川合康三分析了他初到长安的不适感，以及在与城市的协调中形成的闲适生活态度。宇文所安虽然没有直接讨论城市，但在分析中唐浪漫传奇文学时，他注意到一些新的因素，比如在《霍小玉》中，浪漫的感情加入了"盟约"的因素，情人间的私人空间与公共世界之间的关系也变得非同以往。这与商品文化和城市生活有着隐约的联系。

四 "近世性" 阐释的反思

美日学者在观察唐宋文学时，所流露的"近世性"视角，体现了参照"后见之明"理解中国古典文学的积极努力。"近世性"之于他们，只是参照的意义，并非用中国文学的实际来印证某种理论框架，因此用内涵无比复杂的"现代性"抑或"近世性"理论来讨论他们的论证是否全面、是否

---

① W. K. Wimsatt , *The Verbal Icon* The University of Kentucky Press, 1954, p. 122. 维姆萨特之说的译文，以及对新批评有关比喻之论说的分析，参见赵毅衡《重访新批评》，百花文艺出版社，2009，第326页。

完全贴切，是没有意义的，重要的是理解他们参照了怎样的"近世性"理论资源、文学经验，这种参照的启发和局限在哪里。

史学界以对"士人社会"的关注，取代了内藤湖南门阀衰落而平民兴起的解说，个体解放这种阐释方式就受到质疑。因此，如何理解中唐士人的"自我意识"，是个复杂的问题，在追求独占与排拒中，其在士人社会中的社会认同、集团认同是如何体现的？中唐诗学的"智性"追求和强烈的主体自我之间是什么关系？这显然是切入中唐与北宋诗之不同的关键所在，但目前的研究尚缺少分析。儒学传统及其在中唐的转变，与中唐主体自我的特点，有什么关系？这些问题都值得进一步思考。对于宋代文学，"近世性"的视角也需要在更加丰富的维度上得到讨论和反思。

总之，"近世性"理论视角的进入，打开了理解唐宋文学的新视野，在对这一视角更趋丰富的运用中，文学阐释的深度也会不断增加。

在宇文所安之后，如何写唐诗史？

蒋　寅

在我看来，一位优秀学者的基本素质，除了勤奋和颖悟之外，最重要的就是能对自己的工作保持不断的反省能力，始终意识到自己的局限——研究类型和自身能力两方面的局限，并对成功的模式具有高度的警觉和随时准备摆脱它的决心。

在当今欧美中国文学研究家中，斯蒂芬·欧文可以说是这样一位优秀学者。从 1973 年出版博士论文《韩愈与孟郊的诗》以来，他的研究从作家研究推向诗歌史、诗歌理论、文学史、文学理论，在研究领域扩大的同时，日益深入中国文学的深层结构。他的著作《初唐诗》《盛唐诗》《追忆》《中国文论：英译与评论》《他山的石头记》《迷楼》已陆续翻译成中文，中国读者和同行无不为作者卓越的洞察力和对文本的独到解读所折服，我当然也不例外，但我更钦佩的是他在学术上的反省能力。他曾说："在文学论著中，如果我们自己的思维习惯已经变得太轻快自如，那就很有必要脱离它们。文学论著所传达的不仅是一种认识的结构，而且还包括个别学者完成这一结构的途径：发现的兴奋，思考解决问题的方式。……但是，即使是最出色的认识结构，如果成了惯例和陈套，就会变得呆板乏味。脱离自己辛苦获得的成果是十分可惜的，但又是必要的。"（《初唐诗》中文版序言）这种自觉使他的研究始终处于独创性的尝试中，保持观察角度的新颖和文本解读的活力，甚至对反省所托足的批判意识本身也抱有警觉——"这个不断批判的文化本身就应该受到批评的审视"（《微尘》）。

《初唐诗》和《盛唐诗》分别出版于1977年和1981年，贾晋华教授先后译成中文，由广西人民出版社（1987）和黑龙江人民出版社（1992）印行。尽管从80年代后期，中国大陆的古典文学研究已度过了拨乱反正的转折阶段，进入一个创新和积累的时期，但欧文教授这两部十年前发表的著作仍给中国学界带来一定的刺激。尤其是《初唐诗》，正如作者所说，"8世纪对初唐诗的偏见持续了一千多年，直至目前甚至在中国与日本，有关初唐诗的研究论著寥寥无几""没有人试图对这一时期进行广泛的、整体的探讨，追溯此时在诗歌方面发生的重要变化"。事实上，不光是初唐，在唐代其他的时段也没有这样整体的研究，这种研究到80年代后期才展开。

据作者说，他写《初唐诗》的初衷是为研究盛唐诗铺设个背景，但最终却发现，初唐诗比绝大多数诗歌都更适于从文学史的角度来研究。"孤立地阅读，许多初唐诗歌似乎枯燥乏味，生气索然；但是，当我们在它们自己时代的背景下倾听它们，就会发现它们呈现出了一种独特的活力。"然而众所周知，初唐时期的文学史资料和诗歌作品都远较盛唐以后为少，这对我们理解其时代背景造成了困难。欧文教授的信念是，"在阅读作品时补上这个背景的知识，既需要学识，也需要一种想象的行动，一种'它在当时应该是什么样'的强烈感觉"。这实际上就是一种历史感，一种进入历史语境中去的能力。在他的叙述中，我们看到，初唐诗是以宫廷诗及其对立面—脱离宫廷诗—陈子昂—武后及中宗朝的宫廷诗—张说与过渡到盛唐这一过程展开的，宫廷乃是艺术趣味和艺术法则的中心，它在宫廷诗人和外部诗人之间设立了一道不可逾越的障碍，尽管这种说法在中国学者看来似过于绝对，但他对宫廷诗歌结构和语言程式的描写和概括还是很准确的。他对诗歌文本的精心解读，都能紧扣文体和题材的要求，使初唐诗写作逐渐从宫廷诗规范中解脱出来的过程清楚地呈现出来，较之我们文学史过于概略和笼统的说明，能给人更多的启发。如果这部著作一出版就马上被中译，相信会给国内学界更多的惊异和影响。

《初唐诗》出版时，欧文教授31岁，能在而立之年就写出这样的著作，应该说是很了不起的。书中洋溢的才气和随处可见的敏锐感觉，使这部著作具有很好的可读性。四年后问世的《盛唐诗》，保持了《初唐诗》论述风格，而更增添一点犀利的论辩。显然，两者要处理的对象是很不一样的，如果说《初唐诗》是为一个被冷落的领域填补些空白，那么《盛唐诗》就是在一个过于热闹的论坛里争取发言权，必须面对前人的许多成说，在质疑中提出自己的看法，而挑战的起点就是从9世纪以来形成的将盛唐看成中国诗歌顶峰的观念，这种观念使得"本来是持续变化的复杂过程，却被看成是天才和多样化风格如同雨后太阳突现，而且其消失也如同出现一样迅速。"确实，"如果我们仅仅满足于从远处观察它，就不能充分赏识其蓬勃生机和多彩丰姿：诗人之间的内在联系被曲解了；这一时代植根于过去诗歌中的根被割断了；一系列简化的、陈腐的词语被用来描绘这一时代的风格特征。"所以，面对"盛唐"这一辉煌的诗歌时代，作者首先就确立这样一个信念："如果我们想对这一时代及其诗歌进行严肃认真的探讨，就必须将这种辉煌绚丽的神话撇在一旁。"（导论）取而代之的是一种贴近8世纪诗歌语境，深入到唐诗发展历程中去考察的历史眼光，而支撑这种学术观念的仍然是作者擅长的文本细读（close reading）。

在《盛唐诗》的导论中，作者提出三个值得注意的原则性问题：一、不能将这一时代与李白、杜甫两位伟大诗人混为一谈，不应以重要天才来界定时代，而应以这一时代的实际标准来理解其最伟大的诗人；二、不能将时代风格简单理解为有着方便的固定年代的统一实体，要灵活地把握其多面性和可渗透性；三、不能切断盛唐诗的内在发展过程，要考虑到在不同的年代，为天才出现留下的空间是不一样的。带着这些意识进入盛唐诗，欧文教授发现，"盛唐诗由一种我们称之为'都城诗'的现象所主宰，这是上一世纪宫廷诗的直接衍生物。都城诗从来不是一个完整的统一体，但它却具有惊人的牢固、一致、持续的文学标准。都城诗涉及京城上流社会所创作和欣赏的社交诗和应景诗的各种准则。"（导论）这些准则包括与交际对象的社会地位相联系的文体等级和相应的辞令风格。正是在这一平台上，欧文教授从京城诗的四种社会背景（宫廷、王府、权臣、朋辈）出发，展开了对盛唐诗由无声的变革到全过程的分析。在这沿着时间流序的梳理中，他重构了开元、天宝的诗坛格局，对王维和孟浩然的关系，对高适和岑参的诗史位置，对李白的心理特征和艺术特征，都重新作了解释，还发掘了几乎被忘记的诗人卢象。在这部著作中，同样有些判断很难为中国学者所接受，比如说："对于开元都城诗人来说，朋友们的作品比文学史上的任何个人体验更为充分地限制了诗歌；讲述共同诗歌语言的需要，远远超过了任何个人创新或'复古'的愿望。"或许和《初唐诗》论宫廷诗一样，他也过分地强调了都城诗的写作训练，他的分析和结论一如既往地显示出机敏和洞察力，只因盛唐诗较之初唐有了更多的不确定性，他对作品的解读也多有超过以往的自由发挥，让读者在欣赏他的独到见解时偶或不免产生一丝怀疑。这是任何富于启发性的著作都难以避免的特性，一些新异的见解往往会冒犯常识，让我们觉得难以接受。没关系，只要新异的见解有足够的说服力，它最终会扭转我们的看法。欧文教授对孟浩然的分析，相信能成为证实这一点的例子。

在《他山的石头记》所收的《瓠落的文学史》一文中，欧文教授曾说到："我常常拿我自己写的《初唐诗》开玩笑，因为里面把初唐的一切都视为盛唐的先驱。但是，如果我们看一看文学作品产生的具体背景，不管是检视某一个作者还是一个读者群，我们会发现这些文学作品并不是我们为之所设立的大框架的一部分，而且它们完全不知道我们用以赋予它们意义的后代文学。也就是说，现有的文学史所作的解读一直都犯了时代错误。"（22~23）他的这种反省在《盛唐诗》中已显示出来，在对盛唐诗的分析中，他更多地注意到开元、天宝诗人对六朝诗的承继和对初唐诗的背离，这固然可以说是他对后设的历史解释模塑我们叙述方式的警觉，但又何尝不是他有意摆脱成功模式的表现呢？

这两部著作的魅力是多方面的，这篇短文无法枚举。我只想指出我最欣赏的一点，那就是作者对中国古典诗歌语言的良好感觉。对于研究非母语文学的外国学者来说，语言的美感往往是难以逾越的鸿沟。即便是同文同种的日本学者，能深入到中国诗歌的语言层面，具有良好的语言美感的人也是凤毛麟角。欧文教授也谦虚地说："在学习和感受中国语言方面，中国文学的西方学者无论下多大功夫，也无法与最优秀的中国学者相并肩；我们惟一能够奉献给中国同事的是：我们处于学术传统之外的位置，以及我们从不同角度观察文学的能力。"但我认为，对语言敏锐的感受能力恰恰是他取得成功的主要因素之一。试读《初唐诗》第13~14页对隋炀帝和陈后主两首《饮马长城窟行》的比较，第 28～31 页对虞世南诗作的分析，93 页对陈子昂用来表现视线的三个动词的讨论，包括像第 214 页评《扈从登封途中作》"第六句的'万乘'是皇帝的传统代称，但上下文的描写恢复了这一词语本身的某些力量"这样不经意表达的判断，都显示出他对唐诗语言的良好感觉。第 144 页通过宋之问《陆浑山庄》"源水看花入，幽林采药行。野人相问姓，山鸟自呼名"两联来说明对仗的语义生成功能，也是一段很有趣的文字：

> 对偶对中国诗歌的语言有两个最重要的贡献：其一是使句法实验成为可能，其二是使词类转换便利，及物动词、不及物动词、使役动词、形容词、副词、名词，都可以根据它们在句子中的位置而自由转换，这是中国文学语言的奇特现象。首先，上引第一联诗运用了曲折的句法。第一句最自然的解释是："我看着花，进入泉水中。"但第二句必须读为："我走进幽林采药。"因此，只能重新解释第一句："我进入泉水的源头看花。"一联诗中通常有一句意义明确，它的句式可以用在较成问题的配对句上，有时如同这里的情况，需要重新解释一句诗，有时如同前引上官仪的诗句，需要限定模棱两可的意义。在简单的形式中，直陈的诗句放在难解的诗句前面，这样读者就可以在阅读过程中自然调整。在较复杂的例子中，如同这一首，决定的诗句跟随在难解的诗句后面，这就迫使读者回过头来，对两者的关系产生疑问，校正第一次阅读。在后来的对句大师如杜甫的手中，两句诗可能都是难解的，或一句诗将不合情理的解释强加于另一句。

这实际上也是我们读诗时经常碰到的问题，但我们通常作为语法成分省略而带来的不确定性或对仗天然具有的互文性自然地接受了；欧文教授的分析则表现出从学术传统之外的位置，从不同角度观察汉语诗歌的独到眼光。在这里我更欣赏的是他对诗歌语言细致入微的体会，是这种基于丰富的阅读经验之上的深入体会，使他洞见律诗的对仗中包含的文本和阅读在语义生成上的多重性互动关系。

欧文教授后来在《微尘》一文中说："偏爱文本细读，是对我选择的这一特殊的人文学科的职业毫不羞愧地表示敬意，也就是说，做一个研究文学的学者，而不假装做一个哲学家而又不受哲学学科严格规则的约束。"在当今学界，坦荡地承认这一点，也快变成一个有勇气的行为。事实上在国内的同行中，我们看到太多的假装做一个哲学家而又不受哲学学科严格规则约束的文学研究者，当然，也不乏假装做一个文学家而又不受文学学科规则约束的哲学研究者。恪守行规乃是维持和提升行业水准的前提，在今天却很少有人意识到这一点。

多年前读到欧文教授的这两部著作，我就对作者洗练明快的学术语言十分佩服。不长的篇幅，寥寥几句话，就将问题说得很透彻，这是一种洞察力和表达力的完美结合。尽管欧文教授的文笔之美在欧美学界有口皆碑，但我还是更愿意将这归结于良好的学术素养，而不是写作才能。我读一些国外优秀学者的论著，比如近年读到的艾尔曼教授的著作，每为他们的这种能力所折服。他们使用的材料并不比我们多，研究方面也说不上有什么特别之处，但看问题之透彻，剖析之精当，寥寥数语就说到问题的点子上，实在让人不能不佩服。反观国内同行的著作，书越写越厚，却常常是满纸浮辞，言不及义。从这个意义上说，国外同行的著作值得我们借鉴的地方还很多，不只如欧文教授所说的"从不同角度观察文学的能力"而已。

我初读这两部著作的准确年月已记不清，总是十多年前了，正当欧文教授写书时的年龄，应该算还年轻，读书总带着挑剔的眼光。做研究的年头渐多，文章甘苦事，得失寸心知，反倒能以欣赏的眼光来看它们，更多地欣赏它们的生花妙笔了。贾晋华教授的译笔，就是今天看来仍是很出色的，能传达欧文教授睿智而有幽默感的文采。经过十多年的海外留学和研究生涯，她的英文造诣已非昔比，修订本不用说会更加精彩。值三联书店新版《初唐诗》《盛唐诗》之际，冯金红女士嘱我撰文谈谈对这两部书的看法，我很乐意将自己阅读的体会写出来，与读者们分享，但同时，一个盘旋在我脑子里的问题也不得不提出来：在斯蒂芬·欧文之后，如何写唐诗史？

日本中唐文学会印象

蒋　寅

　　唐代文学在中国，因为受传统评价的影响，一向只有盛唐诗独领风骚，成为学者们关注的焦点，中唐相对来说不为人重视。直到八十年代以后，历史方式取代形而上学方式，成为文学史研究的主潮，中唐文学研究才日益受到关注，蓬勃兴旺起来。但我们的邻邦日本却不同，由于大诗人白居易与日本文学的特殊关系，以白居易为中心的中唐文学研究，一直就在唐代文学研究中占有醒目的位置。1990 年，由几位年轻一辈的学者发起，一个主要由专攻中唐文学的青年学者结成的研究团体——中唐文学研究会成立。这是日本中唐文学研究的一次飞跃，也是日本中国文学研究界的一件大事，被视为"中国文学研究新的胎动"。这个学会的出现所以显得很不寻常，是因为它改变了日本学术纵向延伸的学术传统，将一种与信息社会的属性相契合的学术运作方式带入日本学术圈。

　　据学会发起人之一、筑波大学文艺、语言学系的松本肇教授说，中唐文学会成立的缘由是这样的：他最初读到京都大学文学部川合康三的论文，就感觉到一种独特的个性，一种坚定地将文学作品作为"文学"来把握的眼光，那是迄今在日本的中国文学研究中所不曾看到的。他从中体会到一种论"文学"的快乐，由此萌生进行合作研究的想法。1989 年秋，筑波大学邀请川合康三作专题讲座，两人一见如故。松本肇是研究中唐文学的，他想：同辈学者研究中唐文学的人相当多，彼此一定有共同的问题意识。如果将大家联络起来，成立一个"中唐文学研究会"之类的组织，一起研究、交流，必将给研究带来触动。他和川合一谈，原来川合也在考虑同样的问题，一拍即合。于是两人分头联络同道，以关东、关西为中心，向全国学者发出倡议，提出如下一份倡议书：

自明代高棅在《唐诗品汇》中倡四唐说以来，初唐、盛唐、中唐、晚唐的说法普遍为人接受。然而，其中"中唐"一名终究给人一种存在感很弱的印象。高棅无疑是将"中唐"作为连接盛唐与晚唐的过渡时期来把握的，但从总体上说它在历史上并不是过渡时代吧？由于安史之乱使唐代政治机构遭到破坏，中唐成了个动乱的时代。这动乱时代因动乱之故，同时也是个蕴藏着巨大能量、充满活力的时代。例如在散文领域，既流行着基于理性主义的古文运动，同时也流行着追求非理性世界的传奇小说。又如诗歌领域，在韩愈倡导怪奇诗风的同时，白居易却走向平易表现的方向。这乍看像是截然相反的文学动向，其实双方不都是要突破在盛唐达到顶点的文学规范的冒险尝试吗？破坏与创造共生，浑沌与宇宙并存，中唐就是这样一个活跃的时代。对于用"中唐"这未必得体的称呼来定义这个活跃的时代，我们提出强烈的异议。在新的视点上重新把握"中唐"时期，在今天已是最迫切的问题。

我们向来都习惯于以出身的大学为母体，一作研究就显出自足于同窗意识框框的倾向。当然，那种积累确实形成了大学各自的学术传统，但另一方面，学阀的门户限制了研究者同道间的自由交流，也是不争的事实。消除这一障碍，推动学术研究的发展，可以说是历史赋予我们的使命！基于以上想法，我们提议成立"中唐文学会"，围绕"信息交流""友情联谊""研究报告"三个中心开展活动。我们的宗旨是，凡赞同者都欢迎参加。

他们的倡议立即得到部分同道的响应，第一届"中唐文学研究会"遂于1990年10月召开，与会者22人，包括了日本著名大学的年轻学者。中国报刊也介绍了这次活动，在学界引起反响。翌年第二届会议，参加者达40人，以后每年举行的例会大体维持着这一人数。到1993年，登记在籍的会员人数已有 70 名。

中唐文学研究会成立伊始，就在组织形式上亮出革命性的姿态。首先，学会没有形式上的组织机构，所以也没有会长、理事等职衔，这自然就避免了学术团体通常也不能避免的名利职权之争。每次会议决定翌年会议的承办者，他就承担干事的组织义务，所以也可以说是轮流坐庄的组织机构。其次，他们开学会时也一改日本的惯例，彼此不称老师而称さん（比较随意、亲近的称呼），以求平等地对话和讨论问题。意见相左时，也充分尊重对方的观点，寻求理解和沟通。十多年来，学会的活动形成了他们初衷期待的那种自由、通达的气氛。这在我们看来好像没什么稀奇，但在历来重视同校同门先后辈垂直关系的日本学术界，这种横向交流的联系却是一种新型的学术关系和学风的表征。出身大学各异的学者，由共同的学术兴趣联系起来，一起切磋学问，获得了前所未有的愉快，彼此感受到来自不同思维的刺激，学问由此产生飞跃。就我看，中唐文学会的创立，不光催生了许多新成果，更重要的是养成了一种新学风，那就是打破门户之见，融汇各学派之长、富有包容性的研究风气。

经过一段时间的活动，最初设想为同人俱乐部式的研究团体，已变成广为人知的开放性学会。谁想参加，提出申请即可，上至教授，下至研究生，中唐文学研究会的会员遍布全国。随着成员的增多，为加强联系与交流，出版会刊或论文集就被提到议事日程上来。日本文部省从 1994 年起，专拨研究助成经费，资助名为"中唐文学的综合研究"项目。1994 年、1995 年两年共有 15 位学者得到资助。这项综合研究集结了治文学、思想、历史各方面的专家，计划从整体的视点阐明中唐文学的特质。通过这项有计划的规模研究，中唐文学研究会进入了更高层次的发展阶段。他们首先做的一项工作，是在《创文》杂志第 346～352 期（1993 年 8 月～1994 年 3 月）连续发表"作为转折时期的中唐"系列文章，表达他们对中唐这一特定时期的文学、艺术特征的认识。具有总论意义的川合康三《文学的变容——中唐文学的特质》一文，要言不烦地宏观描述中唐文学的基本内容和艺术特征，在具体把握中唐文学的转型上不乏启示性。此后松本肇《古文与新乐府——来自修辞学的照射》、大野修作《中唐时期的书论——以品第法的瓦解为中心》、斋藤茂《士人与妓女——唐代文学的一个侧面》、西胁常记《舍利——中唐以后的火葬情况》、爱甲弘志《权贵们的文学——由中唐到晚唐》、浅见洋二《诗描绘世界吗——中唐的诗与绘画》诸文，各就一个方面展开对中唐文学与文化的论述，显示出年轻一辈学者在融合传统与当代学术思潮中形成的作风细腻而又视野开阔的特点。

1994 年 10 月在明海大学举行的第五届年会，是具有特殊意义的一次会议。在这次会议上，学会改名为"中唐文学会"，并刊行了由明海大学市川桃子、杏林大学詹满江、茨城大学河田聪美三位女学者编辑的大会资料，作为首辑会报问世。这次大会的报告分别为浅见洋二《唐代的诗与绘画》、泽崎久和《白居易诗的比较表现》、和田英信《中唐文学会的会员们》。此外，市川桃子、植木久行、大野修作、加藤国安、河田聪美、斋藤茂、副岛一郎、中纯子、西上胜、许山秀树、爱甲弘志、浅见洋二等还提交了介绍自己近期研究情况的研究报告，涉及唐诗中动植物意象与禽言研究、书法理论研究、音乐文化研究、古文与史传之关系、日本典籍与唐诗的关系以及杜甫、柳宗元、杜牧研究等方面，内容颇为丰富。这次会议确定了中唐文学会活动的基本方式，此后的会议及会报大致采取这样的形式。

中唐文学会成立虽已十多年，但还没有固定的组织、管理机构，学会的日常活动主要是组织讨论会和研究会。会议大体分三类：一是学会的年会，一般在秋季召开，与日本中国学会的地点相同，时间衔接，以便于各地学者出席。每届会议由各学校的学者轮流承办，一般是半天大会，有两三位学者作报告，晚餐酒会自由交谈，然后出版大会资料集。二是各地区举行的分会，一般在春假中用两到三天举行，人数不多，常以读书会的形式讨论问题，或报告自己新近的研究成果。三是读书会，以课题为单位，由志趣相近的学者组成，定时集会讲读某部书或研究某个课题。另外还有特别讲演会，邀请有关学者报告新研究成果，这一般是由大学的研究室承办，但听众面向学会成员。通过这些活动，全体会员能保持经常性的联系，逐步建立起不同程度的友谊。

1997 年我在京大任教期间，曾参加中唐文学会的不同活动，对他们的研究课题和研究方式有了直接的了解。通过这些活动，我感受最深的是日本学者的好学和对学问的虔诚。日本学者的好学，我在南京大学和留学生的交往中已深有体会；他们对学问的虔诚更让我感动。周末难得有个休暇，却聚集在一起读书。有的学者乘一两个小时的新干线赶来，就为了读一下午书，讨论两首诗。我参加川合先生主持的韩愈联句读书会，约两个月举行一次，参加者是近畿地区的学者和研究生。每次一人准备材料（日语叫担当）。当时正读韩愈、李正封《晚秋郾城夜会联句》一首，一次读八句，据说已读了两年！方式也是先训读，然后检讨书证，切磋注释，再翻译、串讲。这样的读法，若干次下来就积累成一部日语的详注译本。而参加者在轮番搜集材料、报告、讨论的过程中，也同时提高了搜集材料、读解汉籍的能力，丰富了各方面的知识，并受到不同思考方式的刺激和启发。放眼世界汉学的研究领域，日本学者解读汉籍的能力是无与伦比的，连中国学者也不能不佩服。

作为外国文学研究者，日本学者首先重视的是训读，将对文献的正确读解作为研究的基础，所以花许多时间在文字的注释和书证的搜集上。我起初对训读有看法，认为它会影响读者对诗歌句法的感觉。但参加几次读书会后，便体会到训读是检验读者对诗的理解程度的最简便方法。我平时读诗，总是遇到不懂才看注，现在发现，有时自以为读懂的地方其实却未必懂。就以《晚秋郾城夜会联句》"农书乍讨论，马法长悬格"一联来说，"马法"一词担当者引《史记·司马穰苴列传》："齐威王使大夫追论古者司马兵法而附穰苴于其中，因号曰司马穰苴兵法。"又因"悬"有异文作"废"，担当者注悬格等于"废格"，取的书证是《史记·平准书》："自公孙弘以春秋之义绳臣下，取汉相，张汤用峻文决理为廷尉，于是见知之法生，而废格沮诽，穷治之狱用矣。"《史记·淮南衡山列传》："淮南王安拥阏奋击匈奴者雷被等，废格明诏，当弃世。"我初看认为格乃是刑格、律令之义，疑与马政有关，《礼记·月令》仲夏之月有"班马政"的记载。经讨论翻书，查考古人注解，乃知韩愈是用陆贾《新语》"师旅不设，刑格法悬"之典，格训止义，"悬格"即悬搁不行。于是疑义冰释，弄清了这里取《史记》作书证不太妥当。

上面说过，中唐文学会的气氛是很令人愉快的。彼此研究的领域相近，阅读的书和接触的文献也差不多，即使原先不认识，一介绍也是神交已久，一见如故，而一起讨论和游览又使新雨变成旧雨，初识变成故人。

我最喜欢他们的合宿，就是找个大学的疗养所或国家公务员度假村，包几间房间，白天开会，晚上沐浴后换上和式的浴衣，团坐喝酒聊天，那是特别令人难忘的时刻。聊到更深，意犹未尽，一起在榻榻米上排排睡。这样的度假村大都在山根水畔，如果是夏天，可以听到唧唧的虫吟。

与中国学者相比，日本学者明显对名物感兴趣，这也许和他们中小学充分的自然知识教育有关。我觉得日本学者，不，普通人也一样，对动植物的知识普遍比我们丰富。读韩愈诗读到尺蠖，川合先生问我现在叫什么，我只知道"尺蠖之屈，以求信也"，根本不知道是什么东西，川合先生说他家院子里就有这玩意儿。日本学者读诗，遇到草木鸟兽必要弄清是什么东西。有次读到鹗，议论是什么鸟，我说是一种猛禽，韩翃诗有"相期同一鹗"之句。他们马上翻百科全书，查出它的日本名字和形态、生活习性等内容。由此我想到，孔子论学诗的意义，有一条不就是"多识于鸟兽草木之名"么？与日本学者的认真态度相比，我只有惭愧。中国学者常有一种印象，觉得日本学者作学问太机械，把学问做得干巴巴的。其实听他们讨论草木鸟兽虫鱼的知识，是把文学的内容相当生活化了的。想想，文学本来不就是给我们一种可以吟味的生活内容么？

不过话又说回来，若是参加读作品或全集的读书会，对日语不济的中国学者可能会成为一种折磨。我也难以忍受它缓慢的速度，一次只读一首诗或几句，而又听不懂日本学者的讨论——有趣的内容往往在这里，真容易倦怠。以我的想法，有问题就提出来，没有就过去。但日本学者一般只是默默地看，很长时间没有人说话，非要到长时间的沉默让人觉得不堪忍耐时，担当人才征询是否进入下一句。每当这种时候，我就像在幼儿园已学过数字和拼音的一年级学生那样心不在焉起来。但我尽量让这个时间成为强制自己反复阅读本文的机会。文本的精读是认真体会作品内涵的保证。经过一番精读，我对作品的体会加深了许多，时常从中获得一些启发，产生一些联想，并作一些超越作品本身的类型学意义上的思考。如果不是这样的强制，我可能永远不会有如此仔细地吟味作品的功夫。

经过一年间的多次接触，我深感中唐文学会是个富有生气的年轻群体，它正在蓬勃发展。可以预见，随着时间的推移，学会成员的学问日趋成熟，必将成为日本唐代文学界乃至中国文学界一个卓有成绩的群体，他们的成果，也将成为整个唐代文学研究中不可忽视的部分。也许日后回顾20世纪90年代唐代文学研究的历史，会更清楚地看出这群年轻学者对中唐文学研究所做的贡献。

川合康三教授的中唐诗研究

蒋　寅

现任京都大学研究生院文学研究科教授的川合康三先生，是当代日本中国学界为人瞩目的优秀学者。

从 24 岁发表第一篇论文《李贺及其诗》起，川合先生就与中唐诗结下了不解之缘，而且显露出不凡的见识。在这篇论文中，他注意到李贺所负担的家计的压力和对家庭的歉疚，从分析李贺的心态入手，指出《昌谷诗》"刺促成纪人，好学鸱夷子"两句所包含的现实生活内容。在感觉方式上，他指出李贺诗中突出的芳、香、馨的嗅觉和湿、冷、寒的触觉表现。嗅觉和触觉在日常生活中都是依存度低的最原始的感觉，因而也是最本原性的感觉，它们一旦被尖锐化，就超越了日常的感觉，而产生自由的感觉联想。他将李贺诗中的通感、代语与现代日本诗人对青年时期心理经验的自述相比较，对李贺的感受方式作出了独到的解释。这篇出自本科生之手的论文，已显露出后来成为作者文学批评特色的一些倾向，比如开拓新的研究视角，提出原创性的命题。他后来发表的《语词的过剩》《"戏"的文学》《韩愈探究文学样式的尝试》《中国的诗与文》等论文，也都从独特的角度提出了发人深省的问题。

当然，对于文学研究来说，比提出问题更重要的是阐释和分析问题的深度。读川合先生的第二篇论文《李商隐的恋爱诗》，我们能感到作者看问题的敏锐和分析的深入。他先从艳诗的谱系着手，通过分析李商隐艺术表现的独创性，得出李商隐由六朝一般性抒情深入到个人化抒情的诗史意义；然后又从内容上，通过与南朝民歌到元稹艳诗的比较，根据他缺乏人称的特征，指出它们不是在明确的恋爱关系中对特定对象表达的恋情，而更像是表现恋爱本身的氛围、情绪，"相思"一词在他的笔下也没有特定的对象，往往是作为恋爱的一般概念来使用的，诗中尽力排除与现实生活相联系的具体描写，在另一种形态上体现了和李贺一样的拒绝日常性的意识。这显然是很给人启发的见解，而它不过是作者的硕士论文。后来他撰写的李贺研究论文，讨论李贺的艺术表现和比喻技巧，同样显示出独到的见解和出色的分析能力。张剑在《二十世纪李贺研究述论》中特别肯定了川合先生对李贺诗歌艺术的分析，称"其《李贺和他的诗》一文对李贺重视原始感觉而无视事物固有名称，大胆运用感觉性代词的诗风做了考察。《李贺的表现——以'代词'和形容词的用法为中心》《李贺和比喻》二文更细腻地分析了李贺诗歌的修辞和用字特色，其剖析之深，语言之美，即使在国内同类论文中亦不多见"（《文学遗产》2002 年第 6 期），我认为是说得很中肯的。

川合先生的诗歌批评非常注意范式的把握，比如关于李商隐恋爱诗的"爱的形态"，他有这样一个结论：李商隐的恋爱诗通常摒弃与日常生活相联系的事物，而总在非日常性的氛围中歌唱，这就使他落在一个介于现实与非现实之间的邈远空间里。与韩偓的艳诗相比，后者具有一种以观照的态度眺望男女之事的模式化的审美意识，以致诗中弥漫着慵倦而甜美的单调情绪，让人感到无聊。李商隐"爱的形态"则不是被模式化的观念，其价值不如说是朦胧、模糊和不确定性。正因为如此，对被现实与非现实交错的混沌世界所迷惑的他来说，才能成为题材。这种恋爱诗最终不足成为恋爱的赞歌，反倒被痛苦压抑的阴影所掩盖。再对比李白、李贺的游仙诗来看，其诗歌完全脱离现实，具有从天界俯视现实的视点，而义山的幻想诗则相反，视点离不开现实。对他来说，爱的观念即使与现实相对立，作为完全独立于现实的价值观念也还没有定型，因此更接近齐梁和李贺艳诗的特征。经过这一番分析和比较，李商隐恋爱诗的独特范式就凸现出来。他后来发表的《韩愈与白居易》《韩愈的复"古"志向》两文，也都体现了注重把握范式的特点。这使他的研究总是能从具体的作家、作品分析走向对一个时代乃至整个中国文学史的宏观透视，形成自己独有的看问题的方式和眼光。

最初读到川合先生的论著，我就对他大处着眼、小处着手的特点留下深刻印象，这种特点使他思考具体问题时总带着宏观的背景，能在具体的问题中发现带有根本意义的结论，而同时具体的结论又不断累积、丰富着总体的见解，最终形成系统性的宏观论断。写作《李贺的比喻》时，他大概还没形成对中唐文学精神的基本看法，但在个案研究中已逐渐勾勒出一些具体特征，文中提到的李贺对比喻中语言秩序的颠覆，就是很有创见的结论。后来他又在研究韩愈的论文中提出游戏性的问题，在研究白居易的论文中提出语词过剩的问题，在研究中唐诗的论文中提出"奇"和夺造化之功的问题，尽管这些论点都有高屋建瓴的视野，但他所有的发现都是从细致的文本解读中产生的。他常常能从一篇作品、一个艺术表现中发掘出深刻的见解，《韩愈探究文学样式的尝试》就是一个典型的例子。《画记》向来不是中国学者所重视的作品，但川合先生以细致的解读发掘出了不寻常的内容，显出他对文学理解的深度。《终南山的变容》一文，通过分析唐诗描写终南山的视角和写法的变化，揭示中唐诗人把握自然对象的新变。他抓住韩愈《南山》诗，比较其毫发无遗的描写手法与汉赋的相似，指出："汉赋也是投入大量词汇来再现世界的，不过在汉赋中，被描绘出的世界和作为描绘对象的世界无过与不足，恰好一致。或者说，较之表现眼前存在的世界，应该说用语言传达出已被观念化了的世界才更确切。是以在汉赋中，人的认知和世界实现了令人羡慕的一致。而韩愈诗则是在洞见人之极限的前提下，依然向世界整体挑战，因此通篇显出人和世界的紧张关系。"由此他更进一步断言："以往共有的世界观到中唐的解体，同时也是诗歌摆脱因袭束缚的解放。文学立足的根基有了质的转变，中唐文人由个人的视角去认知世界，于是构建起了独特的文学。在文学由集团向个人转变的过程中，经历了许多关头，盛唐到中唐的变化也是文学向个体方向迈进的又一个转折点。"不难看出，川合先生在此指出了文学史上一个至今还未被人注意到的很重要的范式演变问题。

正是这些由个案研究获得的局部认识的积累，逐渐形成川合先生对唐代文学的总体看法。他曾在兴膳宏先生主编《给学中国文学的人》"唐代文学"一章里表达了一个综合性的、抓住问题关键的认识："诗歌摆脱类型化的抒情与趋于散文化的倾向，以及文章里古文和传奇的出现，文人的创作不偏于诗或文而推及广泛的领域，这些中唐的特征共同显示出，旧有形式已不能适应人的精神领域的扩大。文学从典雅的定型的美，走向追求人的多样可能性，这种质的转变最终为宋代所继承，获得更确定的表现。"如此富有深度的理解不仅贯穿于川合先生的文学批评中，也体现在他对中国文化、对中国古代文人生活的认识中，促使他从前所未有的高度理解中国文人的自我认识方式，并看出中唐时代的文学对于上述认识方式的意义。前者体现在《中国的自传文学》那部篇幅不大却有多方面启示意义的专著中，后者则可以从《文学的变容》《中国的诗与文》二文约略窥见。1999 年，川合先生将历年所作中唐文学研究论文结集为《终南山的变容——中唐文学论集》一书，交研文社出版。这是他多年研究唐代文学的心血结晶，全部 22 篇论文的时间跨度近 30 年，撰著经过都写在后记中。这些论文不仅能从广阔的历史文化和文学史背景中把握具体问题，使具体问题的阐释达到不寻常的深度，更能抓住文学表现的核心，深入阐述作家作品的艺术心理和艺术特征。尤为可贵的是，作者将中国古代诗论家视中唐为古代诗史转折点的看法，进一步推广到整个古代精神史和文学史，认为中唐在古代文人精神和自我意识方面的许多表现都有特别的意义，这在我看来是最值得听取的深刻见解，相信会给国内的古代文学和文化研究带来一定的启发。

著名中国学家福井文雅教授，曾在《法国东方学的近况》一文中讲到，他留学法国时听法国年轻学者说："搜集资料、作索引之类的职员式的工作，由东方人去做吧，从中引出学问的体系才是我们的事。"又说："日本人为什么要把那些短短的、结论不知要说什么的小论文，急急忙忙地抛出来呢？"（《东方宗教》第 30 号，1967. 10）回顾明治以来的日本汉学，在文学研究方面，似乎给人重视文献考索而轻忽文学自身研究的印象，中国学者提到日本的中国文学研究，也常有长于沉潜考索而短于高明制断的结论。但这是由学科的发展水平决定的，文献研究原是文学批评的基础，事实上自 20 世纪 70 年代以后，情况已有了变化，日本新一代的中国文学研究者越来越关注中国古代文学研究中的文学性问题。原京都大学教授兴膳宏先生、已故早稻田大学教授松浦友久先生，他们的成果都可以说是有代表性的。在当今活跃于学界的学者中，则川合康三教授堪称是代表这种倾向的重要学者。他的论著总是立足于文学的立场，关注文学本身的艺术表现问题，由文学现象深入作家的内心世界，探索其艺术思维的特征，阐明其艺术创作的原理。像论李贺诗的代语问题，论韩愈文学的游戏色彩，论白居易诗的饶舌作风，悉能透过现象洞见更深一层的东西，给人以思考方式的启发。

我从 20 世纪 90 年代始与川合先生通信论学，1997 年蒙他推荐，受聘为京都大学研究生院文学研究科客座教授，讲授中唐诗歌。在旅居京都的一年间，我参加川合先生主持的《御览诗》读书会和"中国古代的文学史观"共同研究项目，对他的学术和人品有了更多的了解。像大多数日本学者一样，川合先生也不是个锋芒毕露的人，但他随时流露的机智和幽默感，即使是日常交谈，也能让人感觉到他良好的艺术感觉和敏锐的悟性。他对理论思考的重视以及对学术潮流的敏感，在日本学者中是很少见的。读他的著作，你会感到作者的知识面和学术兴趣都非常宽，不像一般日本学者喜欢守着一个问题挖深井，他的著述既有《隋书经籍志详考》（与兴膳宏先生合著）那种传统学术研究，也有《中国的自传文学》那样别开生面的探索。他丰富的文学史知识——西方的和东方的——使他能从一些细微的地方联想到许多相关的问题，并生发开来，作出综合性的分析。《中国的自传文学》是最早从自传的角度探讨古代文人的自我意识问题的论著，书中所提出的结论引起学界的重视，出版后在日本学术界广受好评。友人蔡毅先生的中译本 1999 年由中央编译出版社刊行，书中高瞻远瞩的视野和独到的文本解读，同样受到中国学界的称赞。

2003 年，川合先生又将他有关中国古典诗歌题材、典故及情感表现的六篇谱系学研究论文，结集为《中国的 Alba——谱系的诗学》，列入"汲古选书"出版。其中《中国的 Alba——或论乐府〈乌夜啼〉》一文，讨论类似西洋骑士文学中 Alba 的一类诗歌。Alba 源于古普罗旺斯语黎明一词，指骑士与情人相会，长夜将尽，不得不分别时所唱的别曲。川合先生由 Arthur T. Hatto 所编 "*ESO An Enquiry into the Theme of Lover's Meetings and Partings at Dawn in Poetry*" 一书所举的九首作品入手，又增加汉乐府《有所思》、李商隐《无题》等，最后以《乌夜啼》为中心分析了这类作品的特点，指出由于儒家正统观念的禁锢，这一谱系的作品没能形成一个正式的类型，也没有产生相当于 Alba 的概念。全书选取的角度十分新颖，随处可见作者特有的细读功夫和不凡见地，读来饶有兴味。的确，即使比起当今许多中国学者的著作来，川合先生的论著也更像"文学"研究，更富于文学的趣味。

正因为如此，我每阅读川合先生的论文，佩服之余总不免些许怅然。自己研究清代诗学倏忽十年，虽阅读了大量的诗文集和诗文评，但关注的中心是诗歌理论和批评，无形中离文学本身的趣味反似越来越远，对文学的感觉好像也越来越迟钝了。这不能不说是很让人感伤的事。相信这不只是我一个人的感觉，大概当今研究文学的许多同道都感觉到，虽然名为文学研究者，但我们离文学却渐行渐远。难道我们真的已生活在文学消亡的时代了？

拓荒者与开源者

——莱顿大学的早期汉学家（1853～1911）

〔荷兰〕包罗史　著　　王筱芸　译

导　论

有人说荷兰的汉学研究起源于 17 世纪初期①。在涉足这一领域的先驱者中，确实有一些值得一提的例子，如 J. 赫尔尼俄斯于 1628 年出版的汉荷词典，及此后 30 年，高延依据波斯天文学对中国天干地支纪年法所作的研究，以及到北京觐见过乾隆皇帝的荷兰使节范朝白览所写下的于 18 世纪在美国费城出版的著述②（它被收录在当时的百科全书中）。

这些先行者中，只有高延与莱顿大学有直接的关系，而其他进行汉学研究的尝试者却没有直接继承人。莱顿的汉学研究者们显然不能也不应当声称，他们在学术上是那些前辈们的后继者。那些前辈与其说是一片处女地的开垦者，不如说是一个童话世界的漫游者。因此，虽然荷兰最老牌学府的阿拉伯学研究者们有合理的理由夸耀其近四百年不间断的传统，而莱顿研究中国文明的学者们在追寻其学术谱系时则只能满足于适可而止的说法。

---

① 戴文达：Early Chinese Studies in Holland，*T'oung Pao* XXXII（1936），pp. 293 - 344；以及同一作者的 *Les ètudes hollando - chinoises au XVllième et au XVlllième siecle*（Leiden，1931）。

② A. E. van Braam Houckgeest，*Voyage de l'ambassade de la Compagnie des In - des orientales vers l'empereur de la Chine dans les annèes 1794—1795*（Philadelphia，1797—1798），2 Vols.

播下第一批种子的是大约 140 年前服务于荷属东印度政府的日语翻译 J. J. 霍夫曼博士①。1853 年 11 月 13 日，这位扎根于莱顿的学者开始在他的家里教一个小男孩学习古汉语入门知识。这个小学生就是古斯塔夫·施莱格（1840 ~ 1903），8 年后他被派往中国学习东南沿海省份的方言。有关情况我们在下面将详细论述。在广东和厦门生活了四年半之后，他在巴塔维亚住了下来，作为一位中文翻译为荷属东印度政府服务了 11 年②。1873 年，施莱格回到荷兰后不到一年就应邀主持一个特别创立的中国研究教席，这就是荷兰莱顿大学汉学的降生。

古斯塔夫·施莱格在他 1877 年 10 月 27 日的就职演说中，对当时欧洲各国汉学研究的状况和水平进行了简要的评述，并得出结论说，在设立新的教席方面，荷兰一点也不迟缓③。在此之前各邻国在大学开设正规中国语言课程的尝试是收效甚少或毫无用处的：在 19 世纪 70 年代，欧洲的汉学研究"总的说来是被忽视的，只有屈指可数的一些爱好者"，即使在法国，那里虽然早在 1814 年就在法兰西学院设立了相应的教席，情况也依然如此。在这为数不多的欧洲学者中堪称前辈的李雅各博士，被聘请主持牛津的汉学研究讲座也只是此前不久，即 1876 年 10 月 27 日才确定的，施莱格特意选择一年后的同一天进行他自己的就职演说。施莱格告诉我们，在对李雅各任命以前，存在着多年的是否有必要设立汉学教席的争议。远离中国本土的这些汉学家势单力薄，在学术圈里很难得到同行的敬重，汉学家们在欧洲就像是离开了水的鱼。

然而，施莱格又指出：西方人在中国本土从事的汉学研究却在破土而出，苗壮成长。显而易见，对一个国家的语言和文化的研究，只有在其发生地才可能最为深入。然而，也应当意识到，直到不久前，西方人还很难接近中国。在 1842 年割让香港和开放五国通商的《南京条约》之前，欧

---

① 关于他的传记，可见 H. Kern "Levensbericht van 霍夫曼"，*Jaarboek der Koninklijke Akademie van Wetenschappen*（Amsterdam，1878），pp. 1 – 20。

② 关于施莱格的肖像和生平，可参见亨利·高第写的详细的讣闻 "Hècrologie，leDr. Gustave 施莱格"，《通报》second series IV（1903），第 407 ~ 415 页；以及我即将在 *Biografisch Woordenboek van Nederland*（'s " – " Gravenhage，1988）上发表的论文。

③ G. 施莱格：*Orer het belang der Chineesche Taalstudie*（Leiden，1877）。

洲学者到中国本土研究中国语言几乎是完全不可能的①。

1860 年，在大约二十多年的持续不断的内战和几次与欧洲列强的冲突之后，中国政府屈从于外来势力，放弃了闭关锁国的政策。从此，西方的使节得以驻节京城，西方的商人可以在中国各沿海口岸进行贸易，并在其中的一些口岸拥有治外法权。与此同时，基督教和罗马天主教的传教团体们还获准在中国的"异教兄弟"中传播福音。

施莱格不仅指出，传播基督教的事业造就了一批天才的汉学家（包括前面提到的李雅各），而且还提醒听众们注意这样一个事实：英国的外交机构也培养出一些杰出的学者。在中国，英国政府放弃了从贵族和世家子弟中任命特使和领事的一贯做法，而宁愿从那些由中文翻译开始其职业生涯的人中挑选胜任这些职务的人②。

施莱格的就职演讲简直就像在评述那些抱负远大的汉学家们的就业机会，为他的学生们展示一种无限光明的未来。应当说明，他的学生们的活动范围并不仅限于中国，而是整个荷属东印度群岛。施莱格曾被特别指派培训中文译员，服务于荷兰在印度群岛的殖民当局。虽然施莱格意识到，他的任务是培养语言学家，而不是未来的将军或总督，但他显然也希望，他的学生们的职业前景不会严格地局限在他们受到的文字训练之内③。

莱顿汉学研究概述

在莱顿执教的 25 年间（1876～1902），施莱格起的作用绝不仅仅是培训一小批译员的教师。他作为一位学识渊博的学者，鼓励他的学生们涉足汉学研究领域的各个不同课题。他还为汉学研究做了一些基础性工作：诸

---

① 当然也有例外的情况，例如，被派往英国东印度公司的著名译员罗伯特·莫里孙，就是在葡萄牙人聚居的澳门向私人教师，以及一些在北京朝廷活动的罗马天主教士学习的中文知识。然而，当伦敦传教团于 1818 年决定建立汉语语言训练中心时，仍不得不建立在马来半岛的马六甲。

② 原先的译员，如托马斯·瓦德爵士和威廉·佛里德里克·梅叶这时分别代表各自的国家，成为驻北京的大使和使馆秘书。

③ 想必会使施莱格感到欣慰的是，他的一位年轻的同事，译员 W. P. 霍鲁纳维尔特像中国的士大夫一样，最终于 18 世纪 90 年代得到了印度群岛副总督的地位。

如编纂荷汉词典，培训了一批可以驾驭中国字的排版、印刷工人，还与他的法国同事亨利·高第一起创办了颇有影响的学术期刊《通报》（T'oung Pao）。施莱格尽管有明显的局限性，据说，在其整个生涯中，他变得越来越易怒、尖刻和武断，但这并不妨碍他成为一位巨匠，莱顿的汉学研究者们在他的肩膀上得以拓展和深化他们对中国社会的理解。

由于莱顿的汉学研究机构基本上是采取导师制方式为荷兰殖民政府培养中文译员，所以毫不奇怪，这就决定了它的主要贡献仅在于对荷属东印度地区的华侨社区的实际研究，以及他们与其在中国祖居地——广东和福建这些沿海省份的关系的研究。施莱格的继承者高延博士（1854～1921）也沿袭了这种路线，侧重于中国宗教的社会学研究。1912 年，他离开莱顿到柏林执掌中文教席之后，围绕着是否进一步需要奉行这种方针而展开了长期的争论①。

1919 年，高延从前的学生戴文达被委任为中国研究的副教授。戴文达曾在外交部门任职（1912～1918），他在很大程度上扭转了前面所述的对殖民地华人社区的研究侧重，把研究和教学的重心转移到中国本土上来②。在他的引导下，莱顿的汉学家们从此进入了汉学研究的主流③。

对中国民间宗教和秘密社团的研究让位于对中国经典哲学家和中国国家制度的研究；对诸如福建客家等南方方言的重视让位于对中国国家语言即汉语的培训；换言之，对中国"大传统"的研究取代了对中国"小传统"的研究。这种方向性的变化，既不是纯粹的巧合，也不完全是戴文达个人偏好的结果，它实际上是在中国和荷属东印度群岛各自发生激烈政治变革后不可避免的结果。

在中国，1911 年推翻了清朝的帝制，一个共和国取而代之。后来的数年间民族主义情绪日趋高涨、如火如荼，造成一种名副其实的"文化复

---

① 关于高延的生平和著作研究，可见 M. W. de Visser "Levensbericht van 高延"，*De levens-berichten van de Maatschappij der Nederlandsche Letterkunde te Leiden 1921—1922*（Leiden，1922），pp. 1 - 16.

② 有关戴文达的生平和著作，可见 P. Demièville 的 "Nècrologic：J. J. L. 戴文达（1889—1945）"一文，载《通报》XLIII（1954），第 1～33 页。

③ A. F. P. Hulewè 对荷兰直到最近为止的中国和日本研究境况作了考察，发表了"荷兰的中国日本研究"一文，发表于 *Chinese Culture* X - 3 期（1969），第 67～75 页。

兴"。这种复兴改造了中国的教育体制，使举国上下对自己民族的过去有了一种全新的批判的审视。在荷属印度群岛，处于少数民族地位的中国人的解放逐步使得中文翻译的工作出现了过剩的情况。中文翻译这个曾经令人尊敬的行当被重组成"中国处"，后来甚至变成"亚洲处"①。这些机构涉及的范围不再仅仅是荷属东印度群岛内华人的社会和经济生活，它们承担的基本任务是收集情报和为对华政策的制定提供咨询。简言之，到了20世纪20年代，荷兰汉学研究的兴趣发生了急剧的转变，焦点集中在中国本身，而不再是荷属东印度群岛的海外华人社区。在研究中，东南沿海地区让位于大城市，应用性研究让位于比较具有思辨性的研究——当然，这种描述也只可能是相对的。

戴文达在莱顿执教的35年间（1919~1954），荷兰的汉学深深地打上了他个人的烙印。他是一位国际知名的学者，也是一位多面手的行政官员。对荷兰的读者们来说，他是一位大师级的中国通。他的普及性论著和他的中国通史拥有极为广泛的读者，甚至成为一种标志，代表着人们关于中国所应知道的一切。他树立了一种如此深入人心的形象，以至于关于他的前辈们的工作，除了几则讣告式的简介和戴文达本人偶尔所作的历史描述之外，人们已经很难再想起什么东西来了②。在这些回忆进一步淡漠之前，似乎有必要在这里探究一下，在戴文达出现前五十多年的时间里，荷兰的汉学究竟是个什么样子。

我已经指出，那些荷兰汉学家兼译员关注的是对源出于中国东南沿海省份的移民社会的应用性研究。他们的某些著述经受了时间的考验，至今还是有用的材料，因为他们所依据的详细实地调查的场景，今天已经不可能再重复出现了。其他关于语言和法律事务的著作则完全被遗忘了，因为它们对今天来说已无关紧要。然而，就其总体而言，由这些早期汉学家所从事的研究有其自身的生命力和连贯性，而且服务于当时的既定目标。戴文达教授在其就职讲演中谈到了这种任何一位汉学的学生都必须熟悉的初

---

① 中国事务办事处的最后的形式在 Liem Ting Tjaij' 的 "De dienst der Chi‐neesche zaken" 一文中得到了描述。见 *Chung Hsioh* IV‐7 期（1928），第 188~189 页。

② 见戴文达 "Het Sinologisch Instituut"（Leiden，1930）和戴文达: *A Bird's Eye View of European Sinology*（《欧洲汉学鸟瞰》），New York，China Institute in America，出版日期不详。

始期，说这是一个"拓荒与开源的时期"①。这种概括可能也适用于莱顿汉学的开山祖师们。

让我们首先来考察一下使这些早期汉学家们的工作呈现出这种面貌的社会政治的决定因素，并深入研究在为殖民政府服务的前提下，莱顿的汉语培训课程是怎样确定的。只有在进行了这种研究之后，我们才能进一步分析这些早期荷兰汉学兼译员所服务的目标以及他们在殖民政府的政策范围内发挥作用的方式。

海外华人与荷兰人： 变动中的殖民关系

最早关于荷兰人与华商之间相遇的历史记载发生在第一批荷兰去东方的远征者于1596年6日26日抵达爪哇的万丹港之时，那里当时是东南亚最重要的商业中心。据《开巴历代史记》的编年史记载，在万丹，华商们相当舒适地居住在他们自己的区域里，周围是坚固的栅栏。据说，在这里，他们的住宅是最漂亮的②。

印尼群岛上华侨商人的富足以及他们在市场中举足轻重的作用，给荷兰人留下了深刻的印象。他们很快就意识到华人是对手，但与此同时也承认，要融入当地经济界，只有靠华人的合作才有可能。实际上，荷属东印度公司从在爪哇一落足之日起，无论是在与当地土著的商业事务中，还是在其统治的两百多年间征收税赋时，自始至终都是雇用华人做中间人。

在荷属东印度公司时期，爪哇华人区的居民们一直生活在专属区域里，即所谓的"华人营"，由他们自己的头领在这里进行管理。荷兰殖民当局委任华人的头人或首领并维护他们的地位。一部地方法规和规章的汇编本《荷属东印度布告集》（又名巴城布告集）显示，为使这些华人社区能够按照他们自己的规则生活，确实有一些特殊的规定，巴塔维亚法规甚

① 1930 年 10 月 8 日所作的中国研究教授席位的就职演说：Historie en Confucianisme（Leiden, 1930），p. 32.

② G. P. 罗福尔 and J. W. 耶泽曼：*De eerste schipvaart der Nederlanders naarOast - Indi ë onder Cornelis de Houtman, 1595—1597*, 3 Vols. （'s " - " Gravenhage：Lin—schotenve Vereeniging VII. XXV. XXXII, 1915—1929）Vol. 2, p. 25。

至收纳了许多中国法律①。由于这些措施，北爪哇的中国移民一般来说保持了自身的语言、立法和文化，尽管与当地人的通婚对此有一定同化作用。殖民行政当局有时也进行尝试，派一些比较熟悉汉语的荷兰儿童到巴塔维亚的私立华人学校去读书，但所有这些为东印度公司培养译员的努力都徒劳无功②。马来语仍然是公司官方与华人雇员之间通用的语言，因为这些华人都在爪哇出生和长大，他们都能讲两种语言，讲马来语是适应了当时的实际情况的。

19 世纪期间，所有这一切都发生了变化。1816 年，在英国统治了五年（1811 ~ 1815）之后，荷兰的主权得以恢复，殖民行政当局走上了由以前即已开始的行政改革之路，主要的挑战是使殖民地的资产从亏损转变为可以实现利润增值。在这方面，荷兰取得显著的成功：自 1830 年起引进爪哇的臭名昭著的强迫种植制度，很快就生产出了供应世界市场的大量热带作物，实现了信贷平衡。为保持低水平的开支，在那些产出不多的外围各岛屿实行了一种不急于开发的政策。除爪哇之外，根据条约的法律规定属于荷属东印度公司的那些巴塔维亚以外的岛屿，有绝大多数在实际上处于一种实质上的独立自主状态。当彼此争斗的欧洲列强开始在这里浑水摸鱼时，巴塔维亚政府觉得有必要进行干涉。在苏门答腊和婆罗洲，它利用政治手段和偶尔的武力威胁，逐步强化了它的司法权，或提出了司法权的要求。扩大对地方事务的干预，扩大行政控制范围和巩固权力，这是一个相当漫长的过程，这个过程直到 20 世纪初，北苏门答腊的亚齐和约签署才完成。

荷兰人的政权扩张活动也触动了殖民政府与其华人臣民之间的传统联系，殖民当局不愿意再忍受通过任命华人官员间接管理的相对松弛的关系。在很多方面作为殖民地经济润滑油发挥作用的华人社区，不得不接受更加严厉的法律约束。采取的第一步措施是 1855 年宣布的一条法令③，规定欧洲的财产法，无论是民法、贸易法、家庭法，都适用于华人，而在此

---

① J. A. van der Chijs, *Nederlandsch—Indisch Plakaatboek*, 17 Vols.（Batavia, 1885—1900）Vol. VII, pp. 476 – 490, 一份联合东印度公司时期的中国人的法律手抄本，现收藏在莱顿的 the Koninktijk Instituut voor Taal – , land—en Volkenkunde, 手稿收藏号：H 458。

② 同上，Vol. VII, p. 427, 又见 Victor Purcell, *The Chinese in southedst Asia*（Oxford. 1951）p. 478。

③ Purcell:《中国人》，第 504 页。

之前，华人的事务都由本地所谓"内地"法庭受理。

促使政府加紧它对华人控制并进一步把他们纳入其行政框架之中的政治因素主要有以下几点，首先是新加坡崛起，这个由英国殖民官员莱佛士爵士在中国沿海地区商人帮助下，于 1819 年创立的自由港，向荷兰殖民政府发起了挑战。在它建立后的几年内，这个英国的自由港就取代了巴塔维亚成为群岛货物集散地的中心。而荷兰当局发现，这样一来，他们对殖民地经济港内华人的控制被削弱了。

另一点是中国向荷属印度群岛移民本身带来的特殊问题。清政府历来不赞成它的子民向海外迁移，指责那些背井离乡到南洋定居的人是叛徒和卖国贼，因为他们抛弃了为祖先守陵扫墓的优良传统。1842 年《南京条约》之后，清廷在西方的压力下改变了它的政策，帝国允许移民的法律引起了出乎意料的大批苦力移居国外的狂潮。寻找工作的移民浪潮也席卷到东南亚。在最初的几十年里，这一地区的苦力贸易被驻扎在新加坡和马六甲海峡的掮客所垄断，他们雇用了大批工人到万丹岛、比利顿岛和马来半岛的锡矿干活。中国苦力狂潮进入北苏门答腊是在 1863 年之后，当时德里地区刚刚开始进行烟草种植。

在西婆罗洲，情况有所不同：这里是一些早在 1780 年就在桑巴地区定居的华人金矿开采者的公司和团体，他们拒绝接受荷兰殖民政府的沉重税赋。但在 1850 ~ 1854 年间，他们一个一个被远征军的武力所征服。在这种情况下缺少华人事务的顾问成为所有这些地区殖民政府日益焦虑的问题，这些地区包括爪哇北部海岸、新加坡附近的瑞劳群岛、万丹、北苏门答腊和西婆罗洲的华人居留地。

对译员的需求

英国清教传教士麦都思的工作，表明了在 19 世纪 30 年代一位欧洲的中文译员能给殖民当局提供多么有价值的服务。他曾在马拉卡的伦敦传教协会的语言培训中心学习中文①，1822 年来到巴塔维亚，在当地的华人和

---

① 对他的生平和著作的研究，可见 J. 鲍路斯 ed. ，编撰的 *Encyclopedie van Ned—erlandsch - Indië*, 8 Vols. （'s—Gravenhage，1917—1941）Vol. 2，pp. 692 - 693。

马来居民中传播福音。除了进行传教活动外，这位极具创业才能的人开办并经营了一个能够印刷中文、马来文和爪哇文的印刷厂，好几所学校，和那所著名的帕拉帕坦孤儿救济院（1833）。麦都思还利用业余时间对中文、日文、朝鲜文进行基础性的词汇学研究，后来他出版了这几种文字的词典，他也偶尔充任荷兰殖民当局的华人事务顾问和翻译。

殖民政府当然要为其司法机构雇用中文译员，要求译员能在中文和马来文间互译。在巴塔维亚，这些译员要在三个层次上发挥作用：作为警务机构的译员；再高一层次是担任巴塔维亚地方官员的译员；最高是作为高级法院的译员。但是实际上几乎不能指望这些华人将正式文本中使用的荷兰法律术语通过口译或笔译准确无误地翻译出来。1842 年麦都思离职去中国后，当局感到坐立不安，发现他们在需要时再也找不到一位可以信赖的翻译了。这时第一次提出了紧急培训欧洲籍中文翻译以供殖民机构使用的问题。如同在官僚机构中经常发生的情况一样，关于该由哪个部门出这笔培训经费的争论，使这个问题的解决陷入泥潭。总督 J. J. 罗胡苏（1845～1851）偶尔接触到这个问题，但决定采取行动的是荷印总督马尔·范·特威思特（1851～1855），因为他的前任给他留下一大堆亟待处理的中文文件。

在 1853 年 9 月 18 日致荷兰殖民事务大臣胡德的一封信中，马尔·范·特威思特提请他注意殖民当局与其中国臣民的关系中所遇到的大量问题：最近与西婆罗洲的公司发生的冲突；来自马来半岛的帮会向万丹的矿工社区渗透的问题；爪哇的华商和包税商大量使用诈骗手段的问题。这些问题中有些是新的，有些则是过去众所周知的。问题集中到一点：如果没有中国问题专家的帮助是很难处理的。马尔认为，这里迫切需要中文译员，"政府已越来越多地知道住在荷属印度群岛的中国人中的上述情况，这是一个管理有序的社会所不能允许的"①，因此，他建议成立一个中文译员班，派一些有语言天赋的荷兰青年到中国进修。关于此事，他已与英国驻广州的副领事佛里德里克·金进行了联系，他允诺给予协助，并建议把学生派往附近的澳门。

---

① Algemeen Rijks Archief（ARA），Ministry of Colonial Affairs（Min. Kol.）verbaal（minute）17 January 1854，No. 19，"Maarmate het Bestuur Meet Bekend Gewor – den is Met de Daden en Verrigtingen van in？Gevestigde Chinezen，Welke in Eenegeordende Maatschappij niet Geoorloofd ziin"。

胡德大臣收到信后转而向"日语翻译家"霍夫曼征求意见，他当时正住在莱顿①。多年来，霍夫曼一直在真诚地协助冯·斯波德创作他那部著名的巨著，并因此刚被委任为荷属东印度政府的日语翻译，这是一个专为他设立的职位。在上述关于日本的研究项目中，一位名叫郭古青的华人助手一直在教他学习古汉语②，而此人是斯波德在 19 世纪 30 年代从巴塔维亚带来的。因此，霍夫曼被认为有资格对建立中文学校一事发表意见。我们很快就会看到，这一信任不是没有根据的。

一个总体计划

在对大臣请求的答复中，霍夫曼对在他看来似乎至关重要的三个问题提供了答案：（1）在汉语培训中有哪些特定的方面要引起特别的注意；（2）应当怎样获得预期的学习效果，候选的学员应符合哪些条件；（3）培养一个高级中文译员需要多长时间③。

霍夫曼特别指出，学习中文最大的障碍是"中文的书写和发音之间的奇特联系"。在他看来，对中国文字、它的意义和发音的知识在培训中应当优先于对方言的培训，因为在这个中央王国，只要是受过一些教育的人，不管怎样说话，都能看得懂文字。另一方面，在不同地区，口头语言间的差别是如此之大，以至土生土长的北京人根本听不懂广州的土话。然而，中国官员之间不依赖文字也能进行交谈，在中国的官场上使用着一种从北京方言中提取出来的正式语言。这种所谓的"官话"与方言之间的联系，就像是"国家级高速公路与省级道路之间的关系一样"。即使那些将在荷属印度群岛服务的中文译员最终很可能使用南方的方言进行工作，霍夫曼仍然认为，他们应当接受官方语言的基本训练。为了强化他的观点，霍夫曼补充说，当时著名的汉学家们，如罗伯特·莫里孙、瓦尔特·麦都

---

① ARA, Min. Kol. , Minute 7—11 January 1854, No. 309, 1853 年 11 月 25 日的信。

② 严格说来，霍应被视为荷兰中国研究的首倡者。见 Kern, Levensbericht', pp. 3, 10 和 G. 施莱格编撰的 "Levensschets van 赫尔曼尼·施莱格"，见 *Jaarboek van deKoninklijke Akademie van Wetenschappen 1884*, p. 80。郭的画像可在 Von Siebold 的 Nippon 一书中找到。

③ 1853 年 12 月 9 日的报告包括了三个附录，见 ARA, Min. Kol. , Minute 1854 年 7 月 11 日，309 号。

思、卡尔·古斯雷夫和哈里·S. 帕克都赞成这种观点。

霍夫曼赞同选择广东作为培训这些学生的适当地点。他虽然从来没有去过印度群岛，但他深信，在爪哇几乎根本不可能找到够格的教师，而在广州，找到一位愿意教外国学生而又通过科举考试的秀才，则不是什么难事。

在回答关于选择什么样的人作为培训对象才合适的问题时，霍夫曼深信，这一事业的成功，取决于学生在特定年龄（13～15 岁）的语言天赋和良好形象记忆的能力。这些学生应当精通几种欧洲语言，因为为数不多的教材不是用法文就是用英文写的。在这里，他引证了法国汉学家斯坦尼斯拉斯·朱利恩翻译的五位经典作家的著作，阿贝尔·雷默萨德翻译的《中文文法基础》和莫里孙的《中文语法》。霍夫曼相信，要达到阅读中文文章并用中文交谈的水平，至少需要 4 年的学习时间。在阐述这些想法时，他又附带提了一句："在过去多年间，我为了满足政府对精通中文的人的需求而做了种种尝试，我不应当只字不提自己所付出的这些努力。"

事实上霍夫曼早已在培养两个年轻人：一位是青年传教士，一段时间后他放弃了。另一位是他的密友、莱顿自然历史博物馆管理员赫尔曼尼·施莱格的儿子。在霍夫曼家中经过 4 年的培训后，14 岁的古斯塔夫·施莱格已经能够阅读孔夫子的著作了。霍夫曼相信，这个男孩"长大后肯定可以成为中国语言和文学的权威"，因此向大臣建议，准许他享受助学金，以激励他进一步学习。在收到霍夫曼的报告后，胡德大臣于 1854 年 1 月 11 日将之报告了国王，并且请求授权动用经费以便派遣两位受训者去广州。他还建议给年轻的古斯塔夫·施莱格按月提供津贴。

两个学生在广东学习 3 年的费用总数预计为 2.25 万荷兰盾，旅行费用还不包括在内。和派往广东的其他学生比较，给施莱格的津贴要少得多，霍夫曼要求在 3 年期间内每年提供 500 荷兰盾，其中 300 盾用于每天的拉丁文和希腊文课程，200 盾用于法文、英文和德文的辅导。然而，胡德必定认为这是一笔相当高的预算，他在把这封信转给国王时，在信纸边上写道，"我相信有 300 盾就够了"。6 天后，收到了国王表示同意的回信：可以将两位学生派往广东，施莱格得到了每月 25 盾的生活津贴，"这笔钱可使他能够接受私人辅导，减少去斯提特里耶克高级中学上那些太费时间的课程"。此外，荷属印度群岛驻军三级药剂师 C. F. M. 赫莱斯临时向赫尔曼尼·施莱格博士学习在荷属印度群岛为其博物馆和莱顿植物标本室收集和识别动物、矿物和热带植物的基础知识，也获得了一个特别假期，由霍夫曼对他进行中文强化训练，以便他也能收集中国的动植物资料。

在 1855 年春季发行的一份颇有影响的殖民地刊物《荷属东印度时报》上，编辑范·胡费尔男爵告诉他的读者们，据可靠消息，近期将选派两名年轻人到中国进行高级翻译的培训①。在他看来，送两名青年到中国学习中文这件事是"相当奇特的"。在巴塔维亚对他们进行培训不是更加省钱吗？毕竟"在爪哇成千上万的华人中有学识相当渊博的人，他们中有些人可以讲流利的荷兰话，甚至有人精通法文"。他还建议，应当像通常那样在本地挑选候选人，而不是在荷兰本土选择高级公职人员的子女。他的希望只有部分变成了现实，挑选的两个候选人，阿尔布雷赫特和冯·法贝尔，确实是在当地出生并受教育的（包登佐赫的黑尔维恩学院），但都被派往广东，在那里，他们受到荷兰总领事的直接监督。在广东，殖民政府提供给每人每年总额达 3000 盾的费用，其中包括食宿费和学费②。

与此同时，在莱顿，事情也在同步进行。霍夫曼新添了两个学生，他们是 J. J. C. 佛兰根和 M. 斯哈尔叶，年龄与施莱格大致相当。两年以后，1857 年 1 月 30 日，当时已被聘任为日本语言和文学教授的霍夫曼报告了他们的进步情况。德·赫莱斯已经前往厦门，担负着双重任务，既要负起领事的职责，同时又要采集中国动植物标本。时年已经十六岁半的古斯塔夫·施莱格"踏上了全面掌握中文的道路"。据霍夫曼说，佛兰根是一位具有特殊天赋的小伙子，他取得的成就怎样称赞都不会过分，他正在成为"最杰出的中国语言和文学的学者之一"。斯哈尔叶的勤奋丝毫不亚于他的同伴，也已经取得了令人满意的进展，但依然缺少"理解基础语言学和词源学原理所必需的一般背景知识"。霍夫曼认为，把佛兰根和施莱格派往中国学习印度尼西亚群岛上所讲的方言的时机已经成熟。斯哈尔叶则应当在莱顿再待一年多的时间，以便进一步学习拉丁文。③ 6 月 16 日，施莱格

① *Tijdschrift voor Nederlandsch – Indië*, 17 – 1 (1855), p. 266.
② *Tijdschrift voor Nederlandsch – Indië*, 18 – 1 (1856), pp. 160 – 161.
③ ARA, Min. Kol. , Minute 16 June 1857, No. 613.

和佛兰根真的作为汉语学生进入殖民机构，几个月后，这两个年轻人登上了"海姆总督"号巡洋舰奔赴东方①。伟大的探险开始了。

在中国的学习生活

施莱格和佛兰根取道巴塔维亚到了香港，然后乘船去厦门。这些举止得体的年轻人，中途下船，拜访了当时有名的汉学家李雅各。许多年以后，施莱格在回忆这次会见时，是这样说的：

"这次会见，虽然很短，但在我年轻的心中留下了不可磨灭的印象，并使我确信，学习汉语的唯一方法就是要像他那样，不能靠所谓语法，而是要采取一条在某种程度上来说更艰难也是更有效的方式，这就是大量阅读和研究当地人的作品。"②

最终，这两个学生于1858年6月1日到达了厦门，这是中国东南部的一个通商口岸，他们准备学习当地的福建方言，居住在荷属印度群岛的大多数华人都讲这种方言。德·赫莱斯那时是驻厦门的副领事，并负责对学生的督查工作。在他的安排下，他们很快就安顿下来。

当时，厦门是中国对外劳务输出的主要出口，但就中国城镇而言，它却是非常杂乱无章的。小镇街道狭窄、泥泞、弯弯曲曲，通向妓院和接受逃难者、逃亡者、水手和等待着不知何时离开这里去往海外某个国家的劳工的住处。由于英法海军那时在中国近海水域巡航，小镇总的气氛至少说是排外的。要把友善的、安静的莱顿大学城与这个邋遢的、带有敌意的、充满人群和货物嘈杂喧嚣声的中国港口相比，其反差程度之大简直令人难以想象。

幸运的是，施莱格和佛兰根不必每天受到小镇外来的影响，因为他们住在鼓浪屿，这是一个多岩石的小岛，从厦门乘舢舨可以到达这个西方人的世外桃源。生活在其吃牛肉的同胞们中间，花费是昂贵的，学生们描述他们的处境是如此困难，以至于他们的父母听后深受触动，给大臣写信抗

---

① G. 施莱格、佛兰根、斯哈尔叶，ARA，Min. Kol.，Stamboek van Ambtenaren，M. A. 905。

② G. 施莱格："Nècrologie, J. p309：理雅各"，《通报》IX（1898），第60页。

议说他们孩子的津贴不够，"他们正在令人不愉快的城镇里消耗他们最美丽的年华"①。这到底是由于文化冲击带来的不快，还是由于总是会出现的学生对父母或助学金发放机构的抱怨，我们不得而知。

在厦门的学习，有其独特的吸引人之处。我们知道，古斯塔夫承袭了其父对自然和狩猎的爱好，非常愿意把书本搁置一边，跟随德·赫莱斯渡过海湾，寻找当地植物和动物的标本，莱顿自然博物馆现仍珍藏着这些"战利品"②。这两个学生在法国海军的一次小战役中，甚至还起过一点点小作用。1860 年 6 月，法国运输船利泽尔号在鼓浪屿附近触礁失事，船员们弃船上岸避难。可以理解，当地人对水手们的态度是冷淡的。几周后，一群当地暴徒甚至袭击了船上军官的临时住所。这些人被打跑了，在荷兰学生的帮助下，罪犯被抓获，并受到中国当局的惩罚。多年以后，施莱格（那时佛兰根已去世）得到了法国皇家骑士勋章③，以表彰他的这一贡献。

让我们从厦门学生生活最令人兴奋的一面回到学生们单调的课程上来吧。佛兰根、施莱格和德·赫莱斯（他用了大量时间进行语言培训工作）每日上课，学习当地的闽南方言，并开始了收集材料、编辑词典的宏大任务。佛兰根准备汉—荷部分，而施莱格准备荷—汉部分。当时有英文和法文的汉语词典，但除此之外，仍需要荷兰词典，这主要是由于荷兰语在印度尼西亚群岛是一种官方语言，因此，居住在那里的华人处理公务时应使用这种语言。另外，词典将侧重于福建方言，那时任何语言都没有这样一本词典。

如亨利·博雷尔在介绍同一题目的文章中所说，那时学生与教师的关系是相当密切的。博雷尔于三十年后（1890）作为译员培训生住在厦门，但完全可以相信，此时他所得到的指导与当年对施莱格和佛兰根的指导没有根本上的区别。

在《我的中文老师赵晓云》一文中，博雷尔写道：

"与居住在拉蓬堡大房子里、衣扣眼儿中系着绶带的非常尊贵、

① 1860 年 11 月 1 日的信。ARA, Min. Kol. , Minute 8—9 February 1861, No. 33/172.

② 施莱格：*Levensschegs*, p. 63。

③ 高第：*Nècrologie*, p. 409。

非常博学的教授（他指的是施莱格）完全不同，这个老师与他的亲属包括兄弟住在一起，住在小窄胡同边儿上一个昏暗的、不起眼的住所里。在过去的 20 年或更长的时间里，他每天教荷兰学生 4 小时，费用仅为每月 12 鹰洋。他是一个老人，年近 60，身穿丝绸长褂，脚蹬厚底拖鞋，走路很慢，长辫子体面地垂在脊背上，一副大镜片眼镜架在鼻子上……

"随着我对他的理解，没多长时间，我就意识到，他其实是我的父亲，而雇用他的我其实是他的孩子。这个老师每月从我这里得到 12 银元，他就象一个受雇的佣人一样，每天早晨准时到达。他能以非凡的方式用几个含义深邃的词语和博学多才的欧洲教授决不做的时髦手势表达孔夫子和老子的智慧……

"同时赵老师还插手我的家务，诈取他推荐给我的佣人，他介绍我去某商店买东西，却抬高它的物价，以便他能得到部分利润，但又设法使我觉得，正是由于他我才得以用令人难以置信的低价买到东西似的。很久以后，我才明白赵是怎样用少得可怜的收入过活的。在那些鄙视他的行为，又对他的睿智感慨不已的人看来，他应该要么把圣经或其做宗教和哲学书烧掉，要么就不要再做任何生意。"①

除了学习口语，学生们还学习中文书写的诀窍。他们有许多时间是在用毛笔石砚所作的书法练习中度过的，他们用毛笔和石砚起草或翻译官方法令，最后是写信的能力。施莱格感到只有通过练习写中文信，才能学会像"中国人一样思考"。后来他不厌其烦地向他的莱顿学生讲起当他骄傲地向自己的厦门老师展示他的第一封中国信时的轶事。老师读着他的信，眉头皱起，评价道："不好，深度不够，太表面。我可以为你写一封信，收信人不会懂它的意思。"他边说边动手，旋即拟出一个意思含糊、线索暧昧的杰作。当年轻的施莱格反对说这样意思就表达不清了，他的中国老师严厉地责备他说："这无关紧要，收信人不能了解信的含义，比他能理解一切要好。"②

① H. 博雷尔：*Van leven en Dood*（Amsterdam，1925），pp. 31 – 33。

② G. 施莱格：*La Loi du Parallelisme en Style Chinois*（Leiden，1896），pp. 2 – 3。

到了 1861 年，施莱格和佛兰根已较熟练地掌握了福建方言，这使他们能去广州攻克广东话了。施莱格在广州这个南方城市收集了有关妓女的材料，进行了中国妓女的研究①。据此，有人判断这两个学生的生活是很有趣味的，读者可能也认为施莱格和佛兰根是通过枕边谈话学到了广东话的。下面是他们自己对首次访问广东人的花船的记录：在一个美好的夏日夜晚，他们在没有任何人注意的情况下，悄悄地上船，攀谈道：

"借个火行吗？"（当然是用汉语。）

——你们会讲汉语？当地人相当惊奇地问。——是的，会一点。我们答道。

这几句对话引起一位年长官人的注意，他在船入口处的一间包厢里，吸着鸦片，睡眼惺忪地向刚才与我们谈话的人问道：那是谁？

——那人回答说："是两个外国人。"

我们向年长官人的包厢走过去，他站起身来，用汉语问我们：

——你们是什么人？

——您的仆人来中国学习贵国的语言，我们答道。

——噢，你们是传教士？他问。

——我们答道：您想得不对，传教士不会这样贸然上船的。我们是学生，由我们卑下的国家派到中国，以便学习汉语，然后作为住在爪哇国的您的尊贵的同胞的翻译，这位年长的官人听到这些，跳起身来，完全忘记了他的鸦片枪，向我们大声说道："请进，请进，我怎么能让两个西方圣人站在门口。"②

1862 年 6 月，紧张的培训阶段即将结束，殖民地的工作正在临近。佛兰根和施莱格为表示感谢，在一个花船上开了一个告别聚会，请来了他们的两个中国老师，一位是广东人，一位是厦门人。当他们围坐在八仙桌（晚餐时 4 个先生和 4 个女孩围坐的一种桌子）旁时，他们还很难想象出

① G. 施莱格：Lets over de Prostitutie in China, *Verhandelingen van hetBataviaasch Genootschap van Kunsten en Wetenschappen*（*VBG*），Vol. 32（1877），pp. 1 - 25。

② G. 施莱格：*A Canton Flozoerboat*（Leiden, 1904），pp. 2 - 3。

不久的将来到巴塔维亚后的生活会是什么样子。歌女温柔的歌声在他们身边回荡：

> 姑娘纤手持吉它，
>
> 抱着它，拨动它。
>
> 响板发出啪啪声，
>
> 小鼓发出啪啪声。
>
> 她唱一首歌，
>
> 声音像春风；
>
> "先生们，快喝吧，
>
> 请再喝一杯，
>
> 我们很快会成对成双。"①

当佛兰根、德·赫莱斯和施莱格在中国努力奋斗之时，霍夫曼在莱顿继续为汉学研究添砖加瓦，他先是结识了正在读大学最后一年的斯哈尔叶，又新收了一批学生，如 J. 德布洛克、J. A. 布丁恩、W. 霍鲁纳维尔特和 P. 梅特尔。这里不着重介绍霍夫曼作为东洋学教授所取得的成就，因为沃斯教授在他的书中已有介绍。然而，一项既有助于中国研究，又有助于日本研究的大事应在此提及，这就是早在 1855 年，在阿姆斯特丹举行的皇家科学院的一次会议上，霍夫曼就提出了需要有全套的中文印刷文字。在日本购买这些印刷字的首次尝试，因运来的样品质量低劣而告吹。1858 年 12 月，霍夫曼从德·赫莱斯那里得到了一套 5375 个印刷汉字，这套汉字来自香港伦敦传教会印刷办事处②。有人说，在霍夫曼购买这些二手货之前，他遇到一些困难，其中之一就是荷兰政府众所周知的节俭③。霍夫曼自己的说明驳斥了这种看法。政府非常愿意帮助他，他不得不解决的最大问题是怎样重新将这些字排列好，因鹿特丹港口的海关人员愚蠢地将装有汉字的箱子搜了个遍，而且没将箱盖盖严就运送到莱顿。重新排列这些字是

---

① G. 施莱格：*A Canton Flozoerboat*（Leiden，1904），pp. 7 – 8.

② J. 霍夫曼：*Mededeeling van J.* 霍夫曼 *aangaande de Chineshe matrijzen endrukletters krachtens magtiging van Z. M. den Koning en op last van Z. E. den ministervan staat，minister van koloniën，J. J. Rochussen vervaardigd.*（Amsterdam，1860），p. 4。

③ 许理和：East Asian Studies，*Tuta sub aegide Pallas：E. J. Brill and the world of learning*（Leiden，1983），pp. 62 – 63。

一项枯燥无味的工作，花去霍夫曼及其学生们几周的时间。他们订制了数十个电镀字模，以此来试验收到的字形。据此，他们列出了仿制5375个字模所需的预算。这项活动总费用为12047.37荷兰盾，这笔开支由政府在半年内付清。因此，到1860年1月31日，全部字模制作完毕。这时，荷兰拥有了可操作的中文印刷全套装备，它首次被置放在莱顿的塞特霍夫印刷厂。①

古斯塔夫·施莱格的兴盛

对于在东印度群岛担任中文翻译的荷兰中文译员们，到目前为止，还没有一部记载他们全部活动的完整的历史。在本文中，对于诸如社会背景、住留年限等问题，我将不予涉及，而且我也不想列出全部25人，换句话说，即1860~1900年期间毕业生的全部名单，不去着重介绍这些人的生涯。我将侧重选择这些译员在殖民地生活中某些最重要的研究题目给予介绍。但有一个人的生涯不能被忽略，他就是古斯塔夫·施莱格。

1862年8月20日，施莱格被任命为巴塔维亚高级法院的中文译员。在那里，他与法贝尔一道工作，这两个译员在其公务活动中，都得到了中文老师的帮助和支持，他们都是为此目的而从中国招募的②。根据大不列颠同时期作品，我们可以知道，这些中文老师和职员在驻中国领事馆为其雇主工作得很出色。实际上是他们而不是那些英文翻译将各种东西译成中文，"把你想要说的主要意思告诉他们，他们就会以最简洁的方式把它译出来"③。

但如施莱格所指出的那样，在荷属东印度群岛，情形完全不同：

"在我们的殖民地，约有30万中国臣民。这些人除遵守他们自己的社会习俗外，还全部受印度立法的约束。因此，印度政府颁布的绝大多数法律、法令、公告以及政府每年的租契条件、当地的地方法令、立法和附加的零星文件，都要译成中文。目前，在中国，译员是为那些手艺高、受过

---

①　霍夫曼，*Mededeeling*，pp. 5 - 6. 有关 Sijthoff 的印刷字型库的材料，可见莱顿大学图书馆手稿部的 Sijthoff 档案，1975 卷。

②　见 ARA. Min. Kol.，Resolution 20 August 1862，No. 7333，F. 425—428。

③　G. 施莱格：*Nederlandsch - Chineesch Woordenboek*（Leiden，1884），Vol. III，p. 6.

教育、博学的中国作家服务的。在东印度，他不得不转而服务于那些落第的中国学生，他在别人的诱劝下离开自己的祖国，把某个译员当作作家般地跟随着，满怀着在东印度走好运的希望。就我自己的经验而言，除了誊写翻译文件用的材料外，这些作家给中文译员的帮助是非常少的。"①

对于施莱格来说，一个成果丰硕的研究阶段开始了。在这一阶段，他把作为法律案件的中间人和译员的职责，与他对天文学和比较语言学的个人热情结合起来。他的第一个爱好可以追溯到他的学童时期，当时他们全家的朋友、著名的天文学家佛里德里希·凯撒给他讲起有关宇宙的神奇故事。古斯塔夫与通晓数国语言的父亲一样，有着对语言学和天文学的热爱。

1866 年，施莱格的第一部长篇研究成果《天地会，中国与荷属东印度的华人的秘密社会》发表了，这是一部以殖民当局掠取的中文材料为依据的洋洋大观的作品，这是一部西方人首次收集并解剖中国秘密社会规范的书②。在它之前，中国秘密社会一直抗拒外界的任何分析。直到这本书出现，才使荷属东印度当局和马来半岛当局能制定出特殊的政策，以控制当地华人的秘密组织。

1872 年出版的《中国-阿利》是将汉语与梵语进行比较研究。在这项研究中，施莱格试图将达尔文的理论应用于比较语言学中。这项研究在他同时代的人中未引起什么兴趣③。杰出的语言学家范德顿克虽不否认这项研究中体现出的博学多识，但评价它是"语言学领域中的幻想"④。《中国星相学》（1875）得到了更为广泛的响应。这是一个先导性的研究，由于作者过多地发挥了想象力而引起激烈的争论⑤。现在，中国科学史专家李约瑟赞同这些批评家们的意见，即该书部分理论的基本原理是不稳固的，

① G. 施莱格：*Nederlandsch - Chineesch Woordenboek*，Vol. Ill，pp. 7 - 8。
② G. 施莱格：Thian ti hwui. The Hung - league or Heaven - earth - league，A secret society with the Chinese in China and India（Batavia，1866）。
③ G. 施莱格：*Sino - aryaca*，*Recherches sur les Racines Primitives Dans les Langues Chinoises et Aryennes* VBG 36（1872），pp. XVI - 181。
④ H. N. van der Tuuk，Fancy op Taalkundig gebied，*Algemeen Dagblad van Nederlandsch Indië*，8—10 January l876，pp. 1 - 15。
⑤ G. 施莱格：*Uranographie Chinoise ou Preuves Directes que L'astronomic Prirni—tire est Originaire de la Chine*，*et qu'elle a ètè emprunt6e par les Anciens Peuples Occiden—taux à la Sphère Chinoise*，（Leiden，1875）。

因为施莱格试图证明中国天文学是所有天文学的起源。但李约瑟仍然认为，这本书是中国星相学方面最重要的参考资料①。这三部研究中，只有第一部与施莱格日常活动直接相关。他以"中国的风俗和游戏对欧洲的影响"为题目的博士学位论文，与他作为法院译员的工作也很少有共同之处。这一无足轻重的研究使他获得了耶拿（Jena）大学博士学位（1869），或许是中国赌徒与法律之间经常不断的摩擦，使他走上了这一研究道路。

殖民当局也注意到施莱格似乎有很多的闲暇时间，而且过得很愉快，"否则，他怎么能用如此多的时间去进行研究？"他们考虑并提议让施莱格负责对巴塔维亚的新译员们进行培训，以此减轻霍夫曼在莱顿的负担。官方文书这样写道，"由尊敬的霍夫曼教授在莱顿进行的培训已显示出不足之处和花费高的缺点。"

施莱格和冯·法贝尔制订了一个方案，其中，他们预计在他们的指导下，全部学习时间将压缩为 5 年，即在巴塔维亚 4 年，在中国 1 年。但需要有中文教师每日的会话练习。进而，他们提出他们的薪俸每月增加 100 盾②。根据他们在中国留学的经历，他们提出不要委托当地领事管理学生的助学金，而是每月发给学生 125 银元：

"从事于汉语学习这样艰苦生活的特定年龄段的年轻人，既不同意也不愿意由其他人管理自己的事，好像他们是不能照料自己事务的孩子或学童。"

在由施莱格和冯·法贝尔开列的教科书中，增添了由威尔斯·维廉姆编写的《广东话发音词典》《轻松学汉语》《麦都思词典》几本书。与 10 年前霍夫曼列出的教科书相比，教学材料明显增加了。在中文书目中，有《康熙圣令》《三字经》《千字文》《三国演义》《四书》，这些书现仍为严谨的汉学学生研读的教科书。

---

① J. Needham, *Science and Civilisation in China*, 6 Vols. (Cambridge, 1954—1984) Vol. 3, p. 183.

② 报告及有关的通信可在 ARA Min. Kol. , Minute 11 April 1867, No. 22 中找到。涉及中文教师的工资，施莱格指出：在巴塔维亚，中国人付给他们孩子的私塾老师的工资是 50 至 125 盾。有关这种中文教育，可见 J. E. 阿尔布雷赫特, Het schoolon—derwijs of their children. For this Chinese education see J. E. 阿尔布雷赫特, "Herschoolonderwijs onder de Chineezen", *Tijdschrift voor Indische Taal—en Volkenkunde* (CTBG) XXV (1879), pp. 225 – 241。

在爪哇培训翻译的初衷是为了节省开支，因此，经仔细研究，这个方案化为泡影。两个学生在东方培训 5 年，预计需 31500 荷兰盾，每人每年需 3150 荷兰盾。这与在莱顿培训的费用相比并不可取。

从下表中，我们可以较清楚地将布丁恩和霍鲁纳维尔特两个学生（他们都由霍夫曼在莱顿培训并派送中国学习两年）的实际花费与在荷属东印度某个译员指导下进行培训的预算做比较：

莱顿	荷兰盾	巴塔维亚	荷兰盾
1858 年 9 月 1 日—1861 年 9 月	1850	4 年的助学金	7200
参考书与服装补贴	900	中文教师 4 年的学费	2400
到巴塔维亚的交通费	536	到中国的交通费	1200
到厦门的交通费	600	在中国 1 年的生活费	3750
1862 年 3 月—1864 年 8 月在中国的生活费	5738		
返还巴塔维亚的交通费	600		
6 年总计：10224		5 年总计：14550	

这些数字表明，在莱顿培训虽然所需时间多一年，但比在巴塔维亚培训要便宜得多，这主要是因为在莱顿花费较低，在那里学生只得到很少的助学金。除了经费方面的原因外，他们很快就发现，在东印度群岛找一个合适的教师也不容易，而且更重要的是当时并不缺译员。1864 年的记录当时的译员有[1]：

巴塔维亚	冯·法贝尔、G. 施莱格
三宝垄	赫莱斯
泗水	阿尔布雷赫特
塞瑞宝	J. 德布洛克
万丹	J. 布丁恩
寥内	M. 斯哈尔叶
坤甸	W. 霍鲁纳维尔特

---

[1] ARA, Min. Kol., Minute 28 October 1864, No. 10.

尽管佛兰根已于 1864 年初去世，但他的位置很快由阿尔布雷赫特替代。那里仍有足够的译员。

施莱格和冯·法贝尔因此决定在巴塔维亚搞一个仅由一个人主持的培训试验，并制定了大纲①。不幸的是，这时施莱格病倒了，于 1872 年夏天回荷兰病休两年②。他一到荷兰就见到了霍夫曼，这时的施莱格在中文方面已大大超过了他的老师，并至少能讲两种南方方言。他们都认为应让施莱格在莱顿进行汉学翻译的培训工作。由于布丁恩和德布洛克的去世以及施莱格的生病，造成中文译员出现空缺，施莱格就向殖民大臣递交了一份以在荷兰建立汉语培训学校为题的备忘录③。

设立汉学教席

在备忘录中，施莱格强调"每三至四年就应该由专门指定的教授培训两名学生，以便使译员队伍保持青春活力"。但教授不仅要承担培训，还必须编写一部好的荷汉与汉荷词典。现有唯一的一部价值约两百荷兰盾的英汉词典并不完整，且只能单向查阅，"只适于翻译布道辞和宗教小册子，但绝对无法翻译东印度群岛的法规条例或宣言公告等"。在此情况下，施莱格谈到，在过去 15 年以来，他一直在编写荷汉词典，而汉荷词典（泉州方言）正由巴塔维亚的政府印刷部门在着手印刷。"但由于只允许雇员们下班后编印词典，在过去两年里，只印刷了十六页，所以还得再等若干年后词典才能出版。"④

最后，施莱格特意指出，"大部分东南亚和马来群岛华人的反抗与动乱，往往只是由于东印度政府的公务员们对中国人的民族特点漠然置之

---

① 施莱格于 1867 年正式受命在巴塔维亚训练新的译员。见 ARA，Min. Kol.，Minute 11 April 1867，No. 22/469，又花了几年的时间才找到一个合适的候选人 J. J. Roelofs。
② 施莱格离开后，冯·法贝尔又接收了一个学生，即巴塔维亚土生土长的 J. W. 荣赫。
③ ARA，Ministry of Home Affairs，Cabinet，1875 dossier 144.
④ 佛兰根和赫莱斯所编撰的 The Chineesch - Hollandsch Woordenboek Van hetEmoi - dialekt（《汉荷厦门方言词典》）直到 1882 年才在巴塔维亚出版。那时，道格拉斯的一本与之相比要好得多的 Chinese - English Dicticmary of the vernacular or spokenlanguage of Amoy（厦门白话和口语汉英词典》）已经问世了。

而引起的"，所以莱顿的殖民事务公务员培训学校的学生应该学习了解群岛上最勤奋的群体，即华人的法律、风俗习惯、宗教活动等。该项建议无可非议地得到了大家的认可，认为在莱顿的当务之急是需要设一个汉学研究的讲座教席，作者冒昧地举荐了一位最佳候选人来担此重任：他本人。

1873 年 10 月，施莱格受托开始对三名译员进行培训，1875 年又接受了对另外三名译员的培训任务，并于同年获得了"特邀教授"的称谓①。两年后，他又从这一职务转任正式教授。

施莱格满怀热情、积极主动地投入新的工作中，他将霍夫曼买来后几乎一直束之高阁的中国活字印刷字模擦拭干净，搬送到布里尔出版公司，并亲自向印刷徒工讲解使用方法。在布里尔最近出版的纪念册中，许理和对此做了形象生动的描述。许理和回忆自己在 1940 年末当学生时期见到排字工人马丁师傅——这位最后的莫希干人——的情形，他虽然对中文一窍不通，却能迅速地利用 216 个中文部首进行排字，比起中国排字工来毫不逊色②。著名的法国汉学家伯希和曾苛刻地评价施莱格说，培训这些徒工"或许是他所做过的最出色的工作"③。显而易见，这种评价对施莱格是极其不公平的，但汉学家们一贯如此，彼此间从未友好相待或和睦共处过。而施莱格本人就在时刻准备着去批评别人，这也是他自找的④。无论伯希和的评价确切与否，还是确实表明了，诸如此类的基础工作总的来说对学术的发展是至关重要的。1875 年施莱格的《中国星相学》印刷出版后，牢固地树立起了布里尔的声望，使之成为印制中国出版物的首屈一指的欧洲出版商。

施莱格在参与印刷厂工作的同时，他呕心沥血编写荷汉词典的工作也保持了良好的进展势头，这部四卷版的杰出巨著终于在 1882～1891 年间问世了。对于作者而言，此刻心中涌起的既有大功告成如释重负般的欣慰，

① 见 ARA, Min. Kol., Minute 15 October 1875，其中有一份正式任命书的复印件。
② 许理和：East Asian Studies, p. 62.
③ 戴文达：*Holland's Contrlbution to Chinese Studies*（戴文达《荷兰对中国研究的贡献》）。London：The China Society, 1950, p. 22.
④ 戴文达的原话是这样的："施莱格是个有点好斗的人，总认为自己比别人强……但是，失误的机会是太多了，他并不是每次都能错过这些机会。"同上，p. 22.

也有空落落的灰心失意。《荷汉词典》得到了国际社会的交口称誉，法国授予其"斯坦尼斯拉·朱利安"奖，德国新闻界甚至将词典顶礼膜拜为"世纪丰碑"之一，并将它与福斯桥和埃菲尔铁塔相提并论[①]！然而，归根结底词典注定只有少数荷兰汉学家去使用。在1883年的一篇会议论文里，施莱格竭力说服他的欧洲同行们，荷兰语事实上是阅读中文文件的欧洲汉学家进行翻译工作的一个途径，他编写的词典带有丰富的俗语、惯用法方面的注释，可以轻松自如地与荷英以及荷法词典联合使用，查阅简单方便[②]。然而，人们对这些话只是付之一笑而已。其实，施莱格充其量不过是在自欺欺人，因为每个听众都能领悟其弦外之音。但现在，这本词典对于那些需要翻阅荷兰的有关中国或东南亚的档案文献的年轻中国历史学家却具有无可替代的作用。然而，令人啼笑皆非的是，那些曾被布里尔小心翼翼地保存到20世纪70年代的未装订的大量库藏本册，在1975年却被一位工作效率极高的库房经理送进了碎纸机。

我已经谈到了施莱格对因循语法的学习方式不屑一顾。他提倡不断地进行大量阅读练习——中国字"习"意味着学习与练习，是由羽毛的"羽"字和"白"字组成的，包含着雏鸟振翼练习飞翔的寓意。他的闻名遐迩的发表于1896年的论文《不要纠缠于语法，只管读原文！》，对这种方式给予了有力论证。但作为一名教师，施莱格并没能够自觉地克制自己：他的暴躁性情和自命不凡的古板言行，使学生们对他敬而远之。而人们屡见不鲜的是，那些历经磨难、独具见解的人，反而会以温和灵活的态度处事待人，高延和他的对手亨利·博雷尔就是最显而易见的实例。

在世人口中不止一次地提到一个传奇故事，人们不无感慨地谈起古斯塔夫·施莱格、亨利·高第和布里尔的两位编辑（他们拥有印刷装备，得到其合作至关重要），谈起他们如何在从斯德哥尔摩到克里斯蒂那（即奥斯陆）之间的列车上（1889年东方学家会议在那里召开），对创办发行汉

---

① G. 施莱格: Het Godsdienststelsel van China, Indische Gids (1892), p. 1133.

② G. 施莱格: Sur l'importance de la langue hollandaise pour l'inter pretationde la langue chinoise, *Actes du 6e Congrès International des Orientalistes* (1883), 4ièmepartie, Extrème Orient, pp. 121 – 142.

学期刊进行了最初构思。时至今日，致力于"东亚历史、语言、地理和艺术"研究的《通报》，仍在该领域学术期刊中保持着重要地位①。

译员的作为

正如本文前面所述，荷兰的华语译员主要集中在爪哇的三个最重要的城市——巴塔维亚（雅加达旧称）、三宝垄（印度尼西亚港市）和苏腊巴亚（即泗水），以及周边岛屿上若干较大的华人风情浓郁的居民聚集区。由于殖民政府的各级行政部门颁布了各类法律、条例、政令等，在这些荷兰法律法规的管辖下约有 30 万华裔，要由译员负责将这些法律条文为其译成中文。同时，在某些需要专门安排、组织的社会活动中，例如：殡葬仪式、婚礼庆典等，译员从中也起着至关重要的作用，由此还出版了若干有关丧葬习俗和殡仪馆的饶有兴趣的研究结果。此外，译员还常常作为义务工作团体和孤儿管理员，为当地的华人孤儿院提供服务。施莱格在华人的遗嘱、捐赠和继承法，以及在苏腊巴亚（泗水）华人的殡仪业务等方面均有所成就②，堪称这方面的引路人。此外，J. 荣赫（1873 年至 1875 年曾在巴塔维亚向冯·法贝尔学中文）出版了关于中国和东南亚及马来群岛的华人公墓的论著③。

还有大量的文章涉及婚姻习俗、中国的婚姻法以及中国新娘的地位等问题，本文无法对其一一加以评述。这些文章主要发表在有关殖民事务的荷兰期刊中，从杰拉尔德·A. 拿赫尔科克编撰的出类拔萃的文献目录《在印度尼西亚的中国人》④ 中可以很方便地查到。

帮会是译员们的另一个研究热点，因为他们经常需要与这些团体的成

---

① 高第："Nècrologie 施莱格"，pp. 407 – 408。

② G. 施莱格：Chineesche Begrafenisen Huwelijksonderneming（gevestigd te So – erabaya），*Bijdragen tot de Taal – , land – en volkenkunde van Nederlandsch—Indië*（*TBG*），4th series VIII（1885），pp. 1 – 43.

③ J. W. 荣赫：De begraafplaatsen der Chineezen, zoo in Nederlandsch indiè alsin China, *De Indische Gids*. 9—2（1887）pp. 1522—1560.

④ Gerard A. Nagelkerke，*The Chinese in Indonesia*，*A Bibliography*，18th cen – tury – 1981（Leiden，1982）.

员打交道，他们便常常对施莱格撰写的《天地会》①有所评述或补充。在
这方面 J. 荣赫和 M. 斯哈尔叶的功绩也是有目共睹，值得一书的。荣赫将
英国和荷兰针对海峡拓居地以及荷属东南亚和马来群岛的帮会的法律条文
进行了对比，因为他的绝大部分职业生涯是在里奥群岛（新加坡附近）和
棉兰（北苏门答腊）度过的，而斯哈尔叶则定期地从各种各样的杂志中收
集有关当地帮会组织的资料②。在莱顿大学图书馆所保存的斯哈尔叶撰写
的文章中，有一部未发表的有关秘密团体的综合研究文章，还有斯哈尔叶
所著的《厦门语——荷兰语词典》（1864）、《使用厦门方言手册》（两卷
本），尤其令人惊讶的是，还有一本荷兰厦门语词典，是他在施莱格的荷
汉词典第四卷即最后一卷③问世 6 年后，于 1889 年编写的。这些著作均未
发表。

另一位早期的汉学家是赫莱斯，莱顿大学图书馆收藏有他的部分著
作。他在人们的眼中有多重身份，是副领事、中国动植物收集家，最后又
与佛兰根同为汉荷词典的合作者。由于赫莱斯的所有著作都是用荷兰文出
版的，他现在已经被人们完全遗忘了。此外，由于他精通汉语并受过医药
学方面的培训，还驾轻就熟地翻译了《示缘录》——官方法医学手册。他
的存档论著主要包括有关于 1860 年天津条约的外交资料、中国的法律文
献、来自厦门当地地名索引的部分译文，以及描述 18 世纪台湾起义的书
《同诚旗》（Tung Cheng chi）④。

公祠是另一种社会组织，是在坤甸（婆罗州西部）供职的所有译员不
言而喻地热切研究的对象。最初这些组织被殖民当局划归为帮会一类的机

---

① 在 1885 年 2 月 11 日向总督提供的专家咨询中，霍鲁纳维尔特对施莱格批评道："施莱格
仅触及了外部特征，而没有就这些社会的实质和目的告诉我们多少东西。他所提出的观
点都是根据假设而不是根据观察得到的，因此是有悖于经验的。"见 ARA，Min. Kol.，
minote 8 May 1885。

② J. W. 荣赫：De wetgeving ten aanzien van geheime genootschappen of broeder—schappen onder
de Chinezen in de Strait's Settlements en in Nederlandsch—Indië，*Ti – jdschrift voorNederland-
sch—indie*，new series 19（1890），pp. 179 – 200，241 – 291；M. 斯哈尔叶：Bijdrage tot de
kennis der Chineesche Geheime Genootschappen（Batavia，1870）。

③ 莱顿大学图书馆，BPL 2104—06。

④ 莱顿大学图书馆，BPL 1780—84，De 赫莱斯 collection. C. F. M. de 赫莱斯，Gerechtelijke
geneeskunde，*VBG* 30（1863）。

构，但汉学家们很快便意识到，这些组织存在于所有的不同种类的企业经营部门里，是移民们为了互助的目的而组成的社会经济团体。在婆罗州，这种组织是以金矿公祠的形式体现出来的。高延撰写了有关婆罗州金矿工人公祠的专题论著，将公祠与南非的布尔共和社进行了对比，从而使人们能够看到他们的积极意义。尽管他的论著或许是篇最出类拔萃的文章，但荣赫和斯格克也曾就此主题著书立说①，做出了不可小视的重要贡献。顺带还需指出的是，斯格克像他的年轻同事 P. 范德斯达特一样，对客家话进行了深入研究，这是一种在婆罗州、邦加岛和勿里洞（印度尼西亚岛屿）的矿工中间广为使用的方言。在此基础上，斯格克又开展了一系列语音方面的研究。范德斯达特则编了一本荷兰语客家语词典②。

以上我对与译员日常活动有关的一些课题作了考察。如果对译员们提交给殖民行政部门的、涉及各式各样的主题，如劳工、鸦片垄断、华人在爪哇的个体贸易等报告作一些提要说明，这一考察还可得到进一步扩展。在海牙的殖民档案里有许多此类文献③，尚待历史学家和社会科学家去查询。

下面介绍的是不十分引人注目的与自然有关的研究课题。首先必须介绍的是《马来群岛和马六甲笔记》，这是一本由译员 W. P. 霍鲁纳维尔特④编译的中国人对东南亚地理描述的文集，其中收录了古代中国人对南洋风物的记载。他的这项工作与他同时代的人（包括施莱格）所作的牵强附会的历史地形测量学形成鲜明的对照，至今仍然是 15 世纪东南亚港口地理情

---

① J. J. M de 高延：*Het Kongsi wezen van Borneo*（'S—Gravenhage，1885）；S. H. 斯格克：*De Kongsi's van Montrado*，TBG 35（1893）pp. 498 – 657，36（1893）pp. 417 – 418；J. W. 荣赫：*Bijdrage tot de geschiedenis van Borneo's Westerafdeeling*，TBG 38（1895）pp. 499 – 550；J. W. 荣赫：*Theu Sioe Kim Njong, in de Westerafdeelingvan Borneo bekend als Njonja Kaptai. In memoriam*，BKI 37（1883）pp. 149 – 153.

② S. H. 斯格克：*Ancient Chinese Phonetics*，*T'oung Pao* VIII（1897），pp. 362 – 377，457 – 486；Voor 斯格克的传记材料，见 R. H. 高罗佩：Nècrologie，Simon Hartwich 斯格克 *T'oug Pao* XXXIII（1937）pp. 299 – 300；P. A. 范德斯达特，*Hakka—Woor—denboek*（Batavia，1912）.

③ 有一本很好的指南介绍这些档案，F. G. P. Jaquet，*Sources of the History ofAsia and Oceania in the Netherlands* Part II：Sources 1796—1949（Monchen，1983）。

④ W. P 霍鲁纳维尔特：Notes on the Malay Archipelago and Malacca，com – piled from Chinese sources，VBG 39（1880），pp. 1 – 144。有关霍鲁纳维尔特的传记，可见 *Encyclopaedie van Nederlandsch—Indië* 8 vols.（'s—Gravenhage，1917—40）Vol. I，pp. 819 – 820.

况的很好的说明。霍鲁纳维尔特的职业生涯与他的同事们截然不同，从 1864 年直至 1872 年他在坤甸和巴东任译员，接着在北京工作了两年（在荷兰公使馆工作，同时，为研究课题收集资料），然后，作为译员又在巴塔维亚待了很短暂的一段时间，在这之后，他便改行从事与自己的汉学背景几乎毫不相关的行政工作。作为一名公职人员，他的工作业绩辉煌，在事业的顶峰期，甚至担任过东南亚和马来群岛市政会的副主席。他作为中国问题的荣誉视察员，切实发挥了一个普通译员无可比拟的影响。1898 年退休后，他着手对中荷关系史进行详细研究，但只有研究的第一卷曾问世①。他的一名较年轻的同事 B. 胡丁克退休后也投身历史研究，发表了若干论述 17 和 18 世纪时在巴塔维亚的中国头领的优秀文章②，胡丁克当过译员和视察员，19 世纪 90 年代参与起草过劳工法规。

高延是施莱格的第一位并且是最好的学生，尽管他并不回避常人所遇到的现实问题，但作为译员，他是唯一从一开始就矢志于学者生涯的人。这位汉学家与自己的老师形成了有趣对照：施莱格在许多方面就像一个受启蒙传统影响下的少年，探索各种各样的课题（他编著了大约两百多万字的文章和考述），而高延则一心一意地从事现代宗教社会学理论的研究。

第二代

高延出生于斯希丹（1854 年 2 月 18 日），从小接受虔诚的罗马天主教教育，但是在莱顿求学期间却发生了深刻的宗教危机，放弃了自己的信仰③。他在施莱格指导下经过四年风波迭起的学习生活之后（高延像他的老师一样性格反复无常），动身到厦门进行实地学习。高延性格独立，有

---

① W. P. 霍鲁纳维尔特：De Nederlanders in China. 2 Vols. *BKI* sixth seires – 4 (1898), pp. 1 – 598。

② B. 胡丁克：Chineesche officieren te Batavia onder de Compagnie, BKI 76 (1922), pp. 1 – 136; Nihoekong, kapitein der Chineezen te Batavia in 1740, BKI 74 (1918), pp. 447 – 518; So Bing Kong, het eerste hoofd der Chineezen te Batabvia, 1619 – 1636, BKI 73 (1917), pp. 344 – 415; 79 (1923), pp. 1 – 44; De weduwe vankapitein Siqua – Djanda Kapitein Siqua, *Chung Hwa Hui Tse Chih*, II – 1 – 2 (1981), pp. 16 – 25, 98 – 107。

③ 见 De Visser, Levensbericht, p. 1。

自己的一套见解，他将几乎所有的实习时间都用于研究当地的宗教习俗，在学业上花费的时间反倒微乎其微①。他踏遍福建全省，四处访问神殿、寺庙，以参与性的观察者的身份研究寺院生活，为他的关于厦门华人的年节祭日及风俗习惯的学位论文收集资料②。高延分配到的第一份工作是在爪哇的舍里本（地名，爪哇附近）当译员，他在那里事实上无事可做，便利用充裕的时间编辑整理这些资料，以备发表。在他的下一个供职地坤甸（婆罗州西部），他把客家方言学到能够使用的程度，并且在陪伴荷兰官员到中国矿工区视察时，收集到了必要的关于兰风公祠的资料（本文前面已有所描述）。1883 年 3 月，高延因病回到荷兰，他利用这段养病时间获得了莱比锡大学的博士学位，发表了两本研究论著：《厦门的年节祭祀及风俗习惯》和专题文章《兰风公祠》。

高延在修改这些作品的校样时，心中同时在酝酿着一个雄心勃勃的计划，即对中国宗教的各种表现形式进行系统研究。在当时，西方作者（大部分是传教士）总是把中国的超自然世界描绘成是一个包罗林林总总的信条、教义、哲学以及迷信活动的大杂烩，旨在改善世人的生活现状，拯救众生，保佑灵魂转世再生。在高延看来，对这种描绘进行挑战和"深入揭示这个中世纪王国宗教生活的深层本质"的时机已经成熟。他的这个想法由来已久，还是在学生时代，当他为了研究厦门的年节祭祀和风俗习惯，收集那些杂乱无序的原始数据资料时，就已经开始了这方面的尝试。他钻研了当代的社会学理论，勾画出一个信心十足的研究项目。虽然这个课题由于需要对不计其数的原版文字加以研究，只能由汉学家来承担，但他仍然严格遵循"宗教与社会学研究的一般科学常规"③而进行。高延企图通过这个项目，对各种仪式、典礼、礼仪以及人们在实施过程中执行的规章条例和惩罚戒律等进行一番生动的描述，并且对"支持这些行为的思想和学说加以概述"。换句话说，他的目的就是要描述中国的宗教，概括它对

① 同上，p. 2。他在厦门的老师赵晓云说他更喜欢小说而不是古代的经典作品，并对此感到恼怒。确实，在他著作的引言中，高延告诉读者，他要"使读者熟悉一个范围广泛的文学类型，这从汉代起就称为小道'小说'，即街谈巷议之文。在中国人的心目中，它们属于较低的等级。"见 H. 博雷尔：*De Nederlandsche Sinologie*, *De Gids* (1912) p. 269。

② 高延：Jaarlijksche feesten en gebruiken der Emoy—Chineezen, *VBG* 42 (1882), p. 1—644。

③ 高延：*The Religious System of China*, 6 Vols. (Leiden, 1892—1910) vol. 1, Introduction。

社会和家庭生活的影响。

最后一点至关重要，高延必须把研究项目放在一个更大的框架之中。才有机会获得审批，在中国进行为期三年的现场调查，必须从他的雇主——殖民事务部那里获得财政支持。该项目建议书报送给了殖民事务部部长 J. P. 斯普雷尔·范艾克，并于 1884 年 10 月 11 日（在霍鲁纳维尔特从内部和施莱格博士从外部的促进下）获得立项。并将其目的确定为更好地了解南部中国社会及其海外迁移运动的根源及动因①。

尽管东南亚和马来群岛东印度政府对项目建议书的某些细节持保留意见，但还是批准了该项目。1885 年 5 月 8 日高延收到了政府签署的实施项目的批文，在随后的 6 个月里，他厉兵秣马做好了充分的准备，例如：学习照相和冲洗胶卷；与人类文化学领域的驰名世界的学者会面，这些学者中包括著名的法国收藏家爱米尔·吉美，他希望高延为他在里昂的博物馆收集宗教制品。

1886 年 1 月高延动身赴巴塔维亚时，有消息说，他在中国逗留的四年中，将不可能仅仅从事学术研究。起因是日里（苏门答腊东北部）的烟草种植园主联合会获悉高延将在中国进行科学考察，便向总督范雷斯建议，请这位译员在中国开展研究工作期间，也能顾及他们的利益——为他们在中国招募劳工。因为从新加坡招募劳工到苏门答腊已经变成了一个异常尖锐的问题，以至于要借助专家来帮助解决。荷兰驻中国使节佛果荪的态度与新加坡的劳工经纪人发生对立，他反对从中国向苏门答腊直接移民，并已挫败了早期所有的此类意图。高延便在去中国前，奉命访问了姆托克和日里两地。

经过两年精疲力竭的奔波努力，高延开创了直接移民的先例，上述部分对此已有介绍②。他的积极参与赢得了农场主们对其终生难忘的感激。但由于他得罪了佛果荪，致使总督正式对他提出了指责③。必须指出的是，

---

① 这份申请以及研究计划保存在 minutes of 29 December 1884，no. 18（ARA，Min. Kol.，Minutes of 8 May 1885 No. 10 and 9 December 1885 No. 37。

② F. van Dongen. Tussen Neutraliteit en Imperialisme，*De Nederlands—Chi - nese betrekkingen van 1863 tot 1901*（Groningen，1966），pp. 124 – 132；H. J. Bool，DeChineesche Immigratie naar Dell（n. P.，n. d.）.

③ See ARA，Min. Kol.，Mailrapporten no. 6474，letter of 22 June 1889，Berisping voor de tolk in de Chineesche talen. 高延：belast met werving van arbeidersin China。

这位学习宗教礼仪的学者始终没有退缩到学术研究的象牙塔中，而是孜孜不倦地服务于殖民行政部门，与阿拉伯语言学者斯诺克·霍赫罗尼耶的所作所为惊人地相似。

1890 年当高延返回荷兰不久，便被任命为莱顿大学受人尊敬的荷兰东南亚和马来群岛人类文化学教授的职务，这一职位在 G. A. 维尔肯去世后，一直空置着。他发表的就职演讲题为"了解中国政治、学术对我们殖民地政府的重要意义"，其中强调了东南亚和马来群岛华裔少数民族举足轻重的作用。透过这篇演讲，就会使人一目了然，这位新上任的教授的兴趣依然集中在中国①。高延以自己始终偏爱的比较人类文化学的研究方法，满怀热情地投入到分析东南亚文化与社会的新任务中。可他并没有把全部精力用在钻研中国上，而是一边在准备中国宗教系统的研究，一边讲授有关苏门答腊多巴巴答卡人的婚姻习俗，或明南克卡宝人的母系社会。正如他的一位家庭成员所说，"这位似乎少言寡语、自甘寂寞、书卷气十足的隐士总是保持着不知疲倦、热爱一切的天性，从而促使他在其他的更加广阔的领域工作、工作、再工作②"。1892 年在荷属东南亚和马来群岛东印度行政管理部门和日里公司的共同资助下，第一卷《中国的宗教制度》面世了，随后在 1893 年至 1910 年又出版了五卷。但本来预计要撰写十二卷的著作却始终未能完成，只印刷出版了前两部分。该著作包括的主要论述有：与丧葬有关的风俗习惯、关于灵魂的理论、道教、公共礼仪及人类灵魂的祭祀（年节、与流行病作斗争的仪式）、佛教以及国家的宗教信仰等。

高延的这项不朽的研究和其他一些论著，诸如《中国的大乘佛教律》（1894）的译文、《中国的宗派主义及宗教迫害》（1903—1904）等，对中国宗教的研究产生了经久不衰的影响。他将在现场工作中收集到的原始资料与源于古代习俗的礼仪文本联系在一起，就像英国人类学家莫里斯·佛里德曼曾做过的那样，"高延在从古典人文科学里为现实中的所见所闻寻

---

① 高延：Over het belang der kennis van China voor onze koloniën uit politiek enwetenschappelijk oogpunt（Leiden，1891）。

② De Visser, Levensbericht. p. 8.

找依据"①。事后人们认识到，这种方式过分牵强，并且不符合历史事实。像这一领域的许多其他同事一样，高延通过中国史书的帮助，将所得数据按年代学的顺序从古到今排列起来。正如人所论"这种方法得到的结果只是各个世纪摞在一起的叠砌，而并未深入到其中任何一个世纪中"②。

随着岁月的变迁，高延对这种关于中国迅速衰败的宗教机制的细致的研究感到厌倦，逐渐把兴趣转向了其他课题。毋庸置疑，他的这种日渐消退的兴趣与其对皇家当权者对宗教采取的姿态有关。以前他赞赏感激皇家对待宗教的态度，但在世纪之交发生的义和团起义中，当他目睹了对宗教组织和基督教传教团的残酷迫害后，他的认识便发生了彻底转变，用憎恶取代了以前对宽容与自由的赞同。

高延身边的环境也使他的情绪越来越烦躁。他收集带回荷兰的大量礼器，未能像他原来所希望的那样收藏到莱顿的人类文化博物馆中，在与博物馆馆长发生意见冲突后，这些礼器被分散到了许多博物馆里。他还用笔作武器，猛烈讨伐滥用权力的恶劣行径，尤其是对在大学生联谊会的年度竞选期间，猖獗失控的滥用权力的现象。为此，使他进一步卷入了激烈的与学生，甚至与本院和其他院系同事的唇枪舌剑中。

1904年高延不情愿地放弃了人类文化学教授的位置，去填补施莱格离开后的空缺。在此仅仅两三年前，他曾谢绝了哥伦比亚大学和柏林大学请他担任教授的邀请。当1911年柏林大学再次发出邀请时，他便欣然接受了。随后，由于为大学生联谊会会员问题的争论（为此，他甚至辞退了教区长的职位），以及因一位朋友未被任命而与校委会意见相左等，使他的生活平添了许多苦恼。在柏林，高延于事业上所获取的成就，并未得到幸福圆满的结局。虽然他曾试图出版一本有关中国史书关于中亚的记载的重要研究专著③，但还是身不由己地被卷入到了德国的战备中，直至战争结束，他只能目睹自己的创作——在柏林苦心经营起来的汉学研究，变得支

---

① 所有对高延的研究方法和他对中国宗教社会学的贡献感兴趣的人，都应该读一读 M. 佛里德曼对高延和法国社会学家马赛尔·格拉内所作的有趣的比较："论中国宗教的社会学研究"，见 M. 佛里德曼：The Study of Chinese Society (Stanford, 1979)，pp. 351–369。

② 这是戴文达对日本学家 M. W. de Visser 的评价。M. W. de Visser 使用了与他的同时代人高延同样的方法。

③ 高延：*Chinesische Urkunden zur Geschichte Asiens*, 2 Vols. (Berlin, 1921, 1926)。

离破碎、凋零枯萎。他，一个幻想破灭的人，于 1921 年逝世。

处于十字路口的汉学

如前所述，直到八年后，高延留下的空缺才由他以前的学生戴文达填补起来。荷兰政府为了选择高延的合适继承人，为什么竟然花费了如此漫长的时间才拿定主意，这个谜恐怕只有专门加以研究才能解开。原因是否十分简单，难道只是因为不再迫切地需要为东印度行政部门培训新译员了？时至今日，仍未找到令人满意的答案，但如果我们注意到对极有争议的亨利·博雷尔的评述，或许可以找到部分解释，他正如高延所评价的，是"一位使汉学在荷兰信誉扫地的人"①。

亨利·博雷尔（1869～1933）于 1888 至 1892 年期间与施莱格同在莱顿学习，然后又在厦门实习两年。几乎与他开始在里奥充任华语译员的同一时期，《总商报》（1894 年 4 月 24 日）上登载了一篇文章，文中对荷属东南亚和马来群岛的华语译员的地位提出了讨论。这位无名氏作者评论道："尽管译员们在尽心竭力地工作，但只不过是一群收入菲薄，提出的意见常常被置若罔闻的顾问而已，译员的行政职位与他们的地位和昂贵的培训费已不再相称。"文章在行政层中造成极大震动，引起了一场关于重新组织华语译员队伍的可能性的大讨论②。

根据 1863 年的条例，无论何时，一旦司法和行政等职能部门提出要求，华语译员就应该依此提供笔译服务。当有关中国事务的地区行政部门要求时，译员也应向这些部门的领导提供咨询，并常常在对方认为必要时，陪同其在该地区进行巡视检查。然而，事实上译员几乎从未被作为顾问看待，他们是顾问与否，仅仅取决于部门领导是否在寻求咨询指导，取决于对方个人的一时兴致。

---

① A. G. de Bruin 在他的小册子 Een onopgehelderd geval on een verbolgenhoogleraar（n. P.，n. d.）中引用了这句话。照高延看来，荷兰公众"不再能把肤浅的废话与坚实的研究分开"。
② 见 ARA。Min. Kol.，Minute of 19—22 April 1895，其中包括了 W. P 霍鲁纳维尔特的一份报告和总督所写的一份长篇摘要。把"欧洲人汉语翻译"改组为"中国事务官员"。

1895年皇家法令对译员（现在命名为"中国事务官员"）的地位、机构、称呼方式、培训以及报酬等全部予以重定。在此次改组中，最重要的变化在于，汉学家是否充当司法和行政职能部门的顾问，不再只是根据这些部门的要求，而且也可依照译员自身的提议而定。自此以后，文字翻译的职责便降到了从属地位。

博雷尔一方面能够敏锐地看到殖民地社会中的种种陋习，另一方面却在处理官方关系中出人意料地缺乏老练圆滑和谨言慎行的作风，结果陷入了因译员状况的改组而产生的混淆迷乱中。在对译员的新职责进行必要的审议和完善的过程中，他草拟了一些批评报告，提出了措辞相当强烈的论点，结果他的评论干脆被束之高阁，塞入了故纸堆[1]。但从长远的观点而言，博雷尔的许多见解是正确的。由此或许可以得出这样的结论：他是自身热情和行政职能部门的推诿拖拉作风的牺牲品。他的生活是一个有盛衰起伏，有不得已的休假，也不乏欢欣鼓舞的胜利的故事。1916年博雷尔以荣誉卸职的形式结束了自己的职业生涯，但此时他在荷兰已经"特殊休假"四年了。

值得博雷尔引以为荣的是，他是第一个关注并编写有关中国新生的民族主义感情，以及荷属东南亚和马来群岛本身新兴的中国民族主义运动的人。他编写过有关中国人的社会发展的权威性论文、通俗小说，与此同时还撰写过深奥的罗曼蒂克式的针对远东的思考，结果使读者感到扑朔迷离。他还以系列丛刊的形式向文化程度较高的读者介绍孔子、老子、孟子的作品，丛刊的总题目为"中国哲学——适于非汉学家"。这意味着博雷尔强烈意识到作为普及中国哲学的荷兰本国宣传者的重大责任，也显示了他对同行作品所持的观点。博雷尔在卸任之后，开始批评汉学，在海牙一家有影响的报纸《祖国》担任戏剧及文学批评家，成为一名知识型的杂家，拥有自己的忠实追随者。

这里我们既不涉及文艺批评家，也不涉及艺术家和才华横溢的作曲家，我们关心的是未来也许有某个华语译员，他选择高延作为自己的典型靶标，用以说明莱顿的汉学研究对他所自认为的"真正的中国"知之甚

---

① 见亨利·博雷尔 "op zijn zestigsten verjaardag"，刊载于 Bijvoegsel van Zater – dag 23 november 1929, behoorende bij het Algemeen HandelsblLad。

少。博雷尔用以反对高延的论点是：他是一位脱离实际的科学家，他可能
确实"建立了一座论据信息库，全部论据是从现实生活中认真搜集、发现
的，并且可以用岁月悠久的断简残编予以解释"（他审慎地引用了高延本
人的话），倘若这便是高延的全部杰出才能，那么他还缺乏作为一位卓越
的语言学家和人类学家所应有的在宗教和哲学方面的洞察力①。博雷尔认
为，在中国处于极度动荡的状态，处在爆发革命的边缘时，高延对中国宗
教所做的研究，是否能够真正恰当地解释中国社会，是令人怀疑的。

这些评论听上去与在越南战争期间发生的一场短兵相接的论战如出一
辙，论战的一方是"关心亚洲的学者"，另一方是美国有关东方研究的大
学里的一些院系领导层的既得利益者②。它是发生在被称为"参与社会的
学者"与那些对道德或政治的含意不以为然的为科学而科学的学者之间的
一场名副其实的战斗。至于博雷尔与高延的论战，其含意在人们眼中更加
非同寻常，它甚至被视为是各自代表不同时代、不同视界的汉学家间的争
论③。总而言之，高延在道德方面几乎无可指责（请参看其关于政治及宗
教迫害的著作），并且自觉自愿地将自己相当多的精力用于解决现实问题。
无论何时他参与进来，他都像一名殖民行政部门的忠实仆人，竭尽全力将
与中国有关的现实问题进行分类整理。但在另一方，博雷尔却拒绝把荷属
东南亚和马来群岛的华人仅仅看作是"异己的东方人"。依他的观点，他
们是世界上最古老人类文明的代表，既有优点又有不足之处，正经历着复
兴的战火锤炼。汉学家必须在这场前进的浪潮中有所作为，决不能目不转
睛地只顾埋头搜集那些很快就将无人问津的宗教习俗！不论博雷尔的批评
正确与否，对于荷兰的公众舆论还是有所影响，它改变了人们心目中对高
延埋头学问、不问世事的崇敬印象，认为他一心一意沉浸在对正在消亡的

① 亨利·博雷尔：De Nederlandsche Sinologie，p. 263，Een eminent taal—gelecrde stamelt［…］
als een kind over religie en filosofie。

② 见 Bulletin of Concerned Asian Scholars（1968）。

③ 1911，博雷尔这样写道："从我在拉蓬堡听施莱格教授的课到现在，仿佛不是过了二十
年，而是几个世纪一样。如果我们把今日中国的学校课本与欧洲最杰出和最著名的汉学
家（如高延教授）所写的关于驱妖、巫术、魔法……的千锤百炼、精雕细刻的书作一比
较，似乎也不是相隔几，而是几个世纪一样。"亨利·博雷尔，Denieuwe banen der Sinolo-
gie，*De Gids*（1911），p. 307.

宗教礼仪的毫无价值的研究中。而此刻大家迫切需要的是，能够真正说明中国正在酝酿着什么样的风雨变革的人。

1911 年的革命或多或少证实了，博雷尔四年前在其著名的《东方曙光》中提出的预见。但当荷兰公众意识到需要一名真正的中国事务专家的转折关头，不论是性格怪僻、兴趣过分广泛的博雷尔，还是他在东南亚和马来群岛的译员同事们，都无法满足此重要时刻的要求，直到八年多以后，高延的学生戴文达才被推荐到北京，作为古代及当代中国的译员，承担起未来的重任。

戴文达取长补短，积极地吸取了老师的教训。在莱顿工作的漫长岁月里（1919～1954），他合理协调了对中国古代习俗与当代风云变幻局势的研究。自从戴文达肩负重担以来，为了满足研究所需，他从始至终千方百计地在收集数量庞大、种类繁多的有关中国的信息资料，并于 1969 年正式成立了当代中国资料中心，拥有自己的工作人员，与汉学研究所（由戴文达组建于 1930 年）一起设在同一座大楼里。

后　记

荷兰与中国及中国人民的关系在过去近百年来发生了令人瞩目的变化：殖民统治者与东南亚的华人属民之间的不稳定的关系，已经发展为两个民族在平等的地位上的交往。目前，中国在东南沿海省份建立了经济特区，向西方投资者敞开了大门。在此形势下，荷兰汉学先驱们在语言、法律以及人类学方面的研究，便对从事发展问题的社会科学家具有格外重要的意义，促使他们不遗余力地去挖掘这些早期的著作。不论是高延，还是博雷尔都不会预见到今天所发生的一切，正如拓荒和开源的人从不知道他们的开创性劳动会得到什么样的硕果一样。

我愿在此对格雷高里·拉尔夫和苏珊·劳曼对本文草稿所作的评论表示感谢。

荷兰莱顿大学汉学研究群体

——以二十世纪八十至九十年代为中心

王筱芸

一 荷兰汉学史简述

荷兰的中国研究起源很早，最早可以追溯至荷兰商人到远东经商后所写的东游记。例如：1592 年出版的华赫纳（Waghenaer）《航海财富》（Treaswre of Navigtion）一书中，彭普（Pomp，Dirk Gerritsz）对中国的看法；1595 年出版的林斯侯顿（Linschoten Jan Huygenvan）《葡人东游见闻录》（Travel Account of the Portuguese to the Orient）中，对中国的见解。由见闻游记发展到学术研究，是 1628 年荷兰传教士赫尔纽斯（Heurnius，Justus）在瓜哇传教时，编纂的一本中荷拉丁文字典，以及何留斯教授（Gotius，Jacob，1596~1667）写的一篇关于中国历法的论文，佛休斯（Vosius，Jsaac，1618~1669）研究中国编年史，1797 年侯克黑斯特（Houckgeest，A. A. Van Braam）出版的《荷兰东印度公司驻中国使节的见闻》（Voyage de I'Ambassade de La Compagrie des Indes Orientales Hollandaises Vere I'Empereur de la China Dans les anndes 1794 it 1795）。17 世纪，由于中荷贸易繁荣，荷兰东印度公司在东亚，包括南中国海岸、台湾的商业贸易和殖民冒险均取得了成果，因此，增加了荷兰人研究汉学的兴趣。同时，由于阿姆斯特丹拥有国际出版活动中心的地位，使荷兰成为当时欧洲最主要的收集和传播中国知识的中心之一。

莱顿大学的汉学研究有相当长的历史，早在 19 世纪就有中文的教学。荷兰殖民地政府为了加强对殖民地人民的直接管理，以便有效地同大量组织严密的海外华人社区打交道，故需要许多"华语通"。莱顿大学东亚系的学生被训练成为具有专长的殖民地官员，毕业后被派往厦门，进行为期一年的语言实习，因为当时荷属东印度群岛的大多数华人都来自闽南。

从 19 世纪末到 20 世纪上半期，莱顿大学汉学教授席位共任命四位教授。他们因各自不同的兴趣趋向形成各自鲜明的研究特色。

1876 年莱顿大学设立第一个汉学教授席位，1930 年成立汉学研究院。至今，汉学院已发展成为欧洲和荷兰的汉学研究重镇。到 20 世纪 90 年代，它已经拥有三十多位教职员，三百多位学生，拥有西欧最大的中文图书馆之一的汉学院图书馆，同时，拥有一个"现代中国研究资料中心"和"非西方研究中心"。

首任汉学教授是施莱格（Prof. Dr. schlegtl, Gustav, 1840 ~ 1903），他原是荷属东印度公司的中国事务官员，除在印尼外，也在福建工作，他学习中文，包括官话（国语）和福建话，专门研究印尼的少数民族——来自福建的中国人。1877 年 10 月 27 日，施莱格正式就任教授，他的就职演讲题为"汉语研究的重要意义"。他指出，增长汉语知识对了解荷属东印度群岛的华人团体和殖民政府增加税收都有裨益。作为教师，施莱格强调广泛阅读中文原文，而不主张研究理论方法。他有一句名言："只管阅读，别纠缠语法！"直至今日，这种坚持直接接触中文原文的态度，仍是荷兰汉学界的特色。

施莱格的学术兴趣十分广泛，他曾编纂四大册《荷华文语类参》（Nederlandsch – Chinessch Woordenboek met de Tnarscnoptie der Chinessch Kara kters in het Tsiang – Tsui Dialect, 1886—1890），这是用泉州方言写成的荷中辞典。他还出版了《天地会：中国与荷属东印度土司的华人的秘密社会》（Tien – ti HuiThim Ti Hwui; the Hung – League or Heaven Earth – League, 1866），《中国天文学》（Uranographie Chinoise, 1875）等书。1890 年，他与法国汉学家高第（Cordier, Henri）创办西方第一种汉学研究杂志——《通报》（T'oung Pao），至今，《通报》已成为世界历史最悠久、最

具权威的汉学学术刊物。

第二任教授是高延（Pnot. Dr, Groot, Jan Jacob Uariade, 1854~1921），他是施莱格的学生，起初在印尼工作，1891 年受聘为莱顿大学人类学教授，1903 年薛力赫去世后他转任汉学教授。他主要研究中国的民间社会和民俗学，是一个真正对中国人的生活有兴趣的汉学家。他收藏了许多有关闽南地区的中国服装、民俗、戏曲等资料，他的收藏现藏于莱顿国立民俗博物馆（Rijksm useum Voor volkenkunde in Leidcn）。

他的重要著作有《中国厦门人的年节风俗》（Jaartijksche Feesten in Gebruiken van de Amoy – Chineezen, 1886）、《中国的宗教》（The Retigion of the Chinese 1910）、《宇宙论》（Univeuismus, 1918）、《亚洲史中的中国史实》（Chinesische Urkunden zun Geschichte Asiens, 1926）、《中国大乘佛法的研究》（Le Code du Uahayana en Chine, 1891）等。

第三任汉学教授是戴文达（Prof. Dr. Duyvendak, Jan Jul. Lod, 1889~1954），他是高延的学生，曾在外交界服务，1912 年曾任荷兰驻北京公使馆翻译，1919 年被任命为中国语言学讲师。聘任戴文达，是荷兰汉学改变旧有传统的一个标志，它表明荷兰汉学家的学术框架已超越东印度公司的旧藩篱，而向更为主流的方向靠拢。同时表明政府当局应形势的要求，需要新型的中国问题专家。这类专家对中国主流社会和现当代文化的重大变化反应敏锐，而不仅仅关注那些非主流的表面现象。

戴文达是第一个对中国"五四"新文化运动有兴趣的汉学家，他把中国新文学运动、鲁迅、胡适等介绍到荷兰。他的著述范围相当广泛，主要论述当代中国的发展。他的《中国遇见西方》（China tegen de Westerkim, 1927）是一本论文集，既有论中国的印刷术的发明，也有论述王阳明哲学在 19、20 世纪的复兴；有对梁漱溟《东西文化及其哲学》（1922）一书的批评和摘要，还有关于 1917 年及其后新文学运动的非常精辟的概括性论述；有描述张勋的政治生活及谈论国民党的兴起及北伐。其他主要著作还有《中国历史的道路和体系》（Wegen en gestalten der Chinessche geschiedenis, 1935）、《中国思想家：孔、孟、荀、墨、庄、列、商、韩非》（Chineesche Denkers; Confucius – Uencius – Sjuun – tzu（hsun – tzu）– Mo – Ti Tao – te – Tsing – Tsjuang – tzu（Chung tzu）– Lie – tzu – Sjang – tzu（Shang – tzu）– Han –

fei - tzu, 1941）。同时，他译有《老子道德经》（Lao - tzu Tao te - tsing, 1942）、《商君书》（The book of Lord shang, 1928）等。由于《商君书》的翻译，确立了戴文达作为语言学学者和中国先秦哲学专家的声誉。他于1930 年被聘为汉学教授，1930 年 10 月 8 日作了题为"历史和儒家学说"的就职讲演。在他的努力下，同年，汉学研究院正式成立，他首任院长。

他的另一个学术兴趣是中西交通史，他特别对荷属东印度公司和清帝国的交流有兴趣。写了许多文章探讨郑和的海上探险以及中国和非洲之间的接触。他还在 1930 年创办了《莱顿汉学丛书》，这部丛书至今仍在出版，它集中代表了莱顿汉学研究的成果，代表了莱顿汉学的学术权威性。

稍后于戴文达而异军突起的荷兰汉学家高罗佩，一身兼任外交官和学者二职。他对中国传统文人的雅兴和嗜好有浓厚的兴趣，不仅精通中国传统文人皆具的琴、棋、书、画雅好，还热心收藏，鉴赏古玩，养长臂猿。用文白相间的古雅中文写通俗小说《狄公案》。他的《棠荫比事》（1956），《秘戏图考》（1959）和《中国古代房内考》（1961）使他在中国性文化的研究上，获得开山之祖的声誉。他的藏书很具特色，以古琴琴谱和明刊本小说善本为尚。

第四任汉学教授是何四维博士（Plof. Dr, Hulsewe, Anthony Francois Paulus, 1910～1993），他精研中国政治社会制度的演变，尤其是秦、汉代部分。著有《秦朝法律残简》（Remnants of Chin Law, 1995）、《汉朝法律残简》（Remnants of Han Law, 1955），《中国在早期的中亚：公元前 125 年至公元 25 年》（China in Lentral Asia：the Early Stage：125B. C – 23A. D. 1979）。在何四维任教授的 20 年间，他主持过多项研究课题，如中国早期佛教、中国中古时期佛学、中国古典小说以及中华人民共和国的马克思主义文艺理论。虽然他自己的研究范围仅限于秦汉法律制度和中国史料编纂方面。但这些课题的设置和研究，却为荷兰汉学界开拓了新的研究视野，培养了一批研究骨干。

从上述荷兰汉学史简述中，可以看出荷兰汉学的两个突出特点。第一，荷兰汉学对中国边缘地域和群体研究的关注和由此形成的非中心研究特色；第二，荷兰莱顿大学的汉学研究是以历任汉学教授的研究兴趣形成以个体为主的研究特色。

与英、法、德等国汉学多以基督教的传播为中介进入中国，从一开始就与中国传统的主流社会、主流文化、主流意识形态密切相关的特色和传统不同，荷兰与中国的交往，最初是从第三地（荷属东印度群岛）开始的。基于荷兰东印度公司对东南亚的殖民统治需求及与南中国的商业贸易关系需要，由此形成荷兰汉学关注华侨社会及风俗，关注商业社会及法规文化，关注地域性的民间文化习俗等边缘化的独特视野和研究传统。例如：他们接触并关注的是爪哇岛的华侨群体、华侨社会、南中国的商人阶层及民间社会。关注研究的是非主流社会和地域的生产活动方式，如殖民地华侨社会的商业贸易，小手工业生产者和群体。研究非主流文化，主要研究市民文化、商业文化、民间宗教和民俗文化，而非中国传统的儒教诗礼和士大夫精英文化。关注非主流意识形态：荷兰人经商并重商，他们对东南亚殖民地和南中国商业贸易和民间社会的研究，记录、描述、累积了许多相关的社会历史文化资料，取得很多相关研究成果，弥补了中国主流社会在这一方面的先天不足，纠正了中国学术界对这一视角的遮蔽和盲点，成为中国主流社会历史文化研究有益的补充。

二　莱顿大学二十世纪八十至九十年代的汉学研究群体

荷兰汉学研究机构，采取的是集中建置的方法（这与荷兰国家人口少有关）。从 1930 年荷兰莱顿大学汉学研究院正式成立伊始，它就作为荷兰的汉学研究中心，发挥着研究机构——中文教学——图书馆——智库资料搜集研究——政府及社会公共咨询中心的作用。

从 20 世纪 80 年代开始，汉学院设四个正教授席位。笔者访问莱顿大学的 1995—1996 年，伊维德院长（Prof. Dr. W. L. Idema）为文学教授，施舟人（Prof. Dr. Knistofen. M. Schippen）为历史学和宗教学教授，同时，任法国高等学院教授和荷兰皇家学院院士；梁兆兵博士（Prof. Dr. Liang, Tamfs Chao - Ping）为语言学教授；赛奇博士（Prof. Dr. Saich, Anthony, J.）为现代中国政治与管理学教授。前任汉学院院长许理和博士（Prof. Dr. Zurcherm, Erik）为历史学教授、荷兰皇家科学院院士，当时返聘仍在汉学院进行研究工作。80 至 90 年代汉学院有二十多位教职员从事教学、研究工作，范围包括：现代和古代中国历史、现代和古代文学、政治学、经济学、社会学、法律学及语言学等。

莱顿大学 20 世纪 80 至 90 年代的汉学研究群体，是指于 1975～1995 年任汉学院院长的许理和与 1995 年至世纪末任院长的伊维德，两任院长任期内形成的汉学研究群体和研究风貌。他们是：第一，以伊维德院长为代表的中国文学研究群体；第二，以许理和及施舟人教授（Prof. Dr. Knistofen. M. Schippen）为代表的中国历史学和宗教学研究群体；第三，以梁兆兵教授（Prof. Dr. Liang, Tamfs Chao – Ping）为代表的语言学和文化学研究群体；第四，以赛奇教授（Prof. Dr. Saich, Anthony, J.）为代表的现代中国政治与社会研究群体；第五，以费梅尔博士为代表的中国社会经济史研究群体。

（一） 中国文学——文化研究群体

以研究中国文学为主业的第一位荷兰汉学家是容凯尔（D. R. Jonker, 1925—1973）。他之前的汉学教授，多是从事综合性的研究，即使是作为荷兰汉学界中国古代文学研究和创作的开山鼻祖高乐佩也不例外。

容凯尔的主要工作是把中国文学作品译为荷兰文。他最初同伊维德一起把蒲松龄的《聊斋志异》译为荷兰文，同时，还共同翻译了一些选自《三言》的白话小说。

伊维德教授是第一位把中国古典文学全面介绍到荷兰，并进行专门研究的著名荷兰汉学家。伊教授 1944 年出生于荷兰东部，因阅读荷兰早期外交家兼汉学家高乐佩写的中国侦探小说《狄仁杰断案传奇》等书而立志攻读中文。后就学于莱顿大学中文系，大学毕业后，于 1968 年 4 月起到日本留学，先在北海道大学，后在京都大学人文科学研究所，主要师从田中谦二教授学习中国古代白话小说和元代戏曲。

伊维德于 1970 年回荷兰后，在莱顿大学中文系任教。1975 年 1 月 1 日升为正式教授，1978 年接任系主任。近二十年间，他已经三次任中文系主任和汉学院院长，同时，任莱顿大学非西方研究中心主任和亚洲研究所董事。

伊维德对中国古代小说和戏曲研究双管齐下双题并重。他的硕士论文是关于清平山堂话本（即六十家小说）和三言（即明言、通言、恒言三种话本小说集的总称）的比较研究，重点在冯梦龙编三言时如何剔改旧本。他的博士论文是《早期中国白话小说研究》（Chinese Vernaular Fiction – The Formative Period）。

伊教授研究中国古典小说的主要特点，是认为研究者应首先尊重、了解、把握中国小说发展的独特传统，然后才能加以评论。之后与西方小说作比较研究时，才能有更客观、更实际的看法。他对于那种一切以西方近代文化为标准来衡量其他不同文化的作风很不以为然。他强调，不同地方的文化传统总是有差异的，不同文化传统中的文学，当然更有各自不同的发展轨迹与特性。在这样的研究前提下，他对中国古代小说的规律和成就，也自有独到的体会和把握。

伊维德对中国戏曲的研究，和我们传统上只偏重于"曲文"的方式不同，他不只重视曲文，更重视宾白和对话、舞台综合氛围等问题。这与他青年时代写过剧本演过戏有很大关系。也与他早年在日本时选修的社会学有关。他认为戏曲文本本来就是为了表演用的，不只是案头文学。和说书人一样，伶人必须面对观众，必须注意演出的效果。戏文的方言、文字和实际演出的配合无论如何是分不开的。因此，要真正深刻地了解戏曲，就不得不同时也注意表演的问题。他对书会才人、伶人的资料一向很注意，认为唯有这些人，才是真正把故事、戏剧赋予生命力的人。

伊维德对中国白话小说和戏曲研究双管齐下的原因，是因为中国传统戏剧和白话小说之间，往往有演述同一题材，甚至是同一题材反复演述互相借鉴累积的情形。伊维德主要是从小说和戏曲同是说唱表演的民间艺术这一共同点上来把握它们之间题材相同、相互转借传播的历史和体式特点。他认为在研究这种不同体裁的文学时最要注意的是，作家如何借重他所运用的体裁表现他的主题。故事的发展如有不同，是为什么不同？是否因为适应不同体裁的需要而变更？或是因为作家思想观念的不同而变更？近年来，伊维德对民间说唱文学的研究由此而扩展到弹词、宝卷和新发现的湖南"女书"。

作为战后成长起来的荷兰汉学家，伊维德对荷兰汉学研究方向的重大改变和贡献，是摆脱殖民政府的狭隘功利需要，使自己的研究视野研究领域与全球的学术热点息息相关。同时，为荷兰公众提供有关中国社会文化的可靠信息和文本。前者体现在他中国古典小说戏曲研究已经步入国际汉学的学术最前沿。他撰写了许多关于中国小说和戏曲研究的论文和论著。他与伯克利加州大学的韦斯林（S. H. Weot）合著的英文译作《1100—1450 年中国戏剧资料集》（Chinese Theathe 1100—1450，A source Book）享誉英语世界。其内容以世俗剧为主，包括勾栏瓦肆的介绍，优伶的生活，演出的情形，以及戏剧和观众的关系等资料的翻译和研究。其中还包括五种杂剧的全译，是一部介绍中国传统戏剧资料的大部头。后一个特点体现在他与汉乐逸（L. L. Haft）一起编写的荷兰语的中国文学史，题为《中国文学：导言、历史概观和书目提要》（Chineoc Literature：Introduction，Historical Survey and Bibliognaphies），此书对于公众了解中国文学史很有帮助。因为在荷兰的普及和名望，这本中国文学史现在已经被译为英文。

作为新一代汉学家，伊维德认为，荷兰汉学史必须把他们狭窄的研究兴趣同提供丰富知识的任务结合起来，荷兰汉学家对荷兰公众负有责任，理应给人们提供有关中国文化和社会的过去和现在的可靠知识和文本。为此，他在近二十年间，系统地把中国古典文学译成荷兰文介绍给荷兰公众。

在古典诗歌方面，他不仅译有自《诗经》至秋瑾的《中国古诗之镜：从〈诗经〉到清代》，还有李白、杜甫、白居易、杜牧、李商隐、寒山、王梵志等人的诗选集。在小说方面，他译有选自《三言》的侦探判案小说集《心猿》，还有另一本也是选自《三言》的小说集也名为《三言》。还有译自《聊斋》的三十九篇故事名《画皮》及唐人传奇小说选集译本，还有赋和散文方面的译文。

在戏曲方面，他有 1973 年与友人合作编译的《中、日、韩三国的戏剧形式》，还有 1974 年与友人合译的五种杂剧合集，这五种杂剧是《杀狗记》《蝴蝶梦》《救风尘》《李逵负荆》《梧桐雨》，这是有史以来第一次把中国戏剧译为荷兰文。此外，还有《西厢记诸宫调》《王实甫〈西厢记〉》（包括元稹《莺莺传》）（同时有荷兰文和英文译本）。他的《朱有燉的杂剧研究》迄今为止是关于朱有燉研究的扛鼎之作。

从 1978 年至今，伊维德已经培养了好几届博士生，在他周围形成了一个很有特色的中国文学—文化研究群体。

伊维德的第一位博士生汉乐逸（L. L. Haft，生于 1946 年）目前是莱顿大学研究中国现代文学的权威，他以研究中国现代诗歌著称。代表作《卞之琳：中国现代诗学研究》（Pien Chih – lin：A Study in Modern Chinese Poetry，1983）、《1900—1949 年中国文学选读》；即三卷本的《诗》，（Poem，1989）。他目前正在进行卞之琳、冯至等翻译十四行诗的形式格律问题研究，重点研究西方文学特别是十四行诗对中国现代诗歌的影响。他于 1995 年出版了《关于冯至十四行诗的节律研究》，这是他对中国现代诗歌形式研究的一部分。

贺麦晓（M. Hockx）也是伊维德的博士生。他的主要研究方向是中国现代文学。他于 1994 年获博士学位，博士论文题为《多雪的清晨——现代化道路上的八位诗人》。主要内容是研究 1917 ~ 1922 年文学研究会 8 位诗人的诗作，诗论，诗歌观念，读者接受和影响。贺麦晓继承了荷兰汉学重视原始资料和文本研究的传统，同时，又吸收了当代法国文化人类学的理论和研究方法，在广泛而翔实的资料收集和阅读中，通过理论范型分析，对文学研究会的诗人群体进行范型研究，获得独到的观察角度和推进。他书后附录的文学研究会 113 位成员的资料汇编，是目前最完备的文学研究会资料汇集。在此之前，贺麦晓进行过中国早期诗歌（1890 ~ 1949）研究，撰写过《文学研究会与"五四"文学传统》（《今天》2 期 158 ~ 168）。还撰写过关于西方诗歌对中国现代文学影响的论文《来自西方的词汇——中国文学语境中的西方文本》。与此同时，贺麦晓翻译了许多鲁迅、茅盾、周作人、沈从文、残雪、多多的诗歌和作品，介绍给荷兰人民，使他们对中国现当代诗歌有一个准确的了解。1995 ~ 1996 年，贺麦晓在莱顿大学亚洲研究所做博士后研究，他的研究题目是"民国时期的文学社团"。他尽可能把民国时期各种不同观念、流派、政治信仰的文学社团资料汇集起来，以期把握现代文学发展的丰富而又复杂的多层面的形态和规律。使它们从以往那种机械因果论视角下的单一意识形态化的僵化教条框架中解放出来，还其丰富复杂，多层面多视角的形态。

他在谈到这个研究时，深有体会地说，他研究民国时期的文学社团，主要是了解一个社团作为集体或群体在文学界的行动。因此，这样的研究必然有别于以往的研究方式。他把文学的社团不仅仅作为文本而是作为人的行动来研究，这样，势必就在文本之外，加上文学实践活动：创作、出版、传播、接受反馈等形态和资料。同时还贯串了这一时期西方与东方、群体与个人观念的相互冲突、渗透。贺麦晓以他勤奋而充满独创的研究，赢得了他在荷兰汉学界和西方汉学界的一席之地。他在 1995 年在亚洲研究所进行博士后研究期间，举行的两次"中国现当代诗歌与社会文化"国际研讨会，荟萃了全球中国现当代诗歌研究的权威，敏锐地把握了学术研究的前沿问题。

柯雷（M. van Gnevel），于 1995 年 12 月获博士学位。他的研究领域是中国当代朦胧诗。他的博士论文是关于诗人多多的研究。

作为中国当代诗歌（特别是朦胧诗）的研究者，柯雷的研究具有研究主体与研究对象相契和的独特学术特点。从研究的类型上看，柯雷自认为自己不属于那种书斋的、冥想型的学者，而是重视田野的、对作为人的诗人及其行为极有兴趣的类型。因为具有流利地道的汉语言说这个绝对优势，柯雷与他的研究对象——多多、北岛、杨炼、芒克、舒婷、江河等——成为朋友有极密切的联系。他不仅极重视文本，同时把人、现实、历史、文学和文本能动地联系起来。但他又并不把背景与诗人、文本与行为作简单划一的推论。特别警惕把一个范例的结论推及其他。他认为，他的贡献就是注重个别性和独特性。他尊重诗人的个性和主观性。他与不同的诗人通信近十年，建立了相互信任理解的联系，但他并不因此忽略文本语言、诗歌意象的研究。他在文本方面的精细分析，表现了他敏锐的诗歌感受力和把握力。

在资料搜集上，他继承了荷兰汉学研究的传统，并不盲从于主流意识形态或一般研究者的结论和判断。而是极为细致艰苦地搜寻一切可以搜寻到的关于朦胧诗的资料。目前，他可以说是世界上搜集此方面资料最勤或最全的学者，他掌握有许许多多别人没有的独特资料。据此他认为，中国朦胧诗的地下历史应始于 60 年代末，除了在 80 年代人们耳熟能详的北岛、杨炼、多多等以外，还有许许多多的无名诗人，累积成朦胧诗独特的风格与影响。柯雷对多多诗歌的研究有其独到的视角、方法，因而获得了不同凡响的研究成果。早在他的论文《多多诗歌的政治性与中国性》中，他就从研究中得出结论："显然，多多作为一个诗人的履历反映了中国文学近二十年的变迁。他的诗歌可作为社会学的范例来考察中国文学在政治以外存在的可能。"（《今天》1993 年第三期）

哥舒玺斯（A. S. keijser）也是伊维德教授的博士研究生，目前正在写作博士论文，同时在莱顿大学中文系任教。她的研究领域最初是《史记》，硕士论文是关于《史记·龟策列传》的翻译和研究。她的博士论文由古代转到当代小说研究，题目是《聂华苓研究》。迄今为止，哥舒玺斯已经翻译了谌容《人到中年》和聂华苓的多部小说。哥舒玺斯对中国当代电影的大量译介和研究，缘起于 1986 年的鹿特丹国际电影节。这个电影节每年放映很多中国电影。哥舒玺斯自 20 世纪 90 年起开始研究介绍中国电影。张艺谋、陈凯歌、田壮壮的每部电影，及中国台湾、中国香港的许多电影都由她译介到荷兰和欧洲。她认为中国电影在电影语汇、技术、叙述话语、结构和风格模式上与西方很不相同。它们不强调故事的讲叙，而重在渲染传达人与人之间的某种感情和感觉，展示一个预兆或象征。她经常在《China Lnformation》上发表电影评论。同时举办各种电影讲座，使荷兰人对中国文化艺术有越来越多的了解。

施聂姐（A. Schimmelprrinck）和瑞祖 R. Ruizu – daal 均是伊维德的博士研究生，前者研究苏州地区的山歌，后者研究闽南地区的傀儡戏。施聂姐同时还参加《磐》——欧洲中国音乐研究基金会的工作，这个组织近年来为推动欧洲中国音乐的研究，进行了极有成效的工作。

从上述综述可以看出，从戴文达开始的荷兰汉学界中国文学研究群体，发展到伊维德再到汉乐逸、贺麦晓、柯雷、哥舒玺斯、施聂姐等群体研究，经历了将近半个世纪。以伊维德为代表的中国文学——文化研究群体，从古代出发，涵盖了中国古代、近代和现当代文学的所有门类。囊括了主流和边缘、个体和群体、文本翻译、理论研究与欣赏感悟、创作行为社会学、文本和文化传播等不同方面和方式，形成丰富多元的研究格局。特别是在小说、戏曲和现当代诗歌研究上，成为欧洲甚至是英语世界研究中国文学的重镇。尤其是柯雷在新千年就任汉学院院长后，成为当然的中国现当代诗歌流派研究的桥头堡。

（二） 中国历史与宗教研究群体

中国历史与宗教研究群体，是莱顿大学汉学研究院历史悠久、成果卓著的一个研究专业和研究群体。前院长、前东亚史教授，荷兰皇家科学院院士许理和（E. Zurcher）博士，是这个专业的权威。许理和教授于 1947年入莱顿大学，主修中国语言文学兼修藏文、日文及佛学。他于 1955 年在巴黎师从戴密微教授。于 1956 年完成博士论文。论文题为：《佛教之征服中国——中世纪前期佛教在中国的传播与适应》（*The Buddist Conqnert of china – The Sptead and Adaptation of Buddohism in Earty Medieval China*）许理和教授的研究重点有三个：

第一个重点是中国佛教与社会，尤其是从东汉到隋代这一时期的早期佛教发展史。他的方法和重点是朝两个方向进行，一方面是以语言学和文体（风格）的分析方法，探索早期的佛经翻译；另一方面是从宗教体系和社会结构入手，研究佛教的活动。这个方法，同时注意了早期佛教的思想和社会两方面。与一般研究思想史或佛教发展史偏重佛教理论与发展的视角方法不同，许理和教授十分重视对于民间佛教信仰活动的研究，这种重视，缘于一个历史事实——佛教传入中国的初期，不论在民间或在文人的观念里，只是被当作"术"或"道术"看待的，因此，它和传统社会中各种信仰——儒和道教的影响及错综交叉点势在必然。基于此许教授的研究重点是佛教的道教化和道教的佛教化问题。他的资料来源，一是从早期的道教经典中探索，二是从早期佛经翻译中寻找。

他的第二个研究重点，是明末耶稣会士来华对中国的影响。同样显示出他独到的研究视角。他不仅充分注意到耶稣会对中国人和中国文化的影响，同时，注意到天主教的世俗化和中国化的问题。为进行这项研究，许教授在世界各地大量搜集明末清初耶稣会在中国活动的资料。目前莱顿大学汉学院图书馆已成为世界上搜集该专题资料最齐全的图书馆。

许理和教授的第三个研究重点，是搜集制作了一套中国古代历史视听教材——一套功用特殊的中国历史文化幻灯片。这一套视听教材的制作，一方面始于许教授 1952 年在斯德哥尔摩大学师从 H Osvald Siren 教授研究的中国早期绘画史及他对中国佛教艺术特别是敦煌艺术的长期研究，一方面源于视听技术的发达及其对学生的直观感性、直接激荡的教学效果。这个计划投入了上百万元经费，历经八年时间。在许理和教授指导下，制作小组设计专题并向中国和世界各地博物馆及学术单位调借文物拍摄幻灯。

已经完成了"书法的世界""中与外""中国与欧洲""帝国中心""宫廷生活""佛教在中国"六大主题。另有十二小时的"中国历史概览"。正在进行的还有"中国印象的变迁"和"中国传统城市生活"。借助这套视听教材和七年多来许理和教授全心致力的汉学院现代汉语语言文化历史的教学改革，使汉学院的教学和科研成果成绩卓著，赫然领先于国际汉学教学的前列。

到 1996 年为止，许理和教授已出版四十种论著和论文，除前述的博士论文外，主要有：《古代中国书画的模拟与伪造》（Imitation and Forgery in Ancient Chineses Pnnlligtaphy）；《论佛教初期中国宗教和国家的关系》（Ium Verhaltins von kirche und Staat in China wahrend den Fruhzeit des Buddhismuo）；《佛教的起源与传播》（Budhism, its Origin and Spread）；《佛教对早期道教的影响——从经典探索》（Buddhism Influence on Early Taoism：A Sturvey of Scripture Evidence）；《早期佛经翻译中的东汉白话》（Late Han Venn acular Elements in the Earliest Buddist Translations）；《早期中国佛教中的前世观念与来世观念》（Uessianism and Eschatology in Early Chinese Buddhism）；《救主与魔鬼——晚清天主教文献中的怪异故事》（The Lord of Heaven and the Demons：Stnange Stonies from a Late Uing chvis tian Uanuscuipt）；《1616 年至 1621 年期间在南京发生的中国第一次反基督教运动》（The first Anti – chuistian Uovement in China Nanking，1616—1621）；《当代中国对于传统文化的重新解释》等。

许理和教授于 1975 年始任汉学研究院长，于 1995 年退休。在他任职的二十年时间里，他进行的几项重大举措，有力地推动了汉学院教学与研究向现代化改革和发展。

首先是他一改以往汉学院偏重古代汉语和古典文献的学习研究传统，引进现代汉语的教材、教师和学习方法。为此他专门为这个专业设立了语言学教授席位，引进现代汉语教学的各种方法。从 80 年代起大量派遣学生到中国大陆和台湾进修学习。

其次是他建立了中国现代资料研究中心，担任首任主任。经过二十多年多方努力，该中心已成为西欧研究现代中国问题的重镇（关于此中心的任务详后）。再者是对图书馆馆藏构成的推进（详后），极大地推动了莱顿大学汉学研究的学科现代化、科学化。使之与当代荷兰社会和全球化的趋势密切联系，使得莱顿大学的汉学研究迅速居于世界前列。退休后许理和教授仍在辛勤地工作着。

汉学院中国历史与宗教专业的另一个权威，是现任东亚史教授施舟人博士（Prof. Dr. K. M. Schipper）。施博尔博士，字舟人。1934 年出生于荷兰，十九岁起在法国攻读中国学。师从名教授康德谟（M. Kaltenmark）。康德谟教授是法国中国宗教学，特别是道教的权威学者，施教授后来终身从事道教研究，与此有深刻渊源。

目前，施教授同时担任莱顿大学和法兰西学院附属法国国立高等学院教授，荷兰皇家科学院院士。在此之前，施教授任法兰西学院附属法国国立高等学院教授兼教务长，该学院第五分部即宗教学分部研究组主任，还担任法国科学院汉学研究所道教研究文献中心主任。担任巴黎第十大学民族学与比较社会学研究所研究员，同时，是欧洲中国研究协会秘书长，并任该学会的重点项目——"《道藏》索引"项目负责人。

二十多年前，为了彻底了解道教经典与道教社会功能的奥秘，以及中国社会生活中的实际存在状况，施教授曾到台湾做了八年道士。在台南，他以法名鼎清入教，与他的师父、师兄们一样念经做法事，一样追荐亡魂，一样参加主持各种醮仪。他不仅从道教实践中切身体会了解道教的社会功能，同时，更进一步了解众多的道教科仪、科范和术语的含义。使那些即使对中国人或中国学者都颇为生疏隔阂的道教术语及各类仪式了如指掌。只要谈及其中的任何一环，他都能娓娓道来。在此期间，他搜集、调查、著录了大量的道教经、科抄本文献及皮影戏剧本。如《台湾之道教文献》及附录《台湾所见道教经科等旧抄本目录》，《中国皮影戏唱删写本集》。

施教授所从事的另一个重要工作，是"《道藏》索引"项目。这项计划主要是通过分析研究，确定《道藏》经文著作为数众多的作者，他们的流派和写作日期。此项目由欧洲科学基金会资助，同时，被列为法国科学研究中心第 625 组协作研究项目。来自丹麦、法国、意大利、荷兰、瑞士、德国和英国的汉学研究者共同参加这项工作。项目名称为："道藏经分析与描述性书目"，内容是系统审核《道藏》中的各种著作（包括宋《万寿道藏》与明《万历续道藏》共 1476 种书），并编制索引。这项研究始于

1983 年。目前"道教研究文献中心"使用计算机和汉语拼音方式，建立了一个"道教史信息数据库"，并将有关资料制成许多微缩胶片。

施教授的主要著作有《道教传统中的汉武帝》（L'empereuc Wu des Han dans la legende taoiste）、《道教本体：身体、社会体》（Le Corps taoiste corpo physique，corps soaial）、《〈抱朴子内篇〉要目索引》《〈抱朴子外篇〉要目索引》《〈黄诞经〉要目索引》《〈云笈七签〉索引》《欧洲道教研究史》和《北京东岳庙探源》等。从 20 世纪 90 年代开始施教授与北京大学历史系合作进行《北京的庙宇》合作研究。

法国汉学界对中国宗教的研究源远流长，施教授认为这是十九世纪末异军突起的社会学影响的结果。尤其是《宗教生活的基本形态》，强调社会和宗教的一体性。施教授秉承这一传统。不仅从事宗教现实功能的分析，还身体力行，深入与研究对象融为一体。

施教授还培养了大批出色的博士研究生，并带领他们对道教典籍进行整理。这些工作对欧洲及世界汉学研究的启迪和贡献作用未可限量。

研究中国历史、特别是南洋史的另一位卓有成就的学者是包罗史（L. Blusse）。他出生于 1945 年，现任职于莱顿大学历史系，主要从事欧洲扩张史——南洋史——中荷早期交流和东南亚国际贸易史的教学与研究。他著有《中荷交往史》，《约翰尼乌霍夫旅体印象记》《奇异的公司》《1619 ~1740 年的巴达维亚：一个华人殖民城》《1850 ~1940 年莱顿与远东的交往关系》（1989）、《拓荒者与开源者：荷兰莱顿大学早期汉学家》（1990 年，此文已经由笔者翻译在《国际汉学》第三期发表）。

包罗史一直十分关注东南亚殖民地时期东印度公司与当地华侨社会的研究，搜集原始资料，并且极有远见地从印尼购买了大批南洋华侨的贸易档案，其中包括大量的个人和公司、个人与个人之间的买卖契约、华侨组织和会所、会社公约，还有家族档案、族谱和藏书等，是了解 18 ~19 世纪南洋史和华侨移民社会极为珍贵的第一手资料。20 世纪 90 年代到新千年的十几年间，他申请了大量经费组织人力整理这些档案。分类并且输入电子文本。厦门大学的几位教授吴先生和李明欢等先生都为此做出贡献。

包罗史还十分关注东印度公司的档案整理出版，他主持出版东印度公司台湾档案的宏大计划。直到今天这个出版计划还在继续实施。为后来的研究者和荷兰汉学研究界做了重要的资料整理工作。

包罗史与施博尔教授共同指导的几个博士生，例如袁冰凌博士等，20世纪90年代主要进行南洋史和台湾研究。还进行早期荷兰汉学家高延的著作翻译。

中国宗教和历史研究、特别是殖民地史——南洋史研究，一直是莱顿大学的强项和学术传统。从高延、戴文达、何四维到许理和、施舟人和包罗史，构成了一个渊源有自，同时，又发扬光大、丰富多元、不断创新，一直站在学术前沿成就卓著的研究群体。无论是对中国宗教历史研究的启发，还是对于南洋史研究的学科创立，都是学术界不可或缺的存在。

（三）中国现代汉语教学与语言学研究群体

中国现代汉语教学与语言学讲座，是1986年莱顿大学新增设的专业和教席。为此增设的一名应用汉语语言学讲座教授，表明了荷兰汉学界对中国语言和在文化系统内研究语言学的重视。此讲座的首任教授是梁兆兵博士（James. C. P. Liang）。梁教授生于1936年，具有多学科交叉的深厚学术渊源背景。他于1959年毕业于台湾同立师大英语系，此前曾经学过医学。1961～1962年在美国西雅图华盛顿大学英文系研究英国文学，1963年转人类学系，半年后专修人类学系的语言学。1964年转系修东方研究与语言学系，专修梵文、藏文、日文，主要研究佛教传播的语言现象。1968～1969年在加州大学伯克利分校作电脑翻译研究，同时修音响学、物理学、数学、电脑专业。专攻转换语言学、生存语言学，交换语言学。梁教授于1970年在费城宾夕法尼亚大学获博士学位。博士论文是《介词、共通动词还是动词？详述过去和现在的汉语语法》（Prepositious, Co - Varbs. Or Verbs: A Commentary on Chinese Grammar Post and Present）1972年梁教授转而研究心理语言学，专门研究西方人学习中文的现象与规律。他于1977年到莱顿大学任教。

1977年以前，荷兰莱顿大学汉学院没有现代汉语语言课程。沿袭荷兰汉学的传统，师生均以古文为范，以文本研究为主。许理和院长上任后，致力于改革这种现状，所以聘任了梁兆宾博士。

梁教授一方面编写经他改革研究过的现代汉语教科书，同时建立一至五年级的现代汉语语言训练制度。其中包括四年级到台湾或大陆留学一年的制度。这一制度的建立，使荷兰汉学语言教学突飞猛进，流利标准的中文听说读写，已是汉学院毕业生的共同标志。这一措施使荷兰汉学现代汉语语言教学，由封闭转向开放，由脱离现实生活而转向与当代现实社会生活密切相连。自伊维德之后，荷兰汉学的后起之秀如柯雷、贺麦晓等新一代都能讲一口令中国人惊讶的流利标准汉语，就是这个专业和制度建立的成果和功劳。

梁教授的中国背景和中西合璧的学术渊源，使他成为莱顿大学与中国交流合作的当然使者。汉学院与中国的各种交换合作互访计划，基本都是由梁教授亲自出马促成。例如 1979 年中国教育部与荷兰建立的中荷学术交流备忘录；1981 年北京大学与莱顿大学的校际交流计划，包括 1968 年建立的现代中国资料中心，都与他在中间的推动游说分不开。

与此同时，梁教授还参加并主持了马甫心理语言学研究所的国际合作研究项目。他们定期每月一次，集合英、德、法、荷、比利时、瑞士等各国的心理语言学家聚会，共同探讨第二语言的学习试验，运用可以控制和量化、标准化的语料，研究中国语言的"体""志"现象，探索心理语言学的规律。梁教授培养的几个博士，也先后成为国际心理语言学和汉语语言教学的骨干。

从 19 世纪末莱顿大学第一任教授施莱格强调广泛阅读中文原文（即古文书面文字）——"只管阅读，别纠缠语法！"直至今日莱顿大学现代汉语语言教学的现代化、系统化、科学化和实践生活化，与当代中国接轨，与世界接轨的变化发展和突出成绩，与以梁教授为代表的现代汉语教学与语言学群体研究的推进是分不开的。这种将国际心理语言学研究成果引入汉语语言教学的做法，无论是在 20 世纪 80、90 年代，还是在今天，均得风气之先，引领了世界汉语语言教学的新方向、新趋势。为中国语言教学在全球的普及，与最新科研成果的结合提供了可供参考的典范。

（四） 当代中国政治及行政学研究群体

这一研究专业与早期汉学家戴文达的兴趣和建树有关，但真正构成研究群体，与 20 世纪 90 年代赛奇教授的直接研究和研究团队建构有密切关系。莱顿大学在 20 世纪 90 年代设立中国现代汉语语言教学研究教席的同时，还增设了当代中国政治及行政学讲座教授，由赛奇（Tong Saich，

1953）博士首任。他出生于英国，于 1986 年在莱顿大学获得博士学位，他的博士论文题为《毛泽东以后的改革》（Rveform in Post – Mao China）。他获博士学位后，先在现代中国资料中心工作，发表多篇关于中共政治和政府研究的论文。不久后，他接任汉学院院长。他应阿姆斯特丹国际社会研究所邀请，整理编纂了关于第三国际荷兰代理人斯由夫利特（H. Sneevliet）二十年代初在中国活动档案，出版了《第一次中国统一战线的根源——斯内夫利特（阿利亚斯·巴林）的作用（The Origins of the First United Front in China, the Role of Sneevliet［Alias Maring］, 1991）。他还参加了用英语编写中国共产党党史的一项国际合作计划，并主持编纂中国历次反抗运动文献的项目。赛奇博士于 1994 年任福特基金会北京首席代表后，研究兴趣和方向转向中国的公共空间和公共社会研究。由福特基金会资助的一系列关于中国公共文化研究翻译出版计划项目，以及一本在九十年代中国大陆名重一时的杂志《公共空间》的出现，均与他的推动有关。他的研究还直接参与并推动了中国高层公务员培训制度的开拓改革。从九十年代末开始，中国政府每年派遣一批部级和局级干部赴哈佛大学肯尼迪学院的进修轮训计划，直接来自他的推动。这已经是他被聘为哈佛大学肯尼迪学院终身教授之后的事了。

20 世纪 80～90 年代，赛奇博士在莱顿大学的两位博士研究生，一位博士论文是关于 80 年代北京的知识分子群体研究，一位是研究台湾中小企业经济。他的继任是吴德荣先生（Tak – Wing NGO, 1962 –）。吴德荣出生于香港，伦敦大学亚非学院毕业，他的博士论文是关于中国大陆、中国香港、中国台湾官商关系研究。还有田思（S. Lands burgen）先生，主要研究中国的政治宣传。

以赛奇博士为代表的莱顿大学当代中国政治及行政学研究群体，改变了莱顿大学注重中国边缘政治和社会群体研究的传统模式。关注当代中国主流意识形态改革和政治中心及行政学热点问题研究，直接切入中国共产党和中国政府的主流体制改革的关键点。这些研究命题，不仅居于国际中国学研究的前列，而且以自身的独特身份直接参与中国政府和中国共产党体制改革的第一线。同样，继承发扬、创新光大莱顿大学独特的研究传统。

（五） 中国社会经济史研究群体

中国社会经济史研究群体，是以费梅尔为代表的研究群体。费梅尔（E. B. Vermeer, 1944 – ） 社会经济史学家，莱顿大学现代中国资料研究中心主任。他出生于荷兰，在莱顿大学汉学院念大学并获得博士学位。他的研究领域除了中国当代经济发展外，还研究荷兰地区的经济史和土壤改良史，并参与欧共体中国村民经济素质训练项目。从 20 世纪 80 年代起，他一方面参加并主持欧洲共同体资助中国农村经济改革和村民培训的项目，另一方面与厦门大学台湾研究所研究员林仁川进行泉州地区社会经济史的合作研究。他的主要著作有：《中国的水利灌溉，社会、经济和农业技术情况》（Water Conservancy and Irrigation in China, Social, Econormic and Agto – techincal Aspects, 1977），《1930 年以来中国陕西中部的经济发展》（Economic Development in Provincial 1988），《中国地方史表征：宋朝至清朝从福建发现的石刻》（chinese Local History, Stone Inseriptions fvon Fukien in the sung to Ching Periods, 1991）。

宋汉理（H. T, Zurndorfer, 1946 – ）于 1977 年获得伯克利加州大学哲学博士学位。她专攻清朝的社会经济史。她对徽州及徽商进行了大量研究，著有《中国地方史的变化和延续：800～1800 年徽州的发展》（Change and Continuity in Chinese Loeal History：the Development of Hui – Chou Prefectare 800 – 1800），主要对徽州大族在社会经济方面的角色与作用进行描述与分析。近年来，她的研究兴趣转向中国古代妇女研究方面，特别是清代妇女研究，例如王照圆研究等。

彭柯（Frank. N. Pieke）出生于荷兰，1982 年毕业于阿姆斯特丹大学人类学系，硕士论文是荷兰华侨史。于 1984～1992 年攻读博士学位，1994年获伯克利加州大学人类学系博士学位。在此期间，他在莱顿大学汉学院教授中国现代人类学和社会学，并在现代中国资料研究中心继续作华侨史研究。他于 1987 年受荷兰政府民政部和教育部委托进行"荷兰华人的社会地位"调查，于 1987 年 1～9 月对荷兰的华裔公民及他们与中国家庭、家乡血缘、亲缘关系的跟踪调查。1988 年发表同名调查报告。此书载有翔实的资料，对于改善荷兰华人的社会地位是一个起步性的转机。

此外，他还著有《中国华侨政策的四种模式》（Four Models of China's

Overseas Chinese Policies），1988 年他到中国进行一项关于"中国城市的社会结构"项目调查，研究改革开放后中国人际网络由单位人到个体人的变化。这项具有前瞻性的研究使他在欧洲学术界影响力攀升。

1994 年他随欧洲共同体一个项目组到河北农村，同时，开展对于中国农村社会结构变化的调查。此后，他又参加并主持一个关于欧洲华人社会的调查项目，主要对浙江温州、青田的移民——国内移民和国外移民群体进行比较研究。彭柯已于 1995 年任职于英国牛津大学。

中国社会经济史研究群体，同样继承了莱顿大学关注古代和现当代中国地域经济和农村经济的问题。尤以华侨移民社会研究以及当代中国的社会结构转型研究著称。莱顿大学的华侨移民社会研究，不仅引入当代人类学、社会学的研究范式，而且深入中国国内进行国内移民和国外移民的比较研究，对于国际和国内学术界都是很重要的推动。

三　荷兰汉学研究机构综述

以下对荷兰汉学研究机构的综述，既包括了莱顿大学内部建制，也包括部分与此相关的莱顿大学建外的机构。

（一）　《通报》

《通报》（*T'oung Pao*）创刊于 1890 年，创办者是莱顿大学汉学院的首任汉学教授施莱格（Schlegel, Gustaaf, 1840～1903）与法国汉学家、莱顿布雷尔出版公司老板高第（Cordier, Henri, 1849～1925）。以英、德、法语出版，是西方汉学史上最早的学术刊物。被公认为目前国际上最具权威性的三种汉学杂志之一。其余两种，一是由哈佛燕京学社主办的《哈佛亚洲研究》（*Harvard Journal of Asiatic Studies*），1936 年创刊，另一个是哥伦比亚大学出版社出版的《亚洲研究杂志》（*The Journal of Asian Studies*），原名《远东季刊》（*Far Eastern Quarterly*），由 1941 年 6 月创建的远东协会于 1941 年 11 月创刊于密西根大学所在地安娜堡，1956 年第 16 卷第 3 期改为现名，后两种都在美国发行，历史都比《通报》晚。《通报》是国际性的中国学研究杂志。

从 1890 年的第一期起，《通报》一直由荷、法两国共同主编，他们分别是莱顿大学汉学院的教授和法国汉学界的汉学家。莱顿大学汉学院和法兰西学院共同促成了《通报》的发行，使它成为荷兰及欧美汉学研究的重要载体。

自始至终，《通报》发表的论文涉及文学、历史、哲学、考古、语言、宗教等汉学研究的各个领域，目前是每年出版两卷（册）。从1890年第一期开始，《通报》就由 E. J. Brill 出版社负责出版。其出版经费原来是由荷兰政府出资，自20世纪60年代之后，法国政府出资一半，目前《通报》是由荷、法双方政府共同出资办的杂志。

（二） 现代中国资料研究中心

建于1969年，中心旨在搜集当代中国有关社会和经济方面的资料，为荷兰政府和大学、公共机构、民间团体和公众研究现代中国政府、行政制度政策、商业贸易经济和社会文化提供信息。

现代中国资料研究中心，是一个智库型的资料中心和研究机构。在搜集整理资料的同时，设立研究席位和项目资助。为中心感兴趣的研究项目招募专门人才。研究成果留在中心备查。

经过二十多年的努力，20世纪80～90年代，该中心已成为西欧研究现代中国问题的重镇。

该中心的任务有四：

A. 收集资料：配合该中心的宗旨，广泛收藏有关当代中国的重要书籍和报刊，并收集彩色幻灯片、地图、照片、卫星照片及其他视听教材，以供教学研究之用。

B. 开设课程：因是汉学院的一部分，所以在系里开设有关现代中国课程，并与大学其他院系合作，举办专题演讲、座谈会等。

C. 研究现代中国问题：教职员从事专业研究，其研究成果发表在国内外学术刊物上，并作为中心成果备查。

D. 为荷兰政府机构、商业机构或大学以外其他机构，或个人提供他们需要的相关中国资料，协助荷兰人民与中国人民建立良好关系，帮助中荷交流和了解。该中心出版的"中国情报"（China Informa – tion）（季刊）一直与中国对应的研究机构如中国社会科学院各个研究所交流。

（三） 莱顿大学汉学院图书馆

莱顿大学汉学研究院图书馆系1930年与汉学院同时创立的，最初的馆藏，是来自莱顿大学图书馆的全部中文藏书及有关汉学的西文藏书。1883年莱顿大学出版的第一本中文图书目录，仅有藏书 234 种。1930 年汉学院成立时，图书馆的规模很小，只有中文藏书 850 种、西文藏书 500 种。20世纪 80~90 年代，馆藏已增加数十倍，现将此阶段的馆藏资料列简表列如下：

西文书	26000 册
中、日、韩、西文期刊	4000 册
现期期刊	1000 册
中、西文报刊	1520 册
现期报纸	45 册
显微胶卷	5500 册
显微胶片	4000 片
幻灯片	20000 片

以下分别介绍图书馆的馆藏和特色：

1. 高罗佩藏书

高罗佩（Dr. Gulik, Robert Hans van,）1910 年在荷兰祖芬（Zutphen）出生，为陆军中将 Willem van Gulik 的第五公子。四岁全家到荷属东印度居住了九年，1923 年回国。十八岁入莱顿大学学习政治和法律，毕业论文为《如何改良荷兰东印度有关华侨的法律》。毕业后，进乌特勒支（Utrecht）大学研究院修读中、日、藏、梵文及东方历史文化，获文学博士学位。

1935 年他出任荷兰驻日本大使馆秘书，集中研究中国文化，并探索中国文化如何传入日本及其对日本文化的影响。太平洋战争爆发，他被迫离开日本。1943 年奉派任荷兰驻华大使馆一等秘书，驻在重庆。同年，与中国京奉铁路局局长水钧韶第八女水世芳结婚。二次世界大战后，他离开中国回海牙，曾任驻美大使馆参事，驻日军事代表团政治顾问，驻印度大使馆参事，驻黎巴嫩大使兼驻大马士革和约旦大使，驻马来西亚大使，驻日本大使兼驻大韩民国大使等职。1967 年因癌症病逝于海牙。

高罗佩是个外交家，也是个汉学家。他醉心于中国文人雅士的生活情趣，搜集有关典籍与器具，学习书法、绘画、围棋与古琴。

1935 年在日本时，他搜集了大量藏书和书画将一部分运回荷兰，不幸船沉，书籍随之入海。另一部分待装运的书，尚存货仓，也因货仓失火而付之一炬。战后第二次出使日本，他重新搜集古籍。他逝世后，中文藏书由汉学院图书馆全数购得，成为该馆重要收藏之一。

高罗佩藏书约有二千五百种，近一万册，大部分为文学、艺术与音乐书籍。关于中国文学藏书部分，有罕见的通俗小说版本，其中有些明刊本比较珍贵。最具特色的，首推琴谱。高罗佩夫妇二人均谙琴艺，故对琴谱的收藏，不遗余力。所藏琴谱共三十多种，有海内外孤本：如龙吟馆琴谱（手抄本）明刊本；松风阁琴谱清初刊本；大还阁琴谱、诚一堂琴谱等，还有"旧抄推背图"，为彩色精绘手抄本。

1986 年现任馆长吴荣子女士（台湾人，曾任职香港平山图书馆）在该藏书中发现有一叠线装本，无书名，里面贴满书信及手稿，其中有两叶书叶，书口题："仪礼图"，并有"乾隆御览之宝"及"夭禄继鉴"二钤印。遂影印该二叶寄给国立故宫博物院昌彼得副院长，经副院长鉴定为宋刊元刻本。该书原为故宫旧藏，未知何故遗失卷 2、卷 5～7，该两叶即故宫所缺失之其中两叶。据威廉（Prof. Gulik，Willem Robert van 高罗佩的长子）说，该两叶书可能是在日本收集、装裱的。高罗佩晚年在日本，对中国书画的装裱甚感兴趣，还学过装裱技术，这本叠装书的装裱可能就是他的杰作呢！

2. 明末、清初耶稣会在中国活动资料

为了教学及研究需要，汉学院图书馆曾向上海徐家汇、法国巴黎国家图书馆写本部东方组及世界各大图书馆影印收集有关明末、清初耶稣会在中国活动的资料。包括：耶稣会士编译介绍西洋文化、科技的著作；17、18 世纪中国基督教的著作，以及 19、20 世纪中、欧、美国学者研究该主题的专著等。目前已成为收集该专题资料最齐全的图书馆之一。

3. 中国古代历史文化视听教材——幻灯片特藏

自 20 世纪 80 年代开始，中国古代历史文化视听教材制作计划，在许理和院长的主持下，已经进行了八年。八年来，制作小组设计不同专题，向世界各地博物馆和学术单位调借文物拍摄幻灯片，至今已经完成了"书写的世界""中与外""中国与欧洲""帝国中心""宫廷生活""佛教在中国"六个大题。每个大题之下各有子题。另有十二小时的"中国历史概览"。计划进行的还有"中国印象的变迁"和"中国传统城市生活"二组。至于他们专设的影像素材库"影像银行"已经有两万个画面了。

孔夫子的"我欲无方",是这套视觉教材的最高境界——透过极其专业精密的课程设计,以密集的影像(平均每四十五分钟三百个画面),达到使学生直接激荡思考,并留下深刻印象的效果。这也是它与传统幻灯片教学只具有"辅助说明"的角色完全不同的地方。

中国古代历史视听教材,是以成千上万的幻灯片设计成组成套的专题,深入浅出地叙述中国古代文明的故事。这是一套针对西方汉学入门者的"视听教材"计划,它通过具有视觉冲击力的图像带给学生深刻印象,从感官视听上建立对中国历史文化的感性认知,再从语言和历史文化文本学习上提升学生的感性知识,获得立竿见影的汉语语言、历史文化学习效果。"视听教材"计划是许理和院长的"小宝贝",把小宝贝扶持长大,是他最大的心愿。

4. 中文善本书

本馆所藏善本书不多,明刊本仅数十种。有一中文残本,缺前九叶,无书名、目录或序言,遂亦无从知其著者及出版年,经方豪先生鉴定为吕宋刻明刊本,为现今世上仅存七种吕宋刻明刊汉籍之一。他如"推背图识"为彩色绘图手抄本,"鹭江"手抄本。"蒙满汉大字典"(Dictionaire Mongol)手抄本四册、"蒙满字典"(Dictionaire Mongol – Mandchou)手抄本二册、"御制孝顺事宝"明永乐年间刊本 10 册 1 函、"御制五伦书"明正统年间刊本 36 册 7 函等,均是很珍贵的善本书。

5. 中国东南沿海中文史料

由于莱顿大学汉学研究院兴建时的几位教授,如施莱格、高延等,他们原任荷属东印度公司中国事务官员,专门研究中国沿海历史、民间民俗,荷兰与印尼华侨社会的殖民关系等。荷兰许多历史学家对中国沿海福建、台湾、东南亚历史均有精深研究。

莱顿大学历史系包乐史博士(Dr. Blusse, Johan Leonard)就是这方面的权威。他专攻明末、清初荷兰人在台湾、闽南沿海活动历史、民俗习惯。为整理这时期史料,他与台湾学界曹永和先生、江树生先生等联合编著"台湾日"（De Dagregisters van het Kasteel eelandia, Taiwan 1629—1662），1986 年出版第 1 册，第 2 册之后将定期出版。同时，他也研究明末东南亚华侨史，出版了"中国人和荷兰人在巴达维亚（雅加达的旧名）社会关系"（Strange Company：Chinese Settlers, Momen and the Dutch in VOC Batavia, 1986），该书已有印尼文译本。由于研究荷属东印度公司与中国政府的关系，他最近在法国国家图书馆写本部东方组（Bibliontheque Nationale, Departement des Manuscrits, Section Orientale）发现第一个荷兰驻中国大使馆秘书尼霍夫（Niehof, Johan）的手稿。写了《〈荷使初访中国记〉研究》（Johan Niehofs Beelden van een Chinareis 1655～1657, 1987）。该书已由厦门大学学者译成中文。1989 年出版《中荷交往史 1601～1989》（Tribuut aan China, 1601—1989）。

汉学研究院馆藏的中国东南沿海中文史料（印尼华侨买卖契约、宗祠家族家谱等），与包罗史的研究兴趣和远见卓识有关。

包罗史一直十分关注东南亚殖民地时期东印度公司与当地华侨社会的研究，并大量搜集原始资料，极为有远见地从印尼购买了大批南洋华侨的贸易档案，其中，包括大量的个人和公司、个人与个人之间的买卖契约、华侨组织和会所、会社公约，还有家族档案、族谱和藏书等，是了解 18～19 世纪南洋史和华侨移民社会极为珍贵的第一手资料。20 世纪 90 年代到新千年的十几年间，他申请了大量经费，组织人力整理这些档案，分类并且输入电子文本。厦门大学的几位教授吴先生和李明欢等先生都为此做出贡献。

（四）海牙国立档案馆（Algemeen Rijksarchief）

该馆所藏荷兰文东南亚史料，是全世界最丰富、最完善的。每年有许多专家、学者，由欧、美、日本等地来此查找资料做研究工作。

馆藏大量荷兰文档案，包括荷属东印度公司在中国沿海的档案；荷兰政府与中国政府关系档案；台湾、闽南沿海历史等档案，是荷兰文的第一手原始资料。近年来欧、美、日本及世界其他国家，对研究中国沿海历史均甚重视，专攻此专题的历史学者亦日渐增加，中国大陆尤甚。如厦门大学设有南洋研究所、中国社会科学院设有台湾研究所，每年选派学者到荷兰学习荷兰文，以便利用荷兰文原始资料研究。对这一专题研究，除台湾曹永和先生以外，台湾研究此专题的学者不多。或因不谙荷兰文，无法利用这些档案。包乐史博士认为台湾应加强对此专题的研究，欢迎派学者到荷兰学习荷兰文，利用这些档案，钻研中国沿海史和台湾历史，共同合作开发这一领域研究。

（五） 亚洲研究所

亚洲研究所是由荷兰皇家科学院，莱顿大学、阿姆斯特丹大学三家作为股东，并各派一人成立董事会管理的研究所。重点是东南亚研究，同时也有中国研究。沿袭荷兰东南亚殖民地的资料搜集和兴趣，这是一个专为博士后研究提供资助和研究席位的研究所。迄今为止，在此进行的博士后研究项目有两个："中国的政治体制改革"，"中国五四时期的文学社团研究"。20 世纪 80 ~ 90 年代，这里已经累计出版数十本博士后研究论著。1996 年笔者离开莱顿大学时，伊维德教授主动提出与中国社会科学院合作，出资办一本杂志《荷兰的亚洲研究》并出版系列丛书——荷兰的亚洲研究。让中国学术界分享这部分学术成果。笔者欣然答应并于回国后积极与相关部门筹措。终因当时的体制问题无法对接，这个项目没有成功。相信对中国和荷兰汉学界都是遗憾。

（六） 非西方研究中心

与亚洲研究所性质相同但范围更大，包括南美、非洲、亚洲等地的研究。

（七） 阿姆斯特丹大学亚洲研究所 （CASA）

由杨伯翰教授主持下进行的跨国社会学研究，包括世界华侨史、华侨社团研究等。

（八） 海牙社会研究学院 （ZSS）

是一所专门为第三世界训练培养硕士研究生的学院。开设了经济学、行政管理学、妇女学等专业，每年有 5 ~ 10 名的中国学生在此进行中国的劳动市场、行政管理、城市妇女就业等问题的研究。

（九） 《磬》 ——欧洲中国音乐研究基金会

1. 欧洲中国音乐研究基金会《磬》（CHIME）的主要目的与范围

CHIME 是一个促进发展欧洲中国音乐研究的基金会。主要目的是在欧洲建立一个中国音乐研究联络网，以便使在欧洲从事中国音乐研究的专家、学者能定期地探讨他们的工作。同时，也包括对中国邻国地区东南亚和西亚音乐文化的研究。

2. 《磬》杂志

CHIME 每年发行两本《磬》杂志。自 1990 年创刊以来共发表了 7 期。《磬》是一本英文杂志，英文名字为《CHIME, Journal of the Euro - pean Foundation for Chinese Music Research》。每期约 150 页。后附中文目录。

《磬》的目的是对于欧洲中国音乐研究的发展、动态给予一个广泛深刻的概要综述。其内容包括研究论文、有关在中国实地调查研究的报告及关于图书、音响、杂志、音乐会和集会等正在进行中的研究工作。大学课程以及提供奖学金的消息。这份杂志是提供欧洲中国音乐研究交流意见和资讯的渠道。

欧洲及美国、澳大利亚、中国大陆和港台以及其他地区的许多音乐研究所或汉学院的图书馆里都可阅读到《磬》杂志。目前，已与中国大陆的以下机关建立了长期交换：中国艺术研究院音乐研究所、中央音乐学院、上海音乐学院。期望今后能与更多的科研机构进行交换。

《磬》杂志受到了中国音乐研究权威人士的一致赞赏与好评。《磬》在欧洲目前是唯一的中国音乐杂志。它起着一个开路先锋、填补空白的作用。

3. 资料中心

CHIME 在荷兰莱顿市的办公处建立了中国音乐图书资料中心。它既收藏图书，又收集和存放有关中国音乐的报告、文章、论文，同时，也收集音响、录像资料。中心目前收藏图书约 2000 本、1000 多盒录音带（中西音乐研究工作者实地录音占有很大一部分）、500 张留声机唱片与 CD 唱片、100 盒录像带。

中心订阅 50 本关于中国音乐、民族音乐学、人类学等中外杂志。特别值得一提的是该中心还收藏了近 500 本中国作曲家近几年创作的曲谱。其中大部分为手稿。

资料中心的大部分图书、杂志和文章及各种音像资料已被整理分类，并储藏在电脑里。自从该中心建立以来，世界各地许多研究者及学生已查阅使用了此处的资料、信息。

4. 论坛、会议和专题讲座

CHIME 不定期地召集欧洲及世界各地的中国音乐专家，共同讨论有关中国音乐研究的专题。经常与欧洲民间音乐学会（ES. EM）或其他欧洲科研团体合作，联合召开会议。

1991 年 9 月与 ESEM 合作在日内瓦召开第一次《磬》研讨会。1995 年 9 月在荷兰阿姆斯特丹召开第二次《磬》国际研讨会，题目为"东亚嗓音：东亚现存的民间声乐传统"。

1991 年 2 月到 6 月《磬》基金会在莱顿大学举办了一次关于中国音乐国际系列讲座。先后邀请了 16 位美国、加拿大、中国及欧洲各国的专家学者举行讲座。

CHIME 近年来独自或与阿姆斯特丹、罗马、伦敦等各大院校联合举办了 40 多场关于中国音乐的专题讲座。

5. 音乐会

自 1991 年以来，《磬》基金会先后组织过数场中国音乐会。在这些音乐会上还专门对中国古代有关音乐类型作了介绍。其中特别值得一提的是，他们还邀请中国古琴、天津佛乐团在欧洲巡回演出，举办中国现代作曲家作品音乐会、特邀台湾汉唐乐府演出等。

6. 对研究项目的支持

CHIME 的经济来源有限，主要是由私人提供资金和会员所交纳的会费。基金会有选择地支持在欧洲的中国音乐研究者和欧洲的中国音乐专家的研究工作。

7. 组织者

CHIME 是由欧洲不同国家的中国音乐研究者在 1990 年初组成的。现有领导者：Stephen Jones（钟思第，英国伦敦亚非学院），Frank Kouwen-howven（高文厚，荷兰莱顿），Dr. Francois Picard（皮卡尔博士，法国巴黎索邦大学），Josephine Riley（周洲，德国，东英大学）四人。Dr. Helen Rees（李海伦，美国匹兹堡大学）为美国联系人。《磬》杂志的主编为 Frank Kouwen – hoven（高文厚）和 Antoinet Schimmelpenninck（施聂姐，荷兰莱顿大学），还有由 12 位来自不同国家的专家组成的顾问团。CHIME 的荣誉会员为 Laurence Ricken（毕铿教授，英国剑桥大学）。

吴淳邦教授与韩国的中国小说研究

李 芳 关瑾华

吴淳邦教授，公元 1954 年生于韩国首尔，韩国外国语大学中国语系毕业，天主教辅仁大学中文研究所硕士，台湾大学中文研究所博士。吴教授曾任教于韩国蔚山大学，并在中国山东大学、日本东京大学、中国天津师范大学、美国威斯康辛大学等院校担任客座教授或从事访问研究；现任韩国崇实大学中文系教授，兼任韩国中国语文论译学会会长，在中国古典小说、中韩小说翻译等研究领域成绩斐然。

自韩国负笈台湾留学，倏忽已过廿余春秋。回首来时路，从一步步掌握中文的听说读写，到徜徉于中国古典小说之间，一路走来，经历种种甘苦喜悲，吴教授治学之热忱与坚持，相信能给学子们良多启示。

（一） 求学历程

公元 1980 年秋，刚刚服完兵役的吴淳邦教授，考上了辅仁大学中文研究所。兵役期间积存下的 1500 元美金，是他当时仅有的经济基础，一心求学的他却毅然开始了在台湾的留学生活。辅仁大学中文研究所要求外国留学生必须补修大学部开设的必修课程。尽管之前已接受过长时间的中文训练，但面对硕士班总计达到 70 个学分的繁重课程，他还是感到些微吃力。加上当时为自己设定了三年必定硕士班毕业并考取外校博士班的目标，吴教授现在回想起那段经济与时间双重重压的日子，仍然用"坐不安席"来形容。但是，他更加用功，硬是在第三年上学期还要修 10 个学分的背水阵中完成了硕士班课业，如愿考上了台湾大学中文研究所博士班，继续追随叶庆炳先生进行中国小说的研究。

博士班课程修完之后，吴教授应邀回到韩国蔚山大学创办中文系，就此结束了在台湾 5 年的留学生活。尽管"忙得不可开交"，但那段与夫人一道在台湾攻读学位的时光，仍然是一段美丽的记忆。

（二）"讽刺小说"研究心得

吴淳邦教授对中国的"讽刺小说"情有独钟。他先从晚清四大讽刺小说入手，撰成硕士论文；进而扩大范围，以清代的长篇讽刺小说为博士论文的选题，试图窥探中国讽刺小说的共性与特性。陈平原教授曾言："领略讽刺小说中那些难以言传之趣，需要机智，需要幽默，更需要较为丰富的历史文化知识，这对外国学者来说，无疑是一个严峻的考验。"不过，吴淳邦教授以他的两篇学位论文，向这份考验交出了令人满意的答卷。硕士论文《晚清讽刺小说的讽刺理论》更获得了台湾文艺作家协会颁发的"中兴文艺奖章文艺理论奖"。

说起为什么要挑"讽刺小说"这块硬骨头来啃，吴教授如是说：他一直对中国小说很感兴趣。他发现，晚清时小说的产量与艺术水平都已经相当高，但是，相关的研究却很少，大多都只是重复鲁迅在《中国小说史略》里提出的"谴责小说"一说；至于以足够的篇幅及深度，去研讨中国讽刺小说的面貌及其独特讽刺风格的，更是前所未有。吴教授觉得"谴责"只是一种语气，"讽刺"艺术实际上包含了更丰富的内涵，西方文学理论已经有很充分的论述，于是，他尝试以"讽刺小说"来对晚清小说做类型化的研究。

从西方学者阿瑟·帕勒得（Arthur Pollard）等提出的讽刺观念入手，参考古今中外的讽刺观念，吴教授在研读清代讽刺小说的过程中，发现中国传统的讽刺观念，从《毛诗序》的"美刺说"到《文心雕龙·隐秀篇》的"义欲婉而正，辞欲隐而显"，都影响到了后来的讽刺小说创作。小说在揭露批评人生社会中各种黑暗人事的同时，也塑造理想世界，以寄托作者的希望。运用布斯（Wayne C. Booth）的叙事理论去探析讽刺技巧，吴教授以说明与呈现两种叙事模式去解释直斥与婉曲两大讽刺风格所产生的原因及主要表现手法，得到四种不同的叙事形态，进而通过这四类的比较总结出各种不同的表达方式及其独特的讽刺风格。这是他借用现代西方的研究方法来研究中国文学的成功尝试。

叶庆炳先生极重视不同学术领域间之交流与合作，每谆谆教诲青年学子："研究中国文学至少要交三位朋友：一位是学哲学的，因为文学离不开思想；一位是学史学的，因为文学离不开时代；一位是学外文的，因为你需要西洋文学的方法和知识。"吴教授研究"讽刺小说"的方法可以看作是学科间交流互惠的成功例子。在分析讽刺语气的章节中，他通过条分缕析七种讽刺语气用语的英文解释，并参照中文词汇的用法，归纳出"机智""讥笑""苦讽""直责"四种讽刺语气。吴教授还清晰地记得，当年为了了解西方文学理论的有关情况，他曾特地去向外文系的康士林（Nich-olas Koss）教授请教，康教授也总是热情地给予他许多指点，让他能够顺利找到相关的参考书籍。正因为广泛吸收各学科的知识，吴教授在研究中国古典讽刺小说时，具备了全新的研究视角。

（三）　近二十年之学术活动

韩国与中国一衣带水，两国文化交流的历史源远流长，韩国的汉学研究也一直兴盛不衰。20 世纪 80 年代之后，大批学者自海外学成归国，为汉学研究注入了新的活力。1985 年，吴淳邦先生返国任教。此后这二十余年间，他不仅继续致力于中国传统小说的研究，更进一步关注中国语文材料的翻译和研究。

早在公元 284 年，中国小说《山海经》就已传入韩国。如今，在韩国奎章阁等图书馆还存藏有不少失之中土的孤本和珍本。韩国国内的中国小说翻译、抄录、重刊、编选，以及模仿中国古典小说模式的韩文小说创作，无论在中国传统小说研究领域或是中韩比较文学研究领域，都是值得关注与深入探讨的问题。1993 年，在吴淳邦和崔溶澈、徐敬浩等先生的筹办下，韩国中国小说研究会成立。吴先生在 1994 年至 1998 年间担任会长。此会目前有会员一百五十多人，每年定期举办四次学术研讨会，并编辑出版《中国小说研究会报》和《中国小说研究论丛》两种会刊。《会报》每年出版四期，设置有学术探访、海外论文、书评、学术翻译、原典译注和资料介绍等栏目，主要报道中国小说研究会的学术活动、关注中国小说的最新研究动态和翻译国内外的小说研究著作。《论丛》则为半年刊，是专门发表中国小说研究论文的学术刊物。

随着中文学习与研究成为潮流，韩国各大学纷纷开办中文系。吴淳邦教授先后在蔚山大学、崇实大学创办中文系，并积极参与韩国岭南中国语文学会、韩国中国小说学会、韩国中国学研究会、韩国中国学会、韩国中语中文学会等中国学、中国文学研究团体的活动，极大地推动了韩国中国语文研究的发展。1997 年 11 月，吴教授领衔在崇实大学成立了中国语文论译学会。此学会以研究、翻译中国语言和文学为主要宗旨，每年出版二期《中国语文论译丛刊》。《论译丛刊》设有学术论文和学术翻译两个栏目，并不时推出特辑号，如第二辑之《文言小说现代文学特辑》、第四辑之《第 1 回全国大学院中语中文学科学术发表会特辑号》等。该刊登载的论文涉及中国语文学研究的诸多方面，如文字、音韵、语法、训诂、文学批评、文学理论、比较文学等，目前已成为韩国中国语文研究领域的核心刊物。

回到韩国任教之后，吴教授撰写和翻译了大量的论著，并积极介绍中国小说研究的最新成果。他著有《简明中国小说史》和《20 世纪中国小说的变革与韩国基督教博物馆所藏作品研究》，并主持开展了《中国通俗小说总目提要》的韩文翻译工作。该书 1990 年由中国江苏社会科学院明清小说研究中心编辑出版，是中国古典小说研究的重要参考书。吴教授与多名韩国学者历时七年方完成全部的翻译，以《中国古典小说总目提要》为题陆续出版，为韩国学者提供了极大的便利，因而在 2000 年获得了韩国中语中文学会第一回翻译类学术奖。在中韩小说翻译研究中，吴教授亦卓有成就。《朝鲜时代中韩小说翻译交流考》一文主要讨论朝鲜时代中韩两国古典小说的流传与翻译情形。另一篇重要的论文是《20 世纪中韩小说双向翻译试论 1》，此文事先调查搜集中韩两国在 20 世纪 100 年之间所刊出的中韩小说之韩译本和中译本的整体出版现况，得出了总共 693 部的译本书目。吴教授还希望在搜集调查 20 世纪后半期出版的韩国小说的中译本现况后，按照这两类书目，提出 21 世纪中国读者所需要的韩国小说的译书目录和韩国读者所需要的中国小说的译书目录，并试图分析解释中韩小说的双向翻译实态和翻译出版特点。此文分作 4 节展开论述：20 世纪以前流入朝鲜的中文小说和其韩译状况；20 世纪中国古典小说的韩译现况；20 世纪中国现代小说的韩译状况；20 世纪中韩小说双向翻译上的诸般问题的检讨及今后翻译计划与译书目录之商定。

（四）基督教与中国小说相关研究

吴淳邦教授一直对基督教与中国小说的关系这一课题深感兴趣。他认为，在近代中西文化交流与 20 世纪初期中国小说的转变等问题上，来华传教士扮演了重要的角色。在《20 世纪西方传教士对晚清小说的影响研究》《传教士傅兰雅与近代中国翻译：韩国基督教博物馆所藏傅兰雅的汉籍和其翻译活动》《基督教信仰小说许地山的〈玉官〉研究》《老舍小说与基督教》等学术论文中，吴教授已经从传教士的文化活动、中国小说家受到的基督教影响等层面论述了基督教和中国近代小说之间的联系。目前，他最为关注的是晚清传教士创作的基督教小说。

基督教小说，按照哈佛大学韩南教授的诠释，是基督教传教士及其助手用中文写作的小说形式的叙述文本。基督教传教士利用普罗大众喜闻乐见的小说来宣传教义，起源甚早。1819 年，英国传教士米怜创作了《张远两友相论》，这是目前所知最早的基督教小说。从此之后，至 19 世纪末，传教士及其助手们致力于写作和翻译以宣传教义为主题的小说。此类小说现存至少有二十部，却一直没有受到学界的关注。韩南教授撰有《中国 19 世纪的传教士小说》一文，第一次向学界介绍了基督教小说及其创作者；其后，旅法学者陈庆浩教授在巴黎发现了《儒交信》《张远两友相问》和《赎罪之道传》三部此类小说，并撰文加以介绍。

在韩南和陈庆浩两位教授以上研究的基础上，吴淳邦教授在韩国发掘、搜集相关文献资料，由此进一步关注到传教士小说在韩国的流传和翻译问题。韩国崇实大学基督教博物馆现藏有《张远两友相问》《引家归道》等基督教小说的早期韩译本，以及李提摩太翻译的文言小说集《喻道要旨》。吴教授根据这些资料，在《19 世纪 90 年代中国基督教小说在韩国的传播与翻译》一文中，详细分析了 19 世纪早期基督教小说在韩国的流传和翻译状况。他从原本与译本的比对入手，阐述了中韩文本各自的内容和特点，并据此探讨了传教士的宣传策略和基督教小说在韩国的接受等问题。

目前，吴教授有《基督教传教士与 19 世纪末 20 世纪初中国小说》之撰写计划。此书拟围绕传教士在华开展的出版与翻译、晚清的翻译事业和中国文人的小说创作等中心议题，以外国传教士傅兰雅、林乐知、杨格非、李提摩太，中国文人吴趼人、许地山、老舍，小说作品《张远两友相问》《引家归道》《喻道要旨》《九命奇冤》《新石头记》等作为具体个案，探讨19世纪30年代至20世纪20年代西洋传教士对中国小说的改变如何发挥影响，基督教如何渗入中国小说的创作与传播，以及如何引发了中国小说创作在近代所产生的巨大变革。

附录：

吴淳邦教授重要论著论文

论著：

《晚清讽刺小说的讽刺艺术》（复旦大学出版社，1994）

《简明中国小说史》（合著，首尔：学古房出版社，1994）

《清代长篇讽刺小说研究》（北京大学出版社，1995）

《20世纪中国小说的变革与韩国基督教博物馆所藏作品研究》（首尔：崇实大学出版部，2005）

论文：

《外国翻译小说与清末小说》（中国小说研究会第24届定期学术发表会宣读论文，清州：清州大学，1995）

《晚晴讽刺小说与翻译小说的关系》（翻译与创作——中国近代文学国际学术会议宣读论文，香港：中文大学，1996）

《20世纪前西方传教士对晚清小说的影响研究》（中坜：《第五届近代中国学术研讨会论文集》，1999）

《浅谈吴趼人的小说创作与外来影响》（《中国近代文学与海外国际研究会论文集》，澳门近代文学学会，1999）

《朝鲜时代中国小说的传播与翻译》（文化与翻译国际学术研讨会宣读论文，北京大学，1999）

《传教士傅兰雅与近代中国翻译：韩国基督教博物馆所藏傅兰雅的汉籍和其翻译活动》（《崇实大学论文集》第30辑，汉城：崇实大学人文科

学研究所，2000）

《20 世纪中韩小说的双方向翻译试论 1》（《中国语文论译丛刊》第 9 辑，韩国：中国语文论译学会，2002）

《朝鲜时代中韩小说翻译交流考》（《中国古典小说研究》第 8 号，日本：中国古典小说研究会，2003）

《傅兰雅的〈格物汇编〉与晚清启蒙活动》（《东アジア出版文化》，仙台：东北大学东亚研究所，2004）

《最早的中国基督教小说与韩国基督教博物馆所藏早期基督教小说韩译本研究》（《中国语文论译丛刊》第 16 辑特辑号，韩国：中国语文论译学会，2005）

《19 世纪 90 年代中国基督教小说在韩国的传播与翻译》（《东华人文学报》第九期，花莲：东华大学人文科学学院，2006）

译著：

《中国古典小说总目提要（全 5 卷）》（首尔：蔚山大学校出版部，1993～2000）、《鲁迅的中国小说类型研究》（《中国语文论译丛刊》第 3 辑，韩国：中国语文论译学会，1999）

《中国近代翻译文学的发展脉络与主要特点》（上）、（下）（《中国语文论译丛刊》第 7、8 辑，韩国：中国语文论译学会，2001）

（原文发表于台北《国文天地》杂志 2007 年第 3 期）

韩南的 《中国白话小说史》

——中国古代小说研究的域外视野

中国社会科学院文学研究所　孙丽华

作为享有广泛知名度的中国学研究者，美国哈佛大学教授 P·韩南自上个世纪中叶已经开始了对于中国古代小说的研究。其专著《中国白话小说史》出版于 1981 年，中文译本则在 1989 年面世①，到今天，时光流转数十年，而这本著作以其雄厚深湛的学术蕴涵，仍然博得学界的认可与重视。

韩南《中国白话小说史》第一部分相当于导论，在这一章里，韩南勾勒了他对于中国古代白话小说研究工作的轮廓与要点。大体可分为三个部分：白话小说的语言形态，白话小说的研究模型，白话小说的传统与创新。这一部分作为总论，叙述得比较扼要。从而使我们可以获得有关韩南的中国古代小说研究的宏观而脉络清晰的把握。关于小说的语言，韩南颇具灼见地归纳出中国小说史上文言与白话两类小说的区分与渊源，描述了在一个很长的时间段里二者如何并行发展又不乏相互影响的态势。他中肯地指出，尽管白话小说起源于口传文学，但是白话已经是一种书面语言，它与口语既有距离，也会受到历史久远的文言影响。更准确地说，白话与

---

① 〔美〕P·韩南（Partric··Hanan）着《中国白话小说史》，哈佛大学出版社 1981 年出版，中文译本由浙江古籍出版社 1989 年出版，译者尹慧珉。

文言实为各具特色的两个书面语言体系，而两者之间深厚而内在的渊源关系，也许远远超出我们既有的认知水准。

关于研究的模型也是一个很有意味的话题。实际上，有多少小说史研究者，似乎就会有多少种不同的研究模式。从中国本土的情况来看，近代以前与近代以来自然构成两个不同的研究体系。从宋代洪迈、罗烨、孟元老、明代的胡应麟、李贽，到清代的金圣叹、张竹坡，已经确立了中国古代的小说研究格局，这就是将小说纳入经史诗文附庸的地位，在影响世道人心的意义上观照小说的精神内涵，隐隐折射出来的是一种经史价值本位；而进入近代，随着小说观念革命性的转化，小说已经跃居各种文学类型首位，发挥着前所未有而强势的社会影响。在这种史无前例的情况下，研究者们的观念与研究视野也发生了前所未有的拓展和变异。无论是鲁迅、胡适还是阿英、胡士莹，他们研究的视角、侧重点也许会有不同，研究立场却是彼此相同：都是运用西方输入的文艺理论来审视、评价本土小说。我们看到，在这些时期里，中国古代小说作为被研究的对象，始终无法摆脱先天的弱势——相比于胡应麟时代的以经史价值凌驾于小说之上，鲁迅、胡适等人所做的，不过是以西方文化价值再度凌驾于中国古代小说之上。他们的研究当然各有其真知灼见，但从总体上看，既然还不能摆脱先入为主的格局，已经把中国古代小说置于一个从属或者有欠成熟的层次上，这种研究也就无可避免地有其内在之不足。正是因为小说的独立性一直到近代以来方逐渐明朗化，所以上述研究者的视野局限应该属于历史的局限，也是研究者个人所难以突破的。在此意义上，韩南以及其他的现代小说研究者自然就得天独厚地避免了前辈学者的这些局限性，而能够立足于更高的观察领地，从而得以展开更为广阔的学术视野，对于前辈学人的观点有所突破。

中国的古代小说具有一个相当悠久的滋生、发展的历史。经历了神话寓言、史传、诸子的孕育，接受了诗词曲赋、戏曲绘画等或以文字或以形象为表现媒介的艺术形式的熔铸陶冶，渐渐成长丰满，成为一个独立的极具魅力的文学门类，捕获着众多读者的心神。韩南作为研究中国文学史的西方人士，他审视中国古代小说自然是站在本位文化立场，不仅会采用西方的小说观念去裁决评判，也在把中国古代小说与西方小说进行着潜在性的比较。我们关注这样一部出自西方汉学家之手的中国古代小说研究著述，重要的意义之一也就是从其中可以见出不同的文化和文学视野。

白话小说的目录学研究

小说作品以其数量纷繁与风格的多样化而著称，所以，对于小说的分类，历来就是小说研究的一个重要课题，也是目录学的建构支点。这种划分大致上可以从"内"、"外"两个方面延展，例如对于小说作品以其题材、主题、表现手法以及语言风格、组织结构、篇幅长短等方面的属性特点来进行划分。

中国古代的小说分类始自班固的《汉书·艺文志》，其中已列出"小说家"门类①，班固在西汉刘歆所著《七略》基础上，删繁撮要，撰成《艺文志》一篇，列举小说十五家，也即相关著作十五种，计含篇目一千三百八十篇。作为单纯的书目辑录，分类意识仅仅是初具雏形。而且所提及的小说，更多是着眼于文体特征，即那些以记事为主的短书，但我们仍可将此视为小说目录学之发轫。

唐代史学家刘知几在他的《史通·杂述》篇里首次对文言小说进行了简要的分类：

> 爰及近古，斯道渐烦，史氏流别，殊途并骛，榷而为论，其流有十焉：一曰偏记，二曰小录，三曰逸事，四曰琐言，五曰郡书，六曰家史，七曰别传，八曰杂记，九曰地理书，十曰都邑簿。

我们今天来看刘知几的分类，其中的偏记与别传、家史一类或可隶属于史传、人物志，不可否认古代的这一类文字时常会含蕴丰富的文学色彩；而逸事、琐言、小录、杂记或者更为贴近于小说；郡书则等同于地方志，与地理书、都邑簿一样，在今天已经被排除出文学的范围，属于纪实的应用文。如此划分，实乃由于在刘知几的时代，"小说"并非是一个纯

---

① 此处的"家"略等同于"门类"，而并非后世指谓小说作者之意。

文学概念，而更多是指一种短小灵活的记事体裁。其含义略同于今天的
"笔记、随笔、札记"等。

北宋太平兴国年间，李昉等 12 人奉诏编纂大型小说类书《太平广
记》，对文言小说做了更为细致的分类。此书内容浩瀚，包含 500 卷，共
分 91 类：神仙、女仙、道术、方士、异人、异僧、释证、报应、证应、定
数、感应、谶应、名贤、廉俭、气义、知人、精察、俊辩、器量、贡举、
铨选、职官、权幸、将帅、骁勇、豪侠、博物、文章、才名、儒行、乐、
书、画、算术、卜筮、医、相、伎巧、博戏、器玩、酒、食、交友、奢
侈、诡诈、谄佞、谬误、治生、褊急、诙谐、嘲笑、嗤鄙、无赖、轻薄、
酷暴、妇人、情感、僮仆奴婢、梦、巫厌、幻术、妖妄、神、鬼、夜叉、
神魂、妖怪、精怪、灵异、再生、悟前生、冢墓、铭记、雷、雨、山、
石、水、宝、草木、龙、虎、畜兽、狐、蛇、禽鸟、水族、昆虫、蛮夷、
杂传记、杂录等。

与班固、刘知几等人主要着眼于文体上的分类不同，《太平广记》的分
类显然是着眼于题材，它那看上去细致刻板的区分，体现出来的是自秦汉以
来，文人笔记这一文体高度发展、大量积累之后，所形成的一种分类格局。
例如像《世说新语》这样一些文言小说都具有这种包揽众多、详细罗列的分
类模式。见出当时的人们在统领庞大而丰富的文字内容时，所表现出来的驾
轻就熟的目录学素养。这种过细分类、条目分明，显然不适于作为文学研究
的认知方式，而主要是传递出一种治学的态度，着眼于检索的便捷。

明代的胡应麟总结前人对于文言小说的分类，认为失之于繁琐，在他
的《少室山房笔丛》里，将小说概括为六类：

> 一曰志怪，《搜神》、《述异》、《宣室》、《酉阳》之类是也；一曰
> 传奇，《飞燕》、《太真》、《崔莺》、《霍玉》之类是也；一曰杂录，
> 《世说》、《语林》、《琐言》、《因话》之类是也；一曰丛谈，《容斋》、
> 《梦溪》、《东谷》、《道山》之类是也；一曰辩订，《鼠璞》、《鸡肋》、
> 《资暇》、《辩疑》之类是也；一曰箴规，《家训》、《世范》、《劝善》、
> 《省心》之类是也。

胡应麟对于文言小说的这一分类，可以说是兼顾了题材与体裁两个方面，扼要地把握了文言小说的几个主要类别，无疑达成了文言小说目录学的权威性成就。

随着白话小说的崛起，自然也引起人们对它的日益关注，随之出现不少分类的尝试。南宋初年，有孟元老的《东京梦华录》，在其卷五《京瓦伎艺》一篇，提及"说话"的不同类别：

> 崇观以来，在京瓦肆伎艺……讲史李慥、杨中立、张十一、徐明、赵世亨、贾九，小说。王颜喜、盖中宝、刘名广……霍伯丑商谜。吴八儿合生。张山人说诨话……霍四究说《三分》，尹常卖《五代史》，文八娘叫果子，其余不可胜数。

孟元老提到的"讲史"、"小说"，应该是说话的不同种类；而"商谜"、"合生"、"诨话"、"叫果子"属于一些曲艺表演；"说三分"、"五代史"则是针对讲述三国、五代故事的题材分类。从孟元老的记叙里我们能够知道宋代的市井说书及其他口头表演活动已经相当繁盛，产生了大批伎艺娴熟的艺人，有着丰富多样的表演种类。

对于白话小说的分类，有关著述比较丰富，如南宋耐得翁的《都城纪胜》提到说话四家：

> 说话有四家：一者小说，谓之银字儿，如烟粉、灵怪、传奇。说公案皆是朴刀赶棒及发迹变泰之事。说铁骑儿谓士马金鼓之事。说经，谓演说佛书。说参请，谓宾主参禅悟道等事。讲史书，讲说前代书史文传兴废征战之事。最畏小说人，盖小说者能以一朝一代故事，顷刻间提破。

耐得翁所分的四类，小说、铁骑儿、说经、说参请、讲史，已经是对于题材丰富的白话小说较为概括的分类。据书中介绍以及后人研究，其中"小说"是特指现实题材的故事，"铁骑儿"则是在有宋一代蔚为风气，盛行一时的军旅战阵故事，"说经、说参请"表现了当时社会生活中浓郁的参禅悟道风习，"讲史"则属于历史题材的故事。我们可以看出，在这四个分类里面，已经大体涵盖了后世一些主要的小说种类，如世情小说、历史演义以及宗教题材的小说，还有宋元时期的一些小说辑录者如洪迈、罗烨、陶宗仪等人，也尝试对纷纭的小说作品进行划分归纳。

20世纪初，鲁迅等研究中国古代小说的学者，在本土文化与外来文化融合的基础上，再度着手小说的分类。鲁迅的分类眼光很是灵活，既有包容文言小说与白话小说的"志怪"、"传奇"、"话本"等体裁分类，也有对于繁盛于明清时期的章回小说的题材分类；将这些数量众多、题材丰富的长篇小说归纳为"讲史"、"神魔"、"人情"等不同的类型，这里面既有对于传统的小说分类诸如"讲史"、"灵怪"、"传奇"的承袭，也融入了现代文艺学题材分类的视角。我们可以看到，在鲁迅的《中国小说史略》里，对于小说的分类既采纳了传统的分类方法，也参照了西方文艺学理论，在这样一种兼收并蓄的基础之上开创新的分类标准。鲁迅的小说分类能够灵活自如地跨越文言、白话两个小说种类，本身就是更为宏观的具有现代特色的文学研究视野的体现，这种视野的获取，自是离不开现代文艺学理论的学术支持。

韩南对于中国古代小说的分类，建立在他自己的认知格局之上，与此前在本土研究中出现的一些对于中国古代小说所进行的分类很不相同。这些本土分类是我们一直熟知的，大体可以上划分为从作品的语言风格（如文言或白话）、篇幅（章回或短篇）、题材（历史演义或英雄传奇）或文化内涵（伦理道德或人生智慧）等方面进行区分，而韩南则另辟蹊径，径直引入常规理性判断。例如他对于"三言"和"两拍"里的一些小说的分类，采用的是诸如"愚行小说"等范畴。而在中国人习惯的思维里，这种分类显然又太过宽泛与外在。似乎小说里的所有人物，不是社会精英栋梁之才，引人敬仰，就是劣迹斑斑的问题人物，供人审视批驳，既然如此，本土批评一般不会将"愚行"作为小说的一个分类标准，那么对于身在此山中的我们来说，会不会又有一叶障目不见泰山之局限呢。或许，中国的传统文化积淀太深沉厚重，我们已经不屑于采用常规的眼光去看待文字作品，而是情不自禁地上升为道德、伦理或典籍的层次，这种泛滥无度的宏大叙事，应该视为一种习焉不察的作派。这里也有令人担忧的问题，如果过度追求高深的理论归纳而忽略那些普泛价值判断，对于小说作品的认识，是否也会留下视而不见的漏洞或人为的扭曲变形？

在韩南的小说分类工作中，类型的划定不会是一个按图索骥的切割或截取过程，而是服从研究的需要，例如，韩南会将明代的一批产生于杭州一带、主要表现地方风土人情的小说简捷地归入"杭州小说"一类，看似过于粗疏和浅近，实际上却在特色研究方面另辟蹊径。再联想今天在小说史研究中已经形成热门的地域研究、城市文化等新的研究视角，我们就能够意识到正是由于如此不拘一格、往来自如的研究视野，让韩南能够在小说史研究领域打破既有藩篱，开辟出新的途径。

韩南对于中国古代小说所持的这种富于常规理性、或许应该归结为"形而下"的分类标准，对于本土浸淫于"微言大义"久矣的小说研究，应该说具有一种裨补缺漏的作用，无论如何，能够把握不同的研究视角，对于丰富和拓展我们的视野，显然是好处多多，可以让我们获得对于古代小说更为全面准确的认知。

白话小说的叙事学研究

韩南对于中国古代小说的研究，除了针对小说作品的剖析考察，还有一个更为重要的建树是确立了中国古代小说的研究模式，这同样也是一个非常重要的方面。进入 20 世纪以来，许多中国本土的古代小说研究往往宁愿更多地援引西方理论，研究对象与理论模式彼此凿枘的结果，不免导致对于中国古代小说形成一些消极评价。韩南在进行分析研究的时候却有意识地避免这样的简单化套用与草率武断，他立足于扎实的文献资料探察，成功地总结出一些富有实际效用的话语模式，从而也就在中国古代小说研究领域确立了更为合理和具有说服力的研究范畴。

韩南广泛吸收西方众多叙事学研究的成果，建构了自己的既具有包容性又足以进行纵深细致剖析的小说分析模型，他在传统的"说书人"叙事角度基础上，又概括出"焦点、谈话型式、风格、意义（包括系列、构造、解释三个层次）以及语音（或书写）"等数个可资分析的层次，如此多元而富有包容性的研究模型，足以使小说研究进入更为开阔也更加深入细致的境地。例如韩南"风格特征"方法的提出，就提示了通过小说中某些特定习惯用语的使用，确定作品年代的较为实用可行的识别方法。这种方法的适用范围究竟有多大，还无法明确界定，但是也许更有价值的地方是它可以引导我们寻找一个更合宜的研究路径，即：尽量在作品中挖掘文本意义之外的涵义，而这一部分"内容"通常一直是为人们所忽略的。

韩南对于中国古代白话小说采用叙事学理论进行的研究，堪称是宏观视野与微观解析的巧妙交集，既有广阔的包容度，也让我们感受到颇为严谨细致的作风。

这种过细的研究姿态体现在韩南对于小说文本的研究上，他所界定了"叙述者、焦点、谈话型式、风格、意义、语音（或书写）等十个层次，作为分析小说作品的基本方法；相对于较为传统的历史——审美，或者公共——个人等方法表现出来的较为简单的二元区分，韩南在方法上的优势显然可见，这种条分缕析、巨细无遗的研究眼光，可以让我们从多重角度把握小说内涵；而对于小说作者的研究，同样具有这种既包容又细察的深度，对于众多小说作者的剖析审视，都会说明我们认识这些作者所秉承的多元的小说传统以及不同的文化立场甚至人生姿态，从而可以更为深入细致地了解他们的作品，以及其小说在文学史上的定位。

众所周知，中国古代的小说研究向来以感知性见长，李贽、毛氏父子、张竹坡、金圣叹等人的小说评点细致入微，具有高度的艺术感染力，曾经折服了众多的读者。但是这些零金碎玉式的阅读体验，却缺少严谨的逻辑体系和理论概括。一直到现代社会，小说研究仍未走出这样的窠臼。在此，我们可以将鲁迅的小说史研究作为一个例证，在小说作品的年代编排上，鲁迅完成于20世纪初的小说史研究的开山之作《中国小说史略》，采用史书惯用的编年体，撷取各个时期的代表性小说类型作纵向组合，完成了将小说史纳入一个完整严密格局的开创性工作，也为以后的小说史著作提供了一个有效的借鉴模式。然而，进入到对小说文本的分析研究，鲁迅仍然鲜明地表现出评点的积习。我们能够看得出这位研究者文学功力不凡，对于中国古代小说具有深湛学术素养，观察眼光犀利而独到，但在研究的方法上，显然不具备韩南那样的纵横捭阖、全面出击的灵活度，而是表现出滞涩困窘的先入为主，将观察的视野限定于结构、语言、情节、人物等传统范型内，很难有进一步突破。鲁迅的问题其实也是众多中国本土的小说研究者共同的局限，相比于侧重诗学感悟、擅长捕捉艺术灵感的中国文人学者，西方文化也许更注重哲思与逻辑归纳，韩南则得天独厚地立足于西方文化传统，有丰富的理论资源可以供他整合利用，由于这一学术背景，韩南对于中国古代小说的研究，也就堪称是"治大国若烹小鲜"，与中国本土学者面临理论考察时的"捉襟见肘"自然不可同日而语。

白话小说与文言小说的渊源及并存

在中国古代小说形成、发展的漫长历史时期里，文言小说与白话小说的两歧并存是一个颇具研究价值的现象，韩南对这一现象进行了简洁的勾勒，不但解析了两者歧异的根芽，也概括了它们之间的渊源影响，可谓睿见独出。

通常人们会认为文言小说和白话小说是分野相当鲜明的两类小说——从它们各不相同的语言风格、素材甚至叙事手法等多个方面，都会体现出它们的明显区别。还有一种看法是更为直接地将文言小说和白话小说直接与高雅文学和通俗文学的范畴相对应，如此，反映着语体风格的不同也就顺势表现为文化内涵方面的区别。不过在韩南那里，情况还没有那么简单。他首先从文言与白话的性质定位着手分析，指出二者作为不同的书面语言体系，本来是产生于不同的语言活动过程的，也就服从着不同的表现需求。当两者的使用领域有所区别之后，它们就承载着不同的功能。不过值得我们注意到一个问题是，既然作为并存的书面语言系统，两者之间也就不可避免地会出现相互之间的影响和渗透，这种影响渗透也使得无论文言还是白话哪一方，最终都呈现出一种更为杂糅的语言风格。

韩南以明清时期的一些通俗小说为例证，例如《水浒传》等书的语言，就明显地表现出这种文白杂糅。书中不同的人物，会自然地使用不同风格的语言，或者描写人物对话的语言会更接近白话，而概略地叙述事件程序时又会过渡到文言。这样的立场转换在整部作品里进行的自如无痕，以至于读者并不大会注意到不同语言形式的切换。而更不必说在白话小说的发展进程里，就始终受到来自文言系统的深入影响。白话小说的作者们一般都很注意向文言之中吸取营养，提炼多种有效的语言表现模型。

经过长时期的融汇影响，我们已经很难分清白话小说与文言小说的分水岭，这两种语言系统可以说已经充分地影响并融合。不独白话受到文言很多熏陶，文言也不可避免地受到白话的多方面浸染。所以，韩南对于文言小说与白话小说的定位，是界定在两种不同的书面语系统，这一定位事实上更多地承认了这两种语言系统的共同性，或称相同的渊源。白话说到底是一种书面语言，虽然人们一般会认为它起源于口头语言，不过既然成为一种书面语，那么其实白话究竟还是无法等同于口语的，或者我们只能说，在一定的时间里，这种书面语距离口语更为接近而已，而走过了这种特定的历史时期，我们就应该意识到，也许白话与口语之间距离并不比文言少。

韩南首先针对文言与白话的特殊关系进行了界定，在此基础上，我们更为准确地掌握文言小说与白话小说的异同，也就有了坚实的立场。我们会看到，既然白话小说并不就等同口头讲述，事实上它们与同样作为书面语的文言小说反倒具有更多的共同属性。当然这些属性主要界定于语言表现与叙事模型方面，从另外的一些方面如小说的社会文化内涵来看，倒不如说文言小说和白话小说具有比较明显的分歧，正如韩南所概括的那样，白话小说往往更多地表达公共性体验，而文言小说则趋于表现个人内心世界；在叙事时间流方面，白话小说大多习惯于顺叙，文言小说则较少这种限定，而可以从不同时间段灵活地切入。在对于小说人物的塑造方面，两者也很不相同。白话小说的作者似乎很喜欢调侃自己作品中的一些人物，这些人物作为人性许多恶劣表现的类型，甚至不需要有具体的名字，作者宁愿使用诸如"婆子"、"富商"、"花魁"等让人觉得面目模糊的名称，同时，我们在白话小说中也确实会看到更多的类型化的人物，相比之下，文言小说里的人物却更具有个性特征，会让人感到是具体的"这一个"。此外还有一些表现两类小说不同品性的地方，例如白话小说在表现手法上会使用更多既有的套路，很像八股文，局限在一个既定的模式之中。作者似乎很乐于使用这些套路，而规避着贸然引入新规范的风险。而文言小说则又与之形成对照，它们更喜欢在表现风格上独创蹊径，营造个性化的表现空间，也更多地抒写幻想的世界，在这些方面，文言小说就与有意摒弃浪漫想象而一味务实、着落于教化和训诫的白话小说又一次拉开距离。

在白话小说领域中，冯梦龙是一个引人注目的小说家。众所周知他成功地完成了从文言小说到白话小说的转换，他着手改写的小说作品集"三言"，大部分取材于文言小说，冯梦龙还是一个独具见解的小说批评家，在《古今小说·序》中，他眼光卓越地看到文言小说和白话小说的最本质区别：

> 大抵唐人选言，入于文心；宋人通俗，谐于里耳。天下之文心少而里耳多，则小说之资于选言者少，而资于通俗者多。

冯梦龙注意到文言小说与白话小说的不同接受群体，他的这一文心、里耳论，可谓简明概括两种小说的根本不同之处，这种区别当然还是体现着文化上的不同内涵，而并非语言载体方面的界定。

一般地说，尽管与口语早已脱节，但文言文却会被作为与定型的旧文化相对应的书面语得到保存。也即是说，对于书面语言，人们看重的并不总是与口头语言的一致性。像文言文这样稳定而富有同一性的书面语，其实更多是作为古典文化的载体而得到重视，在这样的语言形式里积淀着不容后人忽视的典籍文化。而与恒定而精练的文言相比，白话文通常更为活动多变，"赋义"的过程可以更随意，词语更新的速度也更快。这些素质就决定了它难以胜任标准规范的官方用语以及稳定凝练的经典语言，所以，白话文通常会作为主流语体文的补充而存在。通常它更能胜任那些借助口语而传布的种类，如宗教布道、英雄传奇、通俗唱词等。

白话小说与文言小说的关系，在中国小说史上一直是一个未获定论的话题。随着20世纪初白话文被大力宣导、"五四"新文学的兴起，通常人们会认为白话小说突破了文言小说的诸多藩篱，与现实生活的距离更为接近，它应该是作为文言小说的否定性因素的存在。但是韩南则更着眼于白话小说与文言小说内在的那一重渊源关系。韩南认为，看上去与口头文学有着更多共同性的白话文学，实际上也并不全都相同，大体上有两种情况：比较接近的，是作为口头文学的记录或脚本，如随宋元以来的说话而产生的文字版本；而那些与口头文学距离较远的一类白话小说，则是对于前一类作品的模仿之作，例如冯梦龙与凌蒙初等小说家对于宋元说话的模仿。一旦达成专供阅读的作品，小说就脱离了口头文学的范围，中国古代的白话小说就是如此。它与文言小说有着更多的渊源，而与口头文学的关系却更为疏远，虽然也还保留了口头文学的一些语汇或表述方式上的一些特点。

白话小说的传统

韩南认为白话小说有一个稳定的模式，这种固定模式的传承已经足以构成传统的等级。它主要表现在白话小说的主题、题材、人物、叙事手法等各个方面。在这些方面，我们都可以感知一些非常熟悉的表现。例如白话小说那种注重现世价值又乐于进行训诫的风格，那些类型化的人物以及惯用的套话。然而，无论是一个多么凝固的模式，终究不会一成不变。冯梦龙在中国古代的白话小说发展中是一个具有重要意义的小说家，他的所编定的著名白话短篇小说集"三言"，一方面总结整理了既往白话小说的表现模式和风格，另一方面，又有所开创，在白话小说的创作中犹如水乳交融般地加入了更多属于正统文人的成分，诸如对于举业以及仕途的渴望，对于富有君子风尚的忠诚和友谊的推崇，以及对于在社会生活中贯彻道德理想的热切期盼。除了这些文化心理方面的意念，更应该引起我们关注的是冯梦龙对于白话小说的形式及语言的熔铸提炼，让它们脱去口语的随意与粗疏，而变得更为精巧紧凑，也更富有表现力。

像冯梦龙这样杰出的小说家，注定要承当继往开来的重任，在他手中，既整理加工了长期以来积累的大量白话小说素材，也做出审美方面新的开创，为白话小说漫长的传统增添了新的成分。可以说，中国古代白话小说的能够具有的最出色的格局，是在冯梦龙手里得到完成的。凌蒙初是继冯梦龙的成功尝试之后又一个从事将文言小说改写为白话小说的著名小说作者，他沿袭了冯梦龙的创作改写路数，受到冯梦龙很大的影响。

作为一个可以驾驭两种不同语言系统的小说创作的才气不凡的小说家，冯梦龙完成的工作是极具价值的，真正开掘出文言小说与白话小说各自所拥有的艺术潜力，把在中国小说史上同样积淀丰富的两种不同的小说传统很好地衔接起来，使它们进一步交融渗透，达成双向的影响效能，铸造更加丰富成熟的小说模式。如此厚重的贡献，无疑已经足以奠定冯梦龙在中国小说史上里程碑式的地位。而对于文言小说与白话小说的不同之处，冯梦龙也有其独到的见解。他精辟地概括了这二者的主要区别，如前所述的文心和里耳的区别，也就是重在抒情、关注个人感受的文人审美与追求趣味、看重共同价值准则的大众文化消费之间的不同。

对于白话小说的传统进行关注，不仅能够让我们把握这些小说的格局、脉络，也有助于我们更为深入准确地解读小说作品。众所周知，白话小说在它的不同发展时期，秉承的传统也是不相同的，它们的叙事立场和人物类型都会有所不同。较为早期的白话小说热衷于赞美那些挑战主流社会的叛逆人物与盗匪，如《水浒传》以及不少话本小说里的出身草莽的主人公；然而到了中后期，这种情况有所变化，勤勉诚实的商人、富有家庭责任感的市民，或是才智远远超过男子的女性人物，渐渐成为白话小说里的主人公。显然充分地了解白话小说的传统，有助于我们更好地解读处于各个不同发展时期的小说作品。

若是从小说的发展阶段来梳理，我们会看到在不同的阶段，白话小说也呈现出不同的表现姿态。早期的白话小说大致上是与口头文学相吻合的存在，这是自宋元以降话本小说的概貌；等到白话小说发展到中期，也就是相当于明代中晚期，由于冯梦龙与凌濛初这样的天才文人介入小说的改编和创作，也为立足于口头文学基础上的白话小说引入了更丰富的文言小说资源，铸造出白话小说更为富有文化底蕴与艺术表现力的新格局，这一时期是白话短篇小说最为繁荣的黄金期，其势头持续到清代前半叶。晚明冯梦龙、凌濛初、席浪仙、艾衲以及入清后的李渔等小说家的创作，带给白话小说以更为丰富多姿的艺术表现。韩南对于这一时期小说的概括是：教诲的动机趋于淡化，更加注重表现个人的心灵世界。上述作者开创了白话小说更加丰富多样的艺术风格，使得白话小说进入自由多元的发展格局。凡此种种，足以让我们看到在小说传统里呈现出来的创新景象。进入清代以后，白话小说走向它的晚期，由于一味沿袭既有格局而缺乏创新，与口头文学以及文言典籍的沟通也濒于断裂，使得白话小说的艺术生命力逐渐枯萎，终于让这个小说类型归于消歇，再未有上乘之作出现。

结 语

中国古代的白话小说，其渊源亦可称久远，自唐宋以降，即不断发荣滋长，到明清时期终于蔚为大国，凌驾于传统的诗词曲赋之上，成为具有时代性的文苑奇葩，绽放出炫目华彩。然而作为一个后起之秀的文学种类，研究评价的眼界却是难掩其滞后，由于历代对于小说的研究基本局限于评点与分类的范域，虽然今人可以将其视为研究解析，但从这些"研究"的眼界格局而言，究其底里，仍不超出诗文研究的窠臼。从《东京梦华录》、《绿窗新话》到《醉翁谈录》，从李贽、张竹坡到金圣叹，小说研究一直没有超出传统的笔记、琐谈范型。近代以降，随着西方文艺学被源源引进，小说研究也终于获得了全新的格局与视野，自20世纪初，名之为"小说史"的研究专著即不断问世。从鲁迅到谭正璧，从阿英到胡士莹，至于建国以后各高等院校、研究机构以合着形式编纂的古代小说史更是林林总总，蔚为大观。大体上说，这些小说史研究专著具有三个方面的资源：对于西方文艺学理论、马克思主义文艺理论以及对于中国传统的小说观念的吸收借鉴，创立了中国的小说史格局，使得古代小说研究由此进入全新多元的发展阶段。

然而，纵观百年来的古代小说史研究，其中仍有一些难以逾越的障碍与鸿沟，主要是围绕着对于小说的本体认知以及小说的内部发展规律等问题，研究者似乎陷于某种既定观念的窠臼而不易突围，审视自鲁迅以来的众多小说史著作，无论它们的编排体系、观照视野有什么不同，总有一个隐含的逻辑限定——那就是，小说是表现社会生活的一个手段或称工具，正因为它在这方面具有以往诗词歌赋等各种文学体裁都难以比并的纵横恣肆而生动活跃的表现力度，也就使得小说被不自觉地赋予更鲜明的工具性，这其实预设了小说的从属性——相对于现实人生，小说应该成为一种惟妙惟肖的表现和展示。可以说，以往的多个小说史专著，都很难脱出这一实用理性的强势局阈。而问题在于，小说作为一种文学的表现，固然是人生的摹写，但是它又是独立的存在，本身就具有自足性。而传统的小说研究概而观之，最根本的局限就在于难以发现小说的独立性。罗烨和胡应麟也许把小说视为经史的补充，鲁迅和阿英则将小说看做认识世态人心的利器，今天的小说史研究者又会把小说定位为以语言为媒介的生存感受；要之，历代的小说研究者或许视角不同，方法各异，但在一个问题上，却具有共同的立场：那就是确认小说的工具性、从属性，将小说视为相对于现实人生的依附性载体。而问题在于，犹如一个硬币的两面一样，这世界上的事物从来不会只有单面属性，小说亦然。首先我们承认小说的确是依附于现实人生而成立，但同时它也具有自身的品性，犹如其他各文学种类都具有自己的品性不容屡混置换。我们重视小说，其实并不总是系念那些曲折的故事情节或生动的人物形象，而是倾倒于小说所独有的涵容广大的表现范围、栩栩如生的叙事功能。不夸张地说，自从小说在现代社会具备了前所未有的独立地位和空前涵盖度，人们对于社会人生的认知也随之大为拓展。我们甚至会觉得，唯有在这种无所不届的文字媒介之下，才能张开心灵的眼睛，体察人生的真实。而作为小说的特质，这是无可替代的神髓精魂，小说正是由此区别于其他文学种类而获得自足自立的支点。

相比之下，不得不承认，以往的小说史研究更多地侧重于社会历史文化等共同性价值的阐释评说，而对于人的心灵本身、对于小说自身特性的体认考察应该说还是比较匮乏的。这种视野上的偏颇和局限，对于小说研究就会形成某种限制与盲点。在这样一个背景下，韩南的小说史研究就显得独辟蹊径。他把小说同现实的关联拉得更远一些，换言之，将小说从它所依附的那片生活的土壤上剥离开来，采取一种更为抽象单一的视角，去进行小说史的研究解析。或许距离众多的严谨地将小说视为第二手存在的研究者，韩南的走得并不太遥远，然而就是这微小的不同，却造就了韩南的小说史与众不同的特色，让我们可以感受到小说本体的研究，窥见小说的一些内部发展规律。应该说，韩南的研究是更贴近小说本体的研究，而不是那些虽然称为是小说学，实则是历史、文化、公共意识等种种替换物的，或者偏于书斋式治学模式的所谓学术堆积。

概括地说，韩南的中国古代小说研究不乏让我们借鉴的素质。首先，韩南拥有一个严谨细致的小说研究模式，这是他综合概括了诸多西方的叙事学理论，在中国古代白话小说的文本基础之上建构起来的一个体系。我们发现，韩南的研究体系是一个两栖的存在——它将中国古代小说这样特殊的叙事现象，对应于具有鲜明逻辑化的西方小说研究理论。当然，这种组合还是很有效益的，起码，让我们获得一个审视中国古代小说的新视角。其次，从认知与表现的角度评价小说，将小说视为人们把握社会与人生的特定手段之一，从而赋予小说在文学上的独立品性，而不是作为历史或道德的附庸，或者仅仅作为社会生活的样本而存在，这是韩南小说观的基点。韩南对于中国小说的研究具有鲜明的西方特色，与中国传统的小说研究分属不同的美学体系。他山之石，可以攻玉，引进西方的研究，自然有助于我们更加深入全面地了解中国古代小说。

访　　谈

汉文化整体研究

——陈庆浩先生访谈录

刘 倩

被访者：陈庆浩博士，法国国家科学研究中心（C. N. R. S.）研究员

访问者：刘倩，中国社会科学院文学所副研究员

访谈时间：2006 年 8 月 24 日

访谈地点：北京师范大学丽泽园

　　刘倩：陈先生，您多年从事中国古代小说的整理和研究工作，成绩斐然。早期进行《红楼梦》研究，代表作为《新编石头记脂砚斋评语辑校》，爬罗剔抉，拾遗补阙，将脂评研究推向深入，冯其庸先生称赞此书是"脂评之渊薮，红学之宝藏"；20 世纪 90 年代初，您又与中国社会科学院的刘世德、石昌渝先生合作，共同编纂了《古本小说丛刊》，这套丛书汇总了二百余种流传海外而国内不存或稀见的明清小说孤本、善本，选目精，版本佳，在海内外学界获得高度评价；如今，您又将主要精力放在了域外汉文学研究，在您的呼吁和推动下，已经为学界开出了一个新的研究领域。可能一些小说研究业者不太熟悉的是，您还在敦煌学、民间文学等方面，都取得了很好的成绩。当然，无论哪个领域的研究，都有一个比较明显的特点，就是十分重视研究对象基础文献的收集和整理。今天，我受《文学遗产》的委托访问您，请先为我们的读者简单介绍一下您的学术经历。

陈庆浩：我的经历倒比较简单，20 世纪 60 年代毕业于香港新亚书院新亚研究所。新亚书院由钱穆先生创办，曾经有一段时间比较活跃，第一届毕业的余英时先生即其中之佼佼者。当时我对《红楼梦》感兴趣，潘重规先生收我进研究所去做他的学生。潘公谈《红楼梦》，持反清复明说，我不太赞同他的观点，潘公也很清楚这一点。当然，潘公是认真严谨的学者，他是第一个克服很多困难到列宁格勒看列藏本的中国人，他的索隐思想，并不影响他在版本考证方面所取得的成绩。1968 年我从新亚研究所毕业，正好有一个由法国国家科学研究中心主持的中国宋代历史的国际合作研究计划（Song Projet），美、日等国以及中国台湾的学者都有参与，他们要聘一个中国人去参加工作，我就借这个机会去了法国。这个研究计划的最终成果是编了一部《宋辽金史书籍论文目录通检（中文部分 1900 ~ 1975）》（法兰西学院汉学研究所出版），还有一部《宋代书录》（英法双语，香港中文大学出版）。由于大陆在闹"文革"，台湾也还是极权统治，当年香港的学术环境也较差，考虑到法国的学术环境比较自由，可以按照自己的构想做自己想要做的事，我就继续留在了那里。一方面在法国科研中心工作，又和朋友在巴黎第七大学办东亚研究所，从事科研、教学和出版的工作。也就在这期间，我完成了博士论文《脂砚斋评语研究》。

刘倩：20 世纪 60、70 年代的香港，是海外红学研究的重镇之一。1966 年，潘重规先生做了一次讲演，题为"红学五十年"，他认为今后红学研究的方向，一是全面影印已发现的版本资料，二是综合整理已流通的资料，强调了对《红楼梦》的文献研究，这对香港以至于海外的红学研究产生了比较重要的影响。一些资料说，1952 年潘重规先生在新亚书院中文系开设红楼梦研究的选修课，1966 年成立红楼梦研究小组，创办了《红楼梦研究专刊》。您是潘先生的学生，曾身历其境，亲与其事，请谈谈您这一时期的研究。

陈庆浩：首先要指出的是，开设红楼梦研究的选修课，不是 1952 年，而是 1966 年。当时因我的提议，潘公在新亚书院大学部针对高年级学生开设了红楼梦研究的选修课，这个课由我协助执教。选这个课的同学组成红楼梦研究小组，出版《红楼梦研究专刊》。《红楼梦研究专刊》由我主编，刊物中署"红楼梦研究小组"和没有署名的文章大都是我写的。那时候我还参与了一些红学讨论，如与林语堂先生讨论后四十回问题、杨藏本问题等等。潘公强调对《红楼梦》的文献研究，方向很对。任何研究都要从掌握实际资料入手，都是微观的，必须要自己搜集资料，自己去整理。所以这一时期我花了很多时间将脂评重新整理。俞平伯先生是这项工作的先行者，早在 20 世纪 50 年代，他就出版《脂砚斋红楼梦辑评》，不过他当时掌握的资料有限，甲戌本就没有拿到。我的条件稍好一点，甲戌、庚辰等抄本已影印，又吸收了一些新的研究成果，后来完成了《新编石头记脂砚斋评语辑校》一书，香港（1972）、台湾（1979、1986）、大陆（1987）三地都曾出版。如今，北京中华书局又打算在明年推出新版。

刘倩：《新编石头记脂砚斋评语辑校》的每次再版，都有修订，增加新的资料。这次新版将会有什么不同？

陈庆浩：当然还是有增订，增加许多注释，吸收近年来的研究成果。体例上也会有比较大的改变。在新版中，首先排出已校勘过的批语，又标明各种不同本子批语的异同，希望使用起来会更加方便。

刘倩：您的硕士、博士论文，都以脂评为研究题目。《新编石头记脂砚斋评语辑校》的导言洋洋洒洒数万言，被认为是脂评研究中的重要文章。您认为脂评研究中存在哪些比较重要的问题？

陈庆浩：我在《辑校》"导论"中大约点到了脂评研究中存在的一些问题，有的至今也没有得到解决。我有这样一个观点，使用脂评要注意批语分期，不同时期的批语正文底本不同，也有不同的批者。目前的研究者却很少注意到这个问题，随意笼统地引用脂评，这是不严谨的，以此出发对批者身份的探求，也是相当成问题的。脂评还与《红楼梦》的成书问题联系在一起，20 世纪 90 年代我在《文学遗产》和《红楼梦学刊》发表过两篇讨论成书问题的文章。成书问题比较重要，只有了解成书，才有可能对作品作深入的评论、深入的了解。两书合成、一书多改、剪裁等等观点，其实都是一个命题，都是成书演变的一个侧面，不可能斩钉截铁地分开来讲。但是目前国内有些朋友论成书问题，讲得太实在，似乎目睹了作者的创作过程。其实我们掌握到的资料非常非常少，不可能确定脂砚斋是谁，不知道曹雪芹的同辈亲友有哪些人，讲得太实在，就只是假设，然后通过假设再推论、再假设，表面看起来头头是道，究其实不过是沙上建

塔，拆开不成片段！成书方面，我将来也有文章要写，但不会讲得太实
在，只能讲大致的方向，尽量推深一点。举个例子，脂评中提到过"狱神
庙"，过去由于对狱神庙的建制不了解，所以曾经有过一些没有意义的猜
测和争论。古代狱神庙建在监狱中，而地方监狱一般都在公署里面，古代
的地方志常有公署图，监狱在公署西边，狱内就有狱神庙。因此过去虽然
各县大都有狱神庙，但除非公门内的人或入过监牢的，大概都没去过狱神
庙。几年前我曾在上海师范大学讲演时谈过这个问题，后来有人写成了论
文，但把握得不太准确，讲得不透。以后有时间，我会将上次演讲的内容
写出来。

刘倩：最近十多年来，大陆有学者就脂评研究提出了新说，认为脂本
乃伪书，脂批乃伪批，都是胡适之的新红学提出来以后，有人为附和他的
观点假造出来的。您是怎么看待这个问题的？

陈庆浩：现存十一个带有脂批的抄本都非原稿本，而是辗转抄录的本
子。个别本子标明了抄录的时间。如原吴晓铃藏（现归北京首都图书馆）
的抄本《红楼梦》，因首有乾隆五十四年（己酉，1789）舒元炜序，故或
称"己酉本""舒序本"。虽然大部分没标抄录的日期，但通过书中的批
语、跋语，我们还可以了解到抄录的下限。如原胡适藏的"甲戌本"，上
有当日收藏者刘铨福及其友人濮文暹、濮文昶同治年间的跋，书上又有写
于同治年间孙桐生的批语，故此书当于同治前抄成。现藏俄罗斯圣彼得堡
的抄本，则是由来华学习汉文的俄国人于道光十二年（1832）带到俄国
的。其他的抄本，亦多有各种线索，可以证明是清代抄本。为了做翻案文
章，将他们都说成是后来假造的，那是闭着眼睛说瞎话，已经离开了学术
研究的规范，不值得去讨论。但这类反对的意见，也暴露出原来《红楼
梦》研究的不足。红学家们都匆匆忙忙去建立自己的理论，对很多常用的
基本资料几乎是无条件接受，没有作深入的研究，如对抄本形成过程的研
究即如此。如今，反对的意见提了出来，红学家们就要回过头来对目前掌
握到的资料作细致的研究，再谈。

刘倩：《红楼梦》是伟大的作品，研究最多，是非也多，各种新说层
出不穷。周策纵先生曾将自己的红学论集命名为《红楼梦案》，取其聚讼
纷纭之意，唐德刚先生也曾感叹红学研究是一个无底洞。您多年从事《红

楼梦》研究，对于"红学"您最大的体会是什么？

陈庆浩：我认为《红楼梦》研究中最可注意的就是方法论问题。我个人对近代中国的学术史很感兴趣，但中国学术史范围很大，要从具体的项目入手。我觉得"红学"是一个比较理想的项目。主观方面我自己喜欢《红楼梦》，研究和自己的兴趣能结合在一起。客观方面，"红学"是近代中国学术界显学中的一支。《红楼梦》研究，有学术界的人参与，有政治界的人参与，各色人均有，所以红学，不仅是学术思潮，也是社会思潮的集中反映。1966 年我写过一篇《胡适之红学批判》，刊登在《红楼梦研究专刊》，就是方法论的反思。比如说，胡适认为后四十回是高鹗续作的，他就通过比较前八十回与后四十回的差异去证明他的观点，俞平伯的《红楼梦辨》《红楼梦研究》在这方面也做了很多工作。但是，这种方法能够证明后四十回与前八十回不是同一个作者，却不能证明后四十回就是高鹗续作的，胡适把这两个问题混为一谈，就是一种方法上的缺陷。不仅胡适，很多研究者都犯过类似的毛病。现在我们已经大概知道，高鹗之前已有后四十回的稿子，他作过加工，但不能说他就是续书者。今天某些《红楼梦》印刷品、某些文学史，还继续将高鹗作为《红楼梦》后四十回的作者，这就是错误的。从这里切入，我就发现，要研究中国近代的学术思潮、学术方法，《红楼梦》是一个很好的代表。很多人都是先持有一个固定的观点，然后去证明它，而不是通过科学的研究，慢慢再归纳再证明。再举一个例子，《续金瓶梅》的作者丁耀亢，国内一些朋友认为他是遗民，他的小说反映了民族情绪，但如果我们仔细去读他的文集，就会发现这种认识是靠不住的。有些学者在做研究时未能完全摆脱意识形态的影响，往往先入为主，清兵入关，南北民众的反映就不一样，北方知识分子就比较接受清人驱逐李自成、为崇祯皇帝报仇的观念。所以，先入为主的思维方式，不仅对学术，对社会的影响也是比较危险的。你接受一套想法，然后硬加在社会身上，近代中国走了很多弯路，与这种思想方法都是有关系的。

刘倩：进入法国国家科学研究中心后，您的研究工作又经过了哪些变化呢？

陈庆浩：在科研中心，首先是要承担一些集体项目，前面讲到的宋史研究计划就是一例。我在 1978 年出版的《钟嵘诗品集校》是当时"中国文学批评理论"研究的一个成果,最近出版的《话本总目提要》第五卷(法文)也是研究项目之一。就我个人而言,我以为做研究通常是就地取材,找出这个环境中最特殊的材料来作为自己的研究对象。法国国家图书馆藏有很多明清小说,所藏的敦煌卷子也相当重要。我本来就是做俗文学研究工作的,所以对这些资料都比较重视,那时的大部分时间都是在法国国家图书馆中度过的。我在敦煌俗文学方面的研究,可以"王梵志诗"的研究为代表。当时,法兰西汉学院出版了著名汉学家戴密微(Paul Demieville)《王梵志诗研究》一书,汉学院院长吴德明教授(Yves Hervouet)邀我为该书写书评,促使我读了许多相关资料,发现"王梵志诗"的内容跨越了唐五代,诗风不同,反映的社会现象也不同,所以绝不可能是某一个人的作品。王梵志诗可看成是王梵志诗体的共名,这种观点大概也是我最先提出来的。

我从事古代小说研究多年,有缘至世界各地读书,所以也就有了一个深切的体会,那就是看不到作品,何来研究?前代学者像孙楷第、郑振铎等先生做古小说研究,都要先到各地去访书,然后才能开始研究。所以我在国外游学,就比较注意基础文献的收集与整理。20 世纪 80 年代初,我访问中国社会科学院文学研究所时,就倡议汇集海内外明清两代善本通俗小说,编为《古本小说丛刊》出版,既保存古籍,亦方便研究,与文学所正在编纂的《古本戏曲丛刊》为姐妹丛书。听说刘世德先生曾先和上海古籍出版社谈出版的事,没谈成,改由中华书局出版。原来计划出版五百册左右,由刘世德、石昌渝二位先生和我主编的《古本小说丛刊》后来只出了四十一辑,共二百零五册,收录的主要是流传海外而国内不存或稀见的明清小说孤本、善本。这套书到现在还没做完,倒是上海古籍出版社另起炉灶,编纂的《古本小说集成》出版了五百多册。《丛刊》和《集成》所收的书,很多是重复的。以同一目标,同批材料却出版了两套书,是很可惜的。但不论是《古本小说丛刊》还是《古本小说集成》,由于受到出版主管部门的限制,都没有收入艳情小说。

刘倩:艳情小说的这部分材料,您后来是在台湾整理出版了《思无邪汇宝》,大部分资料采自日本、俄罗斯、英国、法国、荷兰、美国等诸国图书馆及私人藏书，十分珍贵。一些作品，如全本《姑妄言》《海陵佚史》及《龙阳逸史》等，都是首次面世。与此相关的是，您还主编了另一套《世界性文学大系》，这与《思无邪汇宝》的编辑大概是有关联的吧？

陈庆浩：艳情小说在明清通俗小说中，约占十分之一，没有这批资料，明清小说就不完整了。这批资料，除了作为通俗小说很有研究的必要外，它亦提供当时特别的社会生活史料，反映了当时的性风俗、性心理，可以为后人研究此时期的性文化提供丰富的资料。所以从 1994 年到 1997 年，我与台湾清华大学王秋桂教授合作编辑出版《思无邪汇宝——明清艳情小说丛书》，这大概是历史上第一次中国艳情小说的大结集，收集了五六十种书，所收作品超过现存已知的百分之九十以上。但《思无邪》是校勘排印本而非原本的影印。我和主编《集成》的前上海古籍出版社社长魏同贤先生，都希望有一天将这批资料影印出来，补足《丛刊》和《集成》不能收进明清艳情小说的缺憾。编辑《思无邪》的时候，自然免不了将之与国外同类作品进行比较，发现这类作品与中国情形一样，受到很大压制，真的完全开禁，也是 20 世纪 70、80 年代的事情；其次是艳情文学可以反映民族性，中国艳情小说的最大特点就是道教的养生观念，这与其他国家就有很大区别。其实，古代色情文学并不是每个国家都有，有的国家还非常贫乏，印度的色情、性文化很发达，但艳情小说就不多。我觉得我们有责任将各国的相关资料收集起来，作比较研究，于是又有了《世界性文学大系》的编辑工作。但也只出版了一部分，计划还没有完成。

刘倩：上面两个大的编辑工程，都是小说研究基础文献的收集与整理。正如您所说的，看不到作品，何来研究？1987 年，您在韩国访书时发现了佚失三百多年的明代话本小说集《型世言》，意义重大，从此之后，我们只要提到明代短篇小说，就不能只说"三言""二拍"，还要加上"一型"，已有好几部博士论文以《型世言》为研究对象。我注意到，您对基础文献的重视，并不仅仅限于古典小说，在民间文学方面也做了很多工作。那么，您对民间文学的热情又是始于何时呢？您与王秋桂先生合作主编的《中国民间故事全集》，与大陆编纂出版的《中国民间故事集成》之间有什么联系和区别？

陈庆浩：我的研究工作有一个特点，都是衍生性的。俗文学的范围应该包含民间文学，过去许多小说就是在民间文学的基础上发展而成的。很多小说，就是民间的故事。唐传奇并不全部是作家的创作，一部分就是民间故事的记录。现在我们的知识非常专门，小说其实是无所不包的，要想对小说有深入了解，民间文学是不应该被遗忘的部分。明末冯梦龙，就对民间文学给予了相当大的关注，编辑了很多民歌、笑话类的作品。20 世纪80 年代末，大陆有民间文学三套丛书，我发现台湾当时在这一领域几乎是空白。日据时代的台湾，曾有日本学者收集过民间文学的资料，但后来台湾学者很少从事民间文学研究，大学基本就没有民间文学的课程。我与台湾的朋友不断地提到，应该重视民间文学，在经济已经起飞的台湾，抢救民间文学已经刻不容缓。于是我就发起了一些志同道合的朋友，做了一些工作，其中一项就是编辑出版四十册的《中国民间故事全集》。大陆民间文学三套丛书是在普查的基础上，有选择地选录各地民间故事，现在也还没有出完。我们编辑的《中国民间故事全集》则尽可能地收集 20 世纪初以来已经出版的民间文学方面的书籍和刊物，然后分省分民族选录而成，是大陆集成计划之前民间故事采集成果的集成，算是一种总结性研究。这个工作，有很多台湾朋友参与，也刺激了台湾民间文学采集和研究新局面的诞生。我们当时做了很多工作，有座谈，有演讲，也召开国际会议，还在《中国时报》开设"民俗周刊"、《国语日报》刊载"儿童民俗"等，目的是推动促进台湾学界注意民间文学。此后台湾的民间文学发展蓬勃，采集和研究工作都搞得有声有色。很可惜，目前大陆的状况又反了过来，过去对民间文学、民间文艺非常重视，现在又处于边缘化，很多中文系都没有相关的课程。训练中文系的学生去接触去采集民间故事，实际上是十分必要的训练。顺便说一句，你刚才提到了对《型世言》的研究，目前我看到的博士、硕士论文，就已经超过了十篇，很多论文用的是同样的资料，或者直说，或者反过来说，重复太多了。做研究，首先应该全面把握研究对象的资料，还要了解别人都做了些什么，然后才会有积累性的研究，否则只有重复，没有进步。

刘倩：最近二十多年，您最中心的工作是积极提倡汉文化的整体研究，开拓了域外汉文小说研究的新领域。据我所知，国内学者王晓平先生撰写过《亚洲汉文学史》一书，提出了"亚洲汉文学总体研究"的概念，他认为汉文学研究的意义，是为了思考汉字文化的趋向，以发展出面向未来的新文化。这已经比较接近您所说的"汉文化整体研究"，只是还不那么明确。汉文化整体研究是一个比较大的概念，很明显，其所指远远超出了文学研究。请问汉文化整体研究的具体内涵是什么？已经做了哪些工作？将来还有什么计划？

陈庆浩：20 世纪 80 年代初，我在台湾提出了汉文化整体研究，并通过学术演讲和报刊的文章传播此一观念。当时《联合报》国学文献馆馆长陈捷先教授接受此一观念，组织了"中国域外汉籍国际学术会议"，从1986 年到 1995 年，在中国台湾、日本、韩国、美国等地轮流召开了十次会议。我们知道，古代的东亚存在一个汉字文化圈，这就是进行汉文化整体研究的基础。汉字除了中国人使用，越南、朝鲜、日本和琉球，在本国文字还没有形成以前，都使用汉字，产生了一大批汉字文献。后来由于语言不同和实际的需要，才在汉字的基础上发展出本国文字。但在一段历史时期中，汉文仍是朝鲜和越南官方使用的文字，日本也常用汉字写作，特别是官史、汉诗。通过汉文，这些国家吸收中国汉文化和汉化佛教，和中国形成了一个共同的汉字文化圈，汉文化已成了这些国家文化的源流，成为这些国家民族文化不可分割的一部分。一直到 19 世纪西方入侵，由于中国的衰弱、社会的变迁、民族主义的兴起等等，汉文作品在这些国家才急剧减少。东亚各国的这批汉字文献，在今天处于比较尴尬的地位：它既不是本国研究者研究的范围，又不是传统汉学的研究对象。但基于这些资料的文字和文化背景，对它们进行整理和研究，应该是各国汉学者的责任，也是中国文化研究者的责任。将汉字文化看成一个整体，做整体的研究，视野会更开阔，可做的事情也会很多。域外汉文献将扩大传统汉学的研究范围，也将扩大传统中国文化研究者的研究领域，并达成汉文化整体研究的目标。

要对汉字文化圈进行整体的研究，除了观念的传播外，最重要的是收集资料和建立资料库。就传统汉字文化圈而言，第一件要做的事是编辑《汉籍联合目录》。韩日越诸国自二次世界大战后，已少有汉籍产生，通过《汉籍联合目录》的制作，来对诸国所保存的汉籍作一次全面的了解，也是一个总结算。我们要收集的，不只是各国所保存的本国的汉籍，也包括世界各地保存的中国汉籍。与此同时，也编写《域外中文善本书目》，配合中国已有的善本书目，就可对世界现存中国善本书有个通盘的认识。此一计划，需要世界各地学术机构及图书馆合作，正在逐步进行。过去我们已编写了《法国所藏汉喃籍目录》，又和越南汉喃研究所合作，编写并出版了《汉喃书目提要》。《汉喃书目提要》是越南和法国的合作研究计划，故以越文和法文出版。后来又有大陆和台湾的学者合作，编译成汉文出版并放在台北"中研院"文哲所的网上，方便检阅。韩国各大图书馆，多有藏书目出版，所藏之书，汉文和韩文都清楚标示，了解韩国汉籍收藏的情况并不困难。我们希望未来能编出朝鲜汉籍联合目录。日本各重要图书馆亦都有书目，且有全国的联合目录。但这些目录将汉文和日文书混合编排，没有著明原书所用的文字，因此，了解日本汉籍的情况，非常不易。希望日本学术界能编出日本汉籍目录。

我多年来从事中国古代小说的整理和研究，所以把汉文小说的整体研究作为实现汉文化整体研究的起点。在台湾，我和王三庆、郑阿财教授所带领的研究组与越南社会科学院汉喃研究院合作，已整理并出版了《越南汉文小说丛刊》二辑共十二册。由台湾地区中正大学、成功大学，日本筑波大学，法国国家科研中心合作的《日本汉文小说丛刊》第一辑五册亦于2004年出版。由台湾台北大学中文系王国良教授、韩国高丽大学民族文化研究所、法国法兰西学院朝鲜文化研究所合作的《朝鲜汉文小说整理及研究计划》进行多年，已整理了部分朝鲜汉文小说，但因数量较大，仍未出版。越南和日本的汉文小说还没有全部出版。目前我们已计划和上海师范大学孙逊教授的研究团队合作，将越南、朝鲜、日本的汉文小说全部在中国大陆出版。上海师范大学是这个计划的基地，他们负责统筹校勘等工作，交上海古籍出版社出版。这是个三年计划，预计今年完成越南汉文小说，明年完成朝鲜汉文小说，后年完成日本汉文小说，总字数大约在一千二百万至一千五百万。计划的每一项都是由大陆和台湾地区的学者以及相关各个国家的学者合作完成的。这些计划，配合《古本小说丛刊》、《中国古代小说总目》以及《思无邪汇宝》，我们已将传统的汉文小说，放入一个整体的研究架构中。以后我们还可以用类似模式来作汉文学文类的整体研究。

在汉文化整体研究的视野之下，还有很多工作可做，也值得我们去做。例如，东亚各国用汉文写的史籍，我也希望有时间整理出版，因为里面有很多关于中国的东西，对中国学者很重要，一些中国没有记录的事情，也可能保存在他们的史籍之中。汉文化的主流在中国，但只有通过对域外汉文化的研究，才能了解到汉文化的全部，看到中国汉文化的流传、支流文化对主流的回馈和整个文化的形成过程。通过对各国汉文化的比较研究，才能了解各国汉文化的特质。我曾提出另一个研究计划："西方列强进入东亚前，东亚各国间是如何互相了解的——以东亚国际往来者汉文记录为中心"。所谓东亚国际往来者指外交人员、学员、商人、军人等乃至漂海者，他们都去过别的国家，有的还写下汉文记录，利用这类记录，我们可以看到记录者对另一国家的印象和了解。过去我们已收集了中国越南间双方外交人员回国后所写的报告，仍待整理出版；与台北大学王国良教授合作的中国朝鲜往来部分，亦收集了不少资料（《朝天录》、《燕行录》、《漂海录》及中国人写的报告）。此外还有东亚各国往来的汉文记录。掌握这些资料，再加以整理和研究，就可以回答这个研究计划提出的问题。

刘倩：显然，对亚洲乃至于世界范围的汉籍进行调查和搜集，建立相关资料库，是将来研究的基础，其意义不言而喻。在这些计划中，让人感受至深的是亚洲各国学者的通力合作，不同国家的学者都在为这项规模宏大的文化工程努力。亚洲汉文学虽然随着亚洲各国现代化的进程逐渐走向衰落，但谁也割不断历史，对汉文化进行整体研究，研究汉字文化圈的历史，也就能更好地理解和把握现实。那么，您提出汉文化整体研究观念的背景是什么？

陈庆浩：我生活在欧洲，这里曾经是二次世界大战的主战场，后来慢慢形成共同市场，又从欧洲共同体发展成为欧盟，先是经济的联合，后来是政治的合作。欧盟正在不断扩大，有共同的货币、共同的议会，迟早还会产生共同的宪法。由于经济发展的需要，也为了化解历史上国家间的纷争，超国家的区域性的合作已成趋势。人们通常所说的地球村在可望的将来还难实现，但世界板块化的局面却已形成。欧洲的和平合作，为我们提供了一个榜样。通过经济上、政治上的合作，一个东亚联邦，是不是也可在本世纪产生出来？东亚诸国在历史上有过多少次大大小小的战争，到当代也还没有停止过。历史以及各种原因使东亚诸国彼此猜疑，不能合作，但经济发展的实际需要以及地区板块的形成，最终会将这些国家挤到一起。自20世纪80年代以来，我就不断呼吁东亚诸国顺应历史潮流，彼此合作，建立欧洲模式的联盟。当时我刚提出这个想法的时候，大家还觉得很遥远，现在呢？中国已经和东盟很靠近了。其实很多问题，都可以在区域合作中得到新的解决。

汉文化整体研究的观念，就是在这种背景之下提出来的，我认为东亚地区未来将成为一个板块，而共同的汉字文化，将使这种合作基础更为稳固。由经济联盟逐渐发展到政治联盟，除了地域的因素、经济的因素，还有文化的因素。欧洲和北美都以西方文化为基础，而汉字文化则为东亚诸国的共同文化基础，儒家经典、汉化佛教、李白和白居易的诗文、传统节日等等，都是东亚各国共同的文化内容。对各国汉字文化的研究，当然有助于这些国家之间的相互了解，也必将促进未来的合作。虽然区域合作最重要的是经济，但我觉得文化也可以在其中起重要作用，汉字文化是我们共同的文化基础，过去虽然互相听不懂对方的语言，但交流障碍完全可以通过"笔谈"来解决。作为文化人，我们能做的事情就是文化研究。我衷心希望不同国家的人民联手合作，抛开历史上的恩恩怨怨，以当代欧洲为榜样，建立一个以汉字文字化为基础的、和平繁荣的东亚。

刘倩：陈先生，感谢您接受《文学遗产》的访问。从最初的脂评研究，但今天的汉文化整体研究，您的学术活动可以概括为一个"博"字。尤其是汉文化整体研究，它不仅开拓出一个宽广的学术区域，更关乎理想。学问要踏踏实实地做，但一个优秀学者真正的素质显然不止于此。这是我个人此次访问最深刻的体会。

附　陈庆浩简介及主要著作目录

陈庆浩，祖籍广东澄海，1941年生于香港。1968年获香港新亚书院新亚研究所中国文学硕士学位，1978年获法国巴黎第七大学东方学博士学位。现为法国国家科学研究中心（C.N.R.S.）中国文化研究所研究员。

《红楼梦脂评研究》，香港中文大学新亚书院红楼梦研究小组出版，

1969 年

《新编石头记脂砚斋评语辑校》，台北联经出版事业公司，1979 年初版；1986 年增订版；北京中国友谊出版公司，1987 年增订版

LE HONGLOUMENG ET LES COMMENTAIRES DE ZHIYANZHAI（PRECEDE D'UNE "BREVE HISTOIRE DES ETUDES SUR LE HONGLOUMENG"）, INSTITUT DES HAUTES ETUDES CHINOISES, COLLEGE DE FRANCE, PARIS 1982

《越南汉文小说丛刊·第一辑》（与王三庆合编），七册，法国远东学院出版，台湾学生书局印行，1987 年初版；《越南汉文小说丛刊·第二辑》（与郑阿财、陈义合编），五册，法国远东学院出版，台湾学生书局印行，1992 年初版

《中国民间故事全集》（与王秋桂合编），四十册，台北远流出版事业有限公司，1989 年初版

《古本小说丛刊》（与刘世德、石昌渝合编），北京中华书局，四十一辑共二百零五册，1989 ~ 1992 年初版

《八十回本〈石头记〉成书初考》，《文学遗产》1992 年第 2 期，北京；《八十回本〈石头记〉成书再考》，《清华学报》新 24 卷第 2 期（1994 年 7 月），新竹

陆人龙《型世言》，台北"中研院"文哲所印行，1992 年版；陆人龙《中国话本大系·型世言》，南京江苏古籍出版社，1993 年版；陆人龙《型世言评注》（与王锳、吴书荫合作），北京新华出版社，1999 年版

《思无邪汇宝》（与王秋桂合编），四十一册，法国国家科学研究中心、台湾大英百科股份有限公司合作出版，1995 ~ 1997 年初版

Un Recueil de conte retouve apres trois cent ans：Le Xing shi yan，T'oung Pao LXXXI，1995

《日本汉文小说丛刊·第一辑》（与王三庆等合编），五册，台湾学生书局印行，2003 年初版

（原载《文学遗产》2007 年第 3 期）

汉文文学史与汉文化整体研究

——访法国国家科学研究中心中国文化研究所研究员陈庆浩

刘倩

刘倩：陈先生，您好。最近在中国社会科学院文学研究所主办的"文学史写作的理论与实践"国际学术研讨会上，您作了题为"汉文文学史之编纂之若干问题"的大会发言。在迄今为止的文学史编纂体系中，从编撰形态看，我们有通史、断代史，有文体史、专题史，还有区域文学史和少数民族文学史，如今您又提出了"汉文"文学史的概念，以文字形态作为书写文学史的基础。请问，"汉文文学史"是在何种背景下提出来的呢？

陈庆浩：文学史的编写，多是一种习惯。文学与文字的关系十分密切，文学的载体是文字，文学是文字的艺术。所以，从文字的角度来研究文学比较顺理成章，以文字作为编纂文学史的基础也最自然不过。其实，历史地看，国家的疆域大小，总是在不断地变化着，而文字却可以跨越疆界。例如，法语文学，除了法国本土，其他操此种语言的人们也可以阅读、可以研究。所以，在这一观念之下，可以有英文文学史、法文文学史、汉文文学史等等。但到目前为止，我们还没有见到整体的汉文文学史。过去所谓的中国文学史，几乎都可说是中国的汉文文学史，而域外的汉文文学作品，尚未进入文学史的书写视野。大家都知道，古代东亚存在一个汉字文化圈，汉字除了中国人使用，越南、朝鲜、日本和琉球，在本国文字尚未形成以前，都使用汉字，产生了一大批汉字文献。一直到19世纪西方入侵，由于中国的衰弱，社会的变迁，民族主义的兴起，等等，汉文作品在这些国家才急剧减少。我曾在别的地方也讲到过，东亚各国的这批汉字文献，在今天处于比较尴尬的地位：它既不是本国研究者研究的范围，又不是传统汉学的研究对象。但基于这些资料的文字和文化背景，对它们进行整理和研究，应该是各国汉学者的责任，也是中国文化研究者的责任。无疑，汉文化的主流在中国，但只有通过对域外汉文化/汉文献的研究，才能了解到汉文化的全部，看到中国汉文化的流传、支流文化对主流的回馈和整个文化的形成过程。通过对各国汉文化/汉文献的比较研究，也才能了解各国汉文化特质。最近二十多年来，我一直提倡汉文化整体研究，所以在这样的视野之下，编纂一部汉文文学史的构想，其实已经酝酿很久了。

刘倩：在您的构想中，"汉文文学史"的书写范围，具体说来应该包括哪些方面的内容呢？

陈庆浩：顾名思义，汉文文学史应该是研究所有以汉字创作的文学作品的历史。中国的汉文化区从古至今都使用汉字，这是汉文文学史最重要的部分。而中国域外，约略可从 20 世纪 40 年代以前，特别是 20 世纪以前，划分为前后两个时期。前一个时期是以朝鲜、日本、琉球与越南人的汉文作品为主要研究对象，也要注意到以西方传教士为主体的其他在中国国内外创作的文学作品。我们对宗教文献，特别是西方传教士文献了解甚少，但学术盲点是我们大家都有而要自觉去克服的。我多年搜集汉文小说资料，与人合作编纂过多套汉文小说丛书，但天主教、基督教的汉文小说，也是较晚才进入我的视野。根据目前的资料，第一部汉文创作的天主教小说是法国人马若瑟（Prémare，1666~1736）的《儒交信》（巴黎法国国家图书馆东方稿本部藏有抄本），作于 1730 年，它用小说的形式来宣传宗教，而且采用了中国人最熟悉的章回体。除了小说之外，这批西方传教士资料中有没有戏曲？有没有其他文学作品？据我所知，哈佛大学图书馆中此类资料甚多，其中就有很多讲唱文学作品。

后一个时期，则应以世界各地，特别是东南亚与美洲华裔的文学创作为主，也包括其他国家人士的汉文文学作品。我曾在一篇文章中谈到过"传统汉字文化圈"与"新汉字文化圈"的概念。传统的汉字文化圈，主要是指古代的东亚。而新的汉字文化圈，则是 20 世纪以来的新的文化现象，随着汉族向国外大量移民，汉字文化亦散布到世界各地。华裔在世界各地用汉字写作，可以说一个遍布世界，却又是隐形的、没有固定领域的新的汉文化圈在兴起。二次世界大战前，华人集中在东南亚诸国，已有华文文学的创作；日本、欧美的华文报刊中，也有华文文学的作品。但当时旅居海外的中国人，大部分是华侨的身份。他们生于中国，在国内接受教育，成年后才离开家乡。事业有成，就回乡结婚生子；即使在侨居地成家立业，也往往将孩子送回中国受教育，而且退休后也往往回国定居。华侨与中国的关系比侨居地更大。这一时期的海外华文文学，与中国的形势息息相关，而且受到中国文学的影响，基本上可视为中国文学的一个支流。二次世界大战后，世界和中国国内情况起了翻天覆地的变化。在新的形势下，大部分华侨成为侨居国的公民，除新加坡外，他们是所在国的少数民族——华裔。他们的下一代，接受的是所在国的教育，与中国只保持着种族与文化的联系。新时期的华文文学，所在国的色彩浓了，他们成了所在国的华裔文学，是所在国文学的一支。新汉字文化圈从事写作的主要是华裔，但也有熟练掌握中文的外国作家，如韩国的许世旭、澳洲的白杰明（Geremie Barme）和日本的新井一二三等等。海外华文文学能够反映世界各地的华裔，如何融入不同的文化中而保存汉文化的特质，所以是汉文化和世界其他文化对话的成果。海外华人文学，与东亚传统汉字文化区，特别是汉字的使用者中国的情况是息息相关的。一个安定繁荣的东亚，特别是中国，自然会提升汉字在世界上的地位，海外华人文学必将有更多的生存与发展空间。

刘倩：在汉文文学史的编纂构想中，除了注意这两类汉字文化圈的文学作品，您还提到了广义与狭义的"汉文学"，其间区别何在？

陈庆浩：广义的汉文学，指的是以各时期"正统"的汉字与文法创作的文学作品。这一类作品，所有掌握汉文的人都能阅读了解，可以说是汉字文化圈的共同文学。而狭义的汉文学，则包括各地区以汉字及由汉字衍生出来的文字书写的文学作品。这类作品，只有该地区通晓汉字的人才能阅读，其他汉文化区的人则读不懂。就狭义的汉文学作品而言，各国情况不同。中国的《海上花列传》是以吴方言为主进行创作的，它的传播就受到语言与地域的限制。日本的"准汉籍"，也属于狭义的汉文学作品。日本人称中国典籍为"汉籍",而"准汉籍"则是日本人的汉字作品,有的还杂有和文。我在论证《九云记》乃韩国人金万重所撰时,首先就是从词汇及语法这些语言文字层面的"内证"入手,因为几乎每一页都可见到不规范的词句。

刘倩:编纂这样一部整体的汉文文学史,所涉及的范围甚广,文献资料甚多。您在提出这个概念的同时,想必也对具体操作中的困难有过种种考虑的吧?

陈庆浩:这项工作的难度自然很大。再举个例子,西方传教士每到一个地方,几乎毫无例外地为该地语言创立罗马拼音系统,方便直接记录语言。所以,传教士的文献,部分是用方言写出来的,像第一部基督教汉文小说《张远两友相论》,苏格兰人米怜(William Milne,1785~1887)撰,就是潮州白话罗马拼音本,估计还不止一种方言有这本书的翻译。这类作品,已不单是文学资料、历史资料,也是语言研究的资料。反过来,要对这些作品进行文学的研究,我们也需要借重语言学的研究成果。在我们的文学史编纂中,方言文学的研究,还是一个大有可为的领域。总而言之,我以为,只有掌握某一文字的人,才能欣赏研究该文字写成的文学作品,汉语是中国学者的母语,这是研究中为我所独有的优长。近些年来,国内学者已经在此一领域的研究中取得了一定成绩,如南京大学张伯伟先生主持的域外汉籍研究所的工作,还有上海师范大学主持的朝鲜、越南与日本汉文小说的出版计划,等等。另外,这无疑需要各国学者的通力合作,在掌握了汉文文学的基本文献之后,各国编出自己的汉文文学史,汉文文学史的编纂,自然就不会只是止步于一个计划了。一方面,尽可能地将域外汉文献纳入我们的研究视野,对于开拓新的研究范围,找到新的研究点,都会是比较大的帮助。另一方面,编纂"汉文文学史",最后还是为了汉文字、汉文化的整体研究。汉字文化在过去有过辉煌的历史,在世界文化中有独特的地位。如今,汉字文化也是东亚诸国共同的文化基础,对各国汉字文化的研究,当然有助于这些国家之间的相互了解,也必将促进未来的合作。谁也不能否认,在区域合作中,除了经济的因素,文化也可以在其中起到相当重要的作用。

刘倩:2006 年夏天,我曾对您有过一次题为"汉文化整体研究"的访谈(《文学遗产》2007 年第 3 期)。20 世纪 80 年代初,您率先提出"汉文化整体研究"，这二十多年来又四处奔走，联络各国学者竭力推动这项研究。时至今日，域外汉籍的整理研究工作已经取得了很多成果，一是编写了部分域外汉籍目录，二是出版刊行了多种汉文小说。回顾这二十多年的工作，您有何感想？

陈庆浩：一直以来，汉文化整体研究视野下的许多计划，都是由相关各个国家的学者合作完成的。我们的确做了很多工作，但也还有很多工作值得我们去做。我们取得了一些成绩，但也存在一些问题。成绩有目共睹，这里我只想谈谈汉文化整体研究中存在的一些问题。第一，对"域外汉文献"的理解，目前存在比较大的误区。国内有学者将中国流失于海外的文献资料，统统纳于"域外汉文献"这一概念之下。这样一来，如法国所藏的敦煌文献都成了"域外汉文献"。其实，这是必须加以厘清的两类不同的学术范畴。敦煌文献，尽管流落于外，但它依然是中国典籍，其中并无异质文化的问题。第二，是关于域外汉籍目录编纂的问题。1986 年在东京的第一届中国域外汉文献国际研讨会上，我们就提出了编辑《汉籍联合目录》的计划。目前，我们只完成了越南的《汉喃书目提要》。韩国的汉籍，尽管尚无正式书目，但韩国各大图书馆，多有藏书目出版，所藏之书，汉文与韩文都有清楚标示，了解韩国汉籍收藏情况并不困难。但是，要想掌握日本汉籍的情况，相当不容易。日本虽然各个重要的图书馆都有书目，这些目录却将汉文与日文书混合编排，没有著明原书所用的文字，需要一一查对原书才能辨明。所以，我们特别希望日本学术界能够编出日本的汉籍目录来。第三，是汉文化整体研究中存在的盲点。与我们对域外汉文献的关注相比，其他各国对保存于中国的本国文献却不甚留心。例如，19 世纪末，朝鲜沦为日本的殖民地，由于强迫推行日文，抑制汉文的写作，汉文才失去了传统官方语言的地位。但流亡在外，特别是在中国的朝鲜人，仍用汉文写作。还有，法国占领越南，为切断越南与中国间的联系，为方便统治，规定以法文和罗马拼音字为官方使用文字，无形中废除了汉字和以汉字为基础的"喃字"。但汉字和喃字仍在民间流通，特别是爱国的知识分子，以书写汉文来表示对法国殖民者的反抗。其中如潘佩珠（1867～1940），他在越南的地位相当于梁启超，他最重要的作品就是那些流亡中国时期写成的汉文作品。可惜的是，越南本土尚未意识到这些资料的重要性。第四，也是最重要的一点，是汉文字、汉文化整体研究中或隐或显的"文化中心主义"。汉文化圈有一个很大的特色，就是以"文化"来划分人。简单说，就是所谓的"夷狄入中国则中国之，中国入夷狄则夷狄之"，华夷之辨的核心就是"文化论"。一提到汉文化圈，中国人想当然地觉得自己就是中心，是整个汉文化圈的中心。殊不知，朝鲜人、越南人、日本人，都有类似看法。越南接受汉文化之后，就曾将自己视为东南亚的中心，强迫周边国家向自己"进贡"。而中国自明清易代后，朝鲜人、日本人就觉得中国被"夷化"了，清代中国已经不是传统意义上的中国，而他们自己才是中华文化的"正统"。朝鲜使团来中国，不屑于满族朝廷的颁赐，转手便赐予手下之人，《燕行录》中就有此类记载。日本人也有《华夷变态》这类作品，否定清朝的正统性，从而以"华"自居。比较常见的是：但凡接受汉文化，便会将自己视为当地的中心。对于朝鲜、越南与日本这种"小中华"或"新中华"的观念，我们过去就从未去感受、去体味过他们的想法。不错，汉文化最重要的典籍都在中国本土，但我们更应该注意文化问题，不只是一个物质形态的书本、典籍的问题，文化更体现于生活形态之中。就儒家文明的诚信、公德、礼仪等等而言，中国本土与其他汉文化圈中的国家相比，究竟如何呢？这应该是值得我们去深入思考的一个问题。

（原载《中国社会科学院院报》2008 年 1 月 29 日）

回到核心

——浦安迪先生访谈

刘　倩

　　受访人：浦安迪（Andrew H. Plaks），1945 年出生于美国纽约，1973 年获普林斯顿大学博士学位。现为普林斯顿大学东亚系和比较文学系荣休教授，以色列希伯来大学东亚系教授。著名汉学家，主要研究领域为中国古典文学、叙事学、中国传统思想文化、中西文学文化比较等。出版著作主要有：Archetype and Allegory in the Dream of the Red Chamber（Princeton University Press，1976）；Chinese Narrative：Critical and Theoretical Essays（主编，Princeton University Press，1977）；The Four Masterworks of the Ming Novel：Ssu ta ch'i – shu（Princeton University Press，1987）；《明代小说四大奇书》（沈亨寿译，中国和平出版社，1993；生活·读书·新知三联书店重印，2006）；《中国叙事学》（北京大学出版社，1994）；Torat ha – gadol（Jerusalem：Mosad Bialik，1997）；Derech ha'emtsa ve – kiyuma（Jerusalem：Mosad Bialik，2003）；The Highest Order of Cultivation and on the Practice of the Mean（London：Penguin Classics，2003）；《红楼梦批语偏全》（编释，北京大学出版社，2003）；《浦安迪自选集》（刘倩等译，生活·读书·新知三联书店，2011）等。

　　访问人：刘倩，中国社会科学院文学研究所副研究员
　　访谈时间：2012 年 3 月 12 日下午
　　访谈地点：北京大学国际汉学家研修基地

刘倩：浦安迪先生，您好，我受北京大学国际汉学家研修基地主办的《国际汉学研究通讯》杂志的委托，向您做一次访谈，谢谢您抽出时间接受访问。首先，我想问您的是，您将在北京大学停留多长一段时间？计划有哪些学术活动？

浦安迪：这次会在北京大学停留一个学期，大约四个月时间，从 2 月中旬到 6 月下旬。这期间，主要有两项学术活动：一是在北京大学汉学基地举办系列讲座，预计有十三讲，题为"人心惟危：中国古典思想中涉及人心体用问题的文献"，打算综览中国古代思想史与文学名著中的相关历代文献，探讨"人心"问题。二是受邀在杜维明先生主持的北京大学高等人文研究院中做一些中西文化（宗教、哲学等）的比较研究，计划用两次讲座的时间，讨论三个题目：有关"黄金定律"恕道思想的分歧阐释；由希腊、犹太、印度诸古文化涉及创世问题的文献回顾中国古书中的元始观念；中外古代经典里的评注学问成为典籍本体的过程。

刘倩：这里，您提到"中外古代经典里的评注学问成为典籍本体的过程"，感觉似乎您很早就开始关注这个问题了。我注意到，无论是《明代小说四大奇书》还是新近出版的《浦安迪自选集》，您在两本书的序言中都谈到自己对评注资料的重视。先是在《四大奇书》中，您谈到自己"硬取"传统小说评注家的读法作为"首要的解释框架"；然后是《自选集》，其中您又提到因为自己是犹太人，"多年琢磨古典文本，以传统评注为主要资料，却发现这类读法恰恰合乎研读中国古书的学问"。的确，中国古代经典，尤其是儒家经典，大都有一个强大的笺注传统。几部明清古典小说名著，也有很多文人为之作注，如毛评《三国》、金圣叹评《水浒》、脂砚斋评《红楼》等。请问，关注传统评注与身为犹太人，这之间有没有什么特殊的联系？

浦安迪：中国古代思想，尤其是儒教、道教，古代经典是最重要的，但是如果不重视一些大注家的文本，研究就不能深入，就算不上完整。研究《老子》，你不能不读王弼；不读郭象，就谈不上研究《庄子》。这些评注文学本身，构成了文化的核心资料。五经四书，这些儒家经典是"主经"，但不能说评注文学是第二等的。研究哲学思想，不能只看哲学专著，朱熹有《大学或问》，王阳明有《大学问》，都是对经典的评注。评注不仅仅是参考书，也是他们搞哲学研究的主体。研究其他国家的文化也是如此。只注意《圣经》本身，是远远不够的，还要注意覆盖在它上面的一层一层的评注文学。古代犹太经典，比较重要的有《密释纳》（也译作《密西拿》)《塔木德》等。《密释纳》是除《圣经》之外最重要的犹太经典，内容几乎包括犹太人日常生活和宗教生活的全部准则和伦理规范。它的第一册已经翻译成中文，今年在济南山东大学出版。译者名叫张平，是以色列特拉维夫大学比较宗教、比较文化方面的博士，现在留校任教，他有一个志向，要把古代犹太文化的经典翻译成中文。中国国内现有的《塔木德》翻译，基本是从英语转译的，不够好。张平翻译的《密释纳》，是直接从希伯来语翻译的。此外，目前中国国内研究犹太文化比较深刻的，还有一位山东大学的傅有德教授，他们那里有一个犹太教与跨宗教研究中心。下个月，也就是 4 月 19 日，美国芝加哥大学与中国人民大学合作，将在北京召开一个会议，议题就是中国文化与犹太文化之间的相互比较。

刘倩：从您的这些学术活动、研究计划来看，您似乎已经从中国古代小说研究转向了中国古代思想史的研究？新近出版的《浦安迪自选集》，其中所收文章，除中国古典文学研究之外，就是关于中国早期思想、早期经典文本（主要是儒家思想）的内容。就写作时间而言，这些文章，似乎都是您最近的作品。这里，我想问您的是，为什么会转而研究中国古代思想史经典著作呢？这种转向（如果可以称为"转向"的话），与您的中国古典小说研究之间有没有什么特别的关联？从《明代小说四大奇书》可以看出，您对儒家思想已经有过相当深的探究了，例如，您认为，儒家"修身"过程的经典纲目，为当时的小说文本探索自我准备了一个现成的思维模式。

浦安迪：说到"转向"，呵呵，怎么说呢？也许是因为人老了，越老越想回到核心，回到那些包含有文化核心思想的古书之中。我做了很多年的明清戏曲小说研究，有两个论点我不同意。一是明清小说，有人称之为古典小说、古代小说。但明清已经不是"古代"了——当然，这是我的看法。二是明清小说戏曲，很多人不正确地称之为白话文学、俗文学。《牡丹亭》《红楼梦》等大作，其实与所谓的民间文化没有多大的关系，而是一种文人文学。明清时代文人的思想抱负究竟是什么东西？就是他们从小受到的教育，包括四书、老庄、佛经。这个佛经，也不是民间流传的佛经，而是真正严肃的佛教经典。你看《红楼梦》第二十一、二十二回，就写宝玉续写《庄子·胠箧》、读《南华经》等。明清小说戏曲的思想，主要还是文人的思想。其实，我做中国明清小说的研究，着眼点也是两种古代文化的比较。

刘倩：听说您还参与了华盛顿州立大学主持的中国古代思想史经典名著重译项目，这项工作目前进展如何？您又承担了哪部经典名著的翻译工作呢？

浦安迪：中国古代思想史经典名著重译，我是编者，没有承担具体的翻译工作。这个项目很庞大，也很重要。一些中国古代经典还没有英译本，还有一些古代经典的英译本太老、太旧，用起来很不方便，需要重新翻译。做全套的中国古代思想经典重译，很有意义。其他文化中，也有类似的大书（Great Book）。如 The Loeb Classical Library（洛布古典丛书），几乎涵盖了全部古希腊文、拉丁文典籍，20 世纪初由 James Loeb 筹划出资，现在的出版方是哈佛大学出版社。The Loeb Classical Library 是双语对照本（希腊文/英文、拉丁文/英文）。我们想将中国古代思想经典做成同类的东西。也是中英对照，注释也用两种语言，一是学术性的注解，用中文；一种是普及性的注解，用英文，满足普通读者的需要。

刘倩：啊，想必是一项庞大的工程。所谓中国古代思想经典，包括了儒释道三家吗？

浦安迪：规模的确很大。我们的计划，时间跨度是从先秦一直到唐代，佛教虽然已经在六朝时期传入中国，但还是以儒教、道教的经典为主，全套书预计会出四五十册。经费是一个问题，需要募捐。到现在为止，已经完成的有《左传》《法言》《说苑》《史通》《竹书纪年》等书，《韩非子》也快做好了。有意思的是，《竹书纪年》虽然已经完成，但译者有点"怪癖"，不愿意出版。为什么呢？因为近年来考古时有新发现，不断有新的出土文献，所以这位译者认为：如果我发表了这本书，新资料又出来了，怎么办？呵呵，这个问题也不难解决，毕竟译者也已经 90 多岁高龄了。最先出版的，大概会是《左传》。过去的《左传》英译本，是理雅各（James Legge）翻译的，年代很早了。目前重译的这本《左传》，非常非常好，由三位学者合作完成，包括了详尽的注解、学术性很强的序言，还有附文（参考资料附编）。三位译者之一的李惠仪，现在哈佛大学东亚系任教，她对《左传》《史记》的研究都比较深刻。关于这个重译项目，我们原本的想法是弄一个"五经新译"，但困难很多，进展缓慢。

刘倩：您在北大开办的这个"人心惟危"讲座，从提纲上看，似乎涉及相当多的文献。思想史方面的文献，是从孔、孟、老、庄，一直到宋明理学，还包括清代王夫之、戴震等人。文学文献方面，则有诗文、小说、戏曲。这么多的内容，准备如何在有限的时间中完成呢？

浦安迪：这些讲座，严格说来，并不是讲座，主要是文本研读。虽然有一些概念的轮廓，但主要还是文本。研读文本，可以说是我最主要的授课方式。我喜欢教课，喜欢同学生一起读每一句话。给外国大学生上课，一般我会选取一些概念，选取一些最普遍的说法，如"人心""创世""性本善性本恶""天人合一"，等等。然后找出很多文本，让学生看读文本。研究生的课程，则主要是选一位作家或是一本书，让学生仔细阅读。最近在希伯来大学授课，就是指导学生读王弼的《老子注》。以色列的学生大多熟悉《圣经》，所以"创世"的问题，也是这几年涉及较多的一个论题。很多研究者，尤其是一些国外的汉学家，他们喜欢说中国古代没有创世观念，这不对。的确，中国古代没有创世故事，但中国古书常常提到元初、太一、太始，有各种不同的说法，只是没有使用"创世"这个词而已。《庄子》中就用过"造物主"一词。帛书文献中，有一篇题目就叫《太一生水》。苏格拉底之前的古希腊有一位思想家，名叫泰利士（Thales），也有类似的观点，他认为万物的本原是水。

刘倩：授课时，小说戏曲方面，您一般会选哪些作家作品？

浦安迪：对外国学生而言，小说戏曲的篇幅一般都很长，选文是不够的，不够深刻。尝试过，但我不喜欢这种方式。我讲过中国诗歌，比较好教，因为文本很短，可以从头讲到尾。在希伯来大学，我也教授日本文学，因为他们缺少这方面的师资。给学生讲过 11 世纪的《源氏物语》，还有江户时代的作家井原西鹤（1642～1693），都是让学生阅读文本。

刘倩：听说您精通很多门外语。日语是什么时候学习的呢？

浦安迪：20 世纪 60 年代，我在日本待过半年——也就是去台湾学习中文的途中，在日本停留过。那个时候的台湾，与日本文化的关系很深。由于一些特殊的原因，当时很多台湾人讲日文，比讲自己的语言更觉舒服。

刘倩：您当年在台湾哪所大学研修？哪些老师、哪些课程给您留下了深刻印象？

浦安迪：1964、1965 年，我在台湾学习中文。先上语言学校，同时旁听了很多台湾大学的课程。台湾大学是一所很好的大学，日据时期称为台北帝国大学。在台湾念书的时候，接触了一些年纪比较大的先生。很多人是离乡背井来到台湾，对《红楼梦》特别感怀，因为他们曾经生活在类似于《红楼梦》那样四世同堂的环境之中。后来由于打仗，由于革命，他们失去了一切。其实，无论是大陆人，还是台湾人，大家都有一个普遍的看法，认为中国古代文学最伟大的成就就是《红楼梦》，所以外国人想要了解中国、了解中国文化，一定要研究《红楼梦》。

刘倩：呵呵，您在普林斯顿大学的博士论文，做的就是《红楼梦》研究。近些年来，您还从事中国古典小说方面的研究吗？研究重心在哪些方面？

浦安迪：相对而言，这方面的研究工作做得不太多了。不过，最近几年，我在希伯来大学与一位同事合作，正在将《红楼梦》翻译成希伯来语，已经翻译了大约十回的篇幅。这次翻译，不是全译本，全译本会太长，出版不容易，计划总共翻译五十回的篇幅。省略掉的情节内容，会在翻译中做一些概述。哪些部分省略不翻，完全是主观选择。例如，第四回不译，贾雨村、薛蟠的故事，虽然很有意思，但可以省略；第六、七、八回，各译一部分，第十回在翻译中也只是简介，然后跳到第十二回贾瑞的故事。翻译进展很慢，恐怕还需要五六年的时间。

刘倩：将《红楼梦》翻译成希伯来文，想必会遇到很多困难吧？《红楼梦》中有很多诗词，尤其是第五回，其中的诗词曲与全书思想、结构息息相关，无法跳过不译，翻译中你们是如何处理这些诗歌的呢？《红楼梦》在以色列的接受情况如何呢？

浦安迪：在以色列，受过教育的人，一般都知道《红楼梦》。《红楼梦》有各种语言的译本，英译本、法译本、俄译本，等等，但读者还是会

更喜欢用本国语翻译的文本，这也算是一种文化上的骄傲、自豪吧。很多
年了，已经有了好几十种《红楼梦》词典，但还是有很多问题找不到答
案，尤其是衣服、食品、建筑等方面的内容。不能解决的问题，我就用中
文 google，《红楼梦》爱好者会在网上讨论各种问题。这是一个沙里淘金的
过程，几十篇 blog 文章，也许有一个人的言论会特别有用。当然，网络不
能解决问题，但能开个道，为我们的思考引个方向。诗歌，诗歌最难翻
译，这是一个大困难。不过，将《红楼梦》翻译成希伯来语，也有一大便
利之处。《红楼梦》前五回中的诗词，有佛教味、道教味，可以仿照希伯
来语的宗教诗。《圣经》之后的希伯来语的古诗，都是押韵的，所以翻译
中诗歌押韵的问题比较容易处理。

刘倩：您研究中国古典小说最重要的两部论著《〈红楼梦〉中的原型
与寓意》《明代小说四大奇书》，都是在 20 世纪 70 年代首发问世。现在回
头再看，您觉得有什么遗憾之处吗？您自己最看重自己的哪些论点？夏志
清先生曾经在某篇文章中谈到，西方汉学界对传统评注的重视，既是因为
受到当时盛行的"新批评"理论影响，也是因为一些研究者"处心积虑的
要证明中国几本小说不但设想周全，而且寓意和结构复杂"，否则就不能
说服自己承认其经典地位。当然，夏志清先生本来就对中国古典小说的总
体成就评价不高，这又是另一个话题了。

浦安迪：学院中人，受到时代文学理论思想的影响，是必然的，但
New Criticism 对我的影响，不是特别重大的。我跟夏志清是很好的朋友，
他提到的问题，我都承认。看法不同而已。明清小说中，我最喜欢《红楼
梦》《金瓶梅》，这两本书之间也有很重要的关联。很多人没有看全文，就
得出结论说，这两本书一个俗、一个雅，其实，《金瓶梅》中也有很深刻
的东西。

刘倩：对，这就涉及您多次谈到的"文人小说"（literati novels）这一
概念，这在国内治明清小说学者中已经产生了很重要的影响。您认为，文
人小说，最重要的特质是什么？

浦安迪：它们的语言很丰富，有很多不同的层次，既有民间的、白话
的，也有最高深的文人的雅语。文人非常喜欢采用隐语的方式来表达。思
想方面也很复杂。很多人认为《三国》《水浒》就是讲故事，我不同意，

"四大奇书"每一部都有很深沉的寓意。

刘倩：我注意到，在您的《明代小说四大奇书》中，"反讽"是一个出现频率很高的概念。反讽，既是一种修辞手段，也是一种整体的美学特征。研究四大奇书，可以有不同的角度，您为什么会选择从反讽这个概念进入研究？

浦安迪：我在普林斯顿念大学，学的是比较文学，在小说理论中，"反语法"是一个非常核心的观念。《自选集》中有一篇题为《明清文学与绘画的反讽美学》的文章，是你翻译的吧？那你应该很清楚我的想法了。明代，还有明末清初，那些大文人，普遍都是这样的一种态度。我讲的"反讽"，主要是人生观层面的。反讽，是一种人生观。一个层面，之下还有更深沉的东西。画家也好，小说家也好，他给读者看一个作品，说，我写这个故事，我画这个画，我的本意不在画的外形，不在我写的故事，而是有别的意思在。他们的想法不简单。在很多情况下，最复杂的层面，往往是主观和客观的关系，最重要的是艺术家的主观角度。读一个作品，重要的不是表现在外部表层的那些东西，而是要了解到作家的思想。这个反讽，类似于普通话语中的"挖苦"，一句话的表面之下，还有更深层次的东西。反讽其实是一种交通，一种信息。我生长在纽约，而纽约的地方文化，一个特点就是人们说话时特别喜欢正话反说，喜欢用挖苦的语调。

刘倩：在您的这本《自选集》中，"自我"也是一个非常重要的概念。很多文章谈的都是"自我及其边界"的问题，特别是《金瓶梅与红楼梦中的乱伦问题》《中国古典小说中的"自我封闭"与"自我沉溺"》等文。《金瓶梅》《红楼梦》中的乱伦问题！坦白说，确实让人震骇，前所未闻。但是，从文学象征的角度看，确实又言之成理。如果彻底从外部世界退缩回内心世界，对自我的探索自然也就成了您说的"乱伦式的"了。所以，在这个意义上，您说"乱伦是一种经由自我复制而寻求自我实现的内转方式"。您认为处理如何定义自我这一问题，是小说的核心本质。这里，我想问的是：一、您在中国古书中读到的"自我"，与西方的"自我"概念有什么不同？西方有没有与儒家"修身"概念中的悖论相类似的思想？二、如果说小说的核心本质在于处理如何定义自我这一难题，苏格拉底也有"认识你自己"这样的名言，同样是探讨自我问题，小说这一文类（genre）又有什么特别的优势呢？

浦安迪：现代文学，无论中国、国外，受现代心理学的影响，都非常重视自我这个概念。难道不是吗？这不是一个新概念，过去用的是不同的词汇，如"物我"。中国古书，特别是宋元明清以来，"大我""小我"的说法很常见。"我"字，是一个很重要的概念上的框架。古代儒教思想，有各种不同的概念，都可以归纳为一个最核心的东西，即自我修养。"自我修养"这个词，恐怕是从英语翻译来的，中国古代说的是"修身"二字。身，不是身体，就是"我"；心，也是"我"。自我，则用"自性"这个词来代替。中国古代思想非常注意这个概念，虽然说法不同，但意思老早就有了。在欧洲文化中，中世纪之后到文艺复兴以来，特别注意物/我，主观/客观，精神/物体，有很多分析。欧洲小说发展到最高潮的时候，正是欧洲思想刚好也特别注意"我"这个观念的时候。到了20世纪，就"自我"发明了很多不同的词汇。拉丁语用 ego，英语用 self，根据不同的语境来使用。中国古代也是一样的，只是说法不同而已。中国文化与欧洲文化中的"自我"概念，都有很多层次，这是一个很复杂的问题。还有，在印度文化中，印度的主要思想，大多与 self 有关，到处可见对大我、小我的区分。举个例子，印度最重要、最伟大的思想家桑卡拉（Sankara，700～750），曾经评注印度古代经典《奥义书》（*Upanisad*）。桑卡拉在他的评注中，就彼此的"此"字，写了很长篇幅的评注。《庄子·齐物论》中有"非彼无我，非我无所取""物无非彼，物无非是"之类的话语，与此类似，谈的就是我物、内外等问题。印度教的最高存在，不是上帝，而是 atman，意思就是"自我""全部存在的我"，包括了真我、假我。汉译佛经，则翻译成我相、物相、法相等等。中国有一位名叫陆扬的教授，北京大学东方语言学系本科毕业后，在维也纳学习梵文，后到普林斯顿攻读博士学位，现在又回到北大历史系任教。在唐代佛教与印度经典比较方面，陆扬教授的看法比较深刻。

刘倩：在《自选集》这几篇讨论中国古代小说中的"自我"的文章中，您还提到了关于"自我的悖论"问题，也就是说，追求自我完成、自我实现，或许会走到反面，陷入一种自我封闭、自我沉溺的破坏性状态。

您在北大汉学基地开办的"人心惟危"讲座，谈的也是"人心"的悖论，"人心"既可以是尽性得道的主体，也可以是一种破坏性的元素，是成人成己过程的障碍。您刚才讲到，在中国古书中，自我一词有时可以用"自性"来替代。说到"自性"，就关系到性本善、性本恶的问题。西方基督教文化中也有所谓"原罪"。您是怎么理解性本善、性本恶这个问题的呢？

浦安迪：表面上看，中国古代思想中有性本善、性本恶两派意见，人们常常说孟子主张性本善，荀子主张性本恶，这不对。在《荀子》中，虽然有篇文本就题为《性本恶》，但它的意思要复杂得多。而孟子，实际上也并没有明确主张性本善。孟子说"人皆有不忍人之心"（《孟子·公孙丑上》），"心"与"性"虽然有一定关系，但"心"不等于"性"。孟子说"乃若其情，则可以为善矣"（《孟子·告子上》），这就把"性本善"的看法缩小到一个很有限的范围。孟子不讲性本善，他只是说人可以为善。所谓"若其情"，是看现实的情况；"为善"，为，是行为的为。佛教思想中没有这样的矛盾，但它一方面认为人世是苦海、孽海，另一方面又有很多关于慈悲救世、"菩萨发心"，这也是一种悖论。《圣经》提到的原罪，也不能简单化。第一天，亚当就偷吃了禁果，被逐出伊甸园，但他从被创造出来到被赶走，中间还是经历了一段时间。犯了罪，不等于本性有罪。基督教，特别是天主教，倾向于认为人性恶，但这也是相对而言。最主要的问题，不是性本善性本恶的问题，而是人能不能改正的问题。只要存在改正的可能性，就等于说人的本性是可以为善的。说人性本恶，没办法，没希望，无论哪种文化，都不能接受这种想法。王阳明虽然有"无善无恶心之体"这样的说法，但他的实际意思要复杂得多。王学又称"心学"，似乎只讲"心"，心学、理学之间的争辩也很厉害，但王阳明的"心外无理"与程朱的"心即理"，似乎差不了多少呀！引用一句口号很容易，但结论不能简单化，要注意到其中矛盾、悖论的一面。我在关于"人心"的讲座中，会涉及这些问题。

刘倩：《自选集》所收文章，有一篇很特别，题目是《中国犹太人的儒化：开封石碑碑文释解》。2006年夏天，第三届中国古代小说国际研讨会在哈尔滨师范大学举办，会议期间，您曾留心收集哈尔滨犹太人资料，给我留下了很深刻的印象。对中国犹太人的研究，您有没有什么系统的研究计划或项目？此外，我一直断断续续在阅读一些关于大屠杀（The Holo-caust）的书籍，如果可以的话，最后我想问您一些问题，曾经有一位大屠杀幸存者说过："大屠杀无法理解，不可言说；真正能够言说大屠杀的只有那些死难者，可是他们不会说话。"前不久中国上映了一部电影《金陵十三钗》，取材于南京大屠杀（massacre），一些批评者就认为：大屠杀的题材根本就不应该碰。您觉得今天我们应该如何言说大屠杀？

浦安迪：中国社会科学院外国文学研究所的钟志清女士，你是认识的。她的博士论文，做的就是大屠杀以后的犹太文学与"文革"以后中国文学的比较，不是比较史实，而是讨论历史经验对文学的影响。我的父母都生长在美国。但是，我爱人的父母是经过那个时期的。她在罗马尼亚长大，父亲被德军掳走做奴隶，母亲关进了集中营。我岳母对于集中营中的那段经历，并无任何避讳，但是，她从来没有说过憎恨德国人的话，一个字也没有。说到这里，我想起普林斯顿大学牟复礼先生曾经对我说过一句话。牟复礼先生，是我大学时期的导师，他是南京大学历史系（当时称为金陵大学）第一个外国毕业生。二战期间，他在美国空军服役，随美军进入中国，1945 年战争结束后，他是国民党与延安之间的联络员，中国大陆，他是一步一步走过的。关于那场战争，他对我说，日本人战败后，他经过了很多很多的小村落，一个非常深刻的印象，就是中国的平民不恨日本人。现在的中国，有很多别的不同的声音。但在那时，中国人受到那么深的虐害，为什么不恨呢？让人思考。也许是文化使然。当然，这种说法，也有正反两面。

刘倩：好，浦安迪先生，谢谢您抽出时间接受我的访问！

（原载《国际汉学研究通讯》2012 年第 5 期）

走近浦安迪先生

刘　倩

20 世纪 90 年代,《明代小说四大奇书》《中国叙事学》等著作的出版,让国内治小说者知道了浦安迪先生的大名。而早在 1979 年,钱锺书先生访美,就在相关文章中提到,浦安迪先生被"公推为同辈中最卓越的学者"。像浦安迪先生这样的大学者,恐怕很多学人都是读其书而"想见"其为人的吧? 2011 年初北京三联出版的《浦安迪自选集》,作为译者之一,我得到了一个十分难得的机会"走近"浦安迪先生。

翻译 《浦安迪自选集》

《浦安迪自选集》出版之后,我送了我所在的中国社会科学院文学研究所陆建德先生一本。后来在单位碰见他,他委婉地说:"作者读过的书,译者都应该了解。"这番话,颇让我脸红。

浦安迪先生是著名的汉学家——其实,"汉学家"这个词不够准确,他的研究视野并非仅限于汉学,而是广泛得多的东西方文化、文明的比较。这一点,是我在为他做完访谈之后才深深体会到的。他读过的材料,尤其是他对印度、日本文化的了解,远非常人可比。翻译中遇到这方面的问题,就只能临时抱佛脚,仓促补课,至多只能力求字面上的意思准确了。

此书翻译，颇费周折，说来话长。大概是 2005 年，北京三联出版社著名的学术编辑冯金红女士通过社会科学院文学所蒋寅先生找到我。一开始就知道这本书将会是合作翻译，没想到的是，其间合作者换过了好几茬。最后，文稿交给浦安迪先生审阅时，已经是 2008 年的事了。到了 2009 年夏，浦安迪先生来北京开会，约我在北京东四附近的一个四合院内与他见面。他拿出译稿，一处一处告诉我他的修改意见。浦安迪先生看得相当仔细，字斟句酌，返还给我的文稿上，几乎每页都有他用铅笔写下来的修改意见。

《浦安迪自选集》，也是我翻译的第一本书。冯金红女士说："你可真够大胆的！"这句话的意思，很久以后我才明白过来。翻译这本书，困难不少，浦安迪先生善用长句，逻辑严谨，文风偏于繁缛华丽。幸运的是，他曾用中文撰有不少论著，案头上还有沈亨寿先生翻译的《明代小说四大奇书》一书可资借鉴，反复揣摩他们的文章，体会用词特点、行文口吻，便成了我翻译的起点。此外，还要感谢很多朋友的热心相助，他们常常在 MSN 上花费很多时间与我一起讨论书中的某个句子。这里，我还要特别感谢北京交通大学的田立年博士，他是译稿的第一位读者，也是我最信任的审定者。田立年博士专攻尼采，精通英文、德文，译有《曙光》《朝霞》《尼采与古典传统》等作。他认为，最好的翻译应该是最紧贴原文的翻译，应尽量将每一个单词的意思准确翻译过来，甚至在可能的情况下还要努力保留原文的句法。仔细分析他的改稿，让我得到了不少宝贵的经验。"信达雅"三原则，其实根本还是一个"信"字，杨绛先生说得好，用上最恰当的字，文章自然就达、雅了。

这些经验的确十分有用，此后我又陆续翻译了一些不同的作品，有小说，有中国古典文学研究论著，有西方当代文化研究论著。做的翻译越多，越体会到其中的艰辛与无奈。翻译中文句的误解或忽略，限于个人能力，总是难以避免的。或许，永远没有完美的翻译，只有一次又一次朝向完美的努力。

访谈浦安迪先生

最近，受北京大学国际汉学家研修基地主办的《国际汉学研究通讯》

杂志的委托，我为浦安迪先生做了一篇访谈。这件事，也有很多曲折。

早在 2011 年夏，访谈的任务就交到了我手中。原本计划是我拟出访谈提纲，通过 email 采访他。但浦安迪先生回信说，愿意借来北京讲学的机会与我面谈。准备面谈这件事，让我愁了很久。浦安迪先生是出了名的腼腆羞涩，同时又不苟言笑。而且，说实话，我害怕见他，因为几乎没见过他的笑容。说来可笑，我也老大不小了，见了他，仍像小学生拜见老师大人一样，简直惴惴不安、如履薄冰。也正是由于这个原因，尽管我是《自选集》的译者之一，却与浦安迪先生几乎没有私交。承担翻译之前的几次见面，主要是在各种古代小说会议中远望他；翻译稿，也是由他在国内的学生出面用邮件转交的。

无论如何，2012 年 3 月，我们终于在北京大学汉学家研修基地见面了。访谈时间大约用了两个小时左右，基本是照原拟提纲进行。整理出来的访谈稿，浦安迪先生依然是用铅笔认真做了修改。

访谈内容有专文在，这里不多说。浦安迪先生身上的谦逊，让人印象深刻，他在访谈中提到了好几位研究者的名字，总是称赞他们"研究得比较深刻"。而且，像他在 email 中所说的那样，他还时不时地"稍露笑容"，消除了我的紧张。但是，这次访谈，留给我的遗憾却挥之不去，总觉得自己没有问对问题。我自己的研究方向是中国古典小说，当初接手翻译也是出于这个缘故。简单说，在我过去的理解中：浦安迪先生是做明清小说研究的，由于他的背景，中西文化的比较，自然而然是其优长；后来，他的兴趣"转向"了中国古代思想史研究，主编经典重译就是一个例子。但实际上，对于浦安迪先生而言，东西方几大文明的比较，才是他的志向，中国古典小说研究只是其中的一个案例而已，也许根本就不存在什么"转向"的问题。事情就是这么弄拧了！这种别扭、挫败的感觉，在整理访谈的过程中，越来越强烈，几乎不能自已。重新再做访谈不是不可能，但很显然，我不是特别合适的人选。

至于浦安迪先生的中国古典小说研究，我在访谈中问到了他常用的"反讽""自我"等概念。怎么说呢？其实，这些问题依然没能"走进"浦安迪先生的"语境"。最近读《文德斯论电影》，文德斯说他的很多电影都是以公路地图而非以剧本开拍的，他认为电影需要讲故事，但生活与故事不相容，故事是一个悖论：故事是不可能存在的，但人们又不可能没有它。这些话，让我忽然明白到，"反讽""自我"等概念，本就是浦安迪先生研究中国古典小说的工具。"任何时代的小说都关注自我之谜"，这是昆德拉说的。德国哲学家佐尔格，则在他的美学讲演录里把反讽看作是所有艺术创作的前提条件。如果非要问浦安迪先生为什么用这些概念来研究中国古典小说，那就得问整个西方文艺理论为何如此重视这些概念、如何运用这些概念。

对于研究对象而言，任何概念框架都有悖论、矛盾的一面。悖论，也是浦安迪先生喜用的一个词语。他在北京大学开办的"人心惟危"讲座中讲到佛教中的"法"字时，说汉语中有"舍筏登岸"一词，佛法如"筏"，既已渡人到彼岸，筏便无用，筏/法本空，但没有它又不行，这就是一个悖论。这里，我的意思并不是说浦安迪先生所用的概念不对、用得不好，但一有概念框架，就涉及"强迫"文本以某种特定的方式表现出来的问题，我在访谈中提到的夏志清先生对汉学家研究中国古典小说的方法态度的批评，其实关键也在这里。回想起来，访谈时浦安迪先生对这些批评的简短回应，也许含蓄地表达了他作为一个研究者的自知与信念。

所谓"走进"浦安迪先生的"语境"，意思是应该在他的概念框架之内来理解他的研究。我个人认为，浦安迪先生的中国古典小说研究，其中最重要的或许要数"文人小说"这一概念了。如他所言，只有将明清最伟大的几部古典小说文本视为文人的精神载体，而非一般所认为的"通俗"作品，它们才能得到最有意义的解释。访谈时，浦安迪先生首先从语言的角度来谈"文人小说"，我想，这绝不是偶然的，这就是纳博科夫论果戈理时所说的，一切伟大的文学作品，首先是一种语言现象而不是观念现象。

与浦安迪先生一起读经典

我所在的中国社会科学院文学所古代室，有一个读诗班。好几年了，大家读完了《诗经》，现在正在读《周礼》。听说浦安迪先生每周三下午在北大汉学家研修基地开办的"人心惟危"系列讲座，主要也是文本细读，这让我很好奇，很想知道他是如何"读经"的。

这堂课，读的是佛教经典。正式上课之前，浦安迪先生"幽默"了一下，他说："今天该读佛经了，我也感冒了，这大概是学佛必然要吃的苦头吧。"

他摘选的文本有《成唯识论》《大乘起信论》《大乘止观法门》《般若波罗密多心经》《六祖坛经》等。《成唯识论》中节选的短短四五百字，就细读了整整一个小时。方法是疏通文义，讲解关键词，如"识""实我""法"等。

浦安迪先生喜欢一边读，一边提出问题。有时候，他专注地聆听同学们的回答，有时候则自问自答，或是干脆就自顾自地沉思在自己的问题里。关于《成唯识论》，他问道："唯识，谁的意识？是人的意识，还是佛的意识？如果人类的思想都是假的、空的，都是谬论，那么唯识究竟是什么意思呢？"关于《心经》，他说："为什么叫《心经》呢？我提出两种可能性：一、所有的妄念、妄想，诸法空想，都是由自人心，心是错误的大根源；二、心，是有能力领悟到色空的。当然，也许还有别的可能解释。"关于《六祖坛经》中最著名的那两首偈子，他问道："明镜台是什么？'心如明镜台'，这个'台'字在这里仅仅是为了押韵的吗？如果是为了押韵，那'明镜亦非台'又该作何解释呢？"

浦安迪先生说，佛教对人心的看法是两面的：一方面，佛教认为人有执心而溺于苦海，另一方面，如大乘佛教又讲"菩萨发心"，慈悲救世也与"心"发生关系。在"佛即心，心即佛"的说法中，将"佛"这个代表全部的存在、绝对性的形而上的概念，都归于一个"心"字。他认为，东亚佛教特别重视"开悟"的问题，"佛"与"菩提"词根相同，都有"醒悟"的意思在内，醒悟、开悟，便免不了与"心"发生关系。"醒悟"也是一种比喻，犹如孟子"茅塞子之心"句中的"茅塞"。

浦安迪先生"读经"，是带着问题细读文本的，细读时又不断带来新的问题，众人的讨论也进一步激发人的思考。这些，似乎是老生常谈，但知易行难。问题意识，如何提出正确的或是有意义的问题，绝不是一蹴而就的，全仗个人的阅历与学养。

听了几次课，不难发现，浦安迪先生的这个"人心惟危"系列讲座，中心问题便是关于"人心"的悖论：人心，既有可能是最大的问题，又有可能成为解决问题的工具。"悖论"这个词，再一次进入了我们的视野。

访谈浦安迪先生时，他曾说："我喜欢教课，喜欢同学生一起读每一句话。"不错，他的确乐在其中，教课的过程，也是成己成人的修身过程。用他在《自选集》中引用的明代王鏊《有朋自远方来》中的话来说，就是："学至于此，则即其及人之众而验其成己之功，向之说者有不能不畅然而乐矣，学者可不勉哉？"

（原载《国际汉学研究通讯》2012 年第 5 期）

短　　论

读刘正著 《海外汉学研究》

陈才智

《海外汉学研究：汉学在 20 世纪东西方各国研究和发展的历史》，武汉大学出版社，2002 年 9 月出版。作者刘正，为日本京都大学文学部博士后研究员，日本爱知学院大学文学部客座研究员，日本大阪市立大学文学博士（中国思想史专业），著作很多，作者后记称自己："研究汉学史，算起来已有十几年了。"此书由余英时作序，资料丰富，笔者在撰写《西文中国古典散文研究》和《当代西方汉学家一览》过程中获益匪浅，但其内容亦有许多不确，非尽排校之误，故作以下六十八则札记，一以志感谢，一以供商榷。

一、30 页第八行，34 页倒数第三行，35 页第一段倒数第六至第五行，36 页倒数第六行，46 页第一段倒数第四行，125 页第八行，英国普莱布兰克博士（Edwin George Pulleyblank），其汉文名为：浦立本。

二、31 页倒数第一行，艾格若德博士（Egerod），其汉文名为：易家乐（SØren Egerod）。

三、32 页第三段第七行，克伯林博士（Weldon South Cobin），其汉文名为：柯蔚南。

四、36 页第三段第一行，38 页第一行，诺尔曼博士（Jerry Norman），其汉文名为：罗杰瑞。

五、39 页第四至第五行，126 页第四段倒数第二行，格利斯博士

(Herbert A. Giles)，汉文名为：翟理斯（Herbert Allen Giles），亦有人译为翟理思。

六、41 页第五段，"戴遂良教士（Seraphim Couverur）编纂的《古代汉语辞典》（*Dictionnaire Classique de la Langue Chinoise*）"，"冯蒸氏在《近三十年来国外'中国学'工具书简介》一书中介绍此辞典初版为 1930 年。此说有误。"智按，第一，张冠李戴了，顾赛芬（F. Séraphin Couvreur, 1835～1919），戴遂良（Léon Wieger, 1856～1933），二人都是来华传教的法国神甫。第二，顾赛芬所编辞典自题汉文名：《汉法艺文辞典》。第三，冯蒸《近三十年国外"中国学"工具书简介》书名无"来"字；该书并未明确指明"此辞典初版为 1930 年"（参见此书中华书局 1981 年 6 月版，第 32 页）。

七、48 页倒数第三行，美国休斯博士（R. Hughes），其汉文名为：修中诚（Ernest Richard Hughes），亦有人译为休中诚、许士、胡飞驷。其《中国上古哲学》（Chinese Philosophy in Classical Times），伦敦：J. M. Dent and Sons Ltd，1942 年；纽约："人人丛书"第 973 种（Everyman's Library 973），杜冬出版公司（E. P. Dutton & Co. inc.），1954 年。

八、55 页倒数第四至第三行，美国佛若泽博士（D. H. Fraser），其汉文名为：法磊斯（Everard D. H. Fraser）；洛克赫特博士（H. S. Lockhart），其汉文名为：骆任廷（James Haldane Stewart Lockhart; Sir James Lockhart）。

九、87 页倒数第四行，1967 年，马伯乐博士出版了《中国古代史研究》（*Histoire et Institutions de la Chine Ancienne*），智按，马伯乐（Maspero, Henri）卒于 1945 年。其《古代中国》（*La Chine Antique*），巴黎：Boccard，1927 年，"世界史丛书"之一；修订本，巴黎：国家印刷局（L'imprimerie Nationale），1955 年，附补编和汉文方块字；法兰西大学联合出版社（Presses Universitaires de France），1965 年；弗兰克·克尔曼（Frank Algerton Kierman, Jr.）英译（*China in Antiquity*），波士顿、阿姆赫斯特（Amherst）：麻萨诸塞州立大学出版社（University of Massachusetts Press）；英·福克斯通（Folkestone）：Wm Dawson，1978 年。

十、87 页倒数第二行，同年（1967 年），葛兰言博士又出版了《中国的世界》（*Le Monde Chinois*），智按，葛兰言（Marcel Granet）卒于 1940年，一说 1941 年。

十一、87 页注释①倒数第一行，Harvand College，应为 Harvard College。

十二、89 页倒数第十一行，美国白恩德尔博士等人又出版了《传统中国时代的皇帝及其文化政策》一书。这是一部研究中国古代各个朝代皇帝的文化政策的专著。智按，白保罗（Frederick P. Brandauer, 1933 – ）和黄俊杰（Huang Chun – chieh, 1946 – ）编辑的《中国古代的帝王统治与文化变异》（*Imperial rulership and cultural Change in traditional China*）是 1992 年 8 月 31 日至 9 月 5 日召开的 "中国古代的帝王统治与文化变异" 国际会议的论文结集，华盛顿大学出版社，1994 年 12 月初版，收有如下十二篇文章：

1. FREDERICK P. BRANDAUER（白保罗）：Introduction

2. JACK L. DULL（杜敬轲）：Determining Orthodoxy：Imperial Roles

3. STEPHEN DURRANT（杜润德）：Ssu – ma Ch'ien's Portrayal of the First Ch'in Emperor

4. DAVID R. KNECHTGES（康达维）：The Emperor and Literature：Emperor Wu of the Han

5. CHEN JO – SHUI（陈弱水）：Empress Wu and Proto – Feminist Sentiments in T'ang China

6. THOMAS H. C. LEE：Academies：Official Sponsorship and Suppression

7. HUANG CHI – CHIANG：Imperial Rulership and Buddhism in the Early Northern Sung

8. CHUN – CHIEH HUANG（黄俊杰）：Imperial Rulership in Cultural History：Chu Hsi's Interpretation

9. FREDERICK P. BRANDAUER（白保罗）：The Emperor and the Star Spirits：A Mythological Reading of the *Shui – hu chuan*

10. KU WEI – YING（古伟瀛）：Ku Yen – wu's Ideal of the Emperor：Acultural Giant and Political Dwarf

11. R. KENT GUY（盖伊）：Imperial Powers and the Appointment of Pro-

vincial Governors in Ch'ing China, 1700 – 1900

12. CHUN – CHIEH HUANG（黄俊杰）：Some Observations and Reflections

十三、101 页倒数第四行，Arther 应为 Arthur。

十四、112 页倒数第二段第一至第二行，艾伯哈德《中国地域文化》（*Lokalkulturen im Alten China*），智按，应为（*Lokal Kulturen im Alten China*）。

十五、113 页第二行，魏克曼《陌生的大门》（*Strangers at the Gate*），智按，书名应为《大门口的陌生人，1839～1861 年间华南的社会动乱》（*Strangers at the Gate, Social Disorder in South China, 1839 – 1861*），Berkeley：University of California Press，1966 年。有王小荷中译本，中国社会科学出版社，1988 年。

十六、117 页第七行，1968 年，美国沃特逊博士（B. Watson）出版了《中国大历史记录》一书。这是一部对《史记》进行研究和注解的专著。智按，华兹生（又译华生 Burton Watson）《中国伟大的史学著作：英译〈史记〉》（*Records of the Grand Historian of China：Translated from the Shih – chi of Ssu – ma Ch'ien*），哥伦比亚大学出版社，共二卷（563 ＋543 页），初版于 1961 年，1962 年、1968 年再版。选译卷 7～12，16～20，28～30，48～59，84，89～104，106～125，127，129。有少量注释。

十七、117 页第二段，美国达特兰博士（Stephen W. Durrant），其汉文名为：杜润德。

十八、118 页第五段，"1992 年，英国著名汉学家崔瑞德博士出版了《官定唐代史》（*The Writing Of Official History under the T'and*）一书。这是一部研究《旧唐书》的史学价值的专著。"智按，书名应译为《唐代官修历史之编纂》，上海古籍出版社 2010 年 10 月版题为《唐代官修史籍考》。此书非仅是"研究《旧唐书》的史学价值的专著"。又，*T'and* 应为 *T'ang.*。

十九、120 页倒数第三行，美国尼威逊博士（David Shepherd Nivison），196 页倒数第三行，尼维森博士（David S. Nivison），两处译名未统一。其汉文名为：倪德卫。

二十、123 页倒数第七行，125 页第五至第六行，法国罗特瑞博士

（Robert des Rotours），其汉文名为：戴何都，亦有人音译为罗都尔。

二十一、124 页第一段倒数第六行，美国尼海斯博士（H. Nienhauser），其汉文名为：倪豪士（William H. Nienhauser, Jr.）。

二十二、125 页倒数第七行，美国比尔莱特博士（Jean Francois Billeter），其汉文名为：毕来德（Billeter, Jean – François）。

二十三、132 页倒数第三段，将一本书误认成两本书：《中国治国术的起源》卷一《西周帝国》（*The Origins of Statecraft in China*, *Vol.* 1：*The Western Chou Empire*），芝加哥大学出版社，1970 年。

二十四、136 页第十一行，1994 年，美国洛威博士出版了《汉代的神秘主义政治学说》（*Divination*, *Mythology and Monarchy in Han China*）一书。智按，应为：英国剑桥大学汉学家鲁惟一（Michael Loewe）《汉代的谶纬、神话与君主政治》，纽约：剑桥大学出版社，1994 年。

二十五、136 页第七至第八行，赛斯特温博士（M. P. Serstevens），其汉文名为：毕梅雪（Michèle Pirazzoli – t'Serstevens）

二十六、139 页第四行，美国彼得森博士（Charles Allen Peierson），Peierson 应为：Peterson。同页倒数第十二行，肖孚（Edward Hetzel Schafer），其汉文名为：薛爱华。

二十七、142 页第十行，吴光明（Yves Hervouet）应为：吴德明。53 页第七行是正确的。

二十八、145 页倒数第六行，克瑞克（Edward Augustus Kracke），其汉文名为：柯睿格。

二十九、149 页第四段第五行，"同类题材的著作还有德雷尔博士所作的《明代名人传记辞典》（*Directory of Ming Biography*）一书。"疑为《明代名人传，1368～1644 年》（*Dictionary of Ming Biography*, *1368 – 1644*），主编傅路特（富路德 Luther Carrington Goodrich），副主编房兆楹（Fang Chaoying），两卷，哥伦比亚大学出版社，1976 年，1751 页。

三十、155 页倒数第十一行，"1990 年，美国威尔博士（P. E. Will）等人合著的《十八世纪的官僚政治和饥荒》（Bureaucracy and Famine in Eighteeth Century China）一书正式出版。"威尔，其汉文名为：魏丕信（Pierre – Etienne Will）。

三十一、158 页倒数第十四行，Paul Pelliiot，应为：Paul Pelliot。

三十二、161 页第四段第一行，"威格尔博士又出版了《原始哲学和宗教史》（*Histoire des Croyances Religieuses et des Opinions Philosophiques en Chine Depuis L' arigine Jusqu' a nos Jours*）一书。"威格尔，其汉文名为：戴遂良（Léon Wieger, 1856 – 1933），来华传教的法国神甫。

三十三、162 页倒数第六行，英国帕克博士（E. H. Parker），其汉文名为：庄延龄。

三十四、168 页第三段，爱弥勒·杜克海姆（Emile Durkheim），即涂尔干。同时出现而不做说明，容易使读者误认为是两个人。

三十五、173 页第二段第三行，"1971 年，法国高尔利曼博士（Gallimard）编辑出版了《道教：中国的宗教》（*Taoisme et les Religions Chinoises*）一书。此书在构成上以马伯乐博士的道教论文为核心。"智按，应为：马伯乐《道家与中国宗教》（*Le Taoisme et les religions chinoises*），巴黎：加里玛尔（Gallimard）出版社，1971 年。参见石田幹之助《欧人之汉学研究》287 页（朱滋萃译，北平中法大学出版，1934.12）；马晓宏《开启欧洲汉学大门的先驱：亨利·马斯帕罗的中国学术观》，收入傅伟勋、周阳山主编《西方汉学家论中国》147 ~ 171 页（台北：正中书局，1993.4）。

三十六、175 页第一行，美国朗恩博士（Piet van der Loon），其汉文名为：范德隆，亦有人音译为龙彼得。

三十七、176 页第一段倒数第三行，"考斯博士（L. Kohn）出版了《求道之乐》（*Laughing at the Tao*）一书"。智按，书名应为《嘲笑道》，李维亚·库恩（Livia Köhn）《嘲笑道：中世纪中国佛教徒与道教徒间的辩论》（*Laughing at the Tao*：*Debates among Buddhists and Taoists in Medieval China*），普林斯顿大学出版社，1995 年。

三十八、179 页第五行，法国赛迪尔博士（A. K. Seidel），其汉文名为：石秀娜，亦有人译为索安士、索安。

三十九、179 页第三段第一行，法国瑞斯克曼博士（Michal Strickmann），其汉文名为：司马虚。Michal 应为：Michel。

四十、179 页第三段第四行，法国罗比尼博士（Isabell Robinet），其汉文名为：贺碧来。

四十一、183 页倒数第八行，美国朗格尔威博士（John Lagerwey），其汉文名为：劳格文。

四十二、199 页第三段第五至第六行，美国帕波尔博士（Jordan David Paper）的《东汉的儒学》，似应为：裴玄德《〈傅子〉：东汉的儒学》，1987 年。

四十三、201 页倒数第五至倒数第三行，"1960 年，瑞沃寿博士又编著出版了《儒教信仰》（*The Confucian Persuasion*）一书，这是一部从宗教学角度上对儒家经学思想进行系统介绍的著作。"智按，《儒教》（*The Confucian Persuasion*）是芮沃寿（Arthur F. Wright）和崔瑞德（Denis Twitchett）共同编辑的一部论文集。

四十四、201 页倒数第三至倒数第一行，"1963 年，瑞沃寿博士出版了《儒教的性格》（*Confucian Personalities*）一书，这是一部对原始儒家思想进行介绍的著作。"智按，《儒家》（*Confucian Personalities*）是芮沃寿（Arthur F. Wright）和崔瑞德（Denis Twitchett）共同编辑的一部论文集，斯坦福大学出版社初版于 1962 年。

四十五、202 页第二至第五行，瑞沃寿《儒教和中国文化》（*Confucianism and Chinese civilization*）是"一部研究儒家思想和中国古代文化史之关系的专著"。智按，《儒家与中国文化》（*Confucianism and Chinese civilization*）是芮沃寿（Arthur F. Wright）编辑的一部论文集。

四十六、202 页第一段倒数第四至第一行，孟旦《个人主义和集体主义》（*Individualism and Holism*）是"一部对儒家和道教的个人主义和集体主义价值观进行比较研究的专著"。智按，《个体与整体：儒道价值观研究》（*Individualism and Holism: Studies in Confucian and Taoist Values*）是孟旦（Munro, Donald Jacques）编辑的一部论文集，密歇根大学出版社，1985 年。

四十七、203 页第十四至十六行，1960 年，卫德明又出版了《易：有关易经的八篇演讲》。智按，卫德明（Hellmut Wilhelm, 1905 – ）《变：〈易经〉八讲》（*Die Wandlung: acht vortrage zum I - Ging*），北京：亨利·范驰（Henry Vetch）出版社，1944 年初版。卡利·贝恩斯（Cary F. Baynes）译本（*Change: Eight lectures on the I ching*），纽约：万神殿书局

（Pantheon Books），波林根丛书（*Bollingen Series*, *vol.* 62），1960 年。

四十八、204 页倒数第十至八行，"1991 年，美国史密斯博士（Kidder Smith）等人出版了《宋代的易学》（*Sung Dynasty Uses of the I ching*）一书。"智按，苏德恺（Smith, Kidder Jr.）、包弼德（Peter K. Bol）、约瑟夫·阿德尔（Joseph Adler），怀亚特（Don J. Wyatt）编辑《宋代对〈易经〉的应用》（*Sung Dynasty Uses of the I ching*），普林斯顿大学出版社，1990 年初版。

四十九、208 页第七行，211 页倒数第十一行，格利纳博士（Lionel Giles），其汉文名为：翟林奈，亦有人译为翟来乐。

五十、209 页第三段第五行，1949 年，又出版了《孔子：其人及其神秘性》（*Confucius: the Man and Myth*）一书。智按，漏印了作者：顾立雅（Herrlee Glessner Creel），《孔子其人及其神话》（*Confucius, The Man and Myth*），伦敦：约翰·戴公司（John Day Co.），1949 年；纽约：Routledge & Kegan Paul，1951 年。再版名为《孔子与中国之道》（*Confucius and the Chinese Way*），纽约：芝加哥大学出版社，1960 年；哈柏和罗出版公司（Harper & Row Publishers），哈柏火炬丛书（Harper Torchbooks），1960 年。

五十一、211 页倒数第一段第一行，"1901 年，美国格若贝博士（W. Grube）出版了《孟子》（*Mandschu*）一书。"智按，"美国格若贝"疑为德国顾路柏（又译为顾威廉，Wilhelm Grube，1855～1908）——莱比锡大学东亚语言讲座教授嘎伯冷兹（Georg von der Gabelentz）的高足。由嘎伯冷兹推荐，1883 年出任柏林民俗博物馆东亚部主任，后兼任柏林大学教授。著述甚丰。是德国研究女真文字的开创者。到过中国，撰有《北京的民俗》（1901 年）。但主要贡献是在研究中国文化与文学方面，翻译过《封神演义》，著有《中国的宗教和祭祀》（*Religion und Kultus der Chinesen*，1910 年），最著名的著作是《中国文学史》（*Geschichte der Chinesischen Literatur*），莱比锡（leipzig）：阿梅朗斯出版社（Amelangs verlag），1902 年初版，1909 年再版。德国第一部由专家所写的中国文学史著作，代表当时德国汉学的研究水平。

五十二、216 页第三段第三行，美国韦瑞博士（James Hamilton Ware），其汉文名为：魏鲁男（James Roland Ware）。

　　五十三、217 页第四行，英国格瑞海姆博士（Angus Charles Graham），其汉文名为：葛瑞汉。

　　五十四、217 页倒数第八行，美国考伯劳克博士（J. Knoblock），其汉文名为：王志民（John Henry Knoblock）。

　　五十五、218 页第九行，《管子：中国思想中的地位》（*Kuan - Tzu*：*A Repository of Chinese Thought*），智按，应为《〈管子〉：中国早期思想的宝库》（*The Kuan - tzu*：*A Repository of Early Chinese Thought*），作者李克（Allyn W. Rickett），此书大概只出版了第一卷，香港中文大学出版社，1965 年。

　　五十六、218 页第三段第三行，"1926 年，马伯乐博士出版了《墨子的名学》一书。这是一部研究墨子名学思想的注解体专著。"智按，《墨子的名学》（Notes sur la logigue de Mo - tseu）是一篇论文，刊载于《通报》（*T'oung Pao*）（1927 年）。

　　五十七、223 页第三段，"1984 年，美国皮尔逊博士（Margaret J. Pearson）出版了研究王符《潜夫论》政治思想的专著《有价值的赋》（*The Worthy Unemployed*）一书。"智按，应为：《有价值的赋闲：王符〈潜夫论〉的政治思想》（"The Worthy Unemployed：A Study of Political Thought in the Comments of Recluse of Wang Fu"），华盛顿大学博士论文，1983 年。皮尔逊有《王符与〈潜夫论〉》（*Wang Fu and the comments of a recluse*），滕比（Tempe）：亚利桑那大学亚洲研究中心（Center for Asian Studies, Arizona State University），1989 年。导言部分介绍了生平与思想，书中翻译了十四篇原文。

　　五十八、223 页第四段，美国洛威博士，智按，应为：英国（剑桥大学汉学家）鲁惟一。

　　五十九、224 页倒数第二段，"1962 年，美国迪恩博士（Albert V. Dien）出版了《颜之推》（*Yen Chih - Tui*）一书，这是一部研究颜之推思想的专著。"智按，丁爱博（Albert E. Dien）的《颜之推：一位信佛的儒家》（Yen Chih - tui［531 - 591 +］：A Buddho - Confucian）并非专著，而是论文，收入芮沃寿（Arthur F. Wright）和崔瑞德（Denis Twitchett）编辑的《儒家》（*Confucian Personalities*）一书，斯坦福大学出版社，1962 年，第 43 ~ 64 页。

六十、225 页第四行，1976 年，美国马泽尔博士（R. B. Mather）出版了《有关世界的故事的一个新的解释》（*A New Account of Tales of World*）一书。智按，即很有名的马瑞志（Richard B. Mather）《世说新语》英文全译全注本（*Shih – shuo hsin – yu：A New Account of Tales of the World*, by Liu I – ch'ing with Commentary by Liu Chün, Translated with Introduction and Notes），明尼苏达大学出版社，1976 年。

六十一、229 页第五至第六行，孟旦博士又出版了《人性说》（*Images of Human Nature*），智按，书名全称《宋代的人性描绘》（*Images of Human Nature：A Sung Portrait*），普林斯顿大学出版社，1988 年。

六十二、229 页第九至第十行，美国提尔曼博士（Hoyt Cleveland Tillman），其汉文名为：田浩。

六十三、230 页第二行，美国卡索夫博士（Irae Kasoff），智按，卡索夫是英国汉学家。

六十四、232 页倒数第三行，法国斯派阿博士（Wilfried Spaar），其汉文名为：石磊，其《李贽的哲学》（*Die kritische Philosophic des Li Zhi* [*1527 – 1602*] *und ihre poliiische Reteplion in der Volksrepublih China*）为德文著作，1984 年出版于威斯巴登（Wiesbaden），作者是否为法国学者，待考。

六十五、236 页第三段第三行，同类研究题材的专著还有狄百瑞博士的《元代思想：蒙古统治下的中国思想与宗教》，智按，《元代思想：蒙古统治下的中国思想与宗教》（*Yuan Thought：Chinese Thought and Religion Under the Mongols*）是陈学霖（Chan Hok – lam；Ch'en Hsueh – lin）和狄百瑞（William Theodore De Bary）合编的论文集，哥伦比亚大学出版社，1982 年。

六十六、240 页第二段第一行，谭维理（Meribeth Elliott Cameron），智按，英文名应为：Laurence G. Thomson。99 页倒数第八行是正确的。

六十七、244 页倒数第三行，艾克斯博士（Eduard Erkes），其汉文名为：何可思，台湾学者又译为叶乃度。

六十八、247 页倒数第四行，格林特泽（Heiwig Schmidt Glintzer）英文名应为：Helwig Schmidt – Glintzer。

简评 《浦安迪自选集》

刘 倩

　　浦安迪（Andrew H. Plaks）是美国著名汉学家。早在 1979 年，钱锺书先生就在访美札记中称他在同辈中被公推为"最卓越的学者"，不过，他在国内学术界尤其是中国古代小说研究界的名望，迟至《明代四大奇书》（1993）、《中国叙事学》（1994）二书出版后，才正式确立。他提出的"文人小说""奇书文体"等概念，对中国古代小说研究产生了非常深远的影响，不少学者赞同他的观点，反对的声音也不绝于耳。这说明，他在多年以前就注意到的问题，如几大名著的"集体成书"说，至今仍然是古代小说研究领域值得关注的重要问题。古代小说的传统评注，过去的国内学界不是不重视，但通常仅仅是文本分析的辅助性材料；也许直到浦安迪，才将对传统评注的认识提到了一个新的高度，他认为，这些评注的作者与小说作者身处同一社会思潮之中，他们是作品"最直接的读者"，他们的评论，应该成为小说文学意义探讨的指南。

　　《浦安迪自选集》（生活·读书·新知三联书店，2011）共收录论文24 篇，论题涉及中国早期思想与经典、明清小说、中国古典文学与文化等三个方面。"明清小说"方面的论文，大多曾在国内各种书刊、会议上露过面。熟悉浦安迪主要思想脉络的读者，会再次在这些文章中深化对他的那些具有代表性的观点的认识和理解。除了反讽、寓意等浦氏常用的概念，"自我"概念在"明清小说"部分的论文中尤为引人注目，多篇文章都以"自我及其边界"的问题为核心内容,特别是《金瓶梅与红楼梦中的乱伦问题》《中国古典小说中的"自我封闭"与"自我沉溺"》等文。浦安迪认为,在明清新儒学的社会思想背景下,探索自我及其边界,不外乎两种方向:向内(自我实现的内在维度,正心、诚意、致知、格物)、向外(与外部世界的完满整合,齐家、治国、平天下)。如果彻底从外部世界退缩回内心世界,对自我的探索自然也就成了象征意义上的"乱伦式的"了,"乱伦是一种经由自我复制而寻求自我实现的内转方式",结果儒家的"修身"("自我修养")悖论地走向了其反面,成为一种自我封闭,或曰自我沉溺。应该说,用"自我"这一概念重新审视明清小说经典的意蕴、审视明清小说作家的创作旨趣,极富启发意义。概念是研究文学文本的基础工具,在文本分析中,如何在文化限定中引入一个概念,如何准确地使用一个概念,浦安迪的研究,从某个意义上说,是具有典范意义的。

"中国早期思想与经典""中国古典文学与文化"两个专题的论文,大多是第一次与国内学者见面。这些文章,体现了一直贯穿在浦安迪论著中的中西比较的理论维度,体现了他阔大的视野。"中国早期思想与经典"部分的论文,或许与浦安迪近年来所从事的中国早期思想经典的重译工作有关。"中国古典文学与文化"部分的论文,则涉及对仗、谜语、时文、绘画美学等方面的内容,比较全面地反映了他多面向的研究领域,反映了他对中国传统思想文化"通全"的理解力。

浦安迪在书前小序中谦虚地称自己对中国古代文学的研究不过是"一个外人管窥华夏大文明的天地,蠡测中国古代诗文的大海而已",但他也自认本书会合了自己"平生的研究成果"。想要了解一位研究者的学问所积,"自选集"或许便是方便法门之一。他坦承自己对中国文学的研究用的是比较文学的理论观念与研究方法,"在修辞与结构分析中特别着重于反讽、寓言等的多层话语",同时以传统评注为主要资料"琢磨古典文本"。著名学者的研究成果,往往不仅仅在于他为学术界贡献了什么具体的结论、观点,也在于他在研究方法上对后继者是否有所启迪。

遗憾的是,浦安迪中国古代小说研究最早的一部论著 Archetype and

Allegory in the Dream of the Red Chamber（Princeton University Press，1976，《红楼梦中的原型与寓意》），至今尚未有中译本问世。随着时间的推移，弥补这一遗憾的可能性也将越来越渺茫。从这个角度说，《浦安迪自选集》的出版，尤令人觉得珍贵。

图书在版编目（CIP）数据

海外中国古典文学研究／中国社会科学院文学研究所编.
—北京：社会科学文献出版社，2016.1
　（中国社会科学院文学研究所学术专辑）
　ISBN 978 - 7 - 5097 - 8362 - 7

　Ⅰ.①海… 　Ⅱ.①中… 　Ⅲ.①中国文学 - 古典文学研究
Ⅳ.①I206.2

　中国版本图书馆 CIP 数据核字（2015）第 268860 号

·中国社会科学院文学研究所学术专辑·
海外中国古典文学研究

编　　者／中国社会科学院文学研究所

出 版 人／谢寿光
项目统筹／宋月华　张倩郚
责任编辑／张倩郚　曹其敏

出　　版／社会科学文献出版社·人文分社（010）59367215
　　　　　地址：北京市北三环中路甲 29 号院华龙大厦　邮编：100029
　　　　　网址：www. ssap. com. cn
发　　行／市场营销中心（010）59367081　59367090
　　　　　读者服务中心（010）59367028
印　　装／三河市尚艺印装有限公司

规　　格／开 本：787mm × 1092mm　1/16
　　　　　印 张：22.5　字 数：352 千字
版　　次／2016 年 1 月第 1 版　2016 年 1 月第 1 次印刷
书　　号／ISBN 978 - 7 - 5097 - 8362 - 7
定　　价／98.00 元